Plant Y Dyfroedd

Plant Y Dyfroedd

Plant Y Dyfroedd

ALED ISLWYN

Gomer

Plant Y Dyfroedd

Hen hanesion anghofiedig Oswyn Morris
a'u heffaith heddiw
ar Rwth

ALED ISLWYN

Gomer

Cyhoeddwyd yn 2016 gan
Wasg Gomer, Llandysul, Ceredigion SA44 4JL
www.gomer.co.uk

ISBN 978-1-84851-747-9
ePub 978-1-78562-185-7
Kindle 978-1-78562-186-4

Cyhoeddir gyda chymorth ariannol
Cyngor Llyfrau Cymru.

Argraffwyd a rhwymwyd yng Nghymru gan
Wasg Gomer, Llandysul, Ceredigion.

Diolchiadau

Fy nghyfaill, Ioan, oedd y cyntaf i ddarllen drafft gorffenedig y nofel hon ac rwy'n ddyledus iddo am ei gefnogaeth a'i sylwadau gwerthfawr fel ag erioed. Yn ystod gaeaf 2014/15, pan oeddwn yn tynnu at derfyn cyfnod yr ysgrifennu, bu cwrs nos Dr Dylan Foster Evans ar Hanes y Gymraeg yng Nghaerdydd yn fuddiol tu hwnt. Diolch iddo ef a'r criw difyr a ddeuai ynghyd am daflu goleuni ar sawl cornel dirgel a pherthnasol.

Golygwyd y gwaith gan Mair Rees ac rwy'n ddyledus iddi hithau am ei threiddgarwch a'i haelioni. Hefyd i Elinor Wyn Reynolds, Nia Jenkins, Gary Evans, Gari Lloyd a phawb yng Ngwasg Gomer am eu gofal. Yn yr un modd, fy mraint yw cydnabod cefnogaeth y Cyngor Llyfrau, gyda diolch.

Yn olaf fel arfer, fy niolch arbennig i Steve – fy nghraig ym mhob storm.

Aled Islwyn
(Gorffennaf 2016)

'Gŵr doeth ydoedd, ond heb fod yn gall;
dywedai'r gwir: siaradai'n ynfyd.'

O'r ysgrif, 'Oedfa'r Pnawn',
T. H. Parry-Williams (1922)

Cyflwyniadau

(i) Dyfodiad Mr Morris

Un tro, flynyddoedd maith yn ôl, penodwyd Oswyn Morris yn brifathro ar ysgol newydd sbon a oedd i'w hagor ar gyrion dwyreiniol y ddinas. Gŵr ifanc heb eto gyrraedd ei ddeg ar hugain oed oedd Mr Morris ar y pryd. Er nad oedd yn drahaus o fostfawr, meddai ar ddogn da o hunanhyder – digon i'w berswadio nad oedd gan neb ddim i'w ddysgu iddo. Yn wir, glafoeriai ei ffydd ynddo'i hun i'r fath raddau fel yr ymylai ar ryfyg. Gan amlaf, ei barchu fel dyn o argyhoeddiad a wnâi'r rhai a ddeuai i gysylltiad ag ef, er i eraill fynd gam ymhellach a'i gamgymryd am genhadwr. Ar y dechrau, prin oedd y rhai a'i gwelai fel dyn peryglus o hunandybus. Ond fyddai neb wedi gwadu nad oedd arno ofn dangos i'r byd ei fod yn gwbl sicr o bwysigrwydd yr hyn y bwriedai ei drosglwyddo i'r rhai o dan ei ofal, fel petai pob stori o'i eiddo am fod yn efengyl.

Pan gynigiwyd y swydd iddo mor annisgwyl, un gwendid yn unig yr oedd yn barod i'w gydnabod yn agored, sef diffyg adnabyddiaeth o'i gynefin newydd. O ran dilysrwydd ei gymwysterau, cywirdeb ei athroniaeth addysgol a'i ymroddiad personol, safai'n eofn o ddi-syfl uwchlaw'r ymgeiswyr eraill i gyd. Ond nid oedd yn gyfarwydd â dinasoedd o gwbl. Llefydd dieithr oedden nhw iddo ar y gorau, gyda'r faestref benodol yr oedd ar fin dod yn rhan bitw fach o'i hanes yn ddirgelwch llwyr. Yr haf hwnnw, cyn cyrraedd i ymgymryd â'i ddyletswyddau, bu wrthi fel lladd nadredd yn gwneud ei orau i unioni'r cam. Gan ei fod yn credu mor ddiysgog yn ei alluoedd ei hun i orchfygu pob rhwystr, chymerodd hi fawr o dro iddo ymdrwytho ei hun yn holl hanes Y Dyfroedd.

(ii) Yr ysgol

Hen adeilad mawreddog o fricsen goch a glustnodwyd yn gartref ar gyfer y sefydliad newydd lle y gobeithiai Mr Morris adael ei farc. Cyn i neb freuddwydio y gallai addysg drwy gyfrwng y Gymraeg fod yn gysyniad dilys, heb sôn am fod yn syniad da, roedd ysgol gynradd gyffredin wedi ffynnu o'i fewn – un a fu'n gwasanaethu'r gymuned gyfan am flynyddoedd maith, a hynny trwy'r iaith fain. Caewyd drysau honno'n od o ddisymwth yn sgil yr ad-drefnu a fu ar addysg yn y ddinas yn fuan wedi'r Ail Ryfel Byd.

Chymerodd hi fawr o dro cyn i adeilad a fu unwaith yn feithrinfa i bawb a faged yn y gymdogaeth droi'n hen horwth salw a watwarai'r hyn a fu, yn union fel petai malais wrth wraidd y malltod. Trwy gydol blynyddoedd y gwacter, gallai'r gymuned gyfan glywed mudandod eu hen iard chwarae yn diasbedain fel trallod yn eu mysg. Byddai rhai hyd yn oed yn osgoi cerdded heibio'r adeilad neu'n cadw'u llygaid yn gadarn ar y ffordd wrth yrru heibio. Pan welodd Mr Morris ei ysgol am y tro cyntaf, bron nad oedd o'r farn i'r adeilad ddewis dirywio i'w gyflwr trist o fwriad – yn unswydd er mwyn caniatáu iddo ef ddod yno a'i atgyfodi gyda tho newydd o blant.

Er i bedair canrif fynd heibio ers i bobl ddechrau cyfeirio at yr ardal fel 'Y Dyfroedd', syndod iddo oedd canfod o'i ymchwil na chafodd yr enw hwnnw erioed ei ddewis ar gyfer yr un dafarn, stryd na sefydliad yn y cyffiniau ... nid tan i'r ysgol gael ei hailfedyddio ac agor ei drysau drachefn ar ei newydd wedd, gydag ef ei hun wrth y llyw.

Rhyfeddach fyth yn ei olwg oedd cael ar ddeall i amryw leisio'u gwrthwynebiad i'r bwriad i'w galw'n Ysgol Y Dyfroedd pan grybwyllwyd hynny gyntaf gan y Pwyllgor Addysg (oedd yn gyfrifol am bennu pethau o'r fath bryd hynny). Ym marn yr arloeswyr a oedd wedi ymlafnio mor galed i sefydlu ysgol Gymraeg mewn cornel mor Seisnigaidd o Gymru, diddychymyg tost ar ran yr awdurdodau oedd defnyddio enw'r faestref lle y'i lleolwyd ar gyfer eu babi gwyrthiol. Doedd y ffaith fod y faestref honno'n un hynod iawn ei hanes nac yma nac acw ganddynt.

*

Yn ystod misoedd cyntaf yr ysgol newydd, bu muriau'r hen le'n atseinio i ferw ymadroddion megis 'antur enfawr' a 'llwyddiant ysgubol'. Gwreichionai brwdfrydedd y dyn dŵad a'i harweiniai fel tân gwyllt, gan wneud i amryw amau fod gormodedd yn rhan annatod o'i anian yn ogystal â'i eirfa. Llifai ei awch a'i ynni fel chwys chwilfrydig, tra soniai rhai rhieni, ac eraill digon craff i sylwi, am 'ei fwrlwm diddiwedd', 'ei ysbryd arloesol' a'i 'afiaith ysbrydoledig'. Am ennyd, yn yr Ha' Bach Mihangel heintus hwnnw, fe loywodd enw Oswyn Morris dros yr erwau di-nod rheini, fel seren ddigywilydd.

*

Ond roedd mwy i hanes yr ysgol na bod yn lle i ganu clodydd un dyn, wrth gwrs. Byth er pan agorodd gyntaf, bu'n un o gadarnleoedd y gymdeithas. Fel pob ysgol gwerth ei halen, hi hefyd oedd ei hamgueddfa. Yn anacronistaidd a blaengar ar yr un pryd.

Dros y cyfnod o gwta ganrif, rhaid bod crugyn o athrawon da wedi mynd a dod trwy ei drysau. A sawl un nad oedd cystal, mae'n siŵr. Ond nid llwch gyrfaoedd na chofiai neb amdanynt mwyach yn unig oedd ynghudd ym mrics a morter yr hen le. Gwaddolwyd ynddynt bethau eraill hefyd. Peswch enbyd y bechgyn hynny a daniodd sigaréts wrth gefn y tai bach a giglo powld y merched a âi at dalcen y sied feics i ddangos eu nicyrs i unrhyw un a addawai brynu afal triog iddynt yn y ffair nos Sadwrn.

Wrth i athrawon diwyd ddatgelu doethinebau'r ddynoliaeth i genedlaethau o ddarpar oedolion, merwinwyd clustiau cannoedd gan sŵn sialc yn sgrialu ar draws byrddau duon. O fewn rhychwant yr addysg a gynigiwyd yno, driliwyd dirgelion y tablau lluosi i bennau'r pethau bach a chwmpaswyd gwyrthiau'r Arglwydd Iesu a rhai'r Ymerodraeth Brydeinig yn un gybolfa fawr o ddinasyddiaeth.

Wedi'u naddu'n anghelfydd ar bren desgiau gan rai a fu'n chwennych anfarwoldeb, ceid llythrennau bras eu henwau, gyda chalonnau rhyngddynt weithiau, ynghyd â saeth o fwa Ciwpid. Ar eraill, ac o dan rai cadeiriau, llechai gwm cnoi a hen gollodd ei flas; hwnnw wedi ei wasgu yno ddegawdau ynghynt gan fodiau bach prysur, cyn sychu'n gorcyn a chaledu fel harn. I rai, roedd yr hyn a adawyd ar ôl ganddynt yn eu hen ysgol wedi para'n hirach o lawer na dim a ddysgon nhw yno. Peth felly oedd addysg yn ei hanfod ac er gwaetha'r holl eiriau teg, lle felly oedd Ysgol Y Dyfroedd. Dim gwell na gwaeth na'r rhelyw.

(iii) Y Dyfroedd, cyn dyfod y dŵr
Storm a roes i'r faestref ei henw a'i hunaniaeth – a hynny bedair canrif a hanner cyn i Mr Morris ddod ar ei chyfyl. Yr un storm yn union gipiodd ymaith ran helaethaf maeth ei phridd, ei da byw a'i thrigolion. Pa gynlluniau oedd gan hanes ar gyfer y lle cyn y diwrnod tyngedfennol hwnnw, does wybod. Gynt, câi'r ardal yr enw o fod yn gyndyn iawn i gydymffurfio â disgyblaeth deddfau gwlad a Duw fel ei gilydd. I adar, prif nodwedd y fro fu ei phrinder dybryd o goed. Wrth hedfan heibio, y cyfan oddi tanynt fyddai cyntefigrwydd tlawd, digloddiau'r tirwedd. Doedd yno ddim i'w gwahodd i nythu. Dim a fyddai wedi denu'r un enaid byw i aros.

O ran y preswylwyr a oedd wedi ymsefydlu yno, cymysgfa ddidoreth o ddisgynyddion gwahanol bobloedd oeddynt. Ffrwyth coeden y canrifoedd. Sawl gwaed. Sawl hil. Sawl hanes. Ond erbyn 1607, fel brodorion y'u hystyrid, un ac oll. Cymry o blith llwythi cynhenid y mynydd-dir oedd y llinach gryfaf eu hach - rhai yr oedd eu cyndeidiau wedi crwydro'n ddiamcan o'u cynefin genedlaethau ynghynt, cyn ymgartrefu yno, o dan y dybiaeth nad oedd modd mynd ymhellach pan welsant y môr. O gyfeiriad y môr y cyrhaeddodd eraill. Denwyd y Llychlynwyr cydnerth at dir sych, am eu bod yn rhy stwbwrn i droi sha thre' pan ddaeth eu teyrnasiad dros y rhan honno o'r byd i ben.

Tras Normanaidd a arddelid gan eraill – eu cyfenwau'n estron o ran sain a golwg, a'u ffyrdd ffugfoesgar yn ymddangos braidd yn chwithig ar ddarn mor arw o dir.

Nid dyna'i diwedd hi ychwaith. Roedd yno Saeson, nad oedd ffiniau wedi golygu rhyw lawer iddynt erioed, a phlant i blant Gwyddelod a ddihangodd rhag stormydd yn eu mamwlad yn ôl yn oes yr arth a'r blaidd. Bob hydref am flynyddoedd, byddai tinceriaid teithiol yn cyrraedd gyda'u cartrefi dros dro, gan drefedigaethu rhan ddwyreiniol y comin. Aent o ddrws i ddrws yn y ddwy dref gyfagos i hel gwaith a llygadu unrhyw lodesi glandeg ddigwyddai ddal eu sylw. Yna, mynd oedd raid drachefn, heb adael dim ar eu holau ond lludw tanau ac ambell fabi annisgwyl ar y ffordd.

I bawb ond y rhai a ystyriai'r fangre'n gartref, lle i'w osgoi oedd y moelni gwastad. Uchelgais pawb a gâi fod gofyn arno i groesi'r fan, am ba bynnag reswm, oedd cael gwneud hynny cyn gyflymed â phosibl – a chan ddal ei drwyn.

Er gwaetha'r gwynt drwg a'r olwg ddigroeso, awgryma ambell hen fap fod ffermdy neu ddau pur sylweddol hwnt ac yma ar draws yr ardal. Tir oedd tir, wedi'r cwbl. Allai neb wadu hynny, ac roedd hyd yn oed yr erwau llwm rheini yn eiddo i rywrai. Ymddengys hefyd fod nifer o dai unnos ar wasgar ar y tir comin oedd i lawr ger y môr, ynghyd â nifer o hofelau a oedd mor salw, fe asient yn berffaith â'u hamgylchedd.

*

Moch oedd prif gynhaliaeth y rhai a draflyncwyd gan safn y môr y bore hwnnw o Ionawr. Pam mai fel meithrinfa foch yr oedd y fro yn enwog, tybed? Am taw *Fel 'na roedd hi!* fu'r unig ateb y daethai Mr Morris ar ei draws erioed. Y tir mor gynhenid wlyb fel nad oedd yr un gynhaliaeth amgen yn ei chynnig ei hun. Arferai ddychmygu i ruo'r don ddychrynllyd lyncu sŵn y rhochian pan ddigwyddodd y drychineb. Cyn hynny, rhaid fod gwichian perchyll wedi bod fel miwsac aflafar yng nghlustiau'r brodorion rownd y ril, meddyliodd.

Tra pesgai'r moch yn greaduriaid boliog, digon main oedd hi ar y rhai a'u porthai. I droi bloneg y creaduriaid pinc, afrosgo y trigent yn eu plith yn elw, rhaid oedd cyrchu'r farchnad yn un o'r ddwy dreflan gyfagos – y naill i'r dwyrain a'r llall i'r gorllewin. Ceid trydydd dewis i'r rhai a deimlai'n ddigon dewr i gludo'u cenfaint dros y mynydd i Gaerffili. Ond y dewis arferol i bawb oedd cadw at y lôn wledig a gordeddai ar hyd godre'r bryniau i'r gogledd ohonynt. Lôn Wich gâi honno'i galw yn y cyfnod hwnnw, am resymau amlwg. (Dangosodd ymchwil Mr Morris iddo na chymerodd hi fawr o dro cyn i'r enw gael ei lygru'n Lôn Wick ar ddogfennau swyddogol, cyn treiglo'n anorfod i'r Wick Road a ddefnyddir hyd y dydd heddiw.)

*

Yn groes i'r disgwyl, efallai, nid creadigaethau natur a lwyddodd i wrthsefyll y dymestl orau, ond rhai dyn. Cael eu sgubo ymaith gan y llif fu ffawd bron popeth byw, gan gynnwys yr ychydig goed a arferai dyfu yno. Mor ffyrnig fu'r artaith a ddaeth i'w rhan, cafodd gwreiddiau eu rhwygo o'r ddaear a'u troi wyneb i waered.

Ond pan ddychwelodd y llonyddwch wedi'r drin, roedd olion rhai o'r adeiladau yn dal i sefyll. Ambell wal a thalcen tŷ wedi dal eu tir, yn dyst i'r hyn a arferai fod. Goroesodd ambell strwythur yn fwy cyflawn hyd yn oed na hynny, megis rhan helaethaf ffermdy Cae Berllan a'r hen eglwys Normanaidd i lawr ger y twyni tywod. Digwyddodd dau beth dramatig i honno. Diflannodd ei tho gyda'r llif, a golchwyd ymaith y gwyngalch a orfodwyd ar y muriau mewnol gan Brotestaniaeth yr hen frenhines. (Tair blynedd oedd yna ers claddu honno pan drawodd y gyflafan.) O'u cuddfan o dan y gwyngalch, daeth murluniau lliwgar i olau dydd – rhai nad oedd neb wedi eu gweld ers bron i hanner canrif. Gellid dadlau mai datguddio'r rheini oedd yr unig 'fendith' wirioneddol a ddaeth yn sgil y difrod.

Am gyfnod byr, dechreuodd pobl dyrru yno i ddelwi'n weddigar ar y rhyfeddodau a ddatguddiwyd gan y storm. Ond chwilfrydedd yn anad dim a ddenodd ran helaetha'r dorf, nid defosiwn. Serch hynny, gwelwyd rhai yn ymgroesi'n reddfol, fel petai rhyw hen hiraeth yn dal i lechu yn eu bron. Buan iawn y sylweddolwyd mai peth peryglus iawn fyddai parhau i bererindota yn y cywair hwnnw, hyd yn oed mewn rhan mor anghysbell o'r wlad. (Gallai llygaid weld a lleisiau sisial.) Ailwyngalchodd awdurdodau'r Eglwys y muriau ar frys, yn syth wedi iddynt ailgodi'r to. Rhoddwyd taw ar dwrw'r werin a gorfodwyd pawb i droi eu sylw at ryw ryfeddod arall.

Un twlc yn unig a adawyd ar ei draed gan y dinistr, yn ôl y sôn. O fewn dyddiau, dechreuodd rhai gyfeirio ato fel 'Y Twlc Gwyrthiol'. Ond pharodd y chwiw honno ddim yn hir ychwaith. Megis gyda'r murluniau, doethineb a orfu yn wyneb tueddiadau crefyddol y dydd. I goroni'r cyfan, taflwyd amheuaeth ar ddilysrwydd yr honiad sylfaenol, gan mai bugail moch go enwog am ei gelwyddau oedd piau'r twlc dan sylw. O'r herwydd, nid yw hanes erioed wedi rhoi hygrededd i'r stori, er iddi fagu rhamant chwedl ar lawr gwlad am gyfnod, cyn diflannu i'r niwl.

Hyd y gwyddys, ni oroesodd yr un crair dilys o'r storm enbyd honno. Dyna pam nad oes yr un i'w weld yn yr Amgueddfa Genedlaethol heddiw, nac yn unman arall o fewn dalgylch y ddinas ychwaith. Plac bychan yn eglwys y Santes Fair Magdalen yn Allteuryn ger Casnewydd yw'r unig gofeb a erys i gofnodi Dilyw Mawr Y Dyfroedd.

Dechrau'r Daith

Bu'n fore trafferthus o'r cychwyn. Y gawod yn cau gweithio. Elin yn gyndyn o fynd i'r ysgol. A'r llefrith wedi troi yn y fridj dros nos. Yna, i goroni'r cyfan, fe gymerodd hi ddeng munud dda i ddod o hyd i oriadau'r car cyn medru cychwyn ar ei thaith.

O ran y gawod, gwyddai Rwth mai'r unig ateb mewn gwirionedd oedd buddsoddi mewn system newydd – ond dywedai ysgafnder ei phwrs wrthi nad oedd hynny'n debyg o ddigwydd yn fuan. Dal i wneud y gorau ohoni oedd yr unig ddewis am y tro. Byddai'n rhaid i'r ddwy ohonynt ddysgu dygymod ag anwadalwch y dŵr, a bendiliai'n barhaus rhwng y berwedig a'r iasoer.

'Dim ond sôn wrth Dad sydd isio,' barnodd Elin, mewn llais a ddynodai ei bod hi'n gwybod yn iawn na châi ei geiriau fawr o groeso gan ei mam.

'Mae dy dad yn ddigon hael yn barod,' atebodd Rwth yn gadarn. 'Does dim disgwyl iddo fo gwrdd â phob galw sy'n dod ar ein traws. Fe ddown ni drwyddi.' Er siarad gydag argyhoeddiad, gwyddai nad oedd modd yn y byd iddi atal ei merch rhag crybwyll y creisis diweddaraf wrth ei thad pe dymunai, ac yn wir, ei gobaith cudd oedd y gwnâi hynny heb hepgor yr un manylyn.

Daethai i ddeall yn gynnar nad oedd fiw iddi ymyrryd yn y berthynas gyfrin rhwng ei merch a'i thad, na cheisio sensro'r sgyrsiau ffôn a'r negeseuon testun cyson rhwng y ddau. Gallai dialedd Elin fod yn ddidrugaredd, fel y darganfu Rwth eisoes. Mater hawdd i honno oedd cyhuddo'i mam o geisio suro ei pherthynas â'i thad. Nid fod gronyn o wirionedd i'r fath gyhuddiad. Roedd cydwybod Rwth yn glir ar hynny ac roedd hi hefyd yn argyhoeddedig fod Elin yn gwybod hynny, yn ei chalon.

Rhan o'r gêm 'Mam, ti'n trio 'nhroi i yn erbyn Dad drwy'r amser' oedd y cyfan, gydag Elin yn feistres ar droi'r llifeiriant mwyaf anystywallt yn ddŵr i'w melin ei hun bob cyfle gâi hi. Ym marn Rwth, doedd y ffaith fod ei thad yn rhy barod o beth hanner i wneud popeth i blesio'i ferch ar bob achlysur yn gwneud dim ond gwaethygu'r sefyllfa.

Er mynych adrodd y mantra ei bod hi'n bwysig i'r ddwy 'sefyll ar eu traed eu hunain', roedd Rwth yn rhy hoff o'i chysuron cartref i ddioddef rhyw lawer dros yr egwyddor. Pan ddefnyddiai Elin ei pherswâd ar linynnau pwrs ei thad, llyncu ei balchder a chadw'i cheg ar gau wnâi ei mam fel arfer.

Wrth gnoi ei ffordd trwy ei miwsli y bore hwnnw, gallai ragweld yn iawn yr hyn a fyddai i'w ddisgwyl. A hithau bellach wedi ei darbwyllo ei hun y byddai gwneud hynny'n corddi ei mam, roedd Elin yn siŵr o adael i'w thad wybod mor anghyfleus oedd gorfod byw gyda chawod wachul – heb sôn am fod yn beryglus. ('*Honestly,* Dad! Allen i gael 'yn llosgi unrhyw funud! Wir iti!')

Gyda lwc, y canlyniad tebygol oedd y câi cawod newydd sbon ei gosod cyn pen fawr o dro, gyda Geraint yn talu. Byddai Elin yn grediniol iddi gael y gorau ar ei mam unwaith yn rhagor. Câi'r ddwy ohonynt foethusrwydd yr adnodd newydd yn eu hystafell ymolchi. A byddai'r tolc yng nghyfrif banc Geraint yn lliniaru mymryn ymhellach ar faich yr euogrwydd a gariai hwnnw gydag ef yn barhaus. Diwedd y bennod. Pawb yn hapus.

Neu efallai ddim. Yn ddiweddar, dechreuodd Rwth sylwi fod ei merch yn gallu bod mor anodd i'w thrin â'r gawod, a hyd yn oed yn fwy anwadal, wrth lifo o un eithaf i'r llall. Toedd hi'n dair ar ddeg oed bellach ac ar fin cyrraedd yr oedran hwnnw pan fyddai pawb ag unrhyw afiaith yn ei enaid am i'r byd i gyd ffrydio trwy ei gwythiennau ar unwaith?

'Plis gwna fwy o ymdrech i fwyta dy frecwast, wnei di, Elin?'

'Mae'n anodd llyncu adeg 'ma'r bore,' gafodd hi'n ateb. Bu'n rhaid i Rwth gnoi ei thafod.

'Mi fyddi di'n hwyr i'r ysgol ... eto.'

'Nid arna i ma'r bai 'mod i wedi 'ngorfodi i fynd i ysgol sy filltiroedd i ffwrdd. Taswn i'n mynd i Docklands High, fasa dim rhaid i'r un ohonan ni godi mor gynnar, fydde fe?' atebodd y ferch yn bryfoclyd. 'Fe fedrwn i gerdded i'r ysgol honno – ac mae'i *ratings* hi'n uwch!'

'A pham yn y byd fydde dy dad a finna am iti fynd i Dockland High, jest am fod yr ysgol honno hanner milltir i ffwrdd? Neu am fod rhyw banel sy'n edrych ar ddim byd ond ystadega pasio arholida yn cyhoeddi 'i bod hi'n ysgol dda.'

'O, na, wrth gwrs! Addysg cyfrwng Cymraeg? Dyna sy'n cael y flaenoria'th gen ti bob tro, Mam. Sut fedrwn i anghofio?'

'Nid gen i yn unig,' achubodd Rwth ar y cyfle i'w chywiro. 'Mae dy dad a minnau'n gytûn ar y mater. Fuo dim rhaid inni hyd yn oed drafod y peth. Cofia hynny. A dyna wyt titha isho hefyd, fel ti'n gwbod yn iawn. Taset ti'n mynd i Docklands High mi fasat ti wedi gorfod gwneud llwyth o ffrindia newydd, yn basat? Yn hytrach na gallu parhau'n ffrindia gora gyda phawb oedd efo chdi yn Ysgol Y Dyfroedd.'

'Faswn i ddim wedi meindio gwneud ffrindie newydd. A dweud y gwir, mi fydda wedi bod yn *change*!'

'Colli 'nabod ar Mali a Ffion ac Abigail ...'

19

'Dw i ddim yn ffrindie 'da honno bellach, p'run bynnag.'

'Duwcs, pam?' holodd Rwth, heb ddangos fawr o ofid.

'Dw i erioed wedi 'i lico hi llawer. Ddim rili.'

'Wel, bechod ynte! A chitha wedi cael cymaint o amsera da efo'ch gilydd dros y blynyddoedd. Yn Y Dyfroedd ers talwm, hi oedd dy ffrind penna di.'

'Fe ddeudodd hi gelwydde amdana i wrth y Richard Lewis 'na.'

'Pa fath o gelwydda felly?'

'O, dim byd o bwys. Ond wedodd Huw, ffrind gore Richard Lewis, wrtha i 'i bod hi wedi dweud wrth hwnnw 'mod i moyn rhoi cusan iddo fo. A dydw i ddim. Ma Abi mor anaeddfed.'

'Wel, dyna chdi, Elin! Rhyw chwara gwirion 'dy peth felly, ynte? A sut wyddost ti fod yr hogyn Huw 'ma'n deud y gwir p'run bynnag? Hawdd cam-ddallt a chamddehongli, wst ti? Go brin fod gen ti ddigon o reswm dros dorri cyfeillgarwch efo Abigail am beth mor bitw.'

'Am 'i fod o wedi deud celwydde wrthot ti wnest ti dorri efo Dad,' brathodd Elin yn ôl. 'Dyna wedest di ar y pryd. Dyna pam orfodest ti fe o 'ma. Palu celwydde oedd y peth gwaetha allai neb 'i neud i rywun maen nhw'n ei garu, meddat ti.'

'Chwara teg! Tydy hynny ddim yr un peth o gwbl. Mae 'na fyd o wahaniaeth.'

'Ie, yr un peth yw e. Sdim gwahaniaeth o gwbl. Ac iti gael dallt, Mam, ti'n hala Dad bant yw'r peth gwaetha ddigwyddodd i mi erioed,' parhaodd Elin. 'Ma'r ffaith dyw Dad ddim yn cael byw 'da ni rhagor ganwaith yn waeth na chelwydde Abigail Grant ...'

Ym mhob cylchgrawn neu lyfr cymorth yr oedd Rwth wedi dod ar eu traws erioed, y cyngor a roddid yn ddieithriad oedd i eistedd gyda phlant ac egluro iddyn nhw mor gryno a syml â phosibl beth barodd i berthynas eu rhieni chwalu. Un diwrnod, pan oedd Elin yn naw mlwydd oed, dyna'n union wnaeth hi – gan fyw i ddifaru ei henaid byth ers hynny.

'Mae 'na fyd o wahaniaeth...' ceisiodd ailgydio yn ei hymresymu, er synhwyro mai magl ddibwrpas oedd parhau i borthi gan fod ei merch eisoes wedi cael y gorau arni. Amheuai hefyd mai arfau a roes hi ei hun iddi a ddefnyddiwyd i'w threchu.

Efallai nad oedd yna fyd o wahaniaeth wedi'r cwbl. Pethau prin oedd ffiniau i bawb. Rhith o arwahanrwydd. I blant, un byd oedd yna, gyda'u teyrnas fach glòs nhw eu hunain – yn gysurus a chysetlyd am yn ail – yn bodoli yng nghrombil byd mawr yr oedolion o'u cwmpas. Bu'n rhaid iddyn nhw ddysgu dygymod erioed. Onid dyna olygai oedolion pan fydden nhw'n sôn am eu hepil yn 'tyfu lan'?

Gwnaeth ymdrech wan i achub y sefyllfa trwy gnoi'n fwy egnïol a phwyntio bys cyhuddgar i gyfeiriad y cloc.

*   *   *

'Ia, heddiw 'dy'r diwrnod,' cadarnhaodd Rwth, gan lwyddo i gadw'r tinc siriol arferol yn ei llais.

Hoffai Edryd. Hoffai Edryd yn fawr. A Janice ei wraig. Roedden nhw'n ffrindiau. Yn gyd-rieni. Yn gyd-bwyllgorwyr. Ac ati ... ac ati. Teimlai'n fodlon iawn â'i pherthynas â nhw. Fyddai hi ddim yn eu cyfri ymysg ei chyfeillion mynwesol, efallai, ond heb amheuaeth, roedden nhw'n rhan o'r cylch cynhaliol hwnnw a ddaethai'n gymaint rhan o'i bywyd.

Ond hen fanylgi oedd Edryd, yn mynnu ffysian dros bopeth. Onid oedd e'n sylweddoli ei bod hi'n rhedeg yn hwyr? Er iddi fod yn drefnus iawn neithiwr – wedi gosod y peiriant bach recordio a'i llyfr nodiadau a beiro oll yn ei bag yn barod – roedd ymddygiad styfnig Elin dros frecwast

21

yn dal i'w chorddi, heb sôn am feddwl am yrru draw i ben pella'r ddinas. Pen-craith ddynodai eithafion cwr gorllewinol tiriogaeth y ddinas. Y Dyfroedd gyflawnai'r un swyddogaeth ar ei hochr ddwyreiniol. O ran pellter, doedd teithio o un faestref i'r llall ddim yn her mor anferthol â hynny, mae'n wir, ond roedd Y Dyfroedd a Phen-craith yn ddwy faestref wahanol iawn i'w gilydd.

Fe ddylai hi fod wedi hen gynefino â straen moduro trwy strydoedd prysur, ond nid felly'r oedd hi. Byddai'n gwneud ei gorau i osgoi ffyrdd ar adegau prysur – ac felly hefyd ambell gyffordd neu gylchfan diarhebol o drafferthus. Wedi'i guddio'n ddwfn o'i mewn, roedd hiraeth am gael gyrru drwy gefn gwlad drachefn, yn rhydd rhwng cloddiau nad oeddynt yn ddim namyn dwy linell aflêr a dynnwyd yn ddi-glem mewn creion gwyrdd o un ochr dalen lân i'r llall – a hynny amser maith yn ôl, gan blentyn hen ffasiwn iawn yr olwg.

*   *   *

Wrthi'n twrio am allweddi'r car yn y lolfa oedd hi pan ganodd y ffôn. Cynddeiriogodd yn syth, gan ddal i chwilota a gwasgu'r botwm i gymryd yr alwad, oll ar yr un pryd. Hyd yn oed petai hi wedi oedi ennyd i gael gweld pwy oedd yno, byddai'n dal wedi penderfynu siarad ag ef. Un felly oedd hi.

O leiaf gallai gymryd cysur o ddarganfod fod ei ffôn wrth law. Rhaid nad oedd y goriadau'n rhy bell o'i chyrraedd, ychwaith. Tueddai trugareddau bywyd i ymgynnull yn glic. Fel arfer, dim ond estyn am un eitem oedd raid a byddai'r lleill yn siŵr o ddod i'r fei yn eu hymyl. Ond nid heddiw, mae'n ymddangos, achos dyna lle'r oedd hi'n straffaglu i ddal y ffôn rhwng ei hysgwydd a'i chlust wrth gynnal y sgwrs, gan daflu clustogau o'r neilltu wrth wneud.

'Wel, cofia droedio'n ofalus 'da fe. Dyna 'nghyngor i. Mae'n ddigon posib 'i fod e'n sensitif iawn o hyd, o gofio popeth ...'

'Mae o'n swnio'n hen ŵr bach clên iawn ar y ffôn. Dw i'n siŵr y down ni ymlaen siort ora,' dywedodd hithau, heb i'w llais fradychu dim ar ei diwydrwydd. 'Wedi'r cwbl, wela i ddim pam na ddylen ni gofnodi 'i gyfraniad o, hyd yn oed os aeth petha'n ffliwt ar y creadur.'

'Na, na, yn gwmws,' daeth llais brwdfrydig Edryd i'w chlyw drachefn. 'Ac mae'n wych dy fod ti wedi gwirfoddoli i fynd i'w weld. 'Mi fydd pawb yn gwerthfawrogi.' Tynnodd Rwth wyneb ar hynny, gan ddewis peidio gwneud sylw.

'Does ond gobeithio y bydd y dyn ei hun yn gwerthfawrogi cael ei gydnabod, ddeuda i,' atebodd Ruth. 'Mae o wedi bod yn byw ym mhen pella'r ddinas 'ma ers tua phymtheg mlynadd, ond pwy wyddai?'

'Dyw e ddim yn un sy'n lico tynnu sylw ato'i hun.'

'I dy waith ditectif di y mae'r diolch 'mod i'n cael y cyfla i fynd draw i'w weld,' sebonodd Rwth. 'Wedi'r cwbl, ti ddoth o hyd iddo, chwara teg ... ac ynta'n foi mor anodd cael gafael arno.' Wrth siarad, dychwelodd i'r gegin i dwrio ymhellach ynghanol y pentwr petheuach wrth ymyl y meicrodon.

'W, twt!' ceisiodd y dyn wneud yn fach o'i gampau, gan fethu'n druenus. 'Ffawd oedd o 'mhlaid i, dyna i gyd. Lwc mul fod rhieni Janice wedi ymddeol i Ben-craith ac wedi dod ar ei draws yn rhywle. Chofia i ddim sut yn union.'

Rai misoedd ynghynt, roedd hi wedi troi'n gryn drafodaeth ymhlith aelodau'r Gymdeithas Rieni a ddylid ceisio cysylltu ag Oswyn Morris o gwbl. Roedd rhai o'r rhieni'n gyn-ddisgyblion Ysgol Y Dyfroedd eu hunain ac yn cofio clywed sôn gan eu rhieni hwythau am amgylchiadau ei ymadawiad disymwth o'i swydd.

Ond fel un nad oedd wedi ei magu yno, cafodd Rwth fod ei

diddordeb wedi ei danio o'r cychwyn cyntaf a doedd y ffaith na lwyddodd i gael gwybod fawr ddim o'r hanes go iawn gan neb wedi gwneud dim ond cynyddu ei chwilfrydedd. Hyd yma, cafodd glywed sôn am 'ddulliau dysgu amhriodol', ac am 'amser diflas iawn yn hanes yr ysgol', ond yr hyn na chafodd ar ddeall gan neb oedd beth yn union aeth o'i le. Oedd yna sgerbwd rhyw hen sgandal go iawn i'w dynnu o'r cwpwrdd? Neu ai dim ond llwch ambell hen asgwrn pydredig digon sych oedd yn ei haros?

Wyddai hi mo'r ateb, ac yn ei dro, troes hynny ynddo'i hun yn rheswm digonol dros gredu y dylai'r dyn gael ei le a'i haeddiant. Pan ddaeth yn fater o drafod y pwnc yn un o bwyllgorau'r Gymdeithas Rieni (o dan y pennawd 'Materion Sensitif'), roedd hi heb betruso am eiliad rhag lleisio'i barn yn huawdl. O gofio'n ôl, ni ddifarai iddi fod mor gegog. Oni fyddai unrhyw ddathliad o hanner canmlwyddiant yr ysgol yn ymddangos yn anghyflawn iawn heb gyfraniad o ryw fath gan y prifathro cyntaf?

Deallai nad oedd neb am gael ei drwyn wedi ei rwbio mewn rhyw ddrewdod a fu, ond credai'n gydwybodol y byddai hepgor Mr Morris yn llwyr yn tynnu mwy o sylw at 'y bennod anffodus' na gadael i'r dyn gymryd ei briod le yn rhediad y stori. Dyna ddadleuodd hi ar y pryd yn y pwyllgor a phan ddaeth yn fater o bleidlais, bu'n dda ganddi weld y mwyafrif yn derbyn ei rhesymeg ac ochri gyda hi. (Cafwyd cytundeb cyn hynny y dylid mynd ar drywydd y cyn-brifathrawon eraill i gyd – ac eithrio'r meirw, wrth reswm.)

Serch hynny, gwyddai'n iawn nad oedd ei chyfraniadau'n cael eu gwerthfawrogi gan bawb. Hyd yn oed pe na fyddai byth yn agor ei phen, roedd ei phresenoldeb ynddo'i hun yn ddigon i godi gwrychyn amryw. Doedd Elin ddim hyd yn oed yn ddisgybl yn y blwmin ysgol bellach. Pa esgus oedd ganddi dros barhau i fela? Ceisiai ddarbwyllo ei hun yn gyson mai ei chyfeillgarwch gyda rhai o'r rhieni eraill oedd yn dal i'w denu yno.

Yn ymarferol, gwyddai mai'r ffaith fod ganddi fwy o amser ar ei dwylo na'r rhan fwyaf o bobl oedd yn atal amryw rhag dweud dim byd yn ei herbyn ar goedd. Adnodd cyfleus i'r pwyllgorwyr prysur oedd cael rhywun abl wrth law i fynd i'r afael â thasgau nad oedd gan neb arall yr amser na'r awydd i'w cyflawni.

Ar ben hwylustod ei hamdden, roedd yr iaith Gymraeg hefyd yn dipyn o gaffaeliad iddi. Onid oedd hi'n ddigywilydd o rugl ynddi? O bawb ar y pwyllgor, synnai hi fawr nad hi oedd yr unig un a wyddai i sicrwydd sawl 'r' oedd i fod yn y gair 'gyrwyr'.

Pan wnaed yr awgrym gwreiddiol y dylid cynhyrchu llyfryn o atgofion i nodi pen-blwydd sefydlu'r ysgol, cymeradwyodd pawb yn wresog. Dim ond yn raddol y gwawriodd arnynt mai prin oedd nifer y rhai a fyddai'n gorfod ysgwyddo'r baich. Doedd Rwth ddim ymysg yr amheuwyr. Fe welodd hi ei chyfle o'r cychwyn cyntaf.

'Tacla heb fawr o sêl at yr achos 'dy'r rhan fwya o'r rhieni newydd, wst ti?' cwynodd un o'r hen stejars wrthi un dydd, yn fwy mewn sbeit na siom. 'Wyddost ti eleni fod dros naw deg y cant ohonyn nhw'n gwbl ddi-Gymraeg?'

Collfarnu chwyrn ar do newydd o rieni a ddewisodd addysg Gymraeg i'w plant o'u gwirfodd oedd bustl o'r fath, ym marn Rwth. Ond cadw'i cheg ar gau wnaeth hi, serch hynny, gan wenu gwên niwtral, na fynegai gymeradwyaeth na chondemniad. Onid oedd y cyfan yn fêl ar ei bysedd? Os nad oedd y don newydd o rieni 'lan i sgratsh', lleihau wnâi'r tebygolrwydd y byddai neb yn galw am gael gwared arni hi o blith y gwirfoddolwyr. Fel y deuai'n fwyfwy anhepgorol i'r pwyllgor, tyfu a wnâi'r cyfiawnhad dros iddi gael aros.

*   *   *

Fel arfer, ni fedrai Rwth feddwl am un rheswm da dros fynd ar gyfyl Pen-craith. Doedd neb o blith ei chydnabod yn byw yno. Wyddai hi ddim am neb a oedd wedi byw yno erioed. Ar wahân i'r ffair ym mhen pella'r prom, doedd yno'r un atyniad i'w denu yno. Hyd yn oed wedyn, ar gyfer Elin yn bennaf yr aeth hi i'r ffair, a hynny dim ond pan oedd Elin yn iau. Gwnaeth Geraint a hithau'r hyn roedd disgwyl i rieni pob cenhedlaeth ei wneud – cynnig gwefrau derbyniol yr oes i'w merch. Yn ei thro, roedd honno wedi dilyn y drefn arferol, gan ddotio a rhyfeddu at bopeth a chael braw yn y mannau pwrpasol am yn ail â bwyta sothach afiach, cyn i'r tri ohonynt yrru adref drachefn a gadael llawenydd ffair Pen-craith o'u hôl.

Pedair neu bump o weithiau'n unig roedd hi wedi mentro yno, a nawr, dechreuai deimlo'n anniddig wrth ddynesu. Roedd rhywbeth cynhenid annifyr am ddychwelyd i fan nad oedd ganddi unrhyw barch tuag ati – bron nad oedd yn waeth na gorfod mynd i gwrdd â pherson nad oedd gan rywun barch tuag ato. Gallai pobl newid heb dynnu fawr o sylw atynt eu hunain. Ond roedd adnewyddu tref neu ardal yn golygu dinistr a sŵn. Chlywodd hi'r un siw na miw am unrhyw ddatblygiad cyffrous ym Mhen-craith erioed. Lle a esblygodd trwy esgeulustod ydoedd.

Wrth yrru, câi Rwth fod y ffordd yn ddieithr iddi. Gwelai'r drafnidiaeth yn elyniaethus, fel petai pob cylchdro yn heriol o anghyfeillgar tuag ati a phob set o oleuadau eisoes wedi cynllwynio yn ei herbyn. Roedd hi'n mynd i fod yn hwyr. Fe fyddai e'n dechrau meddwl ble'r oedd hi toc. Hyd yn oed yn amau a oedd hi am ddod o gwbl. Fe ddylai hi fod wedi rhoi caniad sydyn iddo cyn gadael y tŷ i'w rybuddio, meddyliodd. Ond wnaeth hi ddim a chan nad oedd ganddi ffôn heb ddwylo yn y car, dyna ddiwedd arni. Doedd hi ddim elwach o ddifaru hynny nawr.

Cyrhaeddodd y prom a'i gael yn gyfarwydd o siabi. Efallai fod golwg fwy llewyrchus arno yn yr haf. Ond allai hi ddim bod yn siŵr o hynny ychwaith. Gyrrodd yn araf er mwyn gofalu ei bod hi'n dilyn y llwybr dybiai hi oedd hawsaf ar gyfer dod o hyd i'r dyn. Wrth siarad ag ef wythnos yn ôl, roedd wedi gofyn iddo am gyfarwyddiadau ac wedyn wedi mynd yn syth at fap o'r ddinas ar y we i weld trosti ei hun.

Gwyddai fod yr hen Gasino a godwyd ddechrau'r ganrif ddiwethaf ar fin dod i'r golwg ar y llaw dde. Rai blynyddoedd yn ôl, cofiodd fod datblygwyr wedi gwneud cais i'w ddymchwel. Chofiai hi mo'r manylion, ond gwyddai ei fod yn gofrestredig bellach. I'w gadw yno am byth, fel cragen wag.

Yn fuan wedi gyrru heibio iddo, troes drwyn y car o olwg y môr. Yna, dechreuodd gyfri'r strydoedd ar y dde iddi. Wrth y bedwaredd, troes drachefn. Hon oedd y stryd. Dyma lle y trigai Oswyn Morris.

O'r diwedd, roedd lwc o'i phlaid, meddyliodd, wrth weld cerbyd yn tynnu allan o ymyl y palmant, ychydig o'i blaen. Aeth heibio'r gofod cyn llywio'r car yn ôl iddo'n rhwydd, wysg ei gefn. Un dda am barcio fu hi erioed. Diffoddodd yr injan. Tynnodd anadl o ryddhad. Edrychodd yn y drych.

Yna'n anorfod, troes ei llygaid oddi arni hi ei hun i gyfeiriad y stryd. Syllodd yn feirniadol. Safai'r tai agosaf ati mewn parau, ond gwelai fod eraill i lawr y stryd yn sefyll ar eu pennau'u hunain. Ymhellach fyth i ffwrdd, cywasgwyd y cartrefi'n deras, mewn arddull gwbl wahanol ac o gyfnod diweddarach. Poetsh pensaernïol, barnodd. Ond wedyn, beth wyddai hi am bensaernïaeth!

Pan gamodd o'r cerbyd o'r diwedd, roedd ei gwddf a'i chefn yn gwingo braidd o straen y gyrru ac ysgydwodd ei phen i'w helpu i ddod ati ei hun. Cafodd siom o sylweddoli nad ond modd gweld arlliw o'r môr oddi yno ac ni chlywai wynt yr heli yn ei ffroenau ychwaith. Disgwyliadau afresymol, dwrdiodd ei hun. Onid ystyrid Pen-craith yn dipyn o dre glan môr? Yn wir, dyna fu ei dechreuadau. Tref fechan ar ei phen ei hun. Yn hen ffasiwn o feddal, fel candi fflos.

Y peryg oedd ei bod hi'n gaeth i'r rhagdybiaethau hynny yn ei phen. Neu'n disgwyl gormod. Neu'r ddau.

∗   ∗   ∗

'Rwth, yntê fe?'

'Ie, dyna chi,' cadarnhaodd.

'Gaf i'ch galw chi'n Rwth?'

'Wel, cewch tad!' atebodd yn serchus.

''Blaw, rwy'n ymwybodol fod 'da chi enwe er'ill hefyd.'

'Na,' mynnodd yn gadarn gan wneud ei gorau i guddio'i hansicrwydd. 'Dim ond Rwth fydda i i bawb fel arfer.'

'Mi fydd pawb yn cael ei adnabod wrth wahanol enwe rywbryd,' mynnod Mr Morris.

'Fyddan nhw?'

'Wel! Ma 'dach chi ferch fach, on'd oes e? Dyna ddwedoch chi. Rwy'n siŵr mai fel "Mam" fydd hi'n eich 'nabod chi, er enghraifft.'

'O, siŵr dduw! Digon teg. Dw i'n gweld be sgynnoch chi nawr,' gorfodwyd Rwth i gytuno wedyn, fel petai'r cyfan yn jôc. 'Ond fe gewch chi 'ngalw i'n Rwth yr un fath, os 'dach chi'n hapus efo hynny.'

∗   ∗   ∗

Eiliadau'n unig ynghynt, bu'n sefyll allan acw ar y lôn, yn sylweddoli nad oedd y lle parcio ddaeth i'w rhan ar hap a damwain ond ergyd carreg o'r union dŷ a ddeisyfai. Roedd hi wedi gallu gweld y rhif o'i sedd cyn codi o'r car. Cyfleus?

Oedd, ond enynnodd yr agosrwydd ennyd fach o argyfwng hefyd. Beth petai e yno'n llechu yng nghornel un o'r ffenestri, yn sbio draw i'w chyfeiriad gan geisio dyfalu tybed ai hi oedd hi? Roedd hi wedi ciledrych draw at y tŷ tybiedig, gan obeithio nad oedd e'n gallu ei gweld hi'n chwarae'n ddiangen â strapen ei bag ysgwydd.

Tŷ cerrig ydoedd, yn sefyll ar gornel stryd arall. Un o ddau dŷ ynghlwm wrth ei gilydd, bron union gyferbyn â'i char. Ond yna, dryswyd hi ymhellach. Yn sydyn, roedd hi wedi sylwi fod yno ddau ddrws. Dau ddrws gwahanol iawn i'w gilydd. Tybed pa un o'r ddau oedd ei ddrws e? Doedd hi ddim am ganu cloch y naill dim ond i ddarganfod mai cloch y llall oedd yr un gywir.

Agorai'r drws ar dalcen y tŷ yn syth i balmant y stryd arall a gorweddai gweddillion tair sach sbwriel yn ei ymyl. Gallai weld fod rhai o'r gwylanod a hofrannai'n fygythiol uwchben eisoes wedi bod yno'n pigo am eu brecwast, am fod olion eu helfa ar wasgar dros y lle. Mewn gwrthgyferbyniad llwyr, wynebai'r drws ffrynt ardd fechan gyda lawnt ddestlus o boptu'r llwybr. O'i gymharu â'r drws talcen, barnodd fod mwy o sylwedd yn perthyn i'r drws hwnnw am ei fod yn ddu a sgleiniog.

Wrth groesi'r ffordd, roedd hi wedi tynnu anadl ddofn cyn edrych i'r dde, i'r chwith ac yna i'r dde drachefn – yn ddefodol, fel y dysgwyd iddi yn yr ysgol fach ers talwm. Tacteg i ladd amser. Plentynnaidd ar y naw! Ond rhoes yr eiliadau prin a enillodd gyfle iddi ddod i benderfyniad. Am y drws du, sgleiniog roedd hi wedi anelu.

Cyn iddi gael cyfle pellach i hel ei meddyliau ynghyd, dyna lle'r oedd hi, eisoes wedi gwasgu'r botwm. Rhaid ei bod hi wedi mynd trwy'r glwyd a cherdded ar hyd y llwybr byr at y drws heb sylwi bron, meddyliodd. Oni chlywodd hi'r gloch yn canu? Pa dôn oedd iddi tybed? Chofiai hi ddim. Fe ddylai

29

hi fod wedi talu mwy o sylw. Neu efallai mai hen gloch rad oedd hi? Un dila, un nodyn? Y math o gloch na chyrchai neb i wledd, dim ond i ddod at ddrws a gwneud dyletswydd.

Yna, rhoddodd daw ar ei mwydro. Gallai glywed rhywun yn camu tuag ati yr ochr arall i'r drws. Gobeithiai'n wir iddi fod yn ddoeth yn ei dewis. Gorfododd ei meddwl ar waith, yn barod i'w gyfarch. A chofiodd iddi ddweud wrthi ei hun am wenu.

* * *

'Odych chi'n siŵr 'i fod e'n ddigon i chi?' gofynnodd Mr Morris braidd yn ofidus.

'Ydy, *champion*, diolch,' ceisiodd Rwth ei sicrhau, gan ganolbwyntio ar geisio cadw'r plât a gydbwysai yn ei chôl rhag llithro i'r llawr. 'Tydw i erioed wedi bod fawr o un am fy mol … er mai go brin fasach chi'n gallu deud hynny o edrych arna i, mae'n siŵr. Ond wir ichi, mae hwn yn taro i'r dim.'

Cnodd yn egnïol ar ddarn arall o'r frechdan, fel petai am bwysleisio'r pwynt.

'Wel, chi ŵyr eich pethe!' aeth y dyn yn ei flaen yn hynaws. 'Wyddwn i ddim pryd yn gwmws i'ch dishgwl chi.'

'Fe wnaethon ni gytuno ar ddeg o'r gloch,' ebe Rwth yn gadarn. 'Ond fi oedd yn hwyr.'

'Do'n i ddim am ichi lwgu, ta beth.'

'O, does dim peryg y gwnawn i hynny, mi alla i'ch sicrhau chi. Doeddwn i wir ddim yn disgwyl cael 'y mwydo. 'Dach chi'n glên dros ben.'

Dwy dafell o dorth a oedd wedi ei thorri'n barod oedd sail y frechdan – mor dwt ac anarbennig â hynny, ond eto'n ddigon blasus yn ei ffordd. Gweddai'r 'tamaid i aros pryd' i'r ystafell. Er ei bod yn sgwaryn diogel o ran ei gofod, ac yn ystafell olau am fod iddi ffenestr foliog yn edrych allan tua'r

30

stryd, digon bychan oedd bron pob dodrefnyn ynddi. Wrth ochr y lle tân pren traddodiadol safai set deledu fechan. Eisteddai ei chwpan a soser hithau ar fwrdd coffi gwiail bychan, nesaf at ei chadair freichiau. Roedd yno ddreser dwt y tu cefn iddi a bwrdd bwyta gyda dwy gadair hen ffasiwn o boptu iddo yn y cornel. Yr unig gelfi i adael eu marc go iawn ar y lle oedd silffoedd llyfrau helaeth a guddiai un wal yn gyfan gwbl mwy na heb.

Fu dim lle yno i'w biano, mae'n rhaid. Roedd hi eisoes wedi sylwi ar hwnnw allan yn y coridor, droedfedd neu ddwy o'r drws ffrynt.

'Ychydig iawn o ymwelwyr fydda i'n 'u gweld a bod yn onest – a llai byth o gyfle i wneud bwyd i neb,' aeth ei gwesteiwr yn ei flaen. 'Fe ferwes i'r ŵy 'na neithiwr a'i gadw dros nos yn y ffridj ichi. Gobeith'o 'i fod e'n dal yn ffresh.'

'O, ydy, tad,' prysurodd Rwth i'w sicrhau drachefn. Wyddai hi ddim pam nad oedd e wedi gwneud brechdan iddo'i hun yr un pryd, fel y gallai farnu trosto'i hun.

'Do'dd 'da fi ddim ffordd o wybod o'ch chi'n bwyta cig ai peidio,' ymhelaethodd, fel petai ei hymateb cwrtais yn annigonol yn ei olwg. 'Mae bod yn llysieuwr yn eitha ffasiynol y dyddie hyn, on'd yw e? Neu'n llysieuwraig. Yn enwedig ymhlith pobl sy'n byw mewn dinasoedd. Chi ddim yn clywed rhyw lawer o sôn am *vegetarianism* mas yn y wlad, sa i'n credu.'

Chwarddodd Rwth er ei gwaethaf, cyn prysuro i ddweud, 'Does 'na'm byd ffasiynol iawn amdana i, mae arna i ofn.'

Gwerthfawrogai'r croeso a dderbyniodd hyd yma a'r byrbryd annisgwyl yr oedd y dyn wedi gwneud môr a mynydd o'i baratoi yn unswydd ar ei chyfer. Ond parhau wnâi'r lletchwithdod hunanymwybodol hwnnw a ddeuai wrth gamu i sefyllfaoedd neu gwmni pobl anghyfarwydd. Nid ofn mohono. Roedd yn rhy annelwig i hynny. Tebycach i anesmwythyd yng nghefn y meddwl. Daethai'n araf ymwybodol ei bod hi'n tarfu ar lonyddwch a fu'n gorffwys yno ers amser maith rhwng y pedair wal. Synhwyrai nad oedd yr ystafell hon wedi bod yn hi ei hun ers iddi gael ei harwain i mewn iddi tua hanner awr yn ôl.

*   *   *

'A shwt ma'r Dyfroedd y dyddie hyn?' Yn syth ar ôl holi am ei henw yn y cyntedd, roedd Mr Morris wedi estyn ei fraich dde tua'r drws agored gan arwyddo iddi fynd i mewn i'w ystafell fyw. Roedd hithau wedi dilyn ei gyfarwyddyd a chael ei dallu'n syth gan fwynder yr ystafell. Methodd ateb am ennyd. Amheuai iddo daflu'r cwestiwn ati'n unswydd er mwyn llesteirio'i synhwyrau.

'O, fel ag erioed,' llwyddodd i ffurfio'r geiriau o'r diwedd.

'Go brin y gall hynny fod yn wir,' mynnodd yntau. Nododd pa gadair roedd e'n disgwyl iddi eistedd ynddi ac ufuddhaodd hithau, gan ffwndro yn ei bag am y teclyn recordio a'i llyfr nodiadau. ''Sen i'n tybio fod 'na lawer iawn wedi newid yno ers 'y nyddie i. Wedi'r cwbl, mae hanner canrif yn amser hir.'

'Wel, ydy …' cloffodd Rwth wedyn. 'Beryg mai chi sy'n iawn, Mr Morris. O'i roi o felly, fe fu sawl tro ar fyd, siŵr gen i. Ond fe synnech hefyd. Mae 'na ddigon o betha yn union fatha fuon nhw erioed.'

'Hen goel gwrach!' prysurodd y dyn i anghytuno. 'Yr hen air yna am bethe'n aros yr un fath po fwya maen nhw'n newid. Rhywbeth i'w ddweud yw e, 'na i gyd.'

'Wel! 'Dach chi'n cofio Sgwâr Perllan, siawns? Yr holl dai crand yna efo parc bach yn y canol. Mae hwnnw'n dal ar ei draed, wyddoch chi? Gyda'r tai wedi'u cofrestru bellach. Sbriws iawn yr olwg, chwarae teg.'

'Ma Pen-craith 'ma'n gyforiog o adeiladau wedi'u cofrestru, ond does neb yn poeni rhyw lawer fod y perchnogion yn gadael iddyn nhw ddirywio i'r fath gyflwr fel bod rhaid 'u dymchwel nhw wedi'r cwbl yn y diwedd.'

'Bechod 'dy hynny, 'de?' ceisiodd Rwth swnio'n gydymdeimladol.

'Dim ond gêm yw'r cyfan. Fe gollwyd peth wmbreth yn barod. Wyddoch chi fod y tai bach tanddaearol arfere fod ar y prom ger yr hen Neuadd Gyngerdd yn enghreifftiau nodedig o ysblander Oes Fictoria? Marmor a phren cerfiedig a bwlynnau pres mawreddog ar bob tŷ bach unigol. Wedi'u claddu dan goncrid ers blynyddoedd.'

'Na, chlywes i erioed neb yn sôn am rheini,' ebe Rwth, gan swnio fel petai hi'n ymddiheuro am y ffaith.

'Na, sdim disgwyl ichi fod wedi clywed, 'y merch i. Ond mae'n dda clywed fod rhyw ran fechan o'n treftadaeth yn cael 'i hystyried yn ddigon pwysig i'w diogelu … hyd yn oed os yw hynny draw yn Y Dyfroedd o bobman. Dyna lle 'dach chi'n byw, ife? Yn Sgwâr Perllan?'

'O, naci, tad!' protestiodd Rwth dan chwerthin. 'Fedrwn i ddim fforddio byw fanno. A ph'run bynnag, swyddfeydd neu fflatia ydy'r rhan fwyaf ohonyn nhw ers tro byd. Dim ond yr allanolion sydd wedi eu diogelu gan fwya. Rhaid ichi ddod draw ar sgowt i weld y lle trosoch eich hun.'

'Ond un o blant Y Dyfroedd ydych chi, ife?'

'Na. Ches i mo 'ngeni yno. Na fy magu yno chwaith. Fe allwch ddeud hynny o f'acen i, siawns. Gog *through and through* ydw i …'

'Ond fe ymgartrefoch chi yn Y Dyfroedd ers tro byd?'

'Mi wela i be sgynnoch chi,' baglodd Rwth dros ei geiriau mewn ymgais i guddio'i lletchwithdod. 'O, ie. Dyna lle dw i'n byw. Fe aeth fy merch fach i drwy Ysgol Y Dyfroedd. Dyna sut dw i yma. Ac mae'r ysgol yn dal yn yr un hen adeilad

– er 'u bod nhw wedi addo codi cartre newydd iddi ers blynyddoedd.'

'Felly y gwelwch chi hi,' meddai yntau. 'Mae gan addewidion le pwysig pan 'dach chi'n cadw rheolaeth ar bobl. Ar ochr weinyddol addysg y treulies i'r rhan fwyaf o 'ngyrfa ar ôl dyddie'r Dyfroedd, fel y gwyddoch chi, mae'n siŵr. Fe ddoth addo hyn ac addo'r llall i gadw pobl yn hapus yn ail natur imi. Mae'n bwysig gwireddu ambell addewid hefyd, bob yn awr ac yn y man. Fel arall, ma'r tacle'n gwrthryfela ac yn mynd yn anodd iawn i'w trin. Ond at ei gilydd, mi fydd yr addewid iawn ar yr adeg iawn yn ddigon i gadw gwerin gwlad yn ddiddig am sbel fach 'to.'

'Amynedd piau hi, debyg.'

'Ond ai peth felly ddyle democratiaeth fod? Dyna'r cwestiwn.'

'Wel! Fe fuodd rhieni'r Dyfroedd yn rhy amyneddgar, am yn rhy hir, mae'n debyg.'

'Ac ma gofynion be sydd 'i angen ar ysgol i fod yn ysgol dda wedi newid cymaint dros y blynyddoedd.'

'Fyddwch chi byth yn dod draw i'r cyffinia i weld eich hen gynefin? Eich hen ysgol?'

'Na, byth,' atebodd yn gadarn. 'Ddim o'r diwrnod y gadewes i. Wel! Chi siŵr o fod yn gwbod mai cwta flwyddyn fues i yno. "… Byth ers y diwrnod y ces i'n hel o'no" ddylwn i fod wedi 'i ddweud, yntê fe?' Chwarddodd ar hynny, cyn ychwanegu: 'Gawsoch hi hwnna i weithio bellach?' Roedd wedi bod yn ei llygadu'n brwydro gyda'r peiriant tâp.

''Dach chi ddim yn meindio 'mod i am eich recordio, gobeithio? Isho gwneud yn siŵr na cholla i ddim o'ch atgofion chi ydw i.'

'Enw a aned o alar yw Y Dyfroedd, wyddoch chi? Wel! Wrth gwrs eich bod chi'n gwbod hynny eisoes, dw i'n ame dim.'

'Chlywes i erioed mohono'n cael ei fynegi yn yr union eiria hynny o'r blaen,' dywedodd Rwth yn ôl wrtho. Ffwndrodd i ymestyn y meic fymryn yn nes ato. 'Ond dw i wedi clywed mai rhyw drychineb darodd y tiroedd. Llifogydd?'

'O, fy merch fach i! Dyw "llifogydd" ddim yn dod yn agos ati,' dechreuodd Mr Morris draethu; ei lais yn dyner iawn ei oslef ond yn gadarn iawn ei argyhoeddiad. '1606 oedd hi. Dyna fydde pawb oedd ar dir y byw ar y pryd wedi galw'r flwyddyn – yr hen galendr, wyddoch chi! 1607 fydde hi yn ôl ein cyfrif ni heddi'. Diwrnod oer o aeaf. Diwrnod olaf mis Ionawr, namyn un. Heb rybudd, fe chwydodd y môr ei gynddaredd dros ran helaeth o'r ddaear, fel tase fe'n anghenfil oedd newydd ga'l 'i ddyrnu'n ddidrugaredd yn 'i fola. Yr amcangyfrif yw i dros dair mil o eneidiau gael eu cludo i'w hateb yn nhraha'r drochfa honno … sy'n gwneud y gyflafan yn dipyn mwy o ddigwyddiad na thipyn o "lifogydd", wy'n siŵr y cytunwch chi. Ac yn ôl y cofnodion, fe ddigwyddodd y cyfan o fewn cwta hanner awr.'

'Bobol bach! Arswydus 'te?'

'Sawl un o'r tair mil 'na gafodd 'u lladd ar y darn o dir ryn ni nawr yn ei alw Y Dyfroedd, wyddon ni ddim.'

''Dach chi'n amlwg wedi gwneud gwaith ymchwil reit fanwl ar y pwnc,' mentrodd Rwth.

'Hen dir agored, digysur fydde'r lle bryd 'ny. Gerwinder yr elfennau wedi hen droi'n rhan annatod o wytnwch y brodorion, 'sen i'n meddwl – nid fod hynny wedi bod yn ddigon i'w hachub pan ddaeth y diwedd. O, y fath ddioddefaint!'

''Dy rhywun ddim yn meddwl am y petha 'ma, nacdi?' porthodd Rwth er ei gwaethaf, gan synhwyro fod pob cyfraniad a wnâi yn swnio'n fwy annigonol na'r un cynt, fel petai hi'n dwpsen yng nghwmni dyn doeth. (Nid felly yr ystyriai ei hun, mewn gwirionedd, ond amheuai mai dyna'r argraff a roddai.)

'Cyfuniad o rym, chwant, angen a chyd-ddyheu sydd fel arfer yn darbwyllo pobl 'u bod nhw o un gwaed, yntê fe? A dyna shwt fuodd hi yn yr ardal chi nawr yn 'i galw'n gartre, dw i'n ame dim. Rhyw raddol ddod i gredu eu bod nhw'n un gymuned.'

'Gwahanol iawn i ffordd mae hi acw heddiw 'ta,' ebe Rwth yn ysgafn. 'Y duedd heddiw ydy i bawb gadw at 'i gymuned 'i hun, rwy'n ofni. Y rhod wedi troi, mae'n rhaid.'

Wrth wrando arni'n lleisio'i barn, roedd y dyn wedi ymddangos fel petai ganddo ddiddordeb, ond ar ôl ennyd o ddistawrwydd ei unig sylw fu, 'Rwy wedi hen roi heibio pendroni dros droadau rhod Y Dyfroedd. Go brin y bydda i'n ailgydio yn yr arfer bellach.'

Anesmwythodd Rwth, gan grafu ei phen am gyfeiriad newydd i lywio'r sgwrs tuag ato. Ond doedd dim angen iddi drafferthu, oherwydd aeth Mr Morris yn ei flaen yn ddilyffethair.

'Pam dyfodd Y Dyfroedd yn enw ar y cwmwd arbennig hwnnw, feddyliwch, chi?' gofynnodd. Cododd Rwth ei hysgwyddau'n lletchwith gan geisio meddwl am ateb, ond unwaith eto, doedd dim angen iddi fod wedi trafferthu. 'Nid yr ardal honno'n unig ddioddefodd dan lach y dŵr, wyddoch chi? Ddim o bell ffordd. Fe fu pethe hyd yn oed yn waeth mewn mannau eraill. Gwaeth o lawer. Felly pam, o'r holl ddifrod a achoswyd ar ddwy lan Môr Hafren, mai'r Dyfroedd yw'r unig enghraifft sydd 'na o enw lle yn cofnodi'r drychineb? Beth fuodd mor hynod am effaith y drychineb yno, lle chi'n byw, tybed? Tipyn o ddirgelwch, symoch chi'n cytuno?'

'Oedd 'na ryw enw arall ar y rhan honno o'r wlad ers talwm?' ceisiodd Rwth ddargyfeirio'r sgwrs. 'Cyn i'r hyn ddigwyddodd ddigwydd, felly? Cyn i bawb ddechra cyfeirio at yr ardal fel Y Dyfroedd?'

'Wel, whare teg ichi! Cwestiwn da dros ben,' ymatebodd Mr Morris gyda gorfrwdfrydedd athro ysgol oedd am ganmol plentyn am ddefnyddio'i glopa. 'Mae e'n codi'r cwestiwn hwnnw reit i wala, on'd yw e?'

'Os ŵyr rhywun yr ateb, dw i'n ffyddiog mai chi 'dy hwnnw.'

'Wel! Mae'n flin 'da fi'ch siomi chi, 'merch i,' ebe fe. 'Ffaelu wnes i. Ddaw neb i wybod yr atebion i gyd. Mae'n rhy hwyr bellach, wy'n ofan. Rhaid bodloni ar y tystiolaethau prin a oroesodd,' a chododd ei ysgwyddau'n stoicaidd, cystal â nodi nad oedd dim byd mwy amdani. Yna aeth yn ei flaen i restru: 'Cofnodion mewn eglwysi, memrynau llychlyd … a'r cyfrinache slei y bydd amser yn dewis eu murmur yng nghlust y ddynoliaeth bob yn awr ac yn y man.'

'Fydd y rhan fwyaf o bobl fawr callach o'r "murmuron", rwy'n ofni, Mr Morris,' doethinebodd Rwth. 'Dim ond y dethol rai a gafodd glust i glywed.'

'A hyd yn oed o blith rhengoedd y rheini,' ategodd yntau'n dawel, 'digon prin yw'r rhai sy'n dewis gwrando.'

Sgathan

Pan dorrodd ei dyfroedd,
roedd fel plisgyn ŵy yn teilchioni o'r tu mewn allan.

Craciau bach llysnafol
yn ffrydiau poeth
a'r fontanelle yn mynnu ceudod
lle câi bychan newydd ddod i'r byd.

Er yn hwyr yn y dydd,
roedd hi'n fore ar wareiddiad,
am fod yr olygfa
cyn hyned â'r deinosor cyntaf
i droi'n ffosil yn y graig.

Anfon Stori

Dyn lluniaidd, tenau'r olwg oedd Oswyn Morris. Nid oedd yn dal nac yn fyr a gwisgai siaced frethyn siec, gyda darnau lledr hirgrwn wedi eu gwinio i'r ddau benelin. Efelychai ei ddodrefn, gan edrych yn hynod dwt mewn ffordd hen ffasiwn braidd, ond un a'i gweddai i'r dim.

Gyda'u hegwyl ginio annisgwyl drosodd, petrusodd Rwth rhag ymddangos yn orawyddus i ailwasgu botymau'r recordydd. Hofrannodd ei bysedd yn ôl a blaen trostynt yn achlysurol, heb allu penderfynu pryd fyddai'r eiliad briodol. Gallai ail gychwyn ar yr holi a'r procio yn rhy fyrbwyll greu camargraff. Doedd hi ddim am iddo feddwl ei bod hi'n ysu i droi trwyn y car a hel ei thraed yn ôl i ben arall y ddinas cyn gynted â phosibl. Ei gael i fwrw'i fol am yr hyn ddigwyddodd yn Ysgol Y Dyfroedd hanner canrif yn ôl oedd prif fyrdwn ei diddordeb, mae'n wir. Dyna'i chymhelliad gwreiddiol dros ddod, ni allai wadu. Ond bellach, teimlai'n gartrefol yno a châi flas ar wrando arno'n mynegi barn a rhannu o'i ddoethineb am bopeth dan haul.

'Rhywbeth digon ysgafn ac arwynebol sydd 'i angen arnoch chi, mwy na thebyg, ife?' gofynnodd y dyn, fel petai'n gallu darllen ei meddyliau 'Fentra i swllt nad ych chi moyn dim byd rhy drwm 'da fi. 'Dyn ni ddim yn byw yn oes y drafodaeth ddwys ar ddim, odyn ni?'

'Dw i'n fwy na hapus i wrando ar beth bynnag sgynnoch chi i'w ddeud wrtha i, Mr Morris,' atebodd hithau'n onest.

'Fel pwyllgor, ein penderfyniad ni o'r cychwyn oedd bod yn reit benagored, wyddoch chi? Rhoi atgofion ac argraffiadau rhai o'r cyn-ddisgyblion a'r staff ar gof a chadw – dyna i gyd 'dy'r nod a deud y gwir.'

'O, dw i'n gallu 'i weld e nawr,' ymhelaethodd yntau'n chwareus. 'Dwyn amball dro trwstan i gof. Rhamantu am yr hwyl gafodd pawb ar hen dripie ysgol ac yn y blaen.'

'Dw i'n ama dim na fydd 'na dipyn o hynny,' gorfodwyd hithau i gytuno gyda'r un ysgafnder. 'Ond mi fydd y llyfryn dw i'n gweithio arno fymryn yn fwy ffurfiol na'r hyn gaiff 'i roi ar y wefan, gobeithio. Dyna'r gobaith. Bod yn sylweddol heb fod yn sych.'

'Cydbwysedd anodd dod o hyd iddo,' ebe fe gan edrych i fyw ei llygaid yn ddifrifol. 'Ac anoddach fyth ei gynnal.'

'Wel! Rhaid anelu am y gora, yn toes?' gwamalodd Rwth yn ôl, gan obeithio fod ei llais yn cuddio'i hansicrwydd. 'Hyd yn oed pan 'dan ni'n methu, 'dan ni'n llwyddo o fath … os oeddan ni wedi bwriadu'r gora yn y lle cynta.'

'Athroniaeth talcen slip, 'y merch i. Ac fe alla i ddweud hynny wrthoch chi'n onest, achos rhywbeth tebyg oedd y cysur gymeres inne i leddfu'r loes amser adawes i'r Dyfroedd. Doedd hi ddim yn bennod hapus yn 'y mywyd i, fel y gwyddoch chi'n iawn. Ddim yn hapus o gwbl. A doedd 'yn amser i yno ddim yn llwyddiant o fath yn y byd. Fe ddes i i hen ymgyfarwyddo â'r gwirionedd hwnnw – fel sawl gwirionedd arall yn fy mywyd – ond ar y pryd, rhaid oedd gwasgu plastar go helaeth o hunan-dwyll dros y briw … tan i'r boen ostegu fymryn ac i'r croen galedu.'

Ochneidiodd Rwth, fel petai ochenaid yn fynegiad derbyniol o gydymdeimlad. Yna mentrodd: 'Beth yn union fu'r hanes, felly?'

Tawelwch.

I Rwth, ymddangosai fel petai'r tawelwch hwnnw am

bara hyd dragwyddoldeb. Gan na allai feddwl am ddim byd perthnasol i'w ychwanegu – heb sôn am ddim byd doeth – cafodd ei hun yn ymuno yn y cynllwyn tawedog. Cydgyfrannodd ohono. Yn fud a braidd yn annifyr. Nid fel tangnefedd o gwbl.

O'r diwedd, dywedodd Mr Morris, 'Beth bynnag sy'n digwydd i ddyn yn Y Dyfroedd, fydd e ddim yn ei gofio wedyn, ar ôl i'w ddyddie yno ddod i ben.'

Beth a olygai wrth hynny, doedd ganddi affliw o syniad, ond deuai'n fwyfwy amlwg iddi nad siarad o brofiad yr oedd e. Waeth faint yr hoffai gredu i'r gwrthwyneb, doedd ei gof ei hun ddim wedi rhoi iddo'r fath foethusrwydd.

'Hanes yw'r pwnc anodda i'w ddysgu ohonyn nhw i gyd,' aeth yn ei flaen.

'Ia'n wir?' ymatebodd. Gwyddai wrth siarad fod naïfrwydd nerfus ei llais yn ei bradychu drachefn a gwasgodd y botymau o'r diwedd, yn arwrol o bendant, er mwyn creu gwrthbwynt i'w gwendid. Yn y diwedd, ni fu'n fater o ddewis ond o raid.

'Nawr, gyda syms, chi'n gwbod ble chi'n sefyll! Ma sym naill ai'n reit neu mae e'n rong. Sdim amwysedd. A gyda ffeithie gwyddonol wedyn? Pwy all ddadle 'da'r rheini? Mae ffeithie moel yn foel am nad oes dim yn 'u gorchuddio nhw. Ond hanes? Wel, mae'n stori wahanol. A chan amla, dyna'n gwmws beth wy'n 'i olygu hefyd ... yn llythrennol. *Stori* wahanol yw hi.'

Yn ddiarwybod iddi bron, ochneidiodd Rwth drachefn – i fynegi ei chwilfrydedd y tro hwn.

'Fe alla i weld 'i fod o'n fater o ddehongli,' meddai, gan roi dogn dda o ôl meddwl ar y dweud. 'Wedi'r cwbl, pwy sydd i benderfynu pa rannau o hanes sy'n bwysig a pha rannau sydd ddim? A hanes pwy ydy o, p'run bynnag? Beth i'w gynnwys? Beth i'w adael mas. Beth ddylia gael 'i glodfori? A'i gondemnio? A phwy sy'n gwneud y dewis?'

'Propaganda yw pob hanes,' dyfarnodd y dyn, fel petai'n cyffesu rhyw gaswir y bu'n rhaid iddo'i dderbyn yn anfoddog ar ôl hir gysidro. 'Pa bynnag ffeithie rowch chi o flaen plant, mi fydd 'na lu o ffeithie er'ill wedi'u hepgor – boed hynny'n fwriadol neu'n anfwriadol … Sdim ots. Wedi'u hepgor fyddan nhw. Os na fuoch chi ych hunan fyw drwy brofiad, sdim gobeth 'da chi ddeall oblygiade llawn yr un sefyllfa. A dyna deimles i o'r dechre. Rown i'n argyhoeddedig mai 'ngwaith i oedd trial pontio'r gagendor … er mwyn y plant, chi'n deall.'

'Tipyn o her, Mr Morris. Chitha'n ifanc. A'r ysgol yn newydd sbon.'

'O, twt! Doedd hynny nac yma nac acw, 'y merch i. Fe allwn i fod wedi bod mor hen â Methiwsela ac fe alle'r ysgol fod wedi bod ar ei thraed ers canrifoedd, a'r un fydde'r hanes. 'Na be chi'n ga'l am fod ishe agor dryse newydd i'r to sy'n codi … a'u trwytho nhw yn holl hanes eu milltir sgwâr.'

'Mae'n dal i swnio'n dipyn o her i mi,' mynnodd Rwth drachefn. Meiriolodd yntau. Neu dyna a gredai hi o leiaf. Oni throdd i wenu arni ac i edrych yn drugarog i fyw ei llygaid?

'Pan ddechreues i, dyna'r unig gymhelliad o'dd 'da fi yn 'y mhen bach glas,' dywedodd. 'Ar fy llw. 'Yn unig fwriad i wrth adrodd hanesion am rai o'r bobl oedd wedi troedio'r ddaear 'ma yn y gorffennol, ar yr union ddarn o dir roedden nhw'n byw arno nawr, oedd diwallu'r awydd angerddol oedd yno' i i ddifyrru plant Y Dyfroedd.'

'Hanesion?' holodd Rwth yn syth, gan wynto twll y gallai fod yn fuddiol iddi ffereta ynddo.

'Ie. "Hanesion" fyddwn i'n 'u galw nhw slawer dydd … Dyna shwt wy'n dal i gyfeirio atyn nhw, sbo … yn 'y mhen, ta beth. Ar lafar, fu dim galw arna i i gyfeirio atyn nhw ers amser maith.'

'A'r "hanesion" rheini – dyna fuo'r maen tramgwydd,

ia?' Cafodd fod y cwestiwn wedi llithro o'i genau yn newyddiadurol o slei. Ddylai hi resynu iddi siarad mor fyrbwyll? Amheuodd hynny'n syth. Petai hi ond wedi pwyllo hanner eiliad fe allai fod wedi ei hatal ei hun. Ond ofer codi pais ar ôl piso.

'Pa obaith oedd 'na y gallwn i byth 'u haddysgu nhw os na allwn i lwyddo i'w difyrru nhw'n gyntaf?' ymresymodd, gan anwybyddu'r cwestiwn yn llwyr.

Nodiodd Rwth ei phen yn reddfol i gymeradwyo'i eiriau. Er mai am ychydig flynyddoedd yn unig y bu hi'n dysgu, a bod degawd a mwy wedi mynd heibio ers hynny bellach, gwyddai cystal â neb mai talcen caled oedd cadw plant yn ddiddig. 'Dw i'n ama a fydda byd addysg wedi bod mor barod i arddel y berthynas rhwng difyrru ac addysgu yn y dyddia hynny,' mentrodd awgrymu.

'Welwch chi fai arna i am fod ishe'u troi nhw'n ddinasyddion da? Meithrin balchder ynddyn nhw? Eu gwneud nhw'n aelodau cytbwys, gwybodus a chydwybodol o gymdeithas? Fe ddywedes i wrtho'n hunan mai 'mraint a 'nyletswydd i oedd goleuo'r rhai o dan 'y ngofal am bob agwedd ar y lle unigryw a roddodd fod iddyn nhw. Pa adar oedd i'w gweld o ddydd i ddydd yn bwydo ar aeron a briwsion eu gerddi? Oedd yna neb o bwys wedi eu claddu yn y fynwent leol? Pam gafodd y llyfrgell ei llosgi'n ulw 'nôl yn 1954? Fentra i na wyddoch chi'ch hun yr atebion i'w hanner nhw.'

Ysgydwodd Rwth ei phen yn ôl a blaen ond ni chafodd gyfle i yngan gair.

'Ar y pryd, doedd dim byd yn bwysicach imi na'u trwytho nhw ym mhob agwedd ar 'u hamgylchfyd ac fe ddarbwylles i'n hunan y byddai'r 'pethe bach' yn hyddysg yn y dirgelion oll cyn gadael Ysgol Y Dyfroedd.'

'Coblyn o uchelgais, rhaid dweud!' mynegodd Rwth ei hedmygedd. 'Does gan y rhan fwyaf o bobl ddim syniad am yr amgylchiada sydd wedi llunio'u cynefin nhw. A wyddoch chi be, Mr Morris? Dw i'n ama ydyn nhw'n malio'r un ffuen chwaith.'

'Peidiwch â bod yn rhy lawdrwm, 'y merch i. Mi fydda i bellach yn meddwl yn amal taw y nhw yw'r rhai ffodus – y rhai na wyddon nhw ddim am yr amode ddoth ynghyd ddoe i greu'r darn bach o uffern maen nhw heddiw'n 'i alw'n "fywyd".'

'Rargol! 'Dach chi'n fwy sinigaidd na fi, Mr Morris.'

'Mae 'na fôr o ddifaterwch rhonc o'n cwmpas, bid siŵr. Chi yn llygad eich lle. Ond rwy wedi cael byw mor hir nes cyrraedd y tir sych y tu draw i'r gors o anobaith rown i'n ofni suddo iddi ambell dro slawer dydd. Erbyn heddiw, rwy'n grediniol fod gan bob copa walltog ohonon ni'r gallu i greu ein nefoedd fach ein hunain, os mynnwn ni. Ar y llaw arall, rwy'r un mor argyhoeddedig mai cynllwynio pobl eraill sydd wedi creu pob uffern ddioddefodd neb erioed yn y byd 'ma. O'r hyn brofes i'n hunan, dw i'n ame dim mai dyna'r gwir, chi'n gweld. Felly, gwyn 'u byd nhw, ddyweda i – y rhai sy'n byw mewn anwybod'eth ronc. Paradwys ffŵl, efalle … ond ddôn nhw byth i wbod 'i hanner hi.'

*　　*　　*

Daeth trosti'r teimlad na fynnai ddychwelyd adre'n ôl i'r Dyfroedd. Yn ei chalon, gwyddai nad oedd yn deimlad cwbl ddieithr iddi. O dro i dro cyn hyn, pan gawsai ei hun ymhell o'i chartref, roedd arlliw o rywbeth tebyg wedi dod trosti o'r blaen. Ond y troeon hynny, carthodd ef o'i meddwl yn chwim a'i ddiystyru fel chwiw wyrdroëdig. Fyddai'r rhan fwyaf o bobl ddim yn deall, tybiodd. Ffordd od o feddwl oedd bod yn gyndyn i fynd adref. Peryglus hyd yn oed. Doedd hi erioed wedi mentro cydnabod y fath ysictod iddi hi ei hun o'r blaen.

Oedd e'n golygu nad oedd hi'n uniaethu'n llwyr â'r faestref lle y trigai? Neu'r union dŷ roedd hi'n byw ynddo? Neu ai ar y bywyd roedd hi'n ei fyw yno'r oedd y bai? Wrth i'r prynhawn fynd yn ei flaen, fe'i llarpiwyd yn araf gan y syniad gwallgof mai am aros ym myd bach Mr Morris hyd byth yr oedd hi. Byd anemig a hesb, barnodd. Byd hen ddyn a'i ben yn llawn hen hanes. Byd difyr o bosibl, ond nid byd a fyddai'n ddeniadol iddi hi, siawns. Nid dyma sail ei hanniddigrwydd?

Ceisiodd ei darbwyllo'i hun y dylai'r fath ddwli fod yn arswyd iddi a gwnaeth dro pedol yn ei phen er mwyn troi'r ddrysfa yn ddychan direidus.

*   *   *

Erbyn iddi ddod yn amser croesi'r ffordd a dychwelyd at ei char, gallai wenu'n braf iddi hi ei hun. Onid oedd hi newydd sefyll ar garreg drws y gwron yn ysgwyd ei law? Funud neu ddwy cyn hynny, roedd hi wedi digwydd taro cip ar ei garddwrn gan sylweddoli'n sydyn ei bod yn hwyr glas iddi droi am adref. Diwedd y prynhawn, a'r diwedydd eisoes yn disgyn dros y ddinas. Fe ddylai'r tywyllwch cynyddol a ddaeth dros yr ystafell a'r ffaith bod goleuadau'r stryd eisoes ynghyn oddi allan fod wedi ei rhybuddio ynghynt. Wrth groesi'r stryd, ystyriodd y byddai angen iddi gynnau goleuadau'r car wrth yrru adref.

Yna, pan gyrhaeddodd y cerbyd, troes drachefn i godi llaw yn derfynol ar y dyn, a chael ei fod wedi diflannu. Dim ond drws du oedd yno i gydnabod ei hystum a bu'n rhaid iddi dderbyn nad oedd Mr Morris yn un i aros am y ffarwél olaf.

Yn syth ar ôl eistedd yn sedd y gyrrwr, tynnodd ei ffôn o'i bag i roi caniad sydyn i Elin. Oedd, roedd honno wedi cyrraedd adre'n ddiogel ac wedi helpu'i hun i frechdan. 'Paid â mynd i banig, Mam.'

Da 'merch i, meddyliodd Rwth, gan ymfalchïo ei bod yn magu ei merch i fod yn ddigon 'tebol trosti ei hun.

'Ma Russ wedi ffonio,' ychwanegodd Elin, pan oedd Rwth ar fin rhoi'r allwedd yn y twll er mwyn tanio'r injan. 'Mae e'n dod rownd i dy weld di heno, medde fe.'

'Russ wedi ffonio?' ailadroddodd. Er bod goslef cwestiwn ar y geiriau, mynegent fwy o ddiffyg amynedd nag o frwdfrydedd. Pam oedd hwnnw'n ceisio cael gafael arni ar linell ffôn y tŷ yn hytrach na defnyddio rhif ei ffôn symudol? Oedd hi am ei weld heno? Oedd ganddi ddewis? Gadael neges gydag Elin, wir! Fe fyddai'n rhaid iddi gael gair pellach ag e.

Gyrrodd o syrthni Pen-craith i ganol tagfeydd traffig yr hwyr brynhawn, gan ailwerthfawrogi mor glyd fu cysur cyfyng yr ystafell roedd hi newydd ei gadael. Wrth ei chreu drachefn yn ei phen, roedd fel petai'n dod yn fwy byw iddi nag y bu wrth iddi eistedd ynddi go iawn. Huodledd mwyn yr hen ysgolfeistr wedi troi'r pedair wal yn blisgyn gneuen iddi. Cadarnle i swatio ynddo. Lle dirgel. A chadarn. Yn llawn addewid am gnwd newydd o ryw fath. Ai ystafelloedd bychain, pitw'r olwg, fel ystafell fyw Mr Morris, oedd yn esgor ar chwyldroadau mawr y byd? Neu ai tynged penseiri pob chwyldro aflwyddiannus oedd gorffen eu dyddiau mewn ystafell o'r fath? Yn chwithig o anghofiedig i bawb ond yr helgwn mwya dygn?

*　　　*　　　*

'Hoffech chi imi ddanfon un atoch chi?'

Cafodd ei thynnu'n ôl i grombil ei horiau ym Mhen-craith. Clywai lais y dyn drachefn yn ei chof wrth yrru, mor fyw â charreg ateb.

Cofiai i'r cynnig ei tharo fel un annisgwyl a hithau

wedi ateb yn herciog, 'Diolch. Mi faswn i'n gwerthfawrogi hynny'n fawr!' Wrth ddwyn y sgwrs i gof, ofnai iddi swnio fel rhywun oedd wedi galw i holi am swydd, a'i fod yntau wedi swnio fel darpar gyflogwr oedd yn cynnig anfon ffurflen gais ati. Bu rhywbeth smala, chwithig, hynod hudolus am yr holl brynhawn a barhâi i chwyrlïo yn ei phen.

Pe clywai oddi wrtho eto, wyddai hi ddim beth i'w ddisgwyl. Nawr ei bod hi allan o gylch cyfrin y plisgyn, ymddangosai'n bur annhebygol y byddai'n cadw at ei air. Yna, ar amrantiad, daliodd ei llygaid yn y drych bach a thynnodd law trwy ei gwallt llaes gan droi'n ddiamynedd arni hi ei hun. Wrth gwrs y byddai'n anfon un o'i 'hanesion' ati. Roedd Mr Morris wedi addo.

*   *   *

Gollyngodd y llen o'i afael. Er iddo'i gweld hi'n mynd i mewn i'w char funud neu fwy ynghynt, doedd dim golwg ohoni'n dechrau ei lywio o'r gofod parcio ac yn gyrru ymaith. Roedd hi heb danio'r injan hyd yn oed. Dantodd ar aros. Fe fyddai hi'n twtio'i cholur neu ar ei ffôn, mwy na thebyg. Menywod! Tra'i fod e yno'n tin-droi wrth y ffenestr y tebyg oedd ei bod hi'n clebran ffwl pelt.

'Shwt brynhawn gest ti?' fyddai pwy bynnag oedd ar ben arall y lein wedi holi. 'Gwahanol!' fyddai hithau wedi ateb, gyda thro yng nghynffon ei llais, cyn bwrw'i bol am ei hargraffiadau ohono. Dychmygai fel y gallai'r sgwrs fynd rhagddi. Derbyniai fod pobl yn meddwl ei fod yn od. Doedd dim ots ganddo am hynny. Cafodd oes i ddysgu dygymod â'i ddelwedd. Daeth i'w chofleidio a gwisgai hi fel maneg a lynai wrth ei fysedd fel ail groen.

Doedd dim byd fel dysgu byw'n gysurus yn eich croen eich hun.

A hithau wedi mynd, roedd yn dda ganddo gael y lle'n

ôl iddo'i hun drachefn. Serch hynny, fe fwynhaodd ei brynhawn, doedd dim gwadu. Fe fu hi'n gwmni da ... y wraig ifanc osgeiddig oedd newydd adael. Roedd hi'n dalach na'r rhan fwyaf o fenywod, nododd. Yn ddeniadol, heb fod yn drawiadol felly. Beth oedd ei henw hi hefyd? Ffwndrodd i geisio cofio am ennyd, ond ta waeth, meddyliodd.

Roedd wedi taro'r enw ar ddarn o bapur yn gynharach, ynghyd â'i rhif ffôn a'i chyfeiriad e-bost – '… rhag ofn imi feddwl am rywbeth wnes i anghofio'i ddweud wrthoch chi wedi ichi fynd', fel yr oedd wedi mynnu.

Diolch i'r drefn na fu hi'n orthrymus fel rhai menywod hunanhyderus y daethai ar eu traws. At ei gilydd, cafodd hi'n hawdd ei thrin am iddi fod mor awyddus i blesio a dangos brwdfrydedd dros bopeth. Llyncodd bob bachyn a daflodd i lif y sgwrs a thrwy hynny cafodd yntau rwydd hynt i droi'r sgwrs i ba bynnag gyfeiriad a ddymunai. Wrth i'r oriau fynd rhagddynt, roedd wedi ymlacio yn ei chwmni ac ni ddifarai ddim a ddatgelodd iddi. Gwenodd yn foddhaus ar hynny. Prynhawn bach llwyddiannus iawn, barnodd. Ar hynny, penderfynodd dynnu'r llenni ynghyd fel petai e'n cau'r byd allan am y dydd. Ond doedd e ddim.

*   *   *

Rhyddhad i bawb mewn bywyd yw dod ar draws rhywun mymryn yn fwy truenus nag ef ei hun. Yn hynny o beth, doedd Oswyn Morris ddim gwahanol i neb arall. Dyna pam, o blith y rhai a ddeuai i gymryd mantais o'r hyn a ddarperid gan Angylion y Nos, roedd Y Gwenwr yn dipyn o ffefryn ganddo. Wrth yr enw hwnnw y câi'r gŵr ifanc ei adnabod gan bawb. Wyddai neb mo'i enw go iawn. ("Dyn ni ddim yn holi. Dyna'r polisi.') Ond gweddai Y Gwenwr iddo i'r dim ym marn Mr Morris.

Swrth a di-ddweud oedd y rhan fwyaf o'r rhai a ddeuai i'r lloches am fwyd. Chaech chi ddim holi neb am fanylion pa bynnag aflwydd a ddrysodd eu bywydau. A doedd fiw ichi ddisgwyl gair o ddiolch gan yr un ohonynt. Rhybuddiodd un o'r goruchwylwyr ef ynglŷn â hynny pan wirfoddolodd gyntaf. Pe deuai gair o werthfawrogiad o enau neb, rhaid ei gymryd fel bonws a dim mwy, dywedwyd wrtho. Cofiai i'r dyn ei dywys trwy doreth o gynghorion a rheolau yn ymwneud ag amodau gwaith. Buan y dysgodd fod rheswm da dros bob un ohonynt.

Pan symudodd i Ben-craith gyntaf, lai na dwy flynedd wedi iddo ymddeol, prin iddo amgyffred yr isgymdeithas anweledig a fodolai yno. Isfyd a oedd yn byw ac yn bod beunydd, ochr yn ochr â'r byd gweledig o siopau a glan môr lle y troediai ef fel arfer. Damcaniaeth papur nos adain dde'r ddinas oedd i'r rhan honno ddod yn Fecca i'r digartref a'r di-glem am fod pobl fel ef ei hun yn rhoi o'u hamser i ddarparu bwyd iddynt yn rhad ac am ddim. Y di-glem yn swcro'r di-glem, fel yr haerodd ar un achlysur. Angylion Segurdod oedd Angylion y Nos, medden nhw. Yn meithrin diogi a drygioni ar hyd y dre.

Waeth beth oedd cymhelliad go iawn defaid colledig Pen-craith, roedd eu niferoedd wedi cynyddu'n aruthrol dros y deuddeg mlynedd diwethaf. Nid unigolion lled anweledig mohonynt bellach. Roedd yna giwed ohonynt. Digon i'w galw'n gymuned os nad yn gymdeithas.

Heno, roedd hi wedi troi'r hanner awr wedi deg arno'n gadael cartref. Doedd ganddo fawr o ffordd i'w cherdded cyn cyrraedd y sied y tu cefn i'r eglwys lle y darperid 'gwledd yr anffodusion'. Petai heno wedi bod yn un o'r nosweithiau hynny pan oedd ei enw i lawr i fod ymhlith y cogyddion, byddai wedi bod gofyn arno i gyrraedd awr ynghynt. Ond dim ond tuag unwaith y mis y digwyddai hynny, drwy lwc.

Châi e fawr o foddhad o baratoi'r bwyd gan na theimlai'n agos at yr un o'r gwirfoddolwyr eraill, ac roedd coginio'n galw am elfen gref o gyd-lynu a chyd-dynnu. Gwell o lawer ganddo fod yn un o'r werin weithiol, yn gweini'r bwyd a chlirio'r llestri wedi i bawb gael eu gwala.

Gan fwyaf, cymysgedd o fyfyrwyr, Cristnogion a rhai a'u hystyriai eu hunain yn garedigion y ddynoliaeth a ddeuai ynghyd i weithio dros Angylion y Nos. Y Cristnogion oedd yr unig rai a fynnai ddiffinio eu hunain fel Cristnogion ar bob achlysur. I bawb arall, roedd cael eu gweld fel gwirfoddolwyr caredig a roddai o'u hamser dros achos da yn ddigon. O'r hyn a welai Mr Morris, yr un rheswm mwy neu lai a gymhellai bawb a ymunai â'r rhengoedd yno. Os oedd rhai am gredu fod eu cymhelliad yn wahanol, dim ond twyllo'u hunain yr oedden nhw. Ambell noson, cafodd ei hun yn gweithio ochr yn ochr â rhywrai dieithr, mae'n wir – unigolion a yrrwyd yno gan chwilfrydedd yn hytrach nag ymroddiad. Ond adar unnos fyddai'r rheini fel arfer.

*　　*　　*

Pan gyrhaeddodd, gallai weld gwraig fer a chanddi wallt pinc a myfyriwr barfog, tenau fel styllen, wrthi'n brysur wrth y stof yn y gegin gefn, yn troi cynnwys dau gawg metal anferth. Chofiai e mo'u henwau, ond fe'u hadnabu'n syth am fod y ddau ymhlith yr hoelion wyth. Roedd yn gas ganddo wynt yr arlwy a lenwai'r awyr. Arogleuon yr hen sied sinc oedd un o'r pethau a gasâi fwyaf amdani, byth ers ei noson gyntaf. Byddai wastad yn gochel rhag holi pa ddanteithion oedd ar y fwydlen. Waeth beth oedd yno'n ffrwtian, yr un fyddai'r drewdod bob tro.

'O, gwych! Chi wedi cyrraedd,' cyfarchodd perchennog y gwallt pinc ef yn wresog. 'Gwrandewch bawb – fe all Mr Morris gymryd gofal o'r hatsh. Dyna ni, gwnewch le iddo.'

Cyfeiriai ei geiriau at ddwy wirfoddolwraig a safai draw wrth y cownter. Gallai Mr Morris weld eu bod nhw eisoes wedi dechrau ar y gwaith o roi'r bwyd ar y platiau a'i bod hi'n draed moch yno. Camodd i'r fei trwy ddweud wrth rai o'r 'cleientiaid', oedd yn amlwg yn achub mantais ar ddiffyg profiad y ddwy weinyddes trwy wthio i'r blaen a bod yn bowld, am gamu'n ôl ac aros eu tro.

'Dyna ddigon,' dywedodd yn gadarn. 'Pawb mewn rhes, os gwelwch yn dda. Mae digon i bawb.'

Ag yntau'n eiddil o gorff a distadl ei ymarweddiad, doedd dim gobaith caneri y gallai byth ymddangos yn fileinig o awdurdodol pe dymunai. O ran ei lais hefyd, addfwynder ac eglurdeb oedd ei nodweddion pennaf. Serch hynny, ufuddhaodd pawb i'w alwad, er i un neu ddau ryw fân fwmian tan eu gwynt. Heb fod angen iddo wneud na dweud fawr ddim, meddai Oswyn Morris ar bresenoldeb a fynnai barch naturiol. Bu honno'n gynneddf a'i gwasanaethodd yn dda mewn sawl cornel gyfyng gydol ei oes – ac roedd hi'n amlwg nad oedd wedi colli gafael arni eto.

Yna sylwodd fod Y Gwenwr wedi cyrraedd y sied o'i flaen heno ac wedi gosod ei hun yn bedwerydd yn y rhes a oedd newydd ffurfio. Roedd yn gwenu, wrth gwrs, a thaflodd Mr Morris yntau ryw wên gyffredinol i'w gyfeiriad, gan osgoi edrych arno'n uniongyrchol. Fyddai neb byth yn meiddio edrych i fyw llygaid neb arall yn fwriadol yma.

Bwriodd ati i osod dwy hanner tafell o fara menyn ar bob plât, gyda'r gwragedd a safai wrth ei ochr yn rhofio llond lletwad yr un o reis a pha bynnag drwth llwyd oedd yn y fowlen bellaf ar bob un hefyd. Byddai'r tri'n datgan, 'Dyna ni!' neu 'Mwynhewch!' yn eu tro i gadw pethau'n symud.

Yr un fyddai'r drefn bob tro. Dilynai pawb y rheolau. Waeth beth fo'r tywydd, tan i'r bwyd gael ei ddihysbyddu, rhaid oedd cadw'r drysau dwbl allanol ar agor, er mwyn arwyddo fod y gwasanaeth yn dal ar gael i unrhyw un allai gyrraedd yn hwyr. Arweiniai'r drysau hynny at gyntedd bychan, ond prin fod hwnnw'n arbed y gwyntoedd oer rhag dangos eu dannedd ym mhrif ran y sied. Yn ei hanfod, roedd yr adeilad yn ddrafftiog a digysur a bron mor ddigroeso â'r strydoedd a'i hamgylchynai. Câi ei gadw felly o fwriad, rhag annog neb o'r defnyddwyr i loetran yno'n hwy nag oedd ei angen.

'Oes mwy i'w gael?' Daeth Y Gwenwr 'nôl ato pan oedd hi wedi tawelu wrth y cownter a phawb yn llowcio'n eiddgar wrth y byrddau.

'Rhaid aros rhag ofn y deith mwy o bobol i mewn cyn inni gau am y nos,' atebodd Mr Morris yn gwrtais. 'Fe wyddost ti'r rheolau'n iawn. Mi fydd hi'n hanner awr arall cyn y cei di ragor – a wedyn, dim ond os fydd peth ar ôl.'

'Ocê, ocê! Sdim isie rhwto 'nhrwyn i ynddo fe. Dim ond holi wnes i. A dyw'r arlwy ddim yn ffeind iawn ta beth.'

Roedd wedi sylwi o'r blaen fel y gallai'r dyn ifanc weithiau swnio'n reit ymosodol a pharhau i wenu fel giât yr un pryd. Clywodd y gic slei a estynnwyd at bren y cownter a chadwodd lygad arno wrth iddo ddychwelyd i'w gadair wrth y bwrdd agosaf.

Gwenau na ddywedent ddim a wenai'r Gwenwr. Dros amser, a chyda chryn siom, y daeth Mr Morris i sylweddoli hynny. Oni ddylai gwên ddweud rhywbeth? Dyna a gredodd ef erioed. 'Rwy'n dy garu di', 'Rwy'n hoff ohonot', 'Doniol iawn', neu weithiau, 'Un drwg wyt ti', o bosib. Gallai gwên hyd yn oed ddweud 'Aros di!' yn fygythiol ambell dro, os oedd hi'n wên faleisus. Ond rhyw hudoliaeth ddifynegiant a oleuai'r llygaid hyn.

Ni ddaeth Mr Morris byth i wybod a gafodd Y Gwenwr fwy o swper y noson honno ai peidio. Wrth iddi nesáu at amser cau'r drysau, galwyd ef i'r cefn i helpu gyda'r golchi llestri. Erbyn iddo ddychwelyd at y rhan o'r gegin lle'r oedd modd gweld drwy'r hatsh, dau yn unig oedd yn dal i loetran yno a doedd Y Gwenwr ddim yn eu mysg.

Ddeng munud yn ddiweddarach a hithau, erbyn hynny, bron yn chwarter wedi un y bore, gwelodd Mr Morris ef ar y llain o dir wrth dalcen yr hen gangen o Woolworths a arferai addurno'r Stryd Fawr. (Doedd y stryd honno ddim yn fawr o gwbl, mewn gwirionedd, ond gyda'i drwyn am etymoleg ac arwyddocâd enwau, tybiai fod yr enw'n dweud rhywbeth am y statws a roddasai Pen-craith iddi'i hun mewn oes a fu.) Cyrcydai'r Gwenwr gyda'i gefn ar wal yr hen siop ac roedd yng nghwmni dau foi arall a eisteddai ar hen gretiau pren yn ymyl. O'r hyn a gasglai, roedden nhw'n ymdrechu i gynnau tân, er mai'r ffags rhwng eu gwefusau a ddarparai'r unig fwg y gallai Mr Morris ei weld.

'Nos da,' clywodd wedyn, ond prin iddo droi ei ben i gyfeiriad y cyfarchiad. Barnodd ei fod eisoes wedi defnyddio mwy ar ei lais yn ystod y prynhawn nag a wnaethai ers tro byd. O'r herwydd, bodlonodd ar godi braich i fynegi ei gydnabyddiaeth, cyn cerddodd yn ei flaen tua'r fflat.

*　　　*　　　*

'Methu cysgu wyt ti?' torrodd llais Russ ar dawelwch y nos.

Bu bron i Rwth neidio o'i chroen. Rhaid ei bod hi'n synfyfyrio'n ddwysach nag y sylweddolai. Oedd hi'n hanner cysgu? Gwyddai nad gosgeiddrwydd tawel Russ wrth gripian i lawr y grisiau pren agored ar ysgafn droed oedd i gyfrif am y braw a gododd arni. Fyddai'r fath beth ddim yn bosibl. Pa bynnag orchwyl a gyflawnai'r dyn, fe allai hi wastad warantu ei fod yn cynhyrchu rhyw sŵn pwrpasol.

'Sori. Wnes i dy ddeffro di?' dywedodd wedyn pan welodd y syndod ar ei hwyneb wrth iddi droi i'w gyfeiriad. Pwysai yn erbyn ffrâm y drws a gysylltai'r gegin a'r lolfa, gan edrych fel petai'n ei ystyried ei hun yn dipyn o foi, tybiodd Rwth.

'Meddwl ella 'sa paned yn helpu wnes i,' atebodd hithau, fel petai'n dannod gorfod cynnig unrhyw eglurhad. Ni swniai'r naill na'r llall ohonynt yn gwbl gartrefol yng nghwmni ei gilydd. Yr un ohonyn nhw am fod yno, efallai. Nid yng nghwmni ei gilydd.

''Sdim problem,' ymatebodd yntau gan geisio gwenu. 'Dim ond meddwl i ble est ti on i, ac ishe dod i weld o't ti'n iawn.'

'Dw i wedi deud wrthat ti o'r blaen am beidio cerddad o gwmpas y tŷ 'ma'n noethlymun,' ceryddodd hithau'n ôl ato, yn ddi-hid o'i gonsýrn trosti.

'Beth yw'r ots? Mae bron yn hannar awr wedi un y bore, *for Christ sake*!'

'Fe fedra Elin ddeffro a dod i weld be oedd yn mynd ymlaen.'

'Go brin. Mae'n cysgu fel twrch. Mae wedi cysgu'n sownd bob nos dw i wedi cysgu 'ma. A pha ots, ta p'un?'

'Ma ots gen i. A fi 'dy'i mam hi,' atebodd Rwth yn swta.

'Mwy o ots 'da'r fam na'r ferch, mae'n amlwg. Ma hi eisoes wedi 'ngweld i'n borcyn unwaith.'

'Ar ddamwain oedd hynny, medda chdi. Cymryd cawod a heb gau drws y 'stafell 'molchi pan ddoth hi adra'n gynnar o rywle.'

'Wel, dyna ni. *So what*? Os oedd e'n gym'int o ofid â 'ny i ti, fe allet ti fod wedi ei gwahardd hi rhag mynd lan llofft tan dy fod ti'n saff 'mod i mas o'r 'stafell 'molchi.'

'Ddylwn i ddim fod angan gwahardd fy merch o unrhyw ran o'i chartra 'i hun.'

'Gwêd ti!'

'Y peth cynta fyddi di'n arfer neud ar ôl cyrraedd yma 'dy cael cawod,' meddai Rwth wedyn, gan sylweddoli o'r newydd fod patrwm i'w arferion. 'O feddwl, dyna ddaru ti heno hefyd.'

'Dim gwahanol i'r arfer 'te,' meddai Russ, yn ddyn i gyd. 'Wedes i wrthot ti gynne … fe ddes i'n syth o'r cwrt badminton, gan feddwl taw cymryd cawod 'ma fydde hawsa. Ti erio'd wedi lleisio gair o wrthwynebiad o'r blaen. Yn wir, ti wedi ymuno â fi dan y dŵr cyn hyn …'

Dechreuodd y tegell ganu, gan atal y dal pen rheswm rhag troi'n figitan. Troes Rwth ei sylw'n ôl at y mŵg a baratôdd ar ei chyfer ei hun a gofynnodd oedd e am baned hefyd. Roedd hi'n gwenu er ei gwaethaf wrth estyn llaw tua'r blwch bagiau te.

'Dim diolch,' gafodd hi'n ateb. Gorfodwyd hi i dynnu'r llaw yn ôl yn syth a chanolbwyntio ar droi ei the unig yn egnïol gyda'r llwy a ddaliai yn ei llaw arall. Wrth bysgota'r bag ohono, a hwnnw wedi ei wasgu'n drwyadl, rhoes ei bryd ar eistedd ennyd ar y soffa, i yfed a phendroni. Ond pan drodd am y lolfa, canfu fod y dyn eisoes wedi troi ar ei sawdl, gan ddechrau cymryd camau breision yn ôl i gyfeiriad y llofft.

Oedodd wrth ddrws y gegin i ddiffodd y golau a chymryd sip o'i diod boeth. Fe wnâi hi'r hyn oedd hawsaf heno, tybiodd. Gallai weld a chlywed ei draed mawr yn dechrau bustachu eu ffordd yn ôl i'w gwely. Dilynodd ef yn araf gan gadw'i llygaid yn garcus ar fin y mŵg a ddaliai o dan ei thrwyn, ond gan hefyd fentro taflu ambell gip sydyn i gyfeiriad y tin cyhyrog oedd yn prysur ddiflannu i fyny'r grisiau o'i blaen.

*   *   *

Ar yr un eiliad yn union, ym mhen draw'r ddinas, roedd Mr Morris ar ei bengliniau yn ei gegin yntau yn prysur dwrio drwy'r cwpwrdd o dan y sinc. Gwyddai y byddai'r rhan fwyaf o bobl yn gweld hwnnw'n lle rhyfedd i'w ddefnyddio fel storfa ar gyfer dim, ar wahân i hylif golchi llestri a rhyw geriach cegin o'r fath. Ond fflat fechan oedd hi a phrin ei chilfachau.

Y diwrnod y symudodd i mewn, rhoes hanner dwsin o hen friffcesys yno o'r ffordd ... dros dro fel y tybiasai ar y pryd.

Tynnodd y chwech o'u cuddfan, cyn eu gollwng yn swp ar ben y bwrdd. Cododd haenen o lwch o flaen ei lygaid a cheisiodd ei chwythu i ffwrdd. Parodd hynny i'r dafnau wasgaru, gan ddawnsio'n araf cyn disgyn drachefn dros holl arwynebedd y bwrdd. Aeth i'r afael â'i dasg a chan fod ganddo syniad go dda ym mha un y rhoes y ffeil berthnasol, chymerodd hi fawr o dro iddo ddod o hyd iddi.

Cyn i Rwth ymadael ddiwedd y prynhawn, roedd eisoes wedi penderfynu gwireddu'r addewid a wnaeth iddi. Byddai'n bendant yn anfon un o'i hanesion ati ar e-bost a hynny cyn gynted â phosibl. Pam y brys? Wyddai e ddim yn iawn. Nid oedd gant y cant yn argyhoeddedig nad ffugio diddordeb ynddo wnaeth hi. Efallai mai cynllwyn i'w gael i ymddiried ynddi oedd y cyfan. Cloffodd fymryn yn ei asesiad ohoni, cyn gogwyddo tuag at ei chymryd ar ei gair yn y diwedd.

Synhwyrai ei bod hithau'n rhannu amheuon amdano yntau. Dau a welai ei gilydd yn yr un goleuni, o bosibl. Oedd, roedd e wedi addo anfon fersiwn gyflawn o un o'i straeon ati a dyna a wnâi.

Byddai'n llosgi'r gannwyll hyd berfeddion heno, fel y gwnâi yn aml. Aderyn y nos ydoedd yn bendifaddau.

Aeth trwodd i'w ystafell wely, lle'r oedd ei gyfrifiadur ar fwrdd bychan o flaen y ffenestr. Bodiodd trwy'r pentwr nodiadau yn bwyllog cyn penderfynu fod Rwth yn haeddu trefn os nad cywirdeb. Rhoes weddill y papurau i'r naill ochr, gan fwrw ati i ailymgynefino â'r hanesyn cyntaf yr oedd am ei rannu gyda hi. *Yn y dechreuad,* dywedodd wrtho'i hun yn ddireidus, *daeth y dyfroedd ...*

… a dyma'r hanesyn cyntaf
anfonodd Mr Morris
at Ruth:

Gwrach Y Dyfroedd

1648

Nid y storm ddiarhebol a roddodd fod i'r Dyfroedd oedd hon. Aethai deugain mlynedd a mwy heibio ers honno ac yn y cyfamser, cafwyd stormydd eraill, rif y gwlith. Doedd hynny ddim ond i'w ddisgwyl mewn rhan o'r byd lle mae'r tywydd yn bwnc trafod beunyddiol i bawb. Dyna sut y bydd hinsawdd yn dangos ei dannedd. Ac fe'i dangosodd yn yr oriau hynny yn ddi-os.

Fflangellai'r glaw yn greulon dros Fôr Hafren, gan ffyrnigo'r gwynt yn sydyn a chorddi llong ddi-nod yr olwg a ddigwyddai fod yno, yn ceisio canfod ei ffordd at dir sych dan gochl nos. Ychwanegai pydredd hydref at gynddaredd yr olygfa ac wrth i rymoedd natur amgylchynu düwch cynhenid y llong, gwelwyd enghraifft odidog o'r modd y gallai dyn fod lawn mor ddidrugaredd â'r elfennau.

Arbrawf oedd cargo'r llong a ddaeth dan lach y ddrycin y noson honno. Llwyth cynnar o gaethweision yn hwylio tua Bryste. Un o'r llwythi cynharaf oll, os nad y cyntaf un. Âi peth amser heibio eto cyn i'r fasnach gael ei thraed tani, ond roedd y Royal African Company, oedd â monopoli ar bob masnach â chyfandir Affrica, yn awyddus i weld beth yn union oedd yn ddichonadwy a pha mor broffidiol allai'r fenter newydd fod. Os ceid fod cyfran dda o'r nwyddau'n cyrraedd eu cyrchfan mewn cyflwr da y tro hwn, y bwriad oedd cynyddu cywasgiad y llwyth ar y fordaith nesaf. Dyna'r ymresymiad. Po fwyaf o gaethweision y byddai modd eu cludo bob tro, mwya i gyd yr elw.

Pan ddeallodd y capten ar y noson neilltuol hon nad oedd dim amdani ond lansio cwch y llong er mwyn ei achub ef a'r criw, gorchmynodd i'r hualau a gadwai'r nwyddau yn eu lle gael eu datgloi. Petai'n gadael y llwyth byw yn dal wedi'u rhwymo ym mola'r llong doedd dim ond boddi yn eu haros a byddai'r cwmni'n gwneud colled cant y cant ar ei fuddsoddiad.

Er ei fod yn gydwybodol o'r farn nad oedd y creaduriaid yn yr howld yn aelodau cyflawn o'r ddynolryw, ni phetrusodd ddwywaith rhag rhoi ei ffydd yn y gred gyffredin bod gan fodau dynol reddf sylfaenol i oroesi. Ei dybiaeth oedd y byddai'r reddf honno'n siŵr o achub canran dda o'r stoc. Sylweddolai fod ei benderfyniad yn golygu y byddai galw ar griw o ddynion i fynd i chwilio am y creaduriaid a'u hel ynghyd drachefn yn y bore. Ond ymresymodd ag ef ei hun mai gwell hynny na gorfod adrodd i gyfarwyddwyr y cwmni fod y cargo cyfan yn gelain.

'Bod yn ifanc. Bod yn iach. A bod yn gryf.' Dyna fantra'r helwyr gwreiddiol a fu'n cynaeafu'r cnwd a gariai, a chyda hynny hefyd mewn cof, teimlai'n ffyddiog bod siawns go dda y cyrhaeddai nifer helaeth ohonynt y lan yn ddiogel. Ffaith arall a wyddai i sicrwydd oedd nad oedd munud i'w cholli. Rhoddodd ei orchmynion ond ni oruchwyliodd unrhyw ran o'r ddihangfa ei hun. Gwyrai'r llong yn drybeilig, gan simsanu fwyfwy bob eiliad wrth i'r tonnau hyrddio. Cael a chael fu hi iddo ef a'r criw i gyd ymgynnull mewn pryd a cheisio sadio'u cwch bychan er mwyn iddynt hwythau hefyd gymryd eu siawns.

Pan ddychwelodd yr is-gapten i'r dec o'r howld, roedd eisoes hyd at ei bigyrnau mewn dŵr. Tynnwyd ef i ddiogelwch cymharol y cwch bach ac yna adroddodd i'r capten, gan sicrhau hwnnw fod ei orchymyn wedi ei gyflawni a bod pob gefyn wedi ei ddatgloi.

O fewn munudau, roeddynt oll yn rhwyfo eu gorau glas i gyfeiriad y golau agosaf a welent ar y tir mawr – ac o gysgod eu llong ddiflanedig a'r creigiau a'i drylliodd. Yn araf bach, dechreuodd y capten ddychmygu ei fod yn gallu gweld ambell enaid croenddu yn ymaflyd codwm â'r dŵr yn y pellter. Neu efallai mai twyllo'i hun yr oedd e, wedi'r cwbl, wedi ei ddallu dros dro gan rith y grymoedd anwar o'i gwmpas. Y naill ffordd neu'r llall, doedd ganddo ddiawl o ots.

*

Er iddi fod yn noson drallodus ar y môr, dim ond storm enbyd arall, prin gwerth sôn amdani oedd hi ym marn y rhai y bu iddi basio trostynt. I'r rheini, a ddihunwyd gan chwibanu'r gwynt a threisio'r glaw, roedd cysur o godi bore trannoeth a chanfod ei bod bellach wedi chwythu'i phlwc. Oni welsant waeth lawer tro?

Rhwng y dŵr a'r dail, cafodd Sgathan ei bod hi'n beryglus o lithrig dan draed pan adawodd gartref. Nid fod hynny'n ddim byd newydd iddi. Dechreuodd ar ei thaith gyda'i sgidiau cadarn arferol am ei thraed a chyda'r naws ffres a ddaw wedi storm yn felys yn ei ffroenau. Dihangodd yn ddiymdroi i'w byd o freuddwydion cefn dydd golau – er taw prin wawrio'r oedd y dydd go iawn o'i chwmpas.

Pan ddynesodd at y fan lle gwyddai y byddai'n dod ar draws y dynion a oedd wrthi'n ymestyn y ffosydd, mewn ymdrech arall i sychu tipyn ar y tir, gwnaeth ati i'w hanwybyddu fel y gwnaethai bob dydd ers rhai wythnosau. Un a gasâi gael ei hanwybyddu oedd hi fel arfer, ond byth ers iddyn nhw gyrraedd yr ardal, roedd hi wedi bod yn wyliadwrus rhag tynnu sgwrs â'r rhain. Gwyddai pawb mai rhyw giwed o bant a gyflogwyd i wneud y gwaith a'r sôn ar led oedd mai rhai digon garw oeddynt. Digon ansicr oedd Saesneg Sgathan ambell dro, fe wyddai, a doedd hi ddim am ennyn eu dirmyg.

Bodlonodd ar gogio cael ei dychryn gan eu chwibanu a'u stumiau awchus arferol wrth gamu heibio, a gwnaeth gryn sioe o lapio'i chlogyn yn dynnach amdani – fel petai gan hwnnw'r gallu i'w harbed rhag dim. Nid clogyn go iawn mohono hyd yn oed. Dim ond hen garthen weithiodd ei mam ar ei chyfer, i'w hymgeleddu rhag y gwyntoedd oer. Er colli ei liw a'i raen, roedd wedi cadw'i wytnwch, a'r unig rinwedd go iawn a berthynai iddo bellach oedd ei drymder.

Trwy ddal i gerdded yn chwim, gyda'i hosgo o wyleidd-dra ffug, aeth heibio iddynt, gan obeithio ei bod hi'n gadael delwedd o fod yn hoeden barchus ar ei hôl. Yna, pan wyddai mai dim ond ei chefn a welent mwyach, lledodd gwên fawr fodlon ar draws ei hwyneb a dotiodd wrth feddwl fel y byddai'r dynion yn dal mewn dryswch, heb allu penderfynu pa fath ferch oedd hi mewn gwirionedd. Chymerodd hi fawr o dro i'r rheini roi heibio'u dyfalu ac ailgydio yn eu gwaith – a chyn pen dim gallai hithau weld Plas Pen Perllan yn y pellter.

Er yr enw, doedd fawr o siâp ar y berllan. Y si oedd na ddeuai hi byth yn ôl i'w hen ogoniant. Dywedai'r hen bobl fod gormod o ddaioni'r pridd wedi ei olchi ymaith gan y dilyw mawr. Cofiai fel yr arferai ei mam-gu sôn wrthi am helaethrwydd y berllan wreiddiol ac fel y byddai hi a'i chyfoedion yn chwarae yno'n blant. Tipyn o sbort diniwed. Ond sbort nad oedd heb ei beryglon hefyd, yn ôl y sôn. Gwae'r sawl a gâi ei ddal, mae'n debyg.

Erbyn heddiw, prif nodwedd y maes oedd y pydredd a adawodd rhai o wreiddiau'r coed gwreiddiol. Hen stympiau cnotiog nad oedden nhw eto wedi ymdoddi'n ôl i'r pridd ac a orweddai'n dwmpathau anniben ar gyrion y fan.

A hithau bellach o olwg y dynion, arafodd ei chamre. Dychwelodd i'w breuddwydion ac am ennyd, ymgollodd yn ei hiraeth am Mam-gu. Doedd hi ddim am ruthro, er gwybod yn ei chalon mai dyna ddylai hi ei wneud. Doedd fiw iddi fod yn hwyr neu fe fydden nhw'n dogni ei thâl, meddyliodd. Hen deulu enwog am fod ag awch cybydd-dod yn eu gwaed oedd teulu'r Fitzgibboniaid – wastad yn disgwyl derbyn gwasanaeth llawn am eu harian, a mymryn yn fwy ar ben hynny hefyd os oedd modd yn y byd ei dynnu o groen gwas neu forwyn.

Câi Sgathan ryw gysur cyffrous o hiraethu, er ei gwaethaf bron. Ac nid yn unig am ei mam-gu. Roedd eraill wedi hen fynd a'i gadael hefyd – ei thad a'i brawd yn bennaf yn eu plith. Dau a ddylai lenwi lle amlwg yn ei bywyd, ond na fedrai wneud mwy na dwysfyfyrio trostynt. Ill dau, fel Mam-gu, wedi mynd i fydoedd amgenach. Y naill i'w fedd a'r llall i'r Byd Newydd.

Hiraeth am ei thad a roddai'r cysur mwyaf iddi. (Anaml iawn, iawn y byddai ei mam yn crybwyll ei enw bellach, er nad oedd yr un dyn arall erioed wedi dod i lenwi 'run o'r bylchau a adawodd ar ei ôl.) Pan ddewisai fod yn onest â hi ei hun, fe gydnabyddai mai brith iawn oedd ei chof amdano. Fedrai hi weld ei wyneb yn eglur yn ei chof? Na fedrai. Ond wedyn, roedd naw mlynedd a mwy ers ei gladdu a dim ond merch fach chwe blwydd oed fu hi ar y pryd. Nid fod y ffaith honno wedi bod yn ddigon i'w harbed rhag gallu clywed y gwacter mawr yn cnewian o'i mewn am fisoedd lawer wedyn.

Loetrai'r loes ddirdynnol a brofodd y groten fach ym mhen y Sgathan bymtheg oed o hyd. Ar ôl arswyd yr ergyd ddechreuol, yr hyn a'i trwblodd fwyaf oedd dirgelwch yr eco a ddilynodd ei ddiflaniad. Bu'n atseinio fel carreg ateb ar draws ei holl synhwyrau. Tybiasai mai peth felly oedd galar plentyn i fod. Dwli rhigwm talcen slip neu bos yr oedd disgwyl iddi geisio'i ddatrys trosti'i hun. Chwaraebeth yn yr ymennydd. Ddeng mlynedd yn ôl, roedd hynny wedi tynnu tipyn oddi ar y boen, am nad oedd deall arno bryd hynny. Ond nid felly nawr.

Er ei bod hi ond y dim i fod yn un ar bymtheg, dirgelwch oedd yr adlais o hyd – ond dirgelwch cyfarwydd erbyn hyn, heb unrhyw hud yn perthyn iddo i'w hachub rhag grym y gwacter.

Ceisiodd ddychmygu sut y teimlai petai Selyf newydd farw. Roedd sawl agwedd ar weddwdod yn apelio ati. Mor drwm fyddai ei chalon heddiw petai hi mewn trallod. O mor hallt y dagrau! Bron nad oedd hi'n deisyf galar, yn esgus dros brofi dogn o angerdd yn ei bywyd. Unrhyw esgus, er mwyn cael ymdrybaeddu yn ei holl gyneddfau. Ers cwrdd â Selyf am y tro cyntaf y diwrnod marchnad hwnnw, fisoedd lawer yn ôl bellach, cawsai fodd i fyw wrth ddychmygu'r ddau ohonynt yn sefyll o flaen y person yn tyngu llwon glân briodas. Weithiau, rhyw lanc arall a ddychmygai yn sefyll wrth ei hochr. Neb penodol. Dim ond iddo fod yn llai difrifol na Selyf.

Ond y funud nesaf, dyna lle y byddai hi'n dwys alaru trosto … dros Selyf a neb arall. Beth petai e wedi bod ymysg celanedd y bore gwaedlyd hwnnw bedwar mis yn ôl? Chwe neu saith milltir yn unig oedd rhwng y lôn y cerddai ar ei hyd y bore hwnnw a Sain Ffagan. Ond eto, ni fu yno erioed.

Ar wahân i'r hyn ddywedai e wrthi, ni wyddai ddim am y plwyf hwnnw. A phrin oedd ei hadnabyddiaeth o Selyf ei hun, mewn gwirionedd. Dyna'r drafferth. Dyna pam fod yr oll a chwenychai gydag ef mor chwithig. Peth tila, achlysurol oedd eu perthynas. Pa obaith oedd iddynt? Hithau'n byw yno ar wastadeddau'r Dyfroedd, led cae yn unig o'r môr a'i beryglon parhaus, ac yntau'n was ffarm o ochrau Caerau ar gyrion Y Fro. Ond nid y milltiroedd oedd yr unig faen tramgwydd rhyngddynt. Ofnai Sgathan fod Selyf yn rhy sych o lawer i'w swyno am yn hir. Roedd ganddo ddaliadau pendant ar bynciau nad oedd hi erioed wedi gwastraffu eiliad o'i hamser arnynt. Ochrai gyda Chromwell a'i Bengryniaid a gofidiai'n barhaus am ei bechodau.

Yr unig farn a goleddai Sgathan gydag unrhyw argyhoeddiad oedd y dylai gadw'i cheg ynghau am bopeth, bron. Onid oedd ei mam wedi ei rhybuddio ddigon am beryglon bod yn dafodrydd yn y dyddiau oedd ohoni?

Dridiau'n unig wedi'r frwydr, roedd hi wedi rhoi ei hun yn gyflawn iddo ac ni ddifarai hynny am foment – ddim hyd yn oed os oedd hi wedi peryglu bywyd tragwyddol ei henaid ei hun wrth wneud hynny, fel y dywedodd ef wrthi wedyn. Doedd neb ddim callach. Tybiai na ddôi neb byth i wybod. Doedd hi ddim i wybod fod gan y byd ei ffordd ei hun o ddod i ddeall merch fel hi.

*

'Cafodd llawer o'r cyrff eu cymryd ymaith i'w claddu,' roedd wedi egluro iddi'r noson honno y collodd ei gwyryfdod iddo. 'Ond nid pawb.' Wrth iddo barablu'n ddwys, rhythu i fyw ei lygaid wnaeth hithau, i ddangos ei theyrngarwch. Porthodd ef gyda brwdfrydedd.

O dipyn i beth, roedd prysurdeb prynu a gwerthu'r farchnad wedi hen ddod i ben. Bu'n ddiwrnod marchnad gwahanol i'r cyffredin, heb yr afiaith arferol i'r cecru a'r bargeinio. Hanes y frwydr wedi prysur gerdded trwy'r tir gan esgor ar gyffro mwy gofidus nag arfer. Mwy heintus. Llai cysurus. Dau gant a mwy wedi'u lladd nid nepell o'r fan, yn ôl y sôn. Honnai rhai i'r Elai lifo'n goch, tra bo'r proffwydi gwae yn darogan y byddai gwynt y gwaed yn hofran dros yr erwau hynny am flynyddoedd i ddod. Doedd ryfedd yn y byd fod gan bawb rywbeth i'w ddweud am y digwyddiad – ac eto, eu mudandod oedd wedi gadael y marc amlycaf ar y dref y noson honno. Y boblogaeth gyfan wedi ei byddaru gan alaw nad oedd neb am ymuno yn ei chytgan.

Heb na phibau na chrwth i berseinio'r strydoedd, doedd dim amdani i bâr fel Sgathan a Selyf y noson honno ond hel eu traed, gan wneud y gorau o ba bynnag wefrau yr oedd blys am eu taflu atynt.

Yn araf bach y daethai Sgathan i ymgyfarwyddo â siomedigaethau'r gyfundrefn newydd oedd wedi gafael yn y wlad. Hiraethai am y sŵn a'r asbri a arferai nodweddu min nos pob marchnad a phob ffair tan yn lled ddiweddar. Er mor ifanc ydoedd, roedd ganddi eisoes lond gwlad o wefrau i hiraethu ar ei hôl.

Deallai'r cynnwrf oedd yn corddi Selyf. Onid oedd e wedi cael cyfle i gyfeillachu gyda rhai o'r milwyr dros yr wythnosau y buon nhw'n gwersylla ger ei gartref? Daethai i adnabod un neu ddau ohonynt yn dda dros ben, yn ôl yr hyn a ddeallai. Llu o fyddin Cromwell oedden nhw bryd hynny, pan gyrhaeddon nhw gyntaf – Seneddwyr fel yntau. Ond rhwygwyd ei deyrngarwch iddynt pan droesant i gefnogi achos y Brenin – mewn enw o leiaf. A hwythau heb dderbyn dimai o'r gyflog oedd yn ddyledus iddynt ers misoedd, roedd mwy o flas anobaith i'w 'tröedigaeth' nag angerdd gwirioneddol dros egwyddorion y naill ochr na'r llall.

'Gadawyd y lleill yno i bydru yn yr awyr afiach,' aethai yn ei flaen. 'Y tlodion. A'r rhai nad oedd modd i neb wybod pwy oeddynt bellach, am fod y cleddyfau a'r mysgedau wedi gwneud eu gwaith mor dda. Gyda'u cymheiriaid wedi eu dal a'u martsio ymaith neu'n gelain fel hwythau, pwy arall oedd 'na i'w claddu? Neb ond ni.'

Er gwrando ar bob gair yn llawn trueni a chael ei chyfareddu a'i harswydo am yn ail, yr hyn y dyheai Sgathan amdano'n fwy na dim oedd i'w dafod dewi ac i'w freichiau gau amdani.

'Fe dyrchon ni trwy'r dilladach, ond ddaeth neb o hyd i ddim o bwys,' parhaodd gyda'r hanes. 'Sda ti ddim syniad mor ddrewllyd oedden nhw. Y cyrff oll wedi caledu'n dryblith salw – mewn cyflwr na fedret byth ddychmygu y gallai corff yr undyn byw fod ynddo. Fan lle gwmpon nhw, dyna lle y cawsant eu gadael. A'u gwaed ar yr hyn oedd ar ôl o'u hwynebe wedi ceulo'n ddu.

'Chymerodd hi fawr o dro cyn y daeth tipyn o bawb i hel eu dwylo blewog yn y budreddi – gan obeithio dwyn modrwyau oddi ar fysedd y meirw neu ddarganfod rhyw gelc yngnghudd mewn llodrau neu o dan grys. Ond ofer fu ymdrechion pawb a fentrodd o'r dref ar antur o'r fath. Ddaeth neb o hyd i ddim, hyd y gwn i.

'Ymhen hir a hwyr, y ni'r gweision oedd yn gorfod torchi llewys i dorri beddau bas ar eu cyfer. Taenwyd haen o galch dros y cyrff, cyn rhofio'r tyweirch yn ôl dros y trueiniaid. Y gred yw na ddaw neb byth i chwilio amdanynt. Yno fyddan nhw am byth, yn dwmpathau gwahaddod browngoch, yn yr union fan lle'r aethon nhw i'w hateb. Heb enwau na thras.'

Prin y câi Sgathan gyfle i ochneidio wrth wrando arno'n manylu mor gignoeth ar farwolaethau'r gwŷr ifainc. Siaradai gyda'r fath gysactrwydd awdurdodol fel y goddiweddwyd hi gan gymysgedd o fraw a blys wrth gerdded yn ei gwmni ar hyd un o'r lonydd gwledig a'u cymerai o olwg yr eglwys. Cyn i'r diwedydd gael cyfle i gau amdanynt yn llwyr, dyna lle'r oedden nhw'n cyplu'n swnllyd yng nghysgod adfeilion y castell gerllaw. Pan dybiodd fod y cyfan drosodd, ac yntau wedi encilio ohoni ond megis eiliad ynghynt, fe'i trywanwyd drachefn gan y tasgu poeth a chwistrellodd yn syfrdanol o sydyn yn erbyn ei chlun.

Nid siarad Selyf yn unig roddai'r argraff o ŵr ifanc difrifol. Tueddai ei holl anian yn fwy tuag ar grefydd a gwleidyddiaeth na phleserau'r cnawd. Ond roedd yn fwy hyddysg yn rhai o ffyrdd eraill y byd hefyd nag y tybiai neb – yn enwedig Sgathan. Y cyfan a welai hi oedd llanc go landeg i'w difyrru. Prin y gwerthfawrogai ei amryfal gyraeddiadau a byddai'n ddall i'r ffaith mai dyn ifanc a'i fryd ar fynd ymhell ydoedd tan ddiwedd ei hoes.

Wrth ysu i ymdrybaeddu yn y gwlybaniaeth a lynai'n ludiog rhwng ei choesau wedi'r caru, tynhaodd afael ei braich ar ei war, i'w dynnu'n ôl ati am gusan. Ond ni fynnai e ddim o'r fath beth. Ymbalfalodd i dynnu'n rhydd a chuddio'i noethni. Difarai'n barod. Ond ni ddywedodd air o'i ben am beth amser.

Er iddi ei weld eto bedair gwaith ers y noson honno, nid oedd wedi rhoi cyfle iddi ddod i adnabod ei gyffyrddiad yn well. Ni chrybwyllodd yr un pechod penodol wrth ei enw, ond dywedodd wrthi'n blwmp ac yn blaen fod yr hyn a wnaethant wedi bod ar ei gydwybod. Wedi'r cwbl, roedd hi bum mlynedd yn iau nag ef. Taerrodd na fu ganddo unrhyw fwriad i'w hamharchu. Er ei hymdrechion taer i'w swyno eilwaith, doedd dim yn tycio.

Ni ddeuai Sgathan byth i sylweddoli nad er mwyn diwallu ei hapusrwydd hirdymor hi ei hun yr oedd y pleserau prin a brofai yn dod i'w rhan, ond yn hytrach i ddiwallu anghenion hanes.

*

Heb iddi orfod holi gair, a heb i Sgathan yngan gair ychwaith, daeth ei mam i'r casgliad trosti ei hun nad oedd fawr o ddyfodol i garwriaeth honedig ei merch.

'Fentra i sofren â thi na fyddi di prin yn gallu cofio wyneb y crwt erbyn y daw'r Sulgwyn nesaf,' proffwydodd. Ymateb Sgathan fu gwenu'n wag i gyfleu ei diffyg diddordeb a mwmial tan ei gwynt. Fyddai geiriau ei mam byth yn brifo. Roedd hi wedi ei magu mewn modd a olygai na châi hi byth ei mennu ganddynt. Hen ddysgodd mai ei gadael yno wrth ymyl y tân oedd orau. Oni threuliai ei mam oriau bwy gilydd yno, yn tynnu'n achlysurol ar ei phibell glau a mudlosgi'n araf yng ngwres pa bynnag gawl oedd ganddi ar y gweill yn y crochan?

Difyrrach ganddi bob amser oedd dianc i'w dychymyg a'i dyheadau'i hun.

*

'Rwyt ti yma o'r diwedd. Hen bryd hefyd!' arthiodd y wrach o Gaerwrangon yr eiliad y camodd Sgathan o wlybaniaeth yr oerfel oddi allan i wres y gegin ddiwyd. Caewyd y drws yn glep ar atgofion a derbyniodd ei bod hi'n ôl yn y byd go iawn.

Dim ond ers tri mis y bu'r gogyddes newydd ym Mhlas Pen Perllan, ond doedd neb wedi cymryd ati o'r cychwyn. Llwyddodd i newid naws y gegin yn llwyr. Gwnaeth hynny o fewn tair awr i gyrraedd. (Y gwir amdani yw fod gan honno hefyd ei stori, ond nid dyma'r lle i'w hadrodd. Digon yw nodi mai dim ond hen weddw chwerw a welai Sgathan pan welai hi Cook; un yr oedd disgwyl iddi wneud yn ôl ei mympwy ac nad oedd am i neb o'i chwmpas fod yn hapus.)

Plygodd Sgathan ei phen i'w chyfeiriad mewn ystum o wrogaeth, fel roedd disgwyl iddi ei wneud bob bore, ond yn ôl eu harfer, fe osgôdd y ddwy edrych i fyw llygaid ei gilydd. 'Cer lan llofft ar frys, ferch, a cher â hwn gyda thi.'

Deallai Sgathan fod y ddefod fisol eisoes ar droed. Yn gymysg â phopeth arall a fu yn ei phen, bu'n llusgo'i thraed i gyrraedd yno'r bore hwn am fod yn gas ganddi'r orchwyl oedd o'i blaen.

Gan ufuddhau i'r gorchymyn, cydiodd yng nghlust y piser gyda'i dwy law a'i godi oddi ar y bwrdd gyda chryn ofal. Roedd yn llawn dŵr berwedig, fel y gwyddai y byddai, a chamodd drwy'r tŷ mor araf ag y gallai heb roi cyfle i neb ei chyhuddo o wili-boan. Petai'n colli diferyn ar y lloriau rywle rhwng y gegin ac ystafell y feistres fe gâi stŵr – a phetai'n colli diferyn ar ei chroen noeth, fe allai losgi'n ddifrifol.

'Fe ddoist ti, fe welaf. Dyw'r ffaith dy fod ti'n dipyn o ffefryn ddim yn rhoi hawl iti gymryd mantais, wyddost ti?'

'Wn i ddim be' 'dach chi'n 'i feddwl, syr,' atebodd yn haerllug.

O'r tu cefn iddi yr oedd llais y meistr wedi cyrraedd ei chlyw. Gan iddi ganolbwyntio ar gyrraedd pen y grisiau cerrig yn ddiogel, heb godi ei golygon unwaith, roedd hi heb ei weld yn sefyll yno wrth ddrws ei ystafell. Saesneg oedd iaith eu cyfathrebu, er y gallai Mr William fod yn reit bryfoclyd ar brydiau, gan ddweud ambell beth yn Gymraeg wrthi. Ond dim ond pan wyddai nad oedd neb arall o fewn clyw fyddai hynny. Cyfrinach fach rhyngddynt oedd honno. (Yn y gorffennol, clywsai i rai o weision a morynion yr ystad syrthio i'r fagl o yngan ambell air dilornus am y meistr a'i deulu o dan eu gwynt ac yntau o fewn clyw. A llym fu'r gosb a'r cerydd.)

'Rwyt ti'n hwyr. Bu'n rhaid imi alw ar wasanaeth Hannah. Mae hi yma'n ymlafnio ar ei phen ei hun ers rhai munudau er mwyn cael popeth yn barod.'

'Mae'n flin gen i, syr.'

''Does fawr o ots, oes e? Fel mae lwc yn bod, digon araf wrth ei phethau yw dy feistres y bore 'ma. Arafach na'r arfer hyd yn oed,' lliniarodd ei lais. 'Ddywedwn ni ddim mwy am y peth … am nawr. Fe all y bydd gofyn imi godi'r mater yn nes ymlaen.'

'Fel y gwelwch chi orau, syr,' atebodd Sgathan yn bur swta. Er deall y peryglon a oedd ymhlyg yng nghleme'r meistr, roedd Sgathan yn hyderus fod ganddi ei ffordd ei hun o ddelio â dynion.

Ers i'r hen Mrs Fitzgibbon ddechrau colli arni ei hun,

gwnaeth ei hunig fab hi'n glir bod popeth ymarferol yr oedd angen ei wneud trosti yn wrthun ganddo. Bu'n rhaid i'r morynion droi eu llaw at ofalu amdani, gan faeddu eu dwylo mewn ffyrdd nad oedd disgwyl i forwyn wneud fel arfer. Y nhw fyddai'n ei gwisgo, ei golchi, yn gwneud ei gwallt a'i chynorthwyo dros y bwced. Ni fynnai Mr William unrhyw ran yn y gorchwylion hyn. Ond cadwai lygad barcud ar y sefyllfa, i ofalu bod ei fam yn edrych yn gymen bob amser. Bod yn gymen ac yn lân a chadw wyneb orau y gallai, er budd y teulu – ar hynny y rhoddai bwys. Rhan o'r *regime* a sefydlwyd i'r perwyl hwnnw oedd y ddefod hon a oedd ar y gweill.

Gan ei bod hi'n trochi cymaint arni ei hun, penderfynodd y mab fod angen golchi ei fam yn drwyadl o'i chorun i'w thraed unwaith y mis. Doedd fiw i'r hen fenyw ddrewi. A heddiw oedd y diwrnod mawr. Dyna pam ei fod yno ar y landin. Cododd glicied y drws derw du i hwyluso mynediad Sgathan ac enciliodd ar frys, heb daflu cip i ddirgelion yr ystafell.

Prin y cafodd Sgathan gyfle i gyfarch Hannah, ei chyd-forwyn. Gallai weld yn syth nad oedd y feistres am gydweithredu â nhw yn y gwaith o garthu a sgrwbio. Roedd ei chorff mawr afrosgo yn swrth fel doli glwt a dyna lle'r oedd Hannah druan yn gwegian dan y pwysau wrth geisio ei chael i fyny ar ei heistedd yn y gwely.

Rhoddodd Sgathan y piser i lawr yn ofalus ar y pentwr o hen lieiniau a osodwyd yn unswydd ar gyfer y dasg ar ganol y llawr, cyn mynd i gynorthwyo.

Siaradai Hannah'n garedig â'r hen wraig, er mwyn ceisio hwyluso pethau, ond doedd gan Sgathan fawr o fynedd. Aeth at ochr arall y gwely i geisio gwthio'r lwmpyn cnawd yn nes at yr erchwyn. Oni chaen nhw hi at ymyl y twba'n fuan mi fyddai'r dŵr wedi troi'n rhy oer iddi – ac yna fe gaen nhw flas ei thafod. Er ei dryswch dybryd ers sawl blwyddyn bellach, gallai'r feistres ddal i'w mynegi ei hun yn huawdl iawn ar brydiau.

Trwy ei rhowlio i'r naill gyfeiriad, ac yna'r llall, llwyddwyd i gael ei choban heibio'i ffolennau ac yna dros ei phen. Ond wrth wneud, cododd drycsawr ei diffyg gofal i lorio'r ddwy ifanc. Troes Sgathan a Hannah eu pennau i'r ochr fel un. Er bod brys o'r pwys mwyaf i'r ddwy, roedden nhw wedi hen ddysgu nad oedd modd rhuthro'r orchwyl. Os na olchen nhw Mrs Margaret Fitzgibbon, meistres Plas Pen Perllan, yn drwyadl, gwaethygu ar ei ganfed wnâi'r budreddi a lynai wrthi.

Trwy lwc, doedd y meistr erioed wedi awgrymu y dylid ei throchi hi yn y dŵr. Amhosibl fyddai ei chael i mewn i'r twba ac amhosibl fyddai ei chael hi allan ohono eto. Pan fodlonai i sefyll yno'n ddistadl ar y llieiniau, gan adael i'r 'ddwy ferch', fel y cyfeiriai hi at y morynion, ei golchi, dyna oedd y gorau y gellid ei ddisgwyl. Weithiau, fe fynnai syrthio i'w phengliniau fel petai'n dweud ei phader, oedd yn creu llai o lanast, am fod llai o bellter wedyn rhwng y dŵr sebonllyd a gwahanol rannau ei chorff. Ond roedd hefyd yn creu problem o'r newydd, sef sut i'w chael yn ôl ar ei thraed. Ambell fis, gorfodwyd nhw i'w rhwbio'n sych a hithau'n dal ar ei phengliniau, cyn rhoi coban lân dros ei hysgwyddau a rhuthro i chwilio am Gowain, stiward y stad, er mwyn iddo ddod i'w chodi. (Ni allai ei mab oddef cyffwrdd ynddi, i wneud cyn lleied â hynny hyd yn oed, mae'n ymddangos.)

Un o ychydig nodweddion cadarnhaol y profiad i Sgathan oedd y sebon a ddefnyddid. Er bod rhywbeth cras a chryf am ei arogl, hoffai Sgathan ef yn fawr. O'i ddoddi'n dalpiau yn y dŵr, arogldarthai'r ystafell drwyddi a theimlai y byddai'r tŷ drwyddo yn elwa petai'n cael ei ddefnyddio'n helaethach.

Dim ond stad o faint cymhedrol oedd Plas Pen Perllan

ac er yr enw, dim ond ffermdy reit sylweddol oedd y tŷ ei hun. Edrychai'n drawiadol ar y tirlun, mae'n wir, ond roedd ei leoliad ar y gwastadeddau gwlyb rhwng y môr a'r tiroedd mwy ffrwythlon yn nes at y bryniau yn cyfrannu at y ddelwedd honno. Ar wahân i'r plas ei hun, chwe fferm arall digon cyffredin eu maint oedd yn eiddo i'r Fitzgibboniaid. Tiroedd digon sâl a gymynroddwyd iddynt yn ddiolch am ryw gymwynas bur amhheus yn ôl mewn dyddiau eraill tymhestlog fel y rhain. Mân fyddigions oeddynt, fu'n gwneud y gorau ohoni ers sawl cenhedlaeth. Er y byddent i'w gweld yn cymysgu'n ddigon harti mewn mart ac ocsiwn gyda thirfeddianwyr mwy cefnog y de-ddwyrain, doedd fawr o groeso iddynt yng nghartrefi'r rheini a dweud y gwir.

Wedi eu dal rhwng bonedd a gwrêng, roedden nhw wedi eu tynghedu i fywyd cymharol gyfyngedig o chwarae rhan y meistri tir o fewn eu milltir sgwâr.

*

'Bradwyr oedden nhw, p'run bynnag,' honnodd y Saesnes gyda gwir gasineb yn ei llais. 'Gwrthgilwyr oedden nhw, pob un wan jac ohonynt. Beth ddaeth dros eu pennau nhw? Cael eu harwain ar gyfeiliorn gan Poyer a Laugharne a'r lleill fel yna? Troi'u cefnau ar yr Achos Cyfiawn?'

Chofiai Sgathan ddim beth sbardunodd Cook i ddechrau brygowthan fel y gwnaeth hi'r prynhawn hwnnw. Ond gwyddai mai honno ddechreuodd y cecru.

Llwyddwyd i gael y feistres yn lân ers rhai oriau. Tra bu'r ddwy gyflogedig yn dadlau yn y gegin wrth ymhêl â'u dyletswyddau, eisteddai Mrs Fitzgibbon yn yr hyn a gâi ei galw'n Neuadd Fawr – er nad oedd hi'n ystafell mor fawr â hynny a dweud y gwir. Cyneuid tân iddi yno ar ddyddiau diflas. A heddiw roedd hi wedi mynnu gwisgo hoff het ei diweddar ŵr. Edrychai'n bictiwr llonydd o afreswm – yn gloywi'n lân o'i sgwriad, ei phen yn gwyro ymlaen ychydig wrth rythu'n ddall i fyw'r fflamau a phlu'r het yn araf ruddo ar ei phen. Dedwyddwch hen wraig ddotus ar ddiwedd ei hoes. Doedd neb yn dymuno'n ddrwg iddi, ond doedd neb ar ôl a'i carai'n wirioneddol. Pan elai'n derfynol o'r fuchedd hon, byddai'r rhyddhad a deimlai amryw o'i chwmpas yn amlwg drwy'r tŷ, heb fod angen i neb grybwyll gair.

'Doedden nhw heb gael eu talu ers hydoedd. Peth peryglus iawn yw gadael milwyr heb eu talu. Dyna glywais i, ta beth,' mynnodd Sgathan ateb yn ôl yn wybodus. 'Roedden nhw ar eu cythlwng ... Pethau wedi mynd i'r pen arnyn nhw ... Heb dderbyn 'run ddime goch y delyn ... Ddim ers misoedd ... Beth arall fedren nhw ei wneud?'

'Nid tynnu holl rym byddinoedd Cromwell ar eu penne oedd yr ateb, siŵr dduw. Mi wn i gymaint â hynny,' daeth yr ateb parod.

'Ddylech chi ddim crybwyll yr enw hwnnw yn y tŷ hwn,' sibrydodd Sgathan, nid yn fygythiol, ond gyda pheth caredigrwydd yn ei llais. 'Selogion y Brenin yw'r Fitzgibboniaid. Oni wyddoch chi hynny?'

'Hy!' poerodd y gogyddes yn ôl yn haerllug. 'Chlywes i neb yma yn crybwyll enw'r Brenin ers misoedd. Mae'r rhain yr un mor awyddus i oroesi â phawb arall. Pan ddaw'n amlwg pwy yw'r trechaf mewn unrhyw sgarmes, ar achub eu crwyn eu hunain fydd bryd pawb, cred ti fi. Prin iawn yw'r rhai o wir argyhoeddiad yn y byd 'ma. Fe ddoi di i ddeall hynny, 'merch i, wrth iti fynd yn hŷn.'

'Cymerwch ofal!' gwichiodd llais Sgathan, wrth iddi frwydro i'w mynegi ei hun orau y gallai yn Saesneg a chadw rheolaeth ar ei chynddaredd. 'Chi'n siarad yn beryglus nawr.'

'Twt, ferch! Dim ond ti a fi a'r hulpen wirion 'na allan yn y llaethdy sydd yma. Mae e, Mr William, wedi mynd ar gerdded am y prynhawn. A phetai honna sy'n delwi yn y Neuadd Fawr yn sefyll fama nesa ata i, yn syllu i grombil y bowlen bridd 'ma yn hytrach nag i fflamau tân, mi fydde gen i well siawns o glywed gair call yn dod o du'r llestr na dim a ddaw o'i phen hi. Mi fedrwn ei rhegi hi a'i theulu ac achos y Brenin Mawr ei hun a fydde hi ddim callach. Mi wyddost ti hynny cystal â minne.'

Dewis mynd ymlaen â'i gwaith yn hytrach na lladd mwy o amser yn dal pen rheswm wnaeth Sgathan.

'Wel, fydde dim ots gen i weld y Brenin yn ei ôl tase hynny'n golygu y câi bywyd ddychwelyd i'r hyn ydoedd cynt,' ebe hi'n freuddwydiol, gan obeithio y byddai hynny'n cau pen y mwdwl. Ond llais profiad fynnodd gael y gair olaf, gan i Cook ateb yn ôl ar ei hunion: 'Nodweddiadol o'r to ifanc. Wastad yn dyheu am yr amhosibl ... Yr hyn sy'n fy nychryn i fwyaf yw eich bod chi weithiau yn llygad eich lle.'

*

Cafodd Sgathan ei chorddi gymaint, bu gweddill ei horiau gwaith yn fwy o fwrn nag arfer arni'r diwrnod hwnnw. Nid bysedd y cloc mawr oedd gwir geidwad amser morwyn fach bryd hynny – ond y rheidrwydd i gyflawni ei holl ddyletswyddau. Os digwyddai i ryw orchwyl lyncu mwy o'i hamser nag arfer, rhaid oedd rhygnu ymlaen i'w gorffen a chyflawni popeth arall yr oedd disgwyl iddi'i wneud yn ogystal. Fyddai hi ddim elwach o edrych yn ymbilgar ar wyneb y cloc bob tro y cerddai heibio iddo. Dyna'r drefn. Dyna'r disgwyl. A doedd fiw iddi ymddangos fel petai hi ar frys.

Cuddiai ei rhwystredigaethau'n lled dda wrth sefyll yn amyneddgar wrth ochr Cook tra torrai honno dair tafell o gig ar ei chyfer – tair tafell o'r cig eidion roedd Mr William a'i fam wedi ciniawa arno ddeuddydd ynghynt. Arferiad a sefydlwyd gan Mrs Fitzgibbon oedd hynny, flynyddoedd yn ôl pan oedd hi'n feistres go iawn ar y lle. 'Gwell bwydo morwyn dda na chi drwg' fu ei harwyddair, er nad oedd yr un o'r morynion a ymelwodd ar ei haelioni ar y dechrau ymhlith y rhai a weinai arni nawr. Serch hynny, rhaid bod ysbryd y wireb yn parhau. Gwyddai Sgathan fod stên o laeth enwyn yn disgwyl amdani yn y llaethdy hefyd.

Er nad oedd Cook yn cymeradwyo'r arfer, roedd hi dan ddyletswydd i'w anrhydeddu. Lapiodd y tefyll mewn cadach glân cyn eu hestyn at Sgathan. Cymerodd hithau nhw heb air o ddiolch. Ers y geiriau croes a fu rhyngddynt, roedd hi wedi osgoi mynd ar gyfyl y gegin onid oedd raid. Ni welwyd lliw croen Mr William wedyn weddill y dydd, ond daethai Gowain, y stiward, i'r gegin ganol y prynhawn. Roedd ganddo ddesg fawr dderw wrth y ffenestr yn y cornel a bu yno gyda'i gwilsyn yn gwneud beth bynnag a wnâi â'i amser am rai oriau.

Dymunodd Sgathan 'Noswaith dda' i hwnnw'n serchus wrth hel ei chlogyn o ddrws y cefn, ond y munud y camodd trwy ddrws y llaethdy i'r clos gwag, gollyngodd ochenaid o ryddhad o gael ei thraed yn rhydd o'r diwedd. Ymdeimlodd â'r llonyddwch wrth gamu i gyfeiriad y lôn. Drwy'r dydd, byddai rhywrai – yn ddynion neu'n dda byw – yn ôl a blaen yn barhaus rhwng beudy, stablau, sgubor a storws. Nawr, doedd dim ond nos yn cripian yno ac un ci defaid du yn edrych arni'n mynd i gyfeiriad y clwydi rhwysgfawr. Fyddai'r rheini bron byth yn cael eu cau'r dyddiau hyn. (Yn nyddiau'r feistres wrth y llyw, caent eu cadw ar gau'n gyson, gan ei bod dan y dybiaeth fod clwydi caeedig yn arwydd o statws.)

Hyd yn oed yng ngoleuni pŵl y gwyll, hawdd gweld mai ychwanegiadau lled ddiweddar oedd y tai mas, gan eu bod nhw'n gyndyn iawn o gymathu â'r tŷ mawr ei hun. Tystiai hwnnw i gadernid ei adeiladwaith o hyd. Ar wahân i ddodrefn y llawr gwaelod a pheth o strwythur y waliau allanol, nid oedd wedi newid fawr ers canrif a mwy. Soniai rhai o'r hen bobl am y llifogydd mawr, ond prin fod Sgathan yn ymwybodol ohono fel hanes. Roedd yn fwy o chwedloniaeth – y dydd y daeth Y Dyfroedd Mawr.

Yn sicr, nid oedd y diwrnod hwnnw ar gyfyl ei meddyliau heno. Yr hyn a'i llethai'r funud hon oedd lludded diwrnod llawn o waith ar ei hesgyrn a'r sicrwydd mai dim ond llond y lle o fwg oedd yn ei disgwyl gartref. Rhwng hynny a llais gwenwynllyd Cook yn gogor-droi yn ei phen, penderfynodd nad oedd hi am gymryd y llwybr byrraf adref.

Hefyd yng nghefn ei meddwl roedd y sylweddoliad y gallai'r gweithwyr fod yn dal wrthi ar fin y ffordd. Am ryw reswm fe godent fwy o ofn arni yn y tywyllwch nag yng ngolau dydd.

Âi adre'r ffordd gwmpasog yn bur aml. Hoffai'r awyr iach. Ar nosweithiau o haf, roedd hi wedi gweld jac y lantar yn chwarae mig â hi ymysg y brwyn. A phan oedd hi'n iau, arferai gynhyrfu'n lân wrth ddychmygu dod ar draws clwstwr o dylwyth teg yn dawnsio yn adfeilion Capel Euddogwy.

Trodd i'r chwith a gallai glywed y môr. Dywedai hynny wrthi fod y gwynt o'r dwyrain heno a bod storm neithiwr wedi hen ostegu. Doedd neb i'w weld yn cerdded o'i blaen nac yn dod i'w chyfarfod. Anaml iawn y gwelai hi'r un enaid byw ar hyd y ffordd honno, er bod tafarn yn arfer sefyll wrth yr hyn a elwid yn Cwrw Corner o hyd. Syched pwy arferai gael ei dorri mewn man mor anghysbell, doedd wybod.

Y Dyfroedd Mawr gâi'r bai am hynny hefyd. Dyna a gâi'r bai am bopeth. Pob ffrwythlondeb a edwinodd. Pob masnach a aeth â'i phen iddi. Pob tyddyn a adawyd yn furddun. Gwyddai i'w mam-gu a'i thad-cu ar ochr ei thad gael eu lladd. Roedd mynwentydd pob plwyf i bob cyfeiriad yn llawn dop gan dystiolaeth o'r difrod a fu. Dyna honnai ei mam bob amser. A slawer dydd, byddai honno wrth ei bodd yn codi ofn ar y fechan trwy adrodd fel y cafodd eneidiau ugeiniau o bobl eu colli am byth am nad oedd modd eu claddu mewn tir cysegredig. 'Yr holl gyrff 'na wedi'u golchi bant dan drwynau'r 'ffeiriadon!' fel y dywedai.

Go brin fod Sgathan yn deall y ddiwinyddiaeth, ond roedd hi'n derbyn.

*

Braw oedd ei hadwaith cyntaf wrth ddod ar draws y creadur. Dwy res o ddannedd. Ac yna gwyn y llygaid. Fel sêr ar lawr, yn llechu yno yn y cysgodion. Crynai. Cyfuniad o oerfel ac ofn. Gwyddai Sgathan hynny'n reddfol er ei bod hithau hefyd wedi cael ei dychryn am ei bywyd.

Rhoes sgrech, ond ni allai redeg i ffwrdd, er ei bod yn argyhoeddedig mai dyna ddylai hi ei wneud. Bu bron iddi syrthio wysg ei chefn gan syndod y foment. Er i'r stên a hongianai wrth ddolen fetal o'i llaw chwith ysgwyd yn afreolus, daliodd ei gafael arni'n gadarn ac ni sarnwyd diferyn o'i chynnwys am fod y caead arno'n dynn.

Gallai glywed pa bynnag anifail ydoedd yn rhowlio'i ffordd drwy'r glaswellt tal, ymaith o gysgod y llwyni di-lun oedd wedi llwyddo i wreiddio yno rywsut. Dim ond yn nhermau creaduriaid y gallai feddwl, ond roedd hi'n ddigon cyfarwydd â chael grymoedd natur o'i chwmpas i ddirnad fod hwn yn hwy na'r un anifail gwyllt y gallai feddwl amdano.

Daeth sŵn o'i safn a mentrodd hithau'n nes.

'Beth sy 'na?' gofynnodd, yn Saesneg i ddechrau ac yna yn Gymraeg.

Newidiodd yntau ei ffurf o ymlusgiad gorweddog ar y ddaear i greadur a chanddo bedair troed. Nawr, sgleiniai ei flew yng ngolau'r lloer a'i groen yr un modd. Fel sidan, tybiodd Sgathan.

Roedd arni ofn tynnu ei llygaid oddi arno, rhag ofn iddo droi'n rheibus a dod amdani. Fel ei ddüwch, roedd y seiniau a ddeuai ohono a'i osgo'n gwbl ddieithr iddi. Feiddiai hi ddim mynd gam ymhellach. Am funud dda, nid oedd dim ond cywreinrwydd ac ofn i'w cadw ynghyd. Yr awel yn hydrefol. A neb ond nhw ill dau i wynto'r awch rhyngddynt.

Newidiodd yntau ei siâp drachefn, mor chwim nes peri i Sgathan gymryd cam yn ôl unwaith eto. Nawr ei fod mwy neu lai ar ei gwrcwd, gallai hi weld mor debyg i ddyn ydoedd. Ond prin y cafodd hi gyfle i roi coel ar syniad o'r fath, nad oedd e wedi neidio i'r cyfeiriad arall mewn herciadau sydyn gan ei wneud ei hun yn anweledig eto ar gefnlen y nos.

Un o hen furiau Capel Eurddogwy yn unig oedd yn dal ar ei draed ac ar amrantiad, llwyddodd beth bynnag ydoedd i gyrraedd yr ochr draw iddo. Gallai Sgathan fod wedi colli golwg arno'n llwyr oni bai am sŵn ei duchan. Dyna lle'r oedd e'n gwneud amdani i redeg … wedi codi i'w lawn faint o'r diwedd ac yn ceisio dianc oddi wrthi i gyfeiriad y foryd. Ac roedd e'n noeth.

Haws gweld beth oedd e nawr, o bell. Petai hi wedi gweld llewpart yn rhedeg yn rhydd ar draws corstiroedd Y Dyfroedd, neu eliffant yn cael ei arwain at glos Plas Pen Perllan, ni fyddai'r sylweddoliad wedi peri mymryn yn fwy o ryfeddod iddi. Edrychai'n gwmws fel dyn – er nad oedd wedi gweld yr un oedolyn cwbl noeth erioed. Na'r un a edrychai fel hwn. Gwaeddodd ar ei ôl a pheidiodd yntau â rhedeg, fel petai'n ddiolchgar am esgus i aros.

Gyda'i gnawd yn ddu fel pren deri a gabolwyd yn loyw las, troes i'w chyfeiriad. Er cryfed yr edrychai iddi, fe'i trawyd gan ei eiddilwch hefyd. Fel dryw bach yn ymbil rhyw drugaredd. A sylweddolodd yn yr eiliad honno mor lluddedig oedd e.

Cofleidiodd y dyn ei hun, mewn ymdrech i guddio'i ryndod yn gymaint ag i guddio'i noethni rhagddi.

Roedd ar ffurf dyn, ond nid oedd ganddo ddillad. Roedd ganddo lais, ond ni ddeallai ddim a ddywedai. Llyncodd ei phoer yn araf a dechreuodd ddeall fod y greadigaeth ryfeddol o'i blaen ar ei gythlwng. Agorodd y stên a chymerodd lymaid o'r llaeth enwyn, cyn ei rhoi i sefyll ar y llwybr anwastad dan draed. Yna camodd yn ôl gan wneud ystum ar iddo ddod i dorri ei syched.

Petrusodd y dyn, ond gallai hi weld fod ei angen yn drech na'i ofn. Wedi iddo oedi ennyd, rhuthrodd yn ôl i'w chyfeiriad – ar ei gwrcwd drachefn yn rhannol, ac eto gan hanner rhedeg. Roedd yn osgeiddig mewn ffordd nad oedd hi wedi'i weld erioed o'r blaen yn yr un dyn byw. Nid oedd yr ymdeimlad o fraw a gododd arni wedi ildio'i le yn llwyr, ond cymaint oedd ei chwilfrydedd, ni allai atal ei hun rhag dal ei thir a rhythu. Ac yna sylwodd ar y briwiau. Nid oedd hi i wybod mai olion haearn gefynnau oedd y cylchoedd ar ei arddyrnau a'i bigyrnau ac mai sgathriadau'r cerrig y llwyddodd i'w cyrraedd rhag crafangau'r môr roddodd iddo'r porffor cignoeth ar hyd ei goesau a'i ysgwydd.

Wyddai hi ddim o ble y daethai. Nid un o'r tylwyth teg oedd e, tybiodd. Morwas, efallai. Rhyw chwedlbeth a fagodd goesau fel bodau dynol cyffredin.

Fe wyddai hwn beth oedd syched; roedd hynny'n amlwg. Llowciodd y gynhaliaeth gynigiodd hi iddo gydag awch. Yna, yn hytrach na rhoi'r piser yn ôl ar lawr, lle'r oedd Sgathan wedi'i adael iddo, estynnodd ef ati, ei fraich gyhyrog noeth yn ymestyn i'w chyfeiriad.

Cipiodd ochr y ddolen a'i hwynebai hi, gan dynnu'r llestr o'i afael.

Gwasgodd yn dynn yn y god o dan ei chlogyn, gan deimlo'n euog nad oedd yn fwriad ganddi roi'r tair tafell o gig o'i mewn iddo'n ogystal. Roedd hi'n amlwg mai dim ond megis dechrau ateb gwanc ei fol wnaethai cynnwys y stên. Doedd wybod pryd y cafodd y creadur fwyd ddiwethaf. Ond byddai ei mam yn disgwyl ei dogn o gig, ymresymodd, ac yn siŵr o ofyn ble'r oedd y tefyll petai hi'n cyrraedd y bwthyn yn waglaw. Er na allai ddweud i sicrwydd beth oedd hwn, gwyddai mai gwell oedd iddi ei gadw'n gyfrinach iddi hi ei hun.

*

Cyrhaeddodd adref cyn ei mam. Rhyddhad. Wrth ruthro ar ei siwrnai ar ôl gadael y dyn, roedd hi wedi bod yn ceisio meddwl am eglurhad i'w roi iddi pam nad oedd ei chlogyn ganddi, ond nid oedd yr un esboniad credadwy wedi ei tharo. O leiaf nawr fyddai dim angen iddi greu'r un stori. Aeth yn syth at y tân i gynhesu. Er iddi redeg y rhan fwyaf o'r ffordd o Gapel Euddogwy, roedd hi'n dal bron â sythu.

Aeth i dwrio yng ngwaelod y gist yn y cornel, lle gwyddai fod ei mam wedi cuddio rhai o hen ddilladach ei thad. Prin y gallai gofio union faint hwnnw erbyn hyn, ond gobeithiai y gallai'r dyn ger glan y dŵr wneud rhyw ddefnydd o'r llodrau a'r crysbas a stwffiodd o'r golwg ar frys o dan wellt ei gwely.

Erbyn i'w mam ddod i mewn, roedd hi eisoes yn ei gwely ac yn esgus cysgu, er mai ychydig iawn o gwsg go iawn a gafodd hi'r noson honno. Cynllwyniai ffordd o wneud popeth roedd hi am ei wneud yn y bore. Tybed sut oedd cyflawni'r cyfan? Bu'n troi a throsi wrth flysio'r atebion oll yn ei phen.

Yn y bore, cododd yn blygeiniol, tra bo'i mam yn dal i gysgu. Llusgodd ei braich ar hyd y llawr pridd o dan ei gwely am hen sgrapan a ddiystyrwyd ganddi ac a luchiodd yno flwyddyn a mwy yn ôl. Tynnodd hen ddillad ei thad o'u cuddfan yn ofalus cyn eu cwato drachefn yn y bag. Aeth heb ei thocyn arferol o fwyd boreol, gan roi darn o'r dorth a chosyn o frechdan yn ei chod fechan.

Allan ym marrug y bore, ailruthrodd ei ffordd ar hyd y llwybrau a gymerodd neithiwr, gan ddechrau galw 'Hylô' yn uchel unwaith y daeth at gyrion yr hyn a oroesai o Gapel Euddogwy. Doedd 'run enaid byw i'w weld yn unman a theimlai'n hyderus, wedi ei thanio gan berygl y posibiliadau.

Amlygodd y dyn ei hun iddi ar amrantiad. Meiddiodd godi o'i safle orffwys ar y ddaear, nid nepell o'r fan lle daethai o hyd iddo neithiwr. Safodd. Edrychai'n dalach nag a gofiai – ac yn iau. Roedd golau dydd o'i gwmpas, ond roedd yn dal yn ddu. Mor rhyfedd gweld ei hen glogyn cyfarwydd ar ysgwyddau rhywun arall, meddyliodd Sgathan.

Tynnodd y dillad a ddygodd er ei fwyn o'i sgrapan a thaflodd nhw at ei draed, gydag ystum a ddynodai, 'Hwda! I ti mae'r rhain'. Edrychodd y dyn i lawr arnynt gan ddeall eu harwyddocâd, ond ni wnaeth ymdrech i'w trafod. Yn hytrach, cododd ei olygon yn ôl at ei hwyneb drachefn. Doedd dim angen iddi ddyfalu beth ydoedd mwyach. O'r diwedd gallai weld yn gliriach nag erioed mai dyn ydoedd a llamodd ei chalon gan wewyr y deall.

Daeth cnawd y ddau ynghyd heb i'r naill na'r llall ohonynt drafferthu ystyried y mater ymhellach. Nid yr un oedd argyfwng y ddau. Nid am yr un ddihangfa y dyheai'r ddau. Ond o dan yr amgylchiadau cyfyng oedd ohoni, roedd nwyd yn wres ac yn gysur ac yn ddiolchgarwch o fath i'r ddau.

Wedyn, heb wir amser i werthfawrogi'r foment, teimlai Sgathan fod ei byd wyneb i waered. Bu'n rhaid iddi droi i edrych yn iawn ar bryd a gwedd y dyn. Ni wenodd arni na gwneud dim byd amlwg o gariadus. Dim ond dal i edrych yn affwysol o drist i fyw ei llygaid. Dychwelodd yr oerfel i'w hamgylchynu hithau. Cododd y clogyn a daenwyd ar y ddaear i'w harbed rhag y lleithder, gan ei orfodi ef i droi ei sylw at y dillad dieithr gerllaw.

Twtiodd dipyn ar ei gwisg a'i gwedd a thaflodd y clogyn amdani. Roedd hi'n dechrau codi gwynt o'r môr a byddai ei angen arni i'w harbed rhag eithafion yr elfennau. Gofalodd ei bod hi'n gadael y caws a'r bara iddo a chyn cychwyn yn ôl at y llwybr cul, gallai glywed ei ddannedd disglair yn dechrau eu darnio

Ceisiodd arwyddo iddo y byddai hi'n dychwelyd eto fin nos, ond gwyddai yn ei chalon rywsut mai ofer oedd yr ymdrech honno. Pan gymerodd ambell gip yn ôl i'w gyfeiriad, synhwyrai ei fod ef fel hithau wedi ymgolli gormod yn y gorfoledd byrhoedlog a oedd newydd eu goddiweddyd i fecso fawr.

Canolbwyntiodd ar gyrraedd Plas Pen Perllan cyn gynted ag y gallai. Sylweddolodd y byddai'n hwyr eto, ond heb ofidio iot mewn gwirionedd. Serch hynny, diolchai fod yr ynni newydd a gerddai trwy ei gwaed yn cyflymu ei chamre, gan helpu'r achos. Ni allai beidio â gwenu a theimlai'r gwrid yn cynhesu ei bochau.

Wrth droi heibio Cwrw Corner, fe'i synnwyd braidd am eiliad, gan iddi ddod ar draws y dynion yn ceibio'n llafurus wrth y ffôs. Doedd hi ddim wedi eu gweld nhw'n gweithio'r rhan honno o'r ffordd o'r blaen. Ond heddiw, ni chododd ei hysfa naturiol i chwarae bod yn rhywbeth gwell nag ydoedd. Rhaid ei bod wedi ei thraflyncu gan lawenydd y bore ac aeth heibio iddynt yn ddirodres. Wnaethon nhwythau ychwaith ddim cymryd hoe i chwibanu arni na gwneud eu mosiwns anweddus arferol.

Nid diwrnod fel pob diwrnod arall oedd hwn, mae'n amlwg.

*

Pan ddaeth yn amser iddi droi am adref, dychwelodd ar hyd yr un lonydd. Ni ddaeth ar draws y dynion ac nid oedd fawr o ôl eu llafur i'w weld ar gleisiau'r cloddiau isel ar hyd y rhan honno o'r ffordd.

Doedd neb wrth Gapel Eurddogwy chwaith. Roedd hynny'n siom. Ond fe ddeuai eto fore trannoeth ... gyda llond stên o gawl, efallai, pe medrai lwyddo i godi lletwad o'r crochan heb i'w mam sylwi.

Oedodd yno ennyd. Nid oedd erioed wedi meddwl am y llecyn fel un unig a allai godi braw arni. Lled cae oedd rhyngddo a'r tyddyn lle trigai. Onid oedd hi'n hen gynefin â'r lle? A nawr, roedd gwefr newydd yn rhan o gyfansoddiad ei pherthynas â'r fan.

Cyn gorfod derbyn nad oedd golwg ohono yn unman a pharhau â'i siwrnai linc-di-lonc, edrychodd yn hir dros y tir ac yna draw dros y môr. Doedd dim arwydd o fywyd. Yr un briwsionyn i'w weld dan draed. Ochneidiodd a daliodd ei gafael yn dynn ar ei breuddwydion.

*

Pan na ddaeth misglwyf Sgathan yn ôl yr arfer, doedd ei mam ddim callach. Yr un modd fis yn ddiweddarach. Erbyn y trydydd mis, roedd hi wedi dechrau amau fod rhywbeth o'i le. Ond roedd hi tua chanol y pumed mis cyn i'r dystiolaeth amlygu ei hun y tu hwnt i bob amheuaeth. Dyna pryd y dechreuodd y bol gymryd arno fod yn foliog ac y gorfodwyd y ddwy i ddechrau derbyn dagrau pethau. Gwnaethant hynny mewn mudandod, gan nad ynganodd yr un ohonynt air yn agored ar y mater. Wnaeth Sgathan ddim mwy na gwirfoddoli'r amlwg pan aeth pethau i'r pen. A'r unig ymateb a gafwyd gan ei mam oedd rhyw lun ar duchan anfodlon, heb holi dim yn huawdl.

Yn dawel bach, roedd ei mam wedi holi'n aml iddi ei hun

tybed beth ddaeth o'r Selyf hwnnw y clywsai gymaint sôn amdano ar un adeg. Oedd e'n gwybod? Ynteu ai cachwr oedd e, wedi diflannu a gwneud tro sâl â'i merch?

Ni chrybwyllodd Sgathan enw Selyf unwaith. Yn wahanol i'w mam, fe wyddai mai unwaith yn unig y bu hi gydag ef, a hynny fisoedd yn ôl bellach. Ni soniodd air am y dyn du a ddarganfu ymysg y perthi gwyllt ychwaith. Dechreuodd amau na fu'r fath ddyn ar gyfyl y gymdogaeth ar ffurf cig a gwaed erioed, gan na chlywodd na siw na miw o enau neb i gadarnhau ei fodolaeth. Breuddwydiai mai breuddwyd ydoedd. Yr unig dystiolaeth i'r gwrthwyneb oedd y cicio achlysurol a ddechreuodd ei chadw ar ddi-hun yn y nos.

Am fisoedd, osgôdd bob ffair a marchnad – er ei bod cyn hyn wedi bod gyda'r taeraf, wastad am fynychu pob un o fewn cyrraedd os oedd modd, a chymryd fod ei hymrwymiadau i'r Plas yn caniatáu.

Cafodd ddal i weithio yno am y tro. 'Tan ddaw'r bastard bach i'r byd,' oedd y rhybudd a gafodd gan y meistr. 'Neu tan ddaw'r tad i dderbyn ei gyfrifoldebau … os digwydd hynny byth,' roedd wedi ychwanegu'n sarrug. 'Amser a ddengys. Fe all fod yn farwanedig. Pwy a ŵyr? Ond dim ond gwragedd priod parchus neu forynion diwair gaiff groeso yma, mae hynny'n ddigon saff. Ffaith y dylet ti fod wedi ei hystyried cyn bod yn ferch fach mor dwp.'

Doedd hi ddim yn hawdd dygymod â'r modd y newidiodd Mr William tuag ati. O allu chwerthin yn ddidaro ar greulondeb ei goegni tuag at y morynion a'r gweision eraill o bryd i'w gilydd, rhaid oedd iddi nawr addasu i fod yr un a dderbyniai'r fath driniaeth ganddo amlaf. Daeth yr hyfdra i ben. Bu farw'r hwyl. Gorfodwyd hi i ddysgu i gofio'i lle.

Yr unig gysur annisgwyl a gawsai'r gaeaf hwnnw wrth ddal i gyflawni ei dyletswyddau yn y Plas oedd diffyg unrhyw gerydd o gyfeiriad Cook. Arfogodd ei hun rhag blaen, gan ddisgwyl y câi ei siâr o sylwadau sbeitlyd unwaith y deuai pawb i wybod am ei chyflwr, ond ni ddaeth yr un gair cas i'w chlyw o du honno. Mae'n wir iddi barhau mor surbwch a sinigaidd ag erioed, ond gan na ddioddefodd yn fwy nag arfer o dan lach ei thafod, gallai Sgathan ymdopi'n iawn â hynny.

*

Dridiau wedi dechrau'r Grawys y ganed baban Sgathan. Cyrhaeddodd y bachgen yn gynamserol un bore. Gan na chafwyd amser i gyrchu'r fydwraig, bu'n rhaid i'w fam-gu gamu i'r adwy a thendio i'w ddyfodiad.

Trannoeth ei gyrraedd, hi hefyd oedd y gyntaf i syweddoli mai du fyddai lliw'r hyn a ddaethai o groth ei merch. Aeth o'i cho'. Ei greddf oedd taflu'r ysgymun i'r tân yn union syth. 'Fydd neb ddim callach!' bloeddiodd ar ei merch.

Trwy ddagrau ei phoen a'i gwendid, bu'n rhaid i honno ymbil ar i'w mam ymatal rhag gwneud dim o'r fath beth. Bu'n sgarmes sgrechlyd rhyngddynt am awr neu ddwy, ond Sgathan a orfu yn y pen draw; dim ond am fod ei mam yn rhy chwerw â hi ei hun i fynd â'r maen i'r wal. Gadawodd yr hyn a ystyriai'n ddim namyn erchyllbeth estron yn swp ar fynwes ei merch ac enciliodd yn waglaw at ochr ei thân.

*

Dros y ddeuddydd nesaf, bu Sgathan naill ai'n cysgu neu'n cael ei sugno'n egnïol. Bu'n ceisio dychmygu sut brofiad fyddai hyn, ers misoedd. Magu ei phlentyn ei hun ar ei bron. A nawr, dyma lle'r oedd hi, gyda bwndel o grwt, mor ddu â'r frân, yn gafael ynddi'n dynn. Ymhle'r oedd ei dad yr eiliad honno, tybed? Roedd hwnnw hefyd yn gwestiwn na fu ymhell o'i meddwl. Ond ddoi hi byth i wybod yr ateb.

A hithau'n llesg fel brwynen, llifodd y dagrau ohoni'n ddilyw melys, mor rhwydd â'r llaeth.

*

Cwestiwn arall na ddoi hi byth i wybod yr ateb iddo oedd sut yn union y cawsai Selyf wybod am yr enedigaeth mor sydyn. Hysbyswyd y Plas na fyddai Sgathan yn dychwelyd i'w gwaith, ond ar wahân i hynny, ni thorrwyd y newyddion i'r un enaid byw.

Sut bynnag y bu, dyna lle safai ar y rhiniog, dridiau wedi'r esgor. Mynnodd gael mynediad gan fam Sgathan, er i honno wneud ei gorau i'w gael i ddringo'n ôl i'w gyfrwy ac anghofio am ei merch. Ond doedd dim symud arno ac ofer fu'r ymdrechion i wrthsefyll grym y gŵr.

Rhuthrodd i huddygl twyllodrus yr ystafell. Gwelodd y babi. Gwelwodd ei wep. Ar amrantiad, troes ei groen yn glaer-oer. Oni ddywedai pob cynneddf a feddai wrtho fod mwy na drygioni ar droed? Melltith a welai yn y cornel. A Sgathan yn swcro'r fall. Mor wahanol yr olygfa hon i'r un y tu allan. Wrth ddynesu at y drws roedd gweld rhes o glytiau gwyn yn cyhwfan ar y lein ddillad wrth dalcen yr adeilad wedi gwneud iddo deimlo'n bur obeithiol. Ond ffŵl oedd e, wrth gwrs. Yn twyllo'i hun. Yn awr, fe welai'n eglur mor bwysig oedd hi iddo ei gwneud hi'n eglur i'r byd nad o'i lwynau ef y cenhedlwyd yr aflendid hwn.

'Fe fuest ti mewn cyfathrach â'r Diafol,' cyhuddodd mewn arswyd.

Rhythu arno mewn anghrediniaeth wnaeth Sgathan, heb adnabod ei lais na'i lid. Prin ei bod hi'n gwrando ar ei eiriau – dim ond tristáu o weld ei wedd.

'Da ti, dwed wrtha i i hyn ddigwydd wedi'r tro hwnnw y llwyddaist ti i'n swyno *i* i dy grafangau. Addo hynny imi, ferch!'

'Fel mynnot ti,' sibrydodd Sgathan yn ei gwendid. Roedd hi ar ei thraed a chyn ei gyrraedd bu hi wrthi'n bwrw iddi orau y gallai gyda'i gorchwylion newydd. Mor ddieithr yr edrychai ef iddi nawr yn yr eiliadau tyngedfennol hynny pan droes dwyster yn gynddaredd.

Ymateb diystyr oedd y geiriau a ynganodd. Ebychiad esgeulus – ond yn anochel, fe'i cymerwyd fel cadarnhad o bob cyhuddiad. Roedd y Diafol yn eu mysg. Un llawn trythyllwch a oedd yn fwy na pharod i reibio'r rhai a adawai iddo ddod yn ddigon agos atynt. Un felly oedd hon, mae'n amlwg. Yn barod i ddefnyddio'i swynion er mwyn denu dynion da, dim ond i'w difetha trwy droi eu had yn epil i'r Gŵr Drwg.

Trodd Selyf ar ei sawdl cyn iddo golli rheolaeth ar y cyfog a gorddai yn ei gylla. Cyn pen dim, y cyfan a glywai'r ddwy fenyw ddi-ddweud a adawsai ar ei ôl oedd carnau caseg flinedig yn carlamu i gyfeiriad Plas Pen Perllan.

*

O fewn awr neu ddwy roedd y stori'n dew drwy'r fro bod mab y Diafol newydd gael ei eni yn eu mysg. Roedd y gwrth-Grist wedi cael ei weld ar fron ei wrach-fam, yno yn Y Dyfroedd.

Cyrhaeddodd yr Ustus lleol i gipio'r dystiolaeth a dwyn yr un a'i creodd o flaen ei gwell. Mr William Fitzgibbon oedd yr Ustus hwnnw wrth ei enw. Gydag ef roedd dau o'i weision mwyaf cydnerth; hwythau hefyd yn gyfarwydd ddigon i Sgathan ac wedi'u dirprwyo i statws uwch na'u haeddiant am heddiw, er mwyn hwyluso'r meistr wrth ei waith.

Yr hynaf o'r ddwy fam oedd yr unig un i geisio dal pen rheswm â'r ddirprwyaeth. Gwrthwynebodd yn groch ymdrechion y dynion i sarnu ei theulu yn fwy nag yr oedd ffawd wedi ei sarnu eisoes. Ond gwthiwyd hi o'r neilltu yn enw'r gyfraith. A bu tawelwch wedyn.

*

Chwilio am y distawrwydd mawr o'i mewn wnaeth Sgathan yn yr oriau a ddilynodd ei chipio. Caeodd ddrws ei dychymyg yn glep, i'w harbed orau y gallai rhag y cur. Cafodd gadw'i baban yn agos at ei mynwes, tra bu. Yr arswyd mwyaf a brofodd wrth gael ei hebrwng tua'i thranc gyda'i baban wedi ei wasgu'n dynn wrth ei mynwes oedd pan aeth yr osgordd siabi heibio dynion y ffosydd. Ar y diwrnod arbennig hwnnw, nid oedd ei chlogyn amdani i'w harbed rhag dim.

Yr union ddynion fu'n gyfrifol am ddiflaniad y dyn y bore y cenhedlodd fabi Sgathan. Roedd wedi dychwelyd i loches gymharol y perthi a dyna lle y gorweddai'n hanner cysgu pan ddaethant ar ei draws. Dyrnod neu ddwy a rhaff am ei arddyrnau gymerodd hi i roi diwedd ar ei oriau prin o ryddid.

O Fryste y deuai'r dynion a gweithiai brawd un ohonynt i'r Royal Africa Company yno. Cadwasant y dyn ifanc yn gaeth yn y dirgel am dridiau. Fe gymerodd hi gymaint â hynny i gael neges i Fryste ac i dri dyn gyrraedd gyda chaets ar gefn cert a dau geffyl yn ei dynnu. Feddyliodd neb ofyn o ble cafodd yr un a ailgaethiwyd y dillad a wisgai na phwy fu'n ei fwydo.

O'r eiliad y llusgwyd y truan o'r caets ym Mryste, bwriad cyntaf y goruchwyliwr oedd tynnu tafod y caethwas coll a'i sbaddu, fel cosb am iddo fod mor haerllug â nofio i'r cyfeiriad anghywir ynghanol y storm. Er i ugeiniau o'r cargo gwreiddiol foddi'r noson honno, llwyddodd cymaint â thrichant i gyrraedd y lan yn ddiogel. Am eu bod nhw'n wan ac wedi ymlâdd, heb unrhyw amgyffred o ble'r oedden nhw, mater cymharol hawdd fu hi i'w casglu ynghyd dros y dyddiau canlynol. Yr un a ymgeleddwyd gan Sgathan oedd yr unig un a ddaliwyd yng Nghymru.

Yn y diwedd, arbedwyd ceilliau'r dyn. Ym marn un o gyfarwyddwyr y cwmni oedd hefyd yn digwydd bod yn feddyg, llanc yn dal ar ei brifiant oedd y dyn. (Wyddai neb ei union oed.) Golygai hynny y gallai sbaddu olygu na ddatblygai ei gyhyrau i'w llawn gryfder. Po gryfaf y dyn, mwya i gyd o waith fyddai yn ei groen – ac yn ei dro, effeithiai hynny ar y pris a geid amdano mewn arwerthiant. Mynegodd ei gydymdeimlad â dyheadau'r goruchwyliwr i weld cosbi'r caethwas, ond mynnai mai buddiannau'r cwmni ddylai gario'r dydd bob tro.

Nid oedd tafod, ar y llaw arall, yn gaffaeliad angenrheidiol o fath yn y byd i gaethwas, ac fe'i tynnwyd ym Mryste cyn iddo ef a'i gyd-gaethweision gael eu llwytho ar long arall i barhau â'u siwrnai.

Treuliodd weddill ei ddyddiau yn gweithio ar un o ynysoedd y Caribî, neu ar blanhigfa yn Virginia neu ryw dalaith debyg. Pwy a ŵyr? Wyddon ni mo'i enw, na dim mwy am ei dynged.

*

Bu farw Sgathan drannoeth ei chipio. Cymerodd ugain munud i farw, ond ymddangosai fel oes.

Yr oedd yn oes. Dyna ystyr oes. Hyd yr amser a gymerai hi i farw.

Doedd fawr neb yno i weld ei boddi. Ambell garidým a phenboethyn – rhai yr arferai Sgathan chwarae gyda nhw'n blant a gweithio yn eu cwmni yn y Plas. Ni welodd gip ar Cook … na'i mam. Yn ôl safonau'r oes, doedd hi fawr o sioe.

Isaac y Saer wnaeth y gadair y clymwyd hi ynddi. Un o bennaf ffrindiau'i thad pan oedd hwnnw fyw. Unwaith y pennwyd y ddedfryd, cafodd hwnnw ei godi o'i wely ganol nos er mwyn iddo fwrw at ei waith yn syth, fel bo'r gadair yn barod erbyn y bore. Ni feddai'r fro ar y celficyn pwrpasol am nad oedd hanes o'r fath beth yn yr ardal.

*

Llai na dwy filltir o lannau Môr Hafren ac yn ystod yr un ugain munud a gymerodd hi i foddi Sgathan, dioddefodd mam Mr William losgiadau difrifol gan ddŵr berwedig. Fe'i tywalltwyd trosti'n ddifeddwl gan ryw slwtan o ferch a gyflogid i garthu'r beudy. Yn absenoldeb Sgathan, ar wasanaeth honno y galwyd i gynorthwyo Hannah wrth yr orchwyl fisol y bore hwnnw.

Aeth sawl awr heibio cyn i'r meistr ddychwelyd o'i orchwylion fel Ustus. Pan gafodd glywed am yr anffawd a ddaethai i ran ei fam yn ei absenoldeb, ni allai'r bonheddwr lai na theimlo bod rhyw gysylltiad rhwng dau ddigwyddiad mawr y dydd. Ond yn ôl ei arfer, llwyddodd i olchi ei ddwylo o unrhyw gyfrifoldeb dros y naill anfadwaith fel y llall, ac aeth bywyd yn ei flaen yn yr ardal yr oedd pobl yn brysur ddechrau cyfeirio ati fel Y Dyfroedd.

*

'A dyna ichi ddiwedd hanes trist y ferch a gâi ei galw'n Sgathan a'r caethwas dienw gafodd ei gipio o'i gynefin ymhell bell i ffwrdd yn Affrica.'

Byddwn bob amser yn dod â'r stori i ben gyda rhyw eiriau tebyg. Rhywbeth i gau pen y mwdwl, ys dywedir. Rhyw bontio'n ôl rhwng byd y stori a byd bob dydd y plant.

'Cymerodd rhyw reithor mwy trugarog na'r cyffredin gorff Sgathan a'i baban a'u claddu mewn tir cysegredig,' awn yn fy mlaen, 'er na wyddom ni'n union ymhle. Beth amser yn ôl, bûm yn rhodianna mynwentydd pob un o'r tri phlwyf cyfagos ac er imi gerdded pob un o'i naill ben i'r llall … i'ch arbed chi blant rhag gorfod gwneud, yntê fe … fe alla i eich sicrhau nad oes yna garreg fedd sy'n eu cofnodi nhw yn unman.'

I hanes, mae'r tri yn golledig, heb yr un gair o goffadwriaeth. Eneidiau wedi hwylio'n rhydd ac anghofiedig ar fôr o ddifaterwch. Rwy wedi ymchwilio, wrth gwrs, ond yn ofer. Ddois i o hyd i ddim. 'Run gair o sôn ar ochr dalen. Dim pwt o faled wedi goroesi yng nghof yr un cantor. Efallai na welodd neb yn dda i grybwyll gair am yr hyn a ddigwyddodd mewn unrhyw gofnod swyddogol ar y pryd. Neu fe all fod cofnodion wedi bod ac iddynt ddiflannu neu gael eu difa. Ddown ni byth i wybod. Ond erys un gwirionedd yn ddiymwad. Chewch chi mo'r hanesyn hwn yn yr un llyfr hanes. Nac ar yr un wefan chwaith. Dim ond yma, gyda fi, wrth ddod i ddeall beth oedd fy mwriad slawer dydd pan own i'n athro ifanc yn Y Dyfroedd.

*

Derbyn Stori

Wyddai Rwth ddim beth i'w feddwl. Oedd hi'n stori wir ai peidio? Hanes? Neu chwedl a greodd Mr Morris o'i ben a'i bastwn ei hun?

Beth feddyliai Elin pe'i darllenai? Fyddai ganddi'r amynedd i ddarllen hanesyn o'r fath? Ystyriodd am foment, cyn troi arni ei hun. Be haru hi? Onid oedd Mr Morris wedi dweud mai storïau y byddai ef ei hun yn eu hadrodd i'r plant oedden nhw? Nid rhai yr oedd disgwyl i'r plant eu darllen trostynt eu hunain. Gwamalu'r oedd hi trwy ddychmygu Elin yn eistedd o flaen sgrin yn darllen stori gyfan iddi hi ei hun fel roedd ei mam newydd ei wneud. Ac yn sicr, gwallgofrwydd heddiw oedd meddwl am finteioedd o blant yn eistedd o'u gwirfodd mewn cornel yn rhywle, gyda'u trwynau mewn toreth dirifedi o bapurau a'r rheini i gyd wedi eu gorchuddio â phrint.

Roedd hynny'n ffordd gyffredin i blentyn ddifyrru'i hun hanner canrif yn ôl, wrth gwrs. Bwriadwyd yr hanesyn roedd hi newydd ei ddarllen ar gyfer cenhedlaeth wahanol iawn o blant i un Elin. Rhaid iddi gofio hynny. Ond pryderai fod y cysyniad o'i hanfod wedi troi'n un hen ffasiwn. A'r cysyniad o gyfarwydd yn hŷn fyth. Bron nad oedd hwnnw'n gyfriniol erbyn hyn – yn perthyn i ramant ein dehongliad gwaraidd ni o sut yr arferai ein cyndeidiau hel eu nosweithiau ers talwm, yn ôl yn oes yr arth a'r blaidd. Cyfarwyddiaid. Cywyddwyr. Clêr a diddanwyr llys. A geiriau, geiriau … a mwy o eiriau gan bob un ohonynt.

Llun a delwedd oedd piau hi bellach, meddyliodd. Nid erchyllter y cynnwys fyddai'n codi braw ar Elin a'i chenhedlaeth petaen nhw'n gorfod gwrando ar stori Sgathan yn cael ei hadrodd iddynt, ond y diffyg gweledol yn y dweud.

Oedd hyn oll yn addas? Dyna gwestiwn arall na wyddai hi mo'r ateb iddo'n iawn ac un na fyddai hyd yn oed wedi codi ym meddwl Elin, fe wyddai. Ond fel mam, allai Rwth ddim llai na phendroni. Caethwasiaeth. Boddi gwrachod. Holl greulondeb oes a fu. Doedd dim syndod i rai rhieni weld yn chwith. Ysgol gynradd oedd hi, wedi'r cwbl. Ond gwyddai rhieni heddiw fod eu plant yn gyfarwydd â gweld delweddau gwaeth o lawer bob dydd. Daeth hi ei hun i'r penderfyniad flwyddyn yn ôl nad oedd pwrpas iddi bellach wirio holl declynnau electronig Elin yn gyson. Duw a ŵyr beth oedd hi eisoes yn gyfarwydd â'i weld! Siawns nad oedd unrhyw ddifrod fedrai'r rhyngrwyd ei wneud iddi wedi cael ei wneud erbyn hyn.

Ac yna gwawriodd arni nad oedd hi hyd yn oed yn codi'r cwestiynau cywir – heb sôn am gynnig atebion call.

*   *   *

Echdoe oedd y diwrnod y bu hi ar ei hymweliad â Phen-craith. Un diwrnod cyfan oedd wedi troi. Roedd hi wedi oedi tan nawr cyn mynd i weld pa negeseuon e-bost ddaethai i law. Doedd hi ddim yn cadw llygad dyddiol ar ei chyfrifiadur am mai anaml iawn y derbyniai hi ddim o bwys drwy e-bost – negeseuon testun neu alwadau ffôn ddefnyddiai hi fel arfer i gadw mewn cysylltiad â chydnabod. Ddoe, bu'r posibilrwydd y cadwai Mr Morris at ei air yn ei goglais yn barhaus ond roedd wedi llwyddo i ymwrthod â'r demtasiwn o fynd i weld a gyrhaeddodd dim oddi wrtho. Ond ddoe oedd hynny.

Heddiw, gorfodwyd hi i ddod draw at ei desg, a lechai mewn cwtsh cyfyng o dan y grisiau agored, yn syth wedi iddi gael Elin ar ei ffordd i'r ysgol.

Unwaith iddi agor yr atodyn, cafodd fod ei sylw wedi'i hoelio'n gyfan gwbl gan y cynnwys. Nawr fod y darllen a'r ailddarllen drosodd, teimlai'n ddiolchgar na chododd dim i'w thynnu oddi wrth y sgrin. Neb wrth y drws. 'Run ffôn wedi canu. Ond daeth rhyw deimlad o euogrwydd trosti hefyd, fel petai hi wedi tresbasu rywsut trwy holi beth allai fod ym mhen y dyn i feddwl fod stori fel hon yn addas i blant bach? Oedd hi'n euog o ddamsang dros ddiniweidrwydd y dyn fel roedd y rhieni hynny wedi ei gyhuddo yntau o ddamsang ar ddiniweidrwydd eu plant?

Pan ddaethai gyntaf at y cyfrifiadur i agor atodyn Mr Morris, sylwodd ei bod hi wedi gadael ei pheiriant recordio yn ymyl, ar ben y llyfr ffôn melyn. Bu'n chwarae ag ef am eiliad, gan fyseddu'r botymau, heb wasgu'r un. Nawr fod y stori wedi'i darllen, dyheai am ryw oleuni ac ni phetrusodd rhag gwibio'r tâp yn ôl ac ymlaen ym mol y peiriant nes cyrraedd y rhannau allai ei hatgoffa o'r hyn ddywedodd y dyn am gyd-destun ei 'hanesion'.

Y fe: 'Do'n i ddim yn ddig wrthyn nhw. Dim ond yn drist. Yn drist na ches i gwpla'r hyn ddechreues i.'

Hyhi: 'Fe ddefnyddia i hynna, os ga i? Yn y llyfr. Be ddeudoch chi rŵan am deimlo'n drist na chawsoch chi barhau … Dw i'n meddwl y bydd pobl yn dallt yn well y dyddia hyn.'

Y fe: 'Ma 'da chi fwy o ffydd yn y disgynyddion na sda fi. Nid fod ots 'da fi, cofiwch. Ddim bellach. Anghofiedig fyddan nhw i gyd ymhen y rhawd … pob wan jac ohonyn nhw … mor anghofiedig â'r rhai wnes i 'ngore i geisio'u cofnodi yn yr hanesion.'

Rhaid mai fel rhan o fôr difater y gwelai ef hi. Welai hi ddim bai arno. Nid ei bod hi'n ystyried ei hun yn ddifater mewn modd maleisus, ond byddai'n rhaid iddi gyfaddef ei bod hi'n esgeulus a di-weld ynghylch llawer o bethau.

Ddoe ddiwethaf, er enghraifft, roedd hi wedi gweld gwylanod o gwmpas y tŷ am y tro cyntaf. Nid eu gweld yn llythrennol am y tro cyntaf, efallai, ond yn sicr sylwi arnynt. Gyda Russ wedi gadael yn gynnar i fynd adre i'w fflat i newid cyn mynd ymlaen i'w waith a'r frwydr arferol gydag Elin drosodd, safai Rwth wrth sinc y gegin ac yn ddisymwth, dyna lle'r oedden nhw. Ei hymwybyddiaeth ohonynt wedi ei deffro ar ôl ei hymweliad â Phen-craith. Haid ohonynt. Ar do cyfagos. Fe'u gwelai Fe'u clywai. Hen grawcian oer, cwynfanllyd, barnodd. A hithau wedi bod yn fyddar iddo gyhyd. Byddai'n sŵn hyglyw iddi ym mhobman o hyn ymlaen.

Beiai Ben-craith. Yno, ddoe, pan welodd hi'r adar yn ei lordio hi uwchben, nid oedd wedi meddwl ddwywaith am y peth – a hynny am y rheswm syml iddi ystyried ei bod 'ar lan y môr' yno. Bu gwylanod, fel hufen iâ, ymhlith ei disgwyliadau, er nad oedd hi wedi ymresymu felly'n ymwybodol. Ond gwahanol iawn oedd ei disgwyliadau bore ddoe a hithau gartref yn Y Dyfroedd. Dechreuodd wawrio arni nad oedd rheswm yn y byd pam na allai'r faestref hon fod wedi ymdebygu i Ben-craith. Yn ddaearyddol, roedd ganddi'r un nodweddion. Gallai hithau'n hawdd fod yn 'dref glan môr'. Ond nid felly'r oedd hi i fod mae'n rhaid. Datblygodd disgwyliadau pawb dros Y Dyfroedd yn dra gwahanol i hynny.

Pa ddylanwadau ddaeth i'r fei i ddrysu ffawd y ddaear dan ei thraed? Hinsawdd a hanes, dyfalodd. Ond rhaid bod mwy iddi na natur ac ymyrraeth dyn yn unig. Gorweddai Pen-craith rhwng Y Fro ar y naill law a'r porthladd ar y llall. Yn achos Y Dyfroedd, calon y ddinas a Chasnewydd oedd y naill ochr a'r llall iddi. Doedd ryfedd bod naws wahanol iawn i fywyd yn Y Dyfroedd i'r hyn a brofodd ddoe ym Mhen-craith. Ni chafodd Y Dyfroedd fagwrfa mor sedêt ag a gafodd Pen-craith. Dau begwn, un ddinas.

Fel pobl, roedd gan lefydd hwythau eu 'gorffennol'. Pymtheg mlynedd oedd yna ers codi ei thŷ ac nid oedd erioed wedi teimlo fod ysbrydion ar gerdded yma. Adeilad rhy gyfoes o lawer i ddenu'r fath ffwlbri, barnodd. Ond byr fu'r cysur a gymerodd o feddwl felly. Doedd wybod beth fu hanes y tir y codwyd ef arno. Gallai honno fod yn stori wahanol iawn i gyffredinedd y tŷ a alwai hi yn gartref heddiw.

Safai gweithfeydd yno am hanner canrif a mwy. Fe wyddai gymaint â hynny i sicrwydd. A Duw a ŵyr ym mha ffyrdd eraill yr oedd pobl wedi gadael eu hôl ar y ddaear mewn cyfnodau cynharach. Roedd yn arswydus meddwl pa adeiladau a allasai fod wedi sefyll yno yn eu dydd – ar yr union fan lle'r eisteddai hi nawr. Pob hofel, ffatri, tyddyn, twlc, beudy, geudy a chwt – a phob un â'i seiliau nawr ynghudd o dan ei thraed.

Cododd ofn arni wrth amgyffred maint ei hanwybodaeth. Chlywodd hi erioed sôn am Gapel Euddogwy, er enghraifft. Enw anghyfarwydd iddi. Tybed ymhle safai hwnnw? Dychmygai mai cell rhyw feudwy fu'r fangre'n wreiddiol. Hyd yn oed erbyn dyddiau Sgathan, os oedd Mr Morris yn dweud y gwir, un wal yn unig oedd yn weddill. Pa obaith oedd 'na fod yr adfail yn dal i sefyll heddiw i ymgeleddu neb? Rhwng yr elfennau a dyn, roedd hyd yn oed y twyni tywod arferai orwedd rhyngddi a'r môr wedi eu hen sgubo ymaith.

Tro'r stad fodern hon o gartrefi twt lle trigai oedd hi nawr i feddiannu'r tirlun. Tybed am ba hyd y caent hwythau aros ar eu traed cyn i rywrai benderfynu bod eu defnyddioldeb wedi dod i ben? Doedd dim yn para go iawn – dim ond y pridd dan draed a'r awyr a anadlai.

Dechreuodd Rwth ramantu trwy ddychmygu nad oedd hi'n gwbl amhosibl ei bod hi'n eistedd yn yr union fan lle bu'r llencyn croenddu'n cuddio. Hyd yn oed â'i draed yn rhydd roedd wedi bod yn gaeth i greulondebau'i oes.

Pwy a ŵyr nad arhosodd gwynt yr heli yn y rhan fach ddiarffordd honno o Gymru yn atgof achlysurol yn ei ffroenau am weddill ei oes? Sawr o wlad na chlywodd ei henw erioed ar wefusau neb. Ei unig atgof ohoni, efallai? Na, choeliai hi mo hynny. Doedd bosib. Byddai Sgathan wedi aros yn ei gof, siawns – yn hiraeth wedi'r storm. Yn gusanau na fedrai mwyach eu rhannu gyda'r un ferch arall.

Oedd hi mewn difri calon yn dechrau galaru dros bobl na fuon nhw erioed? Onid dyna'r math mwyaf ofer oll o alar? Rheitiach iddi gofio'r pethau go iawn a gollwyd, dwrdiodd ei hun. Y rheini'n unig oedd yn haeddu cael eu cofio, siawns. Yn dai. Yn bensaernaeth. Yn gymunedau. Yr holl bobl hynny a sgubwyd ymaith yn sydyn mewn ton o derfysg. A'r rhai a bydrodd eu ffordd i ddifancoll trwy ddifaterwch, yn raddol a di-nod.

Gwnaeth ei gorau i'w harbed ei hun rhag unrhyw alar a allai ddod trosti parthed Sgathan a'i chriw. Canolbwyntiodd ei meddwl ar y maeth a olchwyd ymaith o gyfansoddiad y pridd tan ei thraed 'nôl yn 16 ... beth bynnag oedd hi. Daear dlawd oedd i'r Dyfroedd, os cofiai'n iawn. Da i ddim ond i bobl stablu byw arni. Doedd ryfedd iddi glywed cymaint o wylofain yng nghrawcian y gwylanod rheini ddoe. Rhaid mai nhw oedd yr unig greaduriaid a wyddai faint y colledion a fu. Dim ond y nhw ... a Mr Morris.

*   *   *

Wyddai e ddim fod y Brenin newydd yn ymweld â'r ddinas heddiw. Doedd dim rheswm pam y dylai, gan na chlywodd neb yn sôn ymlaen llaw. A go brin fod ganddo ddiddordeb mewn digwyddiadau o'r fath p'run bynnag. Yr unig bleser a gafodd adeg y Coroni oedd y balchder o gael gwireddu dyhead a fu'n llechu yng nghefn ei feddwl ran helaetha'i oes, sef i fyw'n ddigon hir i weld brenin yn ôl ar yr orsedd.

Nid fod ganddo ddim yn erbyn y rhagflaenydd benywaidd fu'n eistedd arni gyhyd, nac unrhyw edmygedd o'r dyn ei hun ychwaith. Y balchder o gael byw i fod mor hen ag ydoedd roddai bleser iddo. Mor wahanol i'w dad, byddai'n meddwl. Trwy ei oes, roedd Oswyn Morris wedi'i erlid a'i ysgogi gan y drasiedi a'i gwnaeth y dyn ydoedd. Yn sgil hynny y coleddai'r syniad rhyfedd y byddai cael byw i oedran teg rywsut yn digolledu'r un a'i cenhedlodd am yr hir oes nas cafodd.

Pe byddai wedi gwybod ymlaen llaw fod y dyn coronog ar grwydr yn y ddinas, byddai wedi gwneud y siwrnai o Ben-craith i'r amgueddfa ryw ddiwrnod arall. Doedd dim prinder dyddiau sbâr yn ei fywyd. Gallech ddweud fod pob diwrnod yn 'ddiwrnod i'r brenin' i Mr Morris. Sefyllfa y byddai'r rhan fwyaf o bobl – gan ei gynnwys ef ei hun – yn ei gweld fel un ddymunol iawn i fod ynddi.

Ond nid heddiw. Er mor llythrennol wir oedd hi fod hwn yn 'ddiwrnod i'r brenin' yn ei hanes, fel cyd-ddigwyddiad rhwystredig iawn y gwelai e'r sefyllfa a dantodd ar orfod aros cyhyd cyn cael mynediad i arddangosfa y bu'n ysu i'w gweld ers rhai wythnosau. Fyddai'r osgordd frenhinol ddim yn hir, medden nhw. Cymerodd Mr Morris hwy ar eu gair. Gallai ddychmygu mai digon byr ac arwynebol fyddai'r amser dreuliai'r Dyn Ei Hun yn troedio heibio popeth oedd i'w weld, gyda'r pwysigion a'i hamgylchynai yn gwneud eu gorau i swnio fel petaen nhw'n gwybod 'u pethe trwy dynnu sylw'r teyrn at ambell beth wrth fynd heibio a'i symud yn ei flaen yr un pryd. (Onid oedd gwledd o bryd canol dydd yn aros amdanynt yn Neuadd y Ddinas? Fyddai neb am fod yn hwyr i honno.)

Rhaid oedd iddo dderbyn fod yr ymwelydd tramgwyddus, yn wahanol iddo ef ei hun, yn ddyn pwysig dros ben, gyda llu o ddyletswyddau i'w cyflawni ym mhob cwr. Nid fod hynny'n golygu na ofalai'r Brenin gadw stôr dda o ddyddiau sbâr yn rhydd, i saethu grugieir a dilyn trywyddau amheus tebyg. Roedd i bopeth ei dymor ac nid yr un tymor a ddewisai pawb i fesur treigl eu hamser yn y byd. Fel cyn-athro ysgol, fe wyddai Mr Morris hynny'n well na neb. Bryd hynny, tri thymor oedd i'w flwyddyn.

Bellach, wynebai'r ffaith mai un tymor yn unig oedd yn berthnasol iddo – y tymor aros.

Wrth loetran yno yng nghyntedd ysblennydd yr amgueddfa yn disgwyl i'r Brenin basio trwy'r oriel uwchben, sylweddolai y byddai amryw am weld rhyw arwyddocâd ysbrydol i'r ffaith ei fod yn meddwl meddyliau o'r fath – gyda'r Brenin yn dirprwyo dros y Brenin Mawr a'r arddangosfa fry yn drosiad am ryw oruwch- deyrnas y byddai'n tramwyo trwyddi toc. Dim ond aros ei dro yr oedd e, mae'n wir, ond dim ond er ei ddifyrrwch ei hun yr oedd e'n troi syniadau smala felly trwy ei ben. Lladd amser. Doedd e ddim yn grefyddol. Gydol ei oes, nid oedd wedi cadw unrhyw ddefodau amgenach na'r rhai cymdeithasol cyffredin, pan oedd hi'n arferol i draddodiadau Cristnogaeth a thraddodiadau dyn orgyffwrdd.

Na, hoffai gredu mai dim ond rhyw chwiw bersonol oedd ei gred mai un tymor yn unig oedd ar ôl iddo bellach. Chwiw ry hawdd ei chamddehongli o lawer. Dyna pam na fyddai byth yn rhannu ei fyfyrdodau 'ysbrydol' gyda'r un enaid byw; na'r hyn a âi drwy ei feddwl am fawr ddim arall, chwaith, petai'n dod i hynny. Unig bleser rhai oedd chwilio am ystyron cudd ym mhopeth. Dyna pam y dewisai lynu at fudandod, gan dybio nad oedd perygl i neb gamgymryd ei feddyliau felly. Nid ystyriodd erioed y gallai cymhelliad ei fudandod ynddo'i hun fod yn hawdd ei gamddehongli hefyd.

*   *   *

'Mae mynd ar drywydd hanes geiriau llawn mor ddiddorol â mynd ar drywydd hanes pobol.' Dyna un o'r pethau a ddywedodd y gallai Rwth eu cofio'n iawn. Dotiodd at bopeth fu ganddo i'w ddysgu iddi am etymoleg 'Y Dyfroedd' a 'Doverod' fel enwau – y naill fel y llall. Fe fu e'n arbennig o ddifyr wrth olrhain datblygiad yr enw Saesneg. 'Nid wrth y ffurf "Doverod", fel y gwelwn ni e wedi'i sillafu a'i ynganu ar hyd y lle heddi, y bydde pobol yn cyfeirio at yr ardal erio'd, chi'n gweld. O, na! Nid o bell ffordd.'

Fel cymaint o bethau eraill, doedd Rwth erioed wedi meddwl am y pwnc o'r blaen. Derbyniai'r enw 'Doverod' heb ystyried mai rhywbeth a esblygodd ydoedd. Hwnnw oedd yr enw a glywai gan bawb o'i chwmpas o ddydd i ddydd. Yr enw caib a rhaw, megis. Yr un a ddefnyddiai'r brodorion wrth gyrchu tacsi'n hwyr y nos i'w cario'n ôl i'w cynefin o ormodedd y ddinas.

Y fe: 'Duw roddodd inni "Y Dyfroedd". I'w weithredoedd e mae'r diolch am yr enw hwnnw. Ond mae "Doverod" yn wahanol. Llygriad yw hwnnw – felly mae'n anorfod mai rhywbeth o wneuthuriad dyn yw e. Yn wahanol i'r Dyfroedd, nid digwydd dod i fod wnath "Doverod". Cyrraedd ato'n raddol nethon ni, nes iddo maes o law gael 'i dderbyn fel yr enw safonol.

'Erbyn diwedd y bedwaredd ganrif ar bymtheg, y gwir amdani yw i "Y Dyfroedd" fel enw bron â diflannu o'r tir. Symudodd gwahanol garfanne i fyw ar erwau'r Dyfroedd – gyda phob un yn ei thro yn mynnu gadael ei marc ar y llygru. Wrth i'r broses o gyfnewid gweirgloddiau a lonydd cefn gwlad am strydoedd a thai tref ar ei phrifiant garlamu rhagddi, fe sgubodd y "niwl o'r môr" sy'n nodweddu'r ardal i mewn a thraflyncu'r enw gwreiddiol.

'Cynyddu wnaeth goruchafiaeth y Saesneg wrth i drachwant y byd am lo a dur droi'n rhemp ac i dwf y docie draflyncu'r hen draddodiade morwrol mwy gwerinol oedd wedi arfer teyrnasu lawr ar y cei.

'Megis y diflannodd y borfa dan dra'd, felly hefyd sŵn y Gymrâg. Dyna sy'n digwydd pan fydd cilcyn o wlyptir tlawd – oedd unwaith wedi'i fflangellu mor ddidrugaredd fel y bu ond y dim iddo gael 'i gondemnio'n gors – yn prysur droi'n swbwrbia trefol.'

Hyhi: 'Rargol, 'dach chi mor wybodus, Mr Morris!'

Gwingodd Rwth wrth glywed ei geiriau arwynebol yn dod o'r peiriant. Swnient yn druenus, fel rhyw sangiadau slang i dorri ar draws huodledd coeth y llais arall. Ac roedd yr hyn oedd ganddi i'w ddweud yn od o anaeddfed. Mor wasaidd o naïf. Mewn difri calon, pa argraff adawodd hi arno?

Y fe: 'Fel 'na ma'r rhod yn troi, 'na i gyd, 'y merch i. Gwersi hanes heddi yn traflyncu'r rhai oedd ar y cwriciwlwm ddoe. Dyna shwt mae'i deall hi. Dyna shwt fydd y ddynoliaeth yn ailddiffinio'i blaenoriaethe.'

Hyd yn oed brynhawn echdoe a hithau'n eistedd yno yn ei ystafell fyw, roedd Rwth wedi synhwyro ei bod hi'n gwrando ar ddarlith y gwnaed yr ymchwil ar ei chyfer flynyddoedd maith yn ôl – darlith na chafodd ei thraddodi erioed o'r blaen tan nawr. Arni hi y disgynnodd y fraint o fod y gyntaf i'w chlywed. Cynulleidfa o un. Nawr wrth ail wrando, fe'i darbwyllwyd yn fwyfwy o wirionedd hynny. Ar yr un pryd, fe'i swynwyd o'r newydd.

> *Y fe:* 'Yn ystod chwarter ola'r bedwaredd ganrif ar bymtheg, fe ymbarchusodd rhanne gogleddol Y Dyfroedd yn eitha sydyn o'r hyn dw i wedi'i gasglu. Y dosbarth canol newydd … Rhengoedd y rheini ddarbwyllodd 'u hunain 'u bod nhw'n haeddu cael 'u dyrchafu yn y byd. Y nhw oedd yn chwilio am leoliad fforddiadwy i wneud eu nythod newydd. A dyna pryd y dechreuodd yr ynganiadau mwy crachaidd eu naws, megis 'Dover-ode' a 'Dover-road', fynd ar gerdded …'

Yna, cododd gywilydd arni ei hun drachefn wrth glywed ei phiffian chwerthin yn torri ar rediad ei barablu. Onid oedd i'w glywed yn eglur yn y cefndir? Doedd hi erioed wedi clywed neb yn dweud 'Dover-ode' na 'Dover-road' o'r blaen, dyna'r drafferth. Swniai'r ddau mor smala. Er gwrido, chafodd hi mo'i themtio i roi taw ar y tâp a daliodd i wrando.

> *Y fe:* 'Cofiwch, cherddodd yr un ohonyn nhw ymhell erioed.'

Fel yr athro caredig ag ydoedd, nid trwy wawdio yr ymatebodd i'w thwpdra, ond trwy wenu gwên radlon a gwamalu i bontio'r gagendor. Wrth wrando nawr, gallai weld y wên yn ei lais.

> *Y fe:* 'Mae'n amheus 'da fi faint o blith y rhai symudodd i fyw yno'r adeg honno fedre Gymrâg. Rhaid cofio na chodwyd yr un achos Cymraeg yn Y Dyfroedd – dim un, erioed! Arwyddo'n go bendant fod yr iaith ar drai yno yn y bedwaredd ganrif ar bymtheg.'
>
> *Hyhi:* 'Achos o beth felly?'

O gael hynny wedi ei daflu'n ôl i'w chlyw, symudodd Rwth ei bys yn chwim i ddiffodd y peiriant. Digon oedd digon. Nid cywilydd yn gymaint a'i cymhellodd i wneud hynny. Sylweddolodd yn sydyn nad oedd arwyddocâd ei *faux pas* wedi'i tharo'n llwyr wrth fyw'r profiad ddeuddydd ynghynt. Nid bwlch blynyddoedd yn unig oedd rhyngddi hi a Mr Morris. Mynychodd y ddau ohonynt ddwy ysgol brofiad wahanol iawn i'w gilydd – oedd yn meithrin mwy o agendor o lawer na chyfrif blynyddoedd.

Cnodd ei gwefus isaf mewn embaras wrth gofio fod y tâp ar fin ei gorfodi i ailwrando arno'n egluro'r hyn a olygai 'achos' yn y cyd-destun hwnnw. 'O! Y capeli 'dach chi'n 'i feddwl!' roedd hi wedi ebychu ar ddiwedd ei draethu, gan wneud ei gorau i swnio mor ddidaro ag y gallai. Dim ond nawr y gwelai nad oedd hi wedi twyllo neb ond hi ei hun. Bu'r wers yn addysg ac yn falm a gwyddai'n bendant nad ei bychanu hi fu ei nod wrth grynhoi pwysigrwydd lle ymneilltuaeth ym mywydau Cymry'r bedwaredd ganrif ar bymtheg mor amyneddgar. Toedd y tinc tadol yn ei lais yn ddigon i'w sicrhau o hynny?

Aethai Mr Morris yn ei flaen i adrodd hanes y ffurf lygredig hynaf oll ar 'Y Dyfroedd' yr oedd wedi dod ar ei thraws erioed, sef 'Duffrud'. Honnodd iddo'i ganfod mewn rhyw lun ar lyfr cownt a gedwid gan ffeirad un o'r plwyfi rhwng y Rhymni a'r Ebwy. Sillafodd y gair yn uchel iddi, yn union fel yr oedd e wedi ei weld yr holl flynyddoedd hynny'n ôl wrth wneud ei ymchwil.

Dyddiai'r ddogfen o 1675 – drigain mlynedd a mwy wedi i'r morgawr larpio'r tir – a damcaniaeth Mr Morris oedd mai er ei hwylustod ei hun yn unig y lluniodd y clerigwr hi, gan na welai fod iddi unrhyw rym statudol. Rhestr o daliadau'r degwm a gofnodwyd gan y person plwy anhysbys ac mewn un man amheuai i un o'i gyn-blwyfolion fudo i'r lle hwn a alwai'n 'Duffrud' yn unswydd er mwyn osgoi talu nemor ddim o'r dreth arbennig honno. Yr ensyniad oedd bod y tir yno'n dlotach o lawer nag yn y plwyf a oedd o dan ei ofalaeth ef. Po leia i gyd o fydol dda a feddai'r dyn, lleia'i gyd o ddegwm fyddai gofyn iddo'i dalu.

Unwaith eto, tynnwyd ei sylw'n ôl at ansawdd y tir o dan ei thraed. Dychrynwyd hi drachefn. Diffoddodd y peiriant tâp a dihangodd i'r ardd. Nid fod fawr o gysur iddi yno. Patio a barbeciw a'r mymryn lleiaf o lawnt, gyda ffens o gwmpas y cyfan i gynnig rhith o eiddo. Dyna'i gardd.

Er na welai'r un wylan, dechreuodd amau ei bod hi'n gallu blasu gwynt yr heli yn ei ffroenau a throes ar ei sawdl yn ddigon sydyn – yn ôl at Mr Morris.

*   *   *

'Na, dw i ddim yn symud i unman,' atebodd yntau'n gwrtais.

'Ond mae gyda ni barti o wyth sydd am fwyta yma hefyd. Petaech chi'n symud i'r bwrdd llai draw acw, fe allen ni wedyn roi'r ddau fwrdd yma at ei gilydd ar eu cyfer nhw,' ymbiliodd y dyn.

'Nid fy mhroblem i yw honno,' daliodd Mr Morris ei dir yn gadarn.

Aethai hanner awr heibio ers iddo adael yr amgueddfa a thrwy lwc roedd wedi gallu gwneud hynny'n dawel ei feddwl. Gyda rhyddhad ac i ddathlu y penderfynodd ddod yma i'w hoff dŷ bwyta Eidalaidd yn y ddinas – nid ei fod yn arbenigwr yn y maes o fath yn y byd. Ond yn groes i'r gred gyffredinol, fe wyddai nad pethau hawdd eu coginio'n dda oedd calamari – a dyma lle cafodd e'r calamari gorau a flasodd ers dychwelyd i Gymru. Heddiw hefyd, bu'n ddigon ffodus i gyrraedd yn gynnar a bachu bwrdd wrth y ffenestr iddo'i hun. Roedd ganddo olygfa odidog dros dir y castell ac roedd eisoes ar ganol ei finestrone. Nid oedd yn bwriadu ildio'i le i neb.

Er bod yn hynod ymwybodol i elfen gref o siom ei ddilyn gydol ei fywyd, roedd ar yr un pryd wedi dal gafael ar y gred fod rhyw arwriaeth anrhydeddus yn perthyn iddo – arwriaeth nad oedd erioed wedi ei hamlygu ei hun yn orchestgar mewn unrhyw fodd. A bod yn onest, o blith y rhai y bu'n ymwneud â nhw o ddydd i ddydd yn ystod ei yrfa, creaduriaid prin fyddai'r rhai a allai honni'n onest iddynt sylwi arni. Ond roedd gwybod ei bod hi yno wedi bod yn gysur ac yn gynhaliaeth i Oswyn Morris ar hyd y daith. Ni phallodd hynny. Fe'i teimlai nawr, wrth iddo ymwroli.

Ymweliad prin â chanol y ddinas oedd hwn iddo heddiw. Hyd yma, lleddfwyd ei ofidiau gan yr hyn na welodd yn yr oriel ac o'r herwydd roedd popeth yn dda. Ni fwriadai i ddim amharu ar yr amheuthun o bryd yr oedd ar ei ganol. Cymerodd lwyaid arall o'i gawl gan droi ei olygon tua'r stryd a'r castell gyferbyn. Gorfododd hynny'r gweinydd i ymgilio'n llechwraidd, ond gwyddai Mr Morris nad dyna fyddai'i diwedd hi.

Ymhen munud neu ddwy, daeth un arall o'r dynion a weinai yno ato. Gwisgai hwn siwt ac awgrymai ei osgo mai ef oedd y rheolwr, neu hyd yn oed y perchennog. Roedd e'n hynod o flin am yr anghyfleustra, ond credai'n siŵr na fyddai am iddyn nhw orfod gwrthod cwstwm yr wyth disgwylgar draw wrth y bar.

'Ac yn hytrach na'r un gwydryn unig 'na o Chianti sydd gyda chi o'ch blaen, beth am fwynhau'r botel gyfan, yn rhad ac am ddim – gyda'n cyfarchion ni,' smaliodd ei gymwynasgarwch, '... i'ch hwyluso drwy'r anghyfleustra ...?'

'Rwy'n hapus ddigon gyda'r un gwydryn hwn, diolch,' atebodd Mr Morris ef yn ddiymdroi. 'Neu mi fydda i'n feddw ar y bws wrth fynd adref. Yn yr un modd, mae fy mwyd yn plesio hefyd, a'r olygfa. Y cyfan sydd ei angen arna i nawr yw'r heddwch i gario ymlaen i fwynhau.' Yna cydiodd yn y gwydryn gwin i gymryd dracht ohono, fel petai'n tanlinellu'r atalnod llawn anweledig ar ddiwedd ei frawddeg.

Hwn oedd y pryd olaf fyddai e'n ei fwyta yno byth, barnodd. Ar ôl hyn, doedd fiw iddo ddod yma eto. Byddai'n rhy beryglus ac yn yr un gwynt cysurodd ei hun trwy feddwl nad oedd hynny'n gymaint colled ag y swniai. Tua chwe gwaith yn unig yr ymwelodd â'r lle mewn dwsin o flynyddoedd. O ystyried ei oedran a phopeth, roedd y siawns y deuai yno eto yn go fain ar y gorau.

Er iddo synhwyro fod gwawl arwriaeth wedi rhoi rhyw lun ar urddas i'w yrfa yn y byd, doedd e erioed wedi'i dwyllo ei hun ei fod yn ddewr. Byddai pobl yn aml yn cymysgu dewrder ac arwriaeth. Ar goel gwlad ac wrth ymgolli yn chwedloniaeth gwylio hawdd y sgrin roedd hi'n hawdd drysu rhyngddynt a'u gwneud yn un. Ond gwyddai Oswyn Morris yn wahanol.

Rhyw fathodyn balchder y byddai pobl yn ei roi'n wobr i unigolion am amryfal resymau oedd arwriaeth. Gallai'r rhesymau hynny fod yn rhai anrhydeddus a dealladwy. Ond roedd modd eu gwaddoli ar bobl am resymau digon gwachul hefyd – fel dihangfa hawdd ei chael mewn argyfwng. Gallai unigolyn ei urddo'i hun â'r cyfyw anrhydedd hyd yn oed. Dyna a wnaeth ef i raddau. Roedd wedi trechu a goroesi. Erbyn hyn, gallai honni gyda pheth gwirionedd iddo gyrraedd oedran teg. Onid oedd hynny ynddo'i hun yn ddigon iddo haeddu cael bachu'r cysur o'i ystyried ei hun yn arwr?

Ond nid dim y gallai neb ei wobrwyo i arall oedd dewrder, ac yn sicr doedd dim modd i neb ei gyflwyno'n rhodd iddo ef ei hun. Grym cynhenid oedd dewrder. Rhywbeth genynnol, mae'n rhaid. Roedd yn rhan o wneuthuriad dyn neu doedd e ddim. Er y byddai'n ei amlygu ei hun yn aml, roedd angen yr egin craidd. Doedd dim modd ei greu o ddim. Nid mater o gaboli'ch tarian er mwyn i'r byd eich edmygu oedd dewrder gwirioneddol.

Ac yna'n sydyn, dychwelodd ei dad i'w feddwl unwaith eto. Hwnnw oedd wedi sbarduno'i ddiwrnod hyd yn hyn. O'i herwydd ef y daeth i ganol y ddinas yn y lle cyntaf. Ni fyddai yno'n tynnu staff y tŷ bwyta hwn i'w ben oni bai amdano ef. Ni fu hwnnw'n arwr o fath yn y byd i neb, fe wyddai Oswyn Morris hynny'n ddigon da. Ond a fu e'n ddewr, oedd yn gwestiwn arall. Roedd am gredu iddo fod.

Digwyddodd blygu ei ben gan sbio'n syth i lawr ar y stryd oddi tano a dyna lle'r oedd y criw o wyth oedd newydd adael. Wyth siomedig ar y stryd, meddyliodd, heb deimlo unrhyw euogrwydd. Troes ei olygon at y bar wedyn, gan ddisgwyl gweld rhes o weinyddion yn syllu'n sarrug i'w gyfeiriad, yn bygwth dial. Ond wrth gwrs, doedd neb yn talu unrhyw sylw iddo. Doedd fawr neb wedi talu sylw iddo erioed. Yn ei hanfod, dyna pam y gwelai ei hun fel arwr.

*   *   *

'*Honestly,* Mam! Ti mor *gullible* weithia. Alli di ddim credu pob stori ti'n glywed, ti'n gwbod.'

Doedd dim yn rhoi mwy o bleser i blentyn na chael cyfle i daflu rhyw ddoethineb a glywodd gan riant yn ôl i'w wyneb ef neu hi.

'Dw i ddim yn credu stori Sgathan go iawn, siŵr,' atebodd Rwth, gan dynnu ei thafod ar ei merch yn chwareus. 'Ti ofynnodd be fuish i'n 'i neud drwy'r dydd a dw inna wedi ateb.'

'A *yeah!* Fi'n gwbod o ble ddoth yr enw Y Dyfroedd yn

barod, diolch yn fawr,' aeth Elin yn ei blaen. 'Ni wedi neud hwnna i gyd 'nôl yn Blwyddyn Tri gyda Mr ap Tomos.'

'Dw i'm ama wyt ti'n gwbod pob un dim sydd 'na i'w wybod am y byd o dy gwmpas, Elin fach ...'

'Wel! Pob un dim dw i *moyn* 'i wbod, Mam. Ocê! Ma popeth arall yn *gross*.'

Tawodd Rwth. Smaliodd y ferch ei bod hi'n llyncu mul a dihangodd i'w llofft.

*   *   *

Y fe: 'Maes o law, fe ddechreuodd rhai feddwl y dylid cael enw Cymrâg ar y lle. Rhamantwyr oedd y rhan fwya ohonyn nhw, gwaetha'r modd. Mae arnon ni ddyled iddyn nhw, sbo! Wedi'r cwbl, diolch byth fod rhywrai'n cymryd diddordeb, yntê fe? Ond roedd hi'n anorfod bron mai'r hyn wnaethon nhw o'dd ceisio "dyfeisio" enw Cymrâg am Doverod – yn hytrach nag olrhain y gair yn ôl i'w darddiad gwirioneddol. A 'na shwt welwch chi ymdrechion erchyll fel "Dyferod" a "Difrod" mewn rhai ffynonelle, mor hwyr â phumdegau'r ganrif ddiwethaf.'

Hyhi: 'Duwcs! Difyr 'te!'

Y fe: 'Trial Cymreigio enw oedd yn llygriad o enw Cymrâg yn y lle cyntaf! Be newch chi â phobl? Ond ma'r enghraifft ola 'na o gyfeiliorni yn arbennig o ddiddorol, achos mae e'n swnio fel tase hygrededd hanesyddol o'i blaid, on'd yw e? Y gair "difrod" 'na ... Wedi'r cwbl, ar ryw ystyr ar ôl difrod gas y lle 'i enwi – sdim gwadu 'ny, sef y difrod mawr achoswyd bedair canrif yn ôl gan y dilyw. Ond nid dyna shwt ddethon nhw at "Difrod" fel ymgais i greu enw

109

Cymraeg o gwbl. O, nage! Mae'r eglurhad yn fwy gwasaidd o lawer na hynny.

'Cymryd "Divrod" wnaethon nhw – un o'r amrywiade cynnar 'na sydd i'w gweld mewn ambell fan, cyn i'r ffurf sefydlogi fel "Doverod". Meddwl 'u bod nhw'n glyfar trwy droi'r "v" yn "f" ac ail-Gymreigio'r gair yn ôl i'r "Difrod" cysefin. Cwbwl gyfeiliornus, wrth gwrs.'

Hyhi: 'O, mi wela i be sgynnoch chi! Cam gwag yn wir.'

Wrth wrando'n ôl ar y tâp, gallai Rwth gofio i'w hwyneb oleuo trosto pan ymyrrodd y tro hwn. Y gwir oedd ei bod hi eisoes wedi dallt y dalltings parthed dryswch ieithyddol 'Divrod/Difrod'. Ond credodd erioed mai doeth oedd ymddangos yn dwp weithiau, er mwyn gwneud sioe o esgus cael eich goleuo. Nawr, wrth ail fyw'r foment, gresynai iddi wneud hynny echddoe. Swniai'n annidwyll ac ofnai y gallai Mr Morris fod wedi gwybod mai cogio'r oedd hi.

Y fe: 'Pwynt gwerth 'i nodi wrth fynd heibio yw na weles i erio'd yr un enghraifft o ffurfiau'r Saesneg fuodd ar y lle yn defnyddio'r *The* ar ddechre'r enw. Rhaid na chymerodd yr iaith fain at y fannod erioed.

'Yn yr un modd, fuodd "The Waters" erio'd yn opsiwn, chwaith. Dyw'r Saeson erio'd wedi trafferthu i gyfieithu enwe brodorol unman maen nhw wedi'i drechu. Mae gymaint yn haws jest manglo pa bynnag enwe 'sda nhw ar lafar yn barod ac esgus 'u bod nhw wedi mynd yn *native*.'

Hyhi: 'Acw, yn y gogledd, ma gynnon ni *Swallow Falls,* wyddoch chi? Ewynnol oedd enw gwreiddiol y rhaeadrau wrth gwrs. Ma hwnnw'n enghraifft o Saeson yn trio rhoi enw Saesneg ar le trwy gyfieithu o'r Gymraeg. Doedd dim syndod i ryw dwpsod o Oes Fictoria ei gyfieithu fel *swallow. Typical!*'

Y fe: 'Ond Gogs oedd rheini. Rhaid ichi gofio 'ny. Trwy lwc, yn ystod chwarter ola'r ugeinfed ganrif, fe gamodd ysgolheigion o'r iawn ryw i'r adwy o'r diwedd, i glirio'r niwl. Anaml iawn fydd ysgolheigion yn cael y gair ola ar ddim hyd y gwela i – ond erbyn heddi sdim dadl am darddiad 'Y Dyfroedd'. Dyna sy'n bwysig. Mae'r dystiolaeth o blaid grym yr enw yn ddi-syfl. All neb wadu'r peth, chi'n gweld. Mae'r Dyfroedd yn bod.'

Wrth ailwrando ar ei lais dotiai Rwth ar yr argyhoeddiad a roddai ynddo. Fel cenhadwr yn hoelio proclemasiwn o ffydd ar ddrws heretic, meddyliodd. Wedi holl ymchwil ac ymlafnio ei ieuenctid, roedd geirwirdeb hen ddogfennau ac englynion beirdd anhysbys wedi tystio o blaid 'Y Dyfroedd' fel enw gwreiddiol yr ardal. Roedd eu tystiolaeth wedi canu ar draws y canrifoedd, gan roi dilysrwydd digamsyniol i enw y bu ganddo unwaith gymaint o falchder ynddo ond a barodd y fath loes iddo yn y diwedd.

Teimlodd don o lawenydd yn torri trosti. Balchder trosto ef. Cofiai'r wên a ddaethai ar draws ei wyneb wrth ddatgan fod 'Y Dyfroedd yn bod' a dechreuodd ddeall y ddeuoliaeth oedd ymhlyg yn ei fuddugoliaeth. Oedd, roedd hi'n falch o allu dweud ei bod hi yn ei adnabod. Roedd e eisoes yn arwr iddi.

* * *

Peth enbyd oedd marw heb fod wedi byw yn gyntaf.

Dyna aeth trwy ei meddwl wrth gwtsio yno ar y soffa, gyda'i gŵn wisgo wedi'i lapio'n dynn amdani. Heno, doedd dim perygl y deuai Russel i lawr y grisiau i darfu ar ei meddyliau. Cyn anesmwytho a chodi, bu yn ei gwely ar ei phen ei hun. Neb yn y tŷ ond hi ac Elin a dieithrwch chwithig eu perthynas yn chwyrlïo fymryn rownd ei phen. Roedd elfen o ddieithrwch rhwng pob dwy genhedlaeth, fe wyddai. Derbyniai hynny fel ffaith anochel. Ac wrth i Elin gyrraedd ei harddegau, gwyddai hefyd mai dim ond dod yn fwyfwy amlwg wnâi'r gagendor hwnnw.

Ond pwy oedd yn defnyddio pwy tybed? P'run ohonyn nhw oedd orau am chwaraeon? Ym mha un ohonyn nhw roedd yr ysfa i ennill gryfaf?

Difater iawn am ennill ar ddim fu Rwth yn ystod ei dyddiau ysgol. Roedd hi'n un o'r rheini a lyncodd y mantra mai hwyl y cymryd rhan oedd yn bwysig. Erbyn hyn, byddai hi'n mynd i'r gampfa'n weddol reolaidd gyda'i ffrindiau, ond peth cymdeithasol oedd hynny iddi'n fwy na dim. Eilbeth oedd gwerth y chwysu, ffitrwydd a chyrraedd unrhyw 'nod bersonol'. Fyddai ei chanol byth yn fain na'i chluniau byth yn gwbl ddifraster. Dysgodd ddygymod â'r gwirionedd.

Amheuai'n gryf y byddai Elin yn tyfu i fod yn drech na hi maes o law, fel roedd ei mam ei hun wedi llwyddo i hawlio rhyw dir moesol dyrchafedig trosti hithau. Nid ei thad, wrth gwrs. Stori wahanol oedd honno. Yr un stori ag a glywodd am bob dyn a adnabu erioed – y rhai y daethai i'w hadnabod yn dda, o leiaf. 'Llithro' wnaeth ei thad o'r hyn a gasglai … a hynny yn y gorffennol pell, cyn iddi hi hyd yn oed gael ei geni. Dyna fyddai ei mam yn mynnu ei bwysleisio bob tro wrth adrodd y stori. Rhaid ei bod hi'n haws maddau 'llithriadau' pan oedden nhw yn y gorffennol, gwamalodd Rwth yn sinigaidd. 'Mi fuodd priodas dy dad a minna gymaint yn gryfach ers hynny,' mynnai ei mam bob amser. Ond ni welodd Rwth erioed brawf o hynny.

Peth od i ferch oedd gorfod cydnabod bod ei mam yn

fwy maddeugar na hi ei hun. Nid 'llithro' ddaru Geraint. Doedd hi ddim yn deg ei gyhuddo o gymaint â hynny hyd yn oed. Ddim mewn gwirionedd. Dim ond rhyw faglu fymryn wnaeth y creadur. Ni adawsai iddo byth anghofio.

Ochneidiodd wrth bwyso a mesur, ond heb deimlo'n euog chwaith. Fe gâi hi'r gorau o'r ddau fyd. Yr holl sicrwydd a ddeuai yn sgil ei chyn-gariad heb ddim o ymrwymiadau anorfod gorfod cyd-fyw ag ef.

Elin wnâi hynny'n bosibl. Hi oedd y ddolen a'i cysylltai â holl fanteision ei ffordd o fyw. Ac yma y'i ganed. Yma yn y ddinas hon, ymhell o gynefin gwreiddiol ei mam ... a chynefin ei thad hefyd petai'n dod i hynny ... Ymhell o ddylanwadau'r ddwy set o nain a thaid, na mân ofidiau'r un dref fach wledig, gegog, gecrus. Yma yn Y Dyfroedd y cafodd hon ei magu – fel Sgathan. Ond prin y gwelodd honno ddim o fanteision Elin. Dim tad i fod yn gefn iddi. Dim addysg. Dim byd ond cyntefigrwydd Y Dyfroedd pan oedd y lle'n dal yn ei wendid.

Newydd ddarllen y stori am y trydydd tro oedd Rwth a chan nad oedd wedi diffodd y cyfrifiadur, daliai'r sgrin i lewyrchu'n fwll o'i chwtsh o dan y grisiau. Y goleuni hwnnw oedd ei hunig gwmni yno yn nistawrwydd llethol y nos. Nid fod hynny'n gysur. I'r gwrthwyneb. Tanlinellai ei anhunedd. Ei chwilfrydedd yn gwrthod gorffwys. Ei phen yn dal i ogor-droi. Mor fychan oedd ei thŷ, meddyliodd. Bocs bach cyfyng ar gyrion dinas. Fel lloches ar gyrion bywyd. A hithau'n byw ar drugareddau na châi byth mo'u cydnabod. Rhai pwy tybed? Geraint, yn sicr. Allai hi byth wadu hynny. Ond yn mêr ei hesgyrn ofnai fod mwy iddi na hynny hefyd.

Olwen

Anffawd fach un fechan –
dod i fod
mewn oes
pan oedd hi'n ffasiynol i
feidrolion bychain
farw tra'u bod nhw'n dal yn fân.

Nid olion traed
i olrhain lle y troediaist
mo'r llwybr gwyn
ddaeth ar dy ôl
yn rhuban mall
ar draws y traeth

ond llinell hallt
adawodd ewyn môr rhyw oes o'r blaen,
i ddynodi lle bu'r llanw.

*

Clyw'r môr yn galw, 'merch i,
'Hyd yma y deui ar dy daith
a dim pellach!'

Te Prynhawn

'Fe ddes i i ddeall amser maith yn ôl mai dau ddewis sydd gan ddyn os yw am ddod ymlaen yn y byd 'ma – cael pobl i'w hoffi neu i'w ofni.'

Wrth iddo ddweud hyn, lled-amheuai Rwth fod disgwyl iddi dorri ar ei draws i ddatgan 'Choelia i fawr!' yn anghrediniol, ond heddiw roedd hi'n fwy gwrol nag y bu hi'r diwrnod o'r blaen a mynnodd gadw'i cheg ar gau.

'Sa i'n credu imi lwyddo gant y cant i wneud y naill na'r llall,' aeth yn ei flaen, 'er 'i bod hi'n wir dweud imi lwyddo i dynnu trwyddi'n weddol.' Swnio'n herfeiddiol am na phorthodd hi ei haeriad yr oedd e, tybiodd Rwth.

'Gawsoch chi ddechreuad anodd mewn bywyd, Mr Morris?' Cyn holi, tynnodd ei thrwyn o'i chwpan i edrych arno'n iawn.

'Doedd hi ddim y fagwrfa hawsa.' Nododd hithau iddo ateb heb orfod oedi eiliad i ystyried. Daethai'r geiriau'n glec i'w chlyw nes gwneud iddi ganolbwyntio'n galetach. 'Alla i weud wrthoch chi nad cael fy hel o Ysgol Y Dyfroedd oedd yr ergyd gynta imi orfod ei godde ... na'r greulona.'

'Ym mha ffordd roedd hi'n greulon, 'ta?' dilynodd y trywydd yn ymosodol, gan roi'r cwpan o'i gafael ar y soser o'i blaen. 'O'r hyn ddalltish i, chawsoch chi mo'r sac na dim byd mor ysgytwol â hynny ...'

'Na, ches i mo'r sac. Ymddiswyddo wnes i, mae'n wir.' Os cafodd ei ddychryn gan ei hyder annisgwyl, gofalai nad oedd ei osgo na'i lais yn bradychu hynny wrth ymateb. 'Ond roedd e'n amser caled imi – rhaid ichi ddeall 'ny.'

'Doedd dim angen ichi deimlo cywilydd dros yr hyn ddigwyddodd,' eglurodd Rwth. 'Mae'r holl bennod yn adlewyrchu'n waeth o lawer ar y cyfnod roeddech chi'n byw ynddo a'r gymdeithas roeddech chi'n cael eich hun ynddi na dim ddaru chi'n bersonol 'i wneud yn rong. Wela i ddim fod fawr o'i le ar hanes Sgathan yn y stori 'na fy hun. Fel ddeudish i wrthach chi echnos ym mherfeddion nos, yn 'yn e-bost, mae hi braidd yn gignoeth, ella … i blant bach … ond dyna i gyd. Dibynnu'n union sut ddaru chi 'i hadrodd hi, ddyliwn i.'

'Ie, falle mai dyna aeth o'i le. Dawn y cyfarwydd nath 'y ngadel i lawr, nid yr hanes fel y cyfryw,' gwamalodd yntau gan wenu. 'Yn sicr, nid Sgathan fel y cyfryw a gorddodd y dyfroedd – ond y fi. "Anaddas i sefyll o flaen dosbarth o blant," medden nhw. Doedd dim amdani ond mudo. Honno oedd ail alltudieth 'y mywyd i … Fe ddewises i droi 'nghefn ar Y Dyfroedd, ar Gymru ac ar yr ystafell ddosbarth. Fe gymerodd hi beth amser imi sylweddoli llwyr arwyddocâd beth wnes i. Nid 'i fod e'n ddewis anodd ar y pryd, achos pa ddewis arall oedd 'da fi?'

'Ond rhyw fath ar alltudiaeth serch hynny … Dyna ddeudoch chi. O'r Dyfroedd yr ail dro, ond o ble y tro cynta?' holodd Rwth.

'Alltudieth? Wel, sa i'n siŵr ai alltudieth yw'r gair iawn wedi'r cwbl. Nid y tro cynta y bu raid ifi godi 'ngwreiddie a'u hailblannu nhw mewn bro arall ta beth. Gad'el Aber on i bryd 'ny, chi'n gweld? Nawr, i'r rhan fwya o bobol, fydde "alltudiaeth o Aber" ddim yn swnio'n gymint o ergyd â 'ny. Ond 'nôl yn 1947 a finne'n ddeuddeg oed ac wedi galw'r dre'n gartref bron gydol 'yn oes fer, roedd hi'n fater gwahanol. Chi'n tueddu i gofio pryd ddangosodd y byd 'i ddannedd ichi am y tro cynta, on'd 'ych chi?'

'Chi ddeudodd "alltudiaeth", yn reddfol. Felly rhaid ei fod e'n addas,' ymresymodd Rwth. 'Beth ddigwyddodd?' Roedd ei hawch i fusnesa yn dechrau troi'n drech na'i chyfrwystra gan wneud i'w chwestiynau swnio'n amrwd o swta. Er sylweddoli hynny, fedrai hi mo'i hatal ei hun.

'Falle gewch chi wbod 'da fi rhyw ddydd ... neu falle chewch chi ddim,' atebodd yntau'n enigmataidd. 'Amser a ddengys.'

'Ew! 'Dach chi'n bod yn ddramatig rŵan,' barnodd hithau.

'Trychineb. Nid drama,' taniodd yntau ei ateb yn ôl. 'Dyw pob drama ddim yn drychineb. Bu gorfod troi 'nghefn ar fy mamwlad hanner canrif yn ôl yn ddrama, do. Ond roedd yr hyn ddigwyddodd imi'n ddeuddeg oed yn drychineb. Ac mi fydd yn rhaid ichi fod yn amyneddgar, 'y merch i, os ych am ddeall y gwahaniaeth.'

'Doeddwn i ddim yn meddwl tramgwyddo,' ebe Rwth yn annidwyll o ymddiheurol.

'Mae pob trychineb yn swnio fel tipyn o ddrama i bawb sy'n darllen amdani neu'n clywed sôn amdani. Ond i'r rhai anffodus hynny sy'n gorffod byw a marw'r drychineb ... wel, mae'r wewyr yn wahanol iawn iddyn nhw, alla i 'weud wrthoch chi. Fe wedoch chi eich bod chi'n awyddus i ddarllen mwy, yn do fe? Mwy o'r hanesion lunies i ar gyfer yr ysgol, hynny yw.'

'O, yn bendant ...'

'Wel, dyna ni 'te. Ma 'da chi dipyn o dir i'w droedio eto cyn y dowch chi at hanes fy magwrfa i.'

'Ond fe ddigwyddodd pa bynnag drawma ddoth i'ch rhan chi'n ddeuddeg oed go iawn? Nid stori wneud 'dy honno hefyd?'

'Nid "stori wneud" mohoni ... O na, Duw cato pawb! Pan ddaw'r dydd y cewch chi ei chlywed, mi fydd pob gair yn efengyl wir. Ond dyw hynny ddim yn golygu nad oes gofyn imi ei chreu yn gyntaf ... i droi'r hanes yn ateb cymwys ar eich cyfer pan ddaw'r amser. I fi, mae'n rhan o 'mhrofiad. Rhaid ichi gofio 'ny. Yn atgof sydd wedi aros yn 'y mhen. Yn loes calon nad eith e byth bant. Ond pan ddewisa i adrodd y cyfan wrthoch chi, stori fydd hi bryd 'ny ... dyna i gyd. Stori wir, ond stori serch hynny ... am fod gormod o amser wedi mynd heibio ... ac achos y bydd pob gair wedi'i ddethol yn ofalus.'

Ochneidiodd Rwth ei rhwystredigaeth o gael y dyn yn siarad â hi mewn damhegion.

'Chi'n gweld, nid ysgrifennu'r llythyr ymddiswyddiad oedd y glatsien galeta' un i fi wrth adael, na gorfod hel fy mhac dros y ffin i chwilio am ddyfodol ... O, na. Yr ergyd waetha oedd derbyn 'mod i hefyd yn troi 'nghefen ar greadigrwydd. A finne wedi dechre darbwyllo'n hunan bo' 'da fi dalent i'r cyfeiriad hwnnw.'

'Mi fasach chi wedi medru dal ati i greu eich storïa, ym medrach?' awgrymodd Rwth. 'All neb wir ladd dychymyg rhywun arall.'

'Welwn i fawr o sens gwneud hynny. Ddim heb y plant. Heb gynulleidfa, dim ond rhyw hunanfaldod yw pob creadigrwydd hyd y gwela i.'

'Ond ma gynnoch chi sawl stori arall, meddech chi.'

'O, oes. Ma digon 'co. O'r cyfnod hwnnw'n unig, cofiwch. O'r amser pan o'dd e'n bwysig ifi drial dod â hanes yr hen ddinas 'ma'n fyw i'r plant. Fe synnes i'n hunan a gweud y gwir o weld sawl un rwy wedi'i chadw. Pan es i i whilo y noson o'r bla'n, fe ryfeddes i gymaint o'r hanesion bach o ddyddie'r Dyfroedd y des i ar 'u traws. Fe wna i fwrw ati i drio rhoi gwell siâp ar un neu ddwy arall ichi ... fel y galla i 'u danfon nhw atoch.'

'Fe edrycha i ymlaen yn eiddgar,' meddai'n frwdfrydig, gan

droi ei llygaid at y cacennau bach lliwgar ar y stand o'i blaen. Pan gawsant eu gadael yno gyntaf gan y weinyddes, toc wedi iddyn nhw roi eu harcheb, glafoeriodd Rwth gan ddweud eu bod nhw'n edrych fel teganau bwytadwy. Nawr, ailgyfeiriodd ei sylw oddi wrth y sgwrs i ddotio atynt drachefn.

'Chi'n gweld, gwir yr hen air: creu yw dysgu; dysgu yw creu!'

Deuai'r geiriau i'w chlyw, ond barnodd fod Mr Morris yn doethinebu fel petai'n ailadrodd rhyw wireb gyfarwydd yr oedd ef ei hun eisoes wedi hen laru ar ei chlywed.

Y fe awgrymodd y dylai hi ymuno ag e yno yn y Caprice am de prynhawn. Fel bron popeth arall a oedd gan Bencraith i'w gynnig, chafodd Rwth mo'i denu i'r siop de hon erioed o'r blaen, er gwybod amdani fel un o sefydliadau hynafol answyddogol y ddinas. Er mor anghyfarwydd iddi oedd y tsieni hen ffasiwn, y tebot gyda siwg ddŵr poeth wrth ei ymyl a chwrteisi llwyd y staff – oll yn eu ffrogiau diaddurn a'u ffedogau gwyn – yr hyn a'i rhyfeddai fwyaf oedd llewyrch y lle. Onid oedd y dodrefn ac addurniadau plastar y nenfwd, heb sôn am y lluniau du a gwyn o hen sêr byd y ffilmiau ar hyd y muriau, yn awgrymu'n gryf y dylsai'r hwch fod wedi mynd drwy'r siop arbennig hon rywbryd 'nôl yn y chwedegau, os nad ynghynt? Ond roedd bron pob bwrdd wedi'i gymryd a chanai'r til yn y cornel glodydd cyfalaf yn gyson.

'Mae'n dda eich bod chi'n barod i wneud eithriad er mwyn plesio hen ŵr,' fu barn Mr Morris pan gyrhaeddon nhw gyntaf, a hithau wedi mynegi ei hamheuon am 'd'wyllu drws y ffasiwn le'. 'Dyw'r lliain bwrdd 'ma ddim mor wyn a startshlyd ag rwy'n 'u cofio nhw pan ddes i yma gyntaf, cofiwch, ond mi fydda i'n dal i ddod 'ma'n achlysurol. Sa i'n siŵr pam,' aethai yn ei flaen. 'Am 'y mod i, fel y lle ei hun, "yma o hyd", mae'n debyg.'

*   *   *

'Dawn dweud. Dyna be sgynnoch chi,' datganodd Rwth wrth frwsio ymaith y briwsionyn oedd wedi mynnu glynu ar ei gwefus uchaf. 'Dw i'n ysu i ddarllen y stori nesa.'

'Dw i'm amau dim nad o'n i fel angel yn cael 'y erlid o Baradwys,' gwamalodd Mr Morris.

'Dyna ddeuda i, dw i'n meddwl,' ymatebodd Rwth yn frwd. 'Ichi gael eich erlid o'r ddinas yn ddidrugaredd … eich erlid ar gam. Dyna dw i am 'i ddeud yn yr erthygl 'ma.'

'Wel! Mae'n wir fod gen i ronyn o ddychymyg a mymryn o ddawn dweud,' bwydodd y dyn ei brwdfrydedd yn ddireidus. 'Pan ges i'r codwm o baradwys Y Dyfroedd, synnen i fawr nad o'n i wedi dechre dod i gredu y gallen i fod yn awdur.'

'Mi fedra i'i gweld hi rŵan,' ebe Rwth, gan bwyso ymlaen dros y bwrdd yn gynllwyngar. 'Roeddach chi am fod yn "greadigol", er mwyn y plant … heb sylweddoli mai haid o philistiaid oedd wedi cenhedlu'r rhan fwya ohonyn nhw. Y rheini roddodd 'u cas arnach chi, yntê? Y giwed yna o rieni oedd am lastwreiddio addysg 'u plant, er mwyn eu dofi i fod y pethau bach mwyaf llywaeth a diddychymyg dan haul. Ddaru nhw ddim llwyddo, naddo? Ac erbyn heddiw, maen nhwytha'n hen …'

'Odyn gwlei! Cyn hyned â fi'n hunan … a hŷn,' ameniodd Mr Morris yn fuddugoliaethus.

'Felly tydy hi ddim yn rhy hwyr i'w cywilyddio,' mynnodd Rwth. 'Ma digon ohonyn nhw'n dal ar ôl ar dir y byw.'

'Na, na!' mynnodd yntau dorri ar ei thraws, gan ddifrifoli. 'Chi'n rhy lawdrwm o lawer nawr. Yn rhy amlwg eich dial. Sa i'n credu y gall y gwir yn unig wneud y tro … ddim ar 'i ben 'i hunan. Nawr fod y rheini fuodd fel nythed o seirff yn hisian eu ffordd dros 'y mreuddwydion i yr holl flynydde 'na'n ôl bellach yn hepian 'u ffordd at farwolaeth ac yn treulio'r rhan fwyaf o orie'r dydd yn cysgu, wy'n meddwl mai'r ffordd orau o dalu'r pwyth yn ôl fydde trwy lenwi'r orie hynny â hunllefe.

Rhwbio'u trwyne nhw yn 'u drycsawr 'u hunen. Go brin y llwyddwch chi i wneud i'r tacle golli cwsg bellach – maen nhw'n rhy agos at y cysgu olaf. Ond fe allech chi beri tipyn o anesmwythyd i'r jiawled yn yr orie prin pan maen nhw ar ddi-hun.'

'Beryg' mai chi sy'n iawn,' pwyllodd Rwth hithau, gyda thrywydd ei meddyliau'n cael ei arwain ganddo i lefydd nad oedd hi wedi dychmygu mynd iddynt.

'Chi yw'r cofiannydd ar gyfer y dathlu 'ma sydd ar droed. Fe adawa e i chi i sgrifennu'r "hanes" fel y gwelwch chi ore. Ond cofiwch nad dim ond y gwir sydd 'i angen arnoch chi i gael stori dda. Rhaid gwisgo'r gwir. Ac mae'n siŵr 'da fi fod 'da chi fwy o glem am ffasiwn yr oes na sda fi.'

Wrth ddweud hynny, estynodd ei law at y bag llaw roedd hi wedi ei adael ar ymyl y bwrdd, gan ei fwytho'n smala. Yn llachar goch, fel slap o finlliw, roedd Mr Morris wedi dweud fod golwg ddrud arno pan gyrhaeddon nhw gyntaf. Gwamalodd fod ei gynllun yn gwneud iddo edrych fel tebot – delwedd a weddai i'r dim i'w leoliad. Ei hymateb hithau ar y pryd fu troi'r hyn a ddywedodd yn jôc ddiniwed – tra amheuai mai gwatwar oedd e mewn gwirionedd, ar y slei.

Ymhen sbel, wrth ffarwelio allan ar y stryd, gyda'r bag yn pefrio fel larwm yn ei llaw chwith a'r sgwrs a gawsant yn canu yn ei phen, dywedodd Rwth ei bod hi'n bwriadu galw i brynu gwenwyn lladd llygod mawr ar ei ffordd adref.

'Pan godish i bora 'ma a sefyll wrth y drysa Ffrengig, dyna lle'r oedd horwth o beth mawr du yn croesi'r patio. Bu bron imi ollwng 'y nghoffi.'

'Ma'r rheini'n rhemp yma ym Mhen-craith hefyd,' cydymdeimlodd Mr Morris yn dawel. 'Gwylanod a llygod mawr – dau bla dinesig.'

'Roedd hon mor bowld ... 'sa chi ddim yn credu! Mi arhosodd yn ei hunfan a syllu arna i'n fawreddog reit, fel tasa hi piau'r lle. Fydd hi ddim yn hir cyn cael blas ar wybod pwy yw'r feistres yn tŷ ni.'

O hynny, casglodd Mr Morris drachefn nad oedd cyfrwystra'n uchel ar restr flaenoriaethau Rwth wrth gynllunio mymryn o ddialedd. Cymerodd gysur nid bychan o hynny a chododd ei het iddi'n dalog wrth ganu'n iach, gan ddisgwyl pethau mawr i ddod.

O'i rhan hithau, troes i gyfeiriad ei char gan golli gafael ar ei fflip-fflop chwith wrth wneud. Disgynnodd ei throed noeth ar y palmant, a dim ond o drwch blewyn y llwyddodd i osgoi camu ar bwll o boer a loywai yno yn yr heulwen.

Rhegodd yn ffyrnig o dan ei gwynt, gan ei hatgoffa'i hun na ddylai hi synnu at y fath ffieiddiwch. Pen-craith oedd fama, wedi'r cwbl.

* * *

Difarai Mr Morris iddo addo adrodd hanes ei dad wrthi. Nid am fod arno gywilydd. Bu'n grac ar hyd ei oes am yr hyn a ddigwyddodd i'w dad, ond ni fu arno erioed gywilydd ohono. Rywsut, credai na fyddai cywilyddio'n weddus. Bu cymaint o ymyrraeth. Cymaint o dor cyfraith. Cafodd cymaint o fywydau'u sarnu ers hynny. Onid gwell oedd gadael sgerbydau'r gorffennol i bydru'n dawel yn eu mynwent angof?

Wedi iddo'i gweld yn troi ar ei sawdl mor drwsgl y tu allan i'r Caprice, dechreuodd yntau gerdded tuag adre'n araf, gan ddargyfeirio'i lwybr er mwyn mynd i lawr at y traeth. Gallai ddibynnu y byddai rhywrai yno ym mhob tywydd. Yn loncian ar hyd y prom. Neu'n loetran yn amheus yr olwg. Neu jest yn rhythu'n ddifeddwl tua'r gorwel tra bo'u cŵn yn cachu ar y tywod islaw.

Un o'r cyfryw rai oedd yntau – serch y ffaith nad oedd ganddo gi. Doedd hynny ddim yn ei rwystro rhag pwyso yno ac edrych draw at Wlad yr Haf, Lloegr a'i orffennol, gan obeithio y byddai gwynt y môr yn gwacáu ei feddwl.

Dim ond yn raddol bach y daeth i ddeall fod rhai y tu cefn iddo'n taflu cerrig mân ato. Yn araf, daeth yn ymwybodol o'r darnau bach yn pigo, ar ei ysgwyddau ac ar ei gefn. Ar y dechrau, beiai'r glaw a addawyd ar gyfer y diwedydd, ond pan droes gallai weld nad y tywydd oedd gwreiddyn y fall, ond pobl. Nid gang fwriadol mohoni. Tebycach i nifer o unigolion, ymddangosiadol ddigyswllt, barnodd. Ar ôl towlyd dyrnaid o raean i'w gyfeiriad cerddai rhai yn eu blaen heb dalu unrhyw sylw pellach iddo. Ond safai eraill led rhodfa'r prom oddi wrtho, gan syllu'n ddiemosiwn a thaflu eu cerydd i'w gyfeiriad yn fecanyddol gyson. Doedd dim deall ar y peth ac amddifadwyd ef o'r cyfle i glirio'i ben. Bron na theimlai'n fwy crac am hynny na dim. Cerddodd yn ei flaen gyda'r gawod gyson ar ei war yn dal i'w ddilyn.

Cymerodd ambell gip yn ôl a gallai weld y giwed a fu'n sefyll yno tra bu yntau'n llonydd syllu mas dros y môr yn cadw'u pellter wrth gerdded. O ganlyniad, roedd rhythm i'w bombardio, wrth iddynt gadw'n gyson â'i gerddediad. Nid ceisio'i labyddio roedden nhw, ond ei sgythru. Gallod weld fod yno wragedd a phlant a dynion mewn oed – oll â chyflenwad dihysbydd o'r taflegrau mân yn eu dyrnau chwith. Estynnai bysedd pob llaw dde yn ddiddiwedd am ragor i'w taflu ato, fel confetti miniog. O ran gwisg a phryd a gwedd, edrychent yn sobor o normal. Dim arlliw o lifrai ynghylch yr hyn a wisgent na chynddaredd cyrch yn eu llygaid. I danlinellu mor sinistr oedd y cyfan, cerddai meidrolion cyffredin yn eu mysg a heibio iddynt – pobl a oedd, am ymryfal resymau, wedi'u cael eu hunain ar y prom y prynhawn arbennig hwnnw ac a oedd, mae'n ymddangos, yn gwbl ddall neu ddi-hid o'r dafnau caled a wibiai heibio'u clustiau. Rhoddai hyn yr argraff iddo nad erledigaeth dorfol a gawsai ei chydlynu gan neb oedd hon, ond unigolion. Dwsin da ohonynt – mwy efallai. Roedd hi'n anodd dweud. Newidiai eu niferoedd gyda phob cip a daflai i'w cyfeiriad.

Byddai Mr Morris wedi hoffi gallu cyflymu ei gamre, er mwyn ceisio ennill tir ar y giwed flagardus, ond roedd yr hen wynegon 'na'n ei ddal yn ôl. Cyrhaeddodd y gyffordd lle safai'r hen gasino a chroesodd y ffordd y cyfle cyntaf a gafodd. Wedi iddo adael y prom am y stryd a arweiniai i'w gartref, bron nad oedd arno ofn edrych yn ôl. Roedd llai o bobl gyffredin o gwmpas. Ond mentrodd wneud a dyna lle'r oedden nhw o hyd. Yn dal ar ei drywydd. Wedi croesi'r ffordd yn union yr un fan ag yntau. Yn dal i'w ddilyn.

Teimlai'r fegin yn tynhau wrth iddo nesu at y drws du. Disgynnai'r darnau bach annifyr ar ei gefn o hyd – yn gyson a di-ildio. Gallai glywed ei galon yn curo a thwriodd am yr allwedd ym mhoced chwith ei siaced fel na chaent gyfle i gau'r gofod rhyngddynt wrth iddo ei throi yn y clo.

Rhyddhad! Caeodd y drws ar ei ôl a chodwyd baich oddi ar ei war. Teimlai'n ddiogel o'r diwedd. Ond daliai ei goesau yn simsan oddi tano. Aeth i eistedd wrth y bwrdd bach ger ei ffenestr yn yr ystafell fyw. Roedd y stryd fel ag erioed – yn geir a llonyddwch a dim diferyn o law i'w weld yn unman. Rhaid i'r rheini fu'n ei ddilyn wasgaru ar ôl deall na chaent y gorau arno heddiw eto.

'Diawled!' meddyliodd. Dieithriaid rhonc yn cymryd yn ei erbyn, heb reswm digonol yn y byd. O ble gythraul ddaeth shwt giwed? Ai Rwth a'i holl holi oedd wedi atgyfodi hen ellyllon? Wedi oes o'i ddarbwyllo'i hun iddo lwyddo i ddianc rhag ei orffennol, dechreuodd amau nad oedd ganddo unman arall ar ôl i ffoi iddo … ddim bellach, yn ei oedran e. Dwy faestref o'r un ddinas oedd Pen-craith a'r Dyfroedd, wedi'r cwbl, a'i ddewis ef fu dychwelyd iddi ar ddiwedd oes. Efallai nad oedd ganddo neb i'w feio ond ef ei hun.

Bore Coffi

'Lledr. Lledr, mi fedra i 'i ddallt,' eglurodd Rwth. 'Mae o'n ddefnydd organig … rhywbeth byw … fel ail groen. Wel! Dyna'n union be oedd o unwaith, rhyw ddydd a fu. Croen buwch neu afr neu rwbath. Ond ffetish am rwber? Na, chei di byth mohona i i chwara felly, mêt. Waeth inni gael hynny'n strêt syth bìn.'

'Os ti'n gweud,' cytunodd Russ, gan orwedd 'nôl i fwynhau'r sylw gâi blewiach ei fol gan ei bysedd.

'Hen beth marw 'dy rwber,' traethodd hithau drachefn. 'Fuo fo erioed yn perthyn i neb. Stwff 'dy o'n unig. Nid defnydd. Fedar o byth anadlu. 'Tydio'n dda i ddim. Ddaru o erioed arwain 'y meddwl i at ddim – ar wahân i ladd-dai, llawdriniaetha … a golchi llestri.'

'O'r gore!' chwarddodd Russ, wedi ei oglais gan daerineb ei llais a'i llaw. 'Fi'n gweld beth sda ti.'

Bore Sadwrn oedd hi. Bore a mwy o hamdden yn perthyn iddo na'r un arall i Russ. Dim gwaith. Dim oed i'w chadw draw yn y gampfa, fel y byddai ar fore Sul. Dim angen gwisgo amdano'n frysiog a'i hel hi oddi yno i gymryd ei briod le ym musnes y teulu fel y byddai pan arhosai dros nos yn ystod yr wythnos.

Roedd hithau wedi'i deffro'n sydyn a'i gael yn cawru trosti'n fygythiol yr olwg, yn hofran belt o flaen ei llygaid ac yn ei gorchymyn i'w lyfu. Hoffai ei blesio bob yn awr ac yn y man. Rhan o'r gêm. Ond nid llyo'r darn o ledr a gadwai ei drowsus gylch ei ganol y rhan fwyaf o'r amser oedd ei deffroad delfrydol, ychwaith. Ar ôl ufuddhau am ennyd, cododd y glustog lle bu ei ben yn gorffwys a thaflodd hi ato gan ei dynnu ar ei phen a throi'r ddau yn sypyn swci yn y gwely.

Tra parodd, cafodd ef gic o'i gweld yn cogio ufudd-dod – ei flys ar gerdded, gan lafoerio wrth i'w thafod leitho'r lledr. Am ennyd, gallai fwynhau mesur o oruchafiaeth. Ond byr oedd pob buddugoliaeth o'r fath dros hon. Gwyddai hynny o'r gorau. Difyrrwch oedd hi iddo, dyna i gyd. Dyna i gyd oedd yntau iddi hithau. Anghenion yn cael eu diwallu a dim mwy. Synhwyrai fod 'Cyfleustra Dros Dro' yn cyhwfan ar faner anweledig dros eu perthynas.

'Bora da, chi'ch dau!' torrodd llais Elin ar draws eu lolian o ochr arall y drws – honno newydd godi ac yn croesi'r landin ar ei ffordd i'r tŷ bach. Bu mor chwareus â churo'r drws yn egnïol wrth gamu heibio, fel petai hi ar fin darparu *room service* mewn gwesty.

'Bora da, pwt,' llwyddodd Rwth i'w hateb, ar ôl codi bys at ei gwefusau i ddynodi i Russ y dylai gadw'n dawel. Ystum ofer. Gwyddai Elin ei fod yn ei gwely, a gwyddai Rwth ei bod hi'n gwybod hynny hefyd. Ond bu'r cyfarchiad a'r gnoc yn ddigon i'w sobri. Unwaith y clywodd Elin yn mynd ar ei thaith, cuddiodd ei hwyneb yn y cwrlid a chododd gwynt y dyn yn ei ffroenau chwa o anwyldeb annisgwyl i'w hysgwyd drwyddi. Yn gorfforol, doedd dim gwadu nad un hawdd cynhesu ato oedd Russ a chyn pen dim roedd y gwregys y bu hi'n esgus talu gwrogaeth iddo eiliadau ynghynt wedi llithro i'r llawr, gan ddychwelyd i gyfeiriad y trowsus y perthynai iddo.

* * *

Cloch y drws yn canu. Daeth Rwth yn ôl at ei choed drachefn o'i hepian braf. Ei hymateb greddfol i'r ymyrraeth oedd estyn cic egr, anfwriadol at Russ yng nghroth ei goes. Gwthiodd law afaelgar at ei frest yr un pryd. Pwy ddiawl allai fod yno, meddyliodd? A thybed faint o'r gloch oedd hi?

Yna, cododd grŵn y teledu yn y lolfa oddi tani i'w chlyw. Er cymaint yr aflonyddwch a fu arnynt, roedd ei synhwyrau'n amlwg yn gyndyn o adael iddi ddianc o glydwch ei gwely. Teimlai'n gaeth i wres y canfasau o'i chwmpas. Gwres chwys. Gwres caru. Gwres rhyw fesur o fodlonrwydd … a hithau'n biwis ar y naw wrth gael ei thynnu ohono.

Prin ddirnad ei bod hi'n clywed traed yn dringo'r grisiau'r oedd hi pan ddaeth curiad ar y drws i darfu arni'n fwy fyth.

'Mam, ma Mr a Mrs Jones yma?' Adnabu Rwth y cyfuniad o ddiflastod a direidi yn llais ei merch. Roedd hi nawr yn llwyr effro.

'Ma'r groten 'na'n cymryd y *piss*!' sibrydodd Russ yn ei chlust. Roedd yntau wedi llithro'n ôl i gwsg, ond nawr yn dadebru. 'So "Mr a Mrs Jones " yn mynd i helpu eidentiffeio neb, nawr, ody fe?'

'Pwy?' gofynnodd Rwth gan wneud ymdrech fwriadol i'w thynnu ei hun yn rhydd o gyfaredd y dyn, trwy estyn ergyd chwareus i'w gyfeiriad yn y gobaith o'i dewi.

'Ti'n gwbod! Mam a tad Jac a Gwenno,' daeth yr ateb o ochr arall y drws.

Edryd a Janice! Cododd Rwth ei llygaid fry tua'r nenfwd. 'Be maen nhw isho, pwt?' gofynnodd mor hynaws ag y gallai. Her fu cadw'i gwir deimladau rhag dangos yn ei llais.

'Fi ddim yn gwbod,' gafodd hi'n ateb.

'"Wn i ddim" wyt ti'n 'i feddwl,' cywirodd Rwth hi, cyn piffian chwerthin yn syth. Nid nawr oedd yr amser i boeni am gywirdeb iaith ei merch, siŵr dduw!

'Os wyt ti'n dweud, Mam,' atebodd Elin yn goeglyd.

'Eniwe, dw i'n dal ddim yn gwbod be maen nhw moyn, ocê? Ond dw i wedi'u gwadd nhw i mewn ac egluro dy fod ti'n dal yn y gwely efo Russ. Be ti am imi neud nawr? Rhoi'r tegell *on* i wneud panad?'

Sgyrnygodd Rwth i gyfeiriad ei merch, yn ddiolchgar bod drws caeedig rhyngddynt.

Yn gytûn eu symudiad, cododd Russ a hithau o'r gwely ar union yr un eiliad bron, y naill dros un erchwyn a'r llall dros yr erchwyn arall, fel petai'u gwahanu y bore hwn yn ddefod yn hytrach nag yn fater o raid. Yr eironi oedd fod y cyffro a grëwyd gan eu hymwelwyr annisgwyl yn esgor ar fesur o gymesuredd nad oedd yn gyffredin rhyngddynt. Arhosodd y ddau lle'r oedden nhw ar ymylon y gwely am foment. Yn fud, gyda'u cefnau at ei gilydd. A'r ddau'n cyd-ddylyfu gên ac yn cyd-ddeisyfu cawod; er nad gyda'i gilydd chwaith.

'Ie, pwt,' llwyddodd Rwth i roi rhyw normalrwydd llai ymdrechgar yn ei llais o'r diwedd.' Syniad da. Dwed wrthyn nhw y byddwn ni i lawr ymhen chwinciad.'

'Pa mor hir yw chwinciad, Mam?'

'Paid â holi petha gwirion, Elin.'

'Yr amser gymrith hi i'r ddau ohonach chi roi rhwbeth amdanoch, ife?'

'Ie, os mynni di,' ddaeth yr ateb. Gwyddai Rwth fod hyn oll yn fêl ar fysedd ei merch. 'Ond fydd dim angen 'i ddeud o felly, wrth Mr a Mrs Jones, na fydd? Ddim mewn cymaint o eiriau. Dyna hogan dda.'

'Os wyt ti'n dweud, Mam!' A chyda hynny, gallai Rwth glywed y camau chwim yn diflannu i lawr y grisiau drachefn, yn ôl at y cwmni plygeiniol oedd wedi glanio yn eu mysg.

'Fe a' i i lawr y stâr a mas yn syth trwy ddrws y ffrynt,' meddai Russ.

'Wnei di ddim o'r fath beth,' atebodd hithau. 'Mi fyddan nhw'n meddwl 'mod i wedi bwrw'r nos gyda rhyw seico ...'

'Wel, dw i ddim yn 'u 'nabod nhw, *so* beth yw'r pwynt ...'

'Rhaid ichdi gymryd paned o goffi efo pawb, o leia,' dywedodd wrtho'n awdurdodol, cyn ychwanegu, '... ac yna gei di fynd. A gobeithio mai dyna wnân nhwytha hefyd – mynd yn reit sydyn.'

'Pam ffyc maen nhw wedi galw? Newydd droi naw o'r gloch y bore yw hi. Pwy sy'n galw ar neb am naw o'r gloch ar fore Sadwrn?"

'Dim syniad,' atebodd Rwth.

Roedd ganddi syniad. Dyfalai mai wedi dod i fusnesa am Mr Morris roedd Edryd. Fe ddylai hi fod wedi ei ffonio rai dyddiau ynghynt, neu anfon neges destun ato o leiaf – rhywbeth i daflu digon o lwch i'w lygaid fel y câi hi lonydd i gyniwair ei chynllun yn iawn heb ymyrraeth.

*   *   *

Funudau'n ddiweddarach, camodd i lawr y grisiau'n hyderus, gan gyhoeddi'n siriol, 'Ma rhywrai wedi codi'n fore heddiw.' Am fod y grisiau'n disgyn yn syth i'r lolfa, gofalodd droi'r hawddgarwch ffug yn wên ar ei hwyneb yr holl ffordd o'r landin i lawr. Er iddi gael amser i dynnu ffrog haf anaddas dros ei hysgwyddau ac i alw yn y tŷ bach ar y ffordd, ni lwyddodd i gymryd cawod nac i roi colur ar ei hwyneb. Ei chonsýrn pennaf oedd gofalu na châi'r ddau hyn eu gadael ar drugaredd Elin am eiliad yn hwy nag oedd ei hangen.

'Ni wedi galw ar amser anghyfleus,' ebe'r wraig a eisteddai'n anghysurus yr olwg ar y soffa. 'Ar ein ffordd adre o Tesco's 'yn ni ac fe feddyliodd Edryd, gan bod ni'n paso ... ond fe wedes i wrthot ti, yn do fe, nad yw pawb yn foregodwyr fel ni ...?'

'Na hidiwch. Roedd hi'n bryd inni godi p'run bynnag,' ymresymodd Rwth, gan wybod wrth siarad nad oedd ei sirioldeb yn twyllo neb. O dan yr amgylchiadau, byddai hynny wedi bod yn dalcen caled i unrhyw un. Gallai synhwyro nad oedd cronyn o ddidwylledd yn yr ystafell. Dim ond y chwilfrydedd lletchwith a geir yn aml ymysg rhai sy'n cymdeithasu o ran cyfleustra yn hytrach na gwir gyfeillgarwch. Esgusododd ei hun yn syth, gan gymryd y ffordd osgoi hawdd o honni fod angen iddi fynd i'r gegin i weld lle'r oedd Elin arni. Rhyddhad oedd canfod fod yno rywbeth yn nes at normalrwydd ar y gweill yno, diolch i ddiwydrwydd ei merch – tri mẁg o goffi a bisgedi ar blât. Llonnodd ei chalon pan welodd yr olygfa, am fod gwên ddireidus honno o leiaf yn wên o foddhad. Serch hynny, yr annisgwyl oedd yn teyrnasu ar ei haelwyd y bore hwn a byr fu'r fuddugoliaeth.

Daeth sgrech o'r llofft i dynnu unrhyw wynt oedd wedi dechrau ymgasglu yn ei hwyliau. Ac yna i ddilyn, clywyd rhes o regfeydd. I goroni'r cyfan, daeth sŵn fel petai eliffant bychan yn ei hyrddio'i hun o un pen o'r ystafell ymolchi i'r llall. Dyrchafodd y pedwar oedd i lawr grisiau eu llygaid tua'r nenfwd yn gytûn.

'Nest ti ddim atgoffa Russ i fod yn ofalus o'r gawod, do fe Mam?' meddai Elin yn y gegin.

'A dwyt titha byth wedi crybwyll ei chyflwr wrth dy dad, wyt ti?' edliwiodd Rwth yn ôl wrthi. (Sylweddolai wrth siarad ei bod hi'n bradychu ei gwir strategaeth parthed adnewyddu'r gawod. Damia! Roedd y gath o'r cwd.)

'Ydy e'n iawn?' daeth llais Janice o'r lolfa. 'Pwy wedoch chi sda chi ar y llofft?'

'Russ sy newydd losgi'i hun, dw i'n meddwl,' cynigiodd Rwth yn ateb, gan roi'i phen drwy'r drws. 'Ond mi fydd bellach wedi symud o'r ffor' yn ddigon sydyn, dybiwn i. Mae o'n uffernol o ffit.'

*   *   *

130

Fu Mr Morris erioed yn hoff o olchi dillad budron yn gyhoeddus – nid ei rai ei hun, o leiaf. Anghenraid diflas oedd yr orchwyl wedi bod iddo erioed ac un a gâi ei chyflawni dros nos gan amlaf, gan beiriant, tra oedd ef ei hun yn cysgu.

Ar wahân i'r glaswellt cul yn y ffrynt, llain gyfyng oedd y cyfan o ardd a berthynai i'r fflat. Yno, yng nghefn yr hyn a fu unwaith yn un tŷ cyflawn, yr oedd e'n pegio'i ddillad glân ar y lein – dillad a fu'n gorwedd yn swrth ym mol y peiriant ran helaetha'r nos yn disgwyl iddo godi.

Aethai'n hwyr glas arno'n clwydo'r noson cynt gan iddo gael blas ar y dasg o ailddarllen ac ail wampio un arall o'r storïau rheini a fu'n cuddio cyhyd o dan y sinc. Sgerbydau'n unig oedd y brasluniau a gafodd eu tynnu o'u trwmgwsg yno dros y dyddiau diwethaf. Petai e heb gwrdd â Rwth, yno y byddent byth, yn ddiamau. Yno y bydden nhw wedi bod tan i rywrai orfod dod i glirio'r lle ar ôl ei ddyddiau ef, ystyriodd. Ai doeth eu deffro? Wyddai e mo'r ateb, ond fe'i synnwyd gan mor sydyn yr oedd wedi ymgolli yn y dasg o'u hailwisgo â chnawd. Neithiwr, dim ond pan dawodd grwndi'r peiriant golchi yn yr oriau mân yr oedd wedi sylwi faint o'r gloch oedd hi a mynd i'w wely. Cysgodd fel top, gan ddihuno gyda'r 'hanesyn' penodol y bu'n gweithio arno cyn clwydo'n dal i ogor-droi yn ei ben.

A hithau nawr yn fore, ymroes i'w dasgau, gan deimlo'n od o ddomestig. Safai ergyd carreg o'r drws cefn yn hongian y gwahanol ddilladach ac er ei fod yn gwneud hynny heb fawr o arddeliad, cyflawnai'r dasg yn gymen, o hen arfer. Heb nac awel na haul i dynnu'r diferyn lleiaf o leithder o'r un cerpyn, doedd dim gobaith iddyn nhw sychu yn y dyfodol agos, fe wyddai o'r gorau. Ond doedd e ddim am adael i hynny fennu dim ar ei drefn. Câi'r dillad aros yno tan i'r elfennau benderfynu ei bod hi'n bryd iddyn nhw wneud eu priod waith, ymresymodd. Yn hynny o beth, fel gyda chymaint yn ei fywyd, yr oedd yn glynu at egwyddorion oes, gan ddilyn trywydd ei fwriadau waeth beth fo'r amgylchiadau. Pan oedd e'n byw yn Swydd Caint, fyddai hi'n ddim i'w hen gymdogion yno weld yr un eitemau'n hongian allan ar ei lein ddillad am bedwar neu bum diwrnod yn olynol. Weithiau, gefn gaeaf, byddent wedi rhewi'n gorn fel cardfwrdd a thro arall, a hithau'n tresio bwrw, caent eu gadael yno i bydru fel llarpiau diferol yn y glaw tragwyddol.

Heddiw, o leiaf, roedd hi'n sych. Dim ond iddi barhau felly, roedd gobaith, meddyliodd, gan ddychwelyd i'w gegin fechan i wneud y baned goffi yr oedd wedi'i haddo iddo'i hun ers codi.

* * *

'A dyma'r dyn fuodd biti llosgi'n ulw lan llofft, ife?' ebe Janice yn edmygus wrth i Russ ymuno â nhw i lawr staer.

'Dw i ddim yn credu y galli di gael dy losgi'n ulw gan ddŵr,' ceisiodd ei gŵr ei chywiro'n ysgafn.

'O, Ed! Ti mor bedantig ambythdi popeth,' diystyrodd hithau ef, gan gadw'i llygaid yn gadarn ar y newydd-ddyfodiad.

Cyfarchodd Russ hwy gyda 'Shw mae?' bach swil, a'i lais yn methu creu'r un argraff ar yr ystafell ag a wnâi ei bresenoldeb corfforol.

'A chi'n iawn?' parhaodd Janice, er ei bod hi'n amlwg i bawb arall mai anghofio'r sgrech o'r llofft fyddai orau.

'O, ma Russ yn iawn, yn twyt ti?' atebodd Rwth ar ei ran.

'Trial bod,' ategodd yntau, cyn i Rwth ychwanegu, 'Fel yr unig un ohonan ni gafodd 'i eni a'i fagu yn y ddinas 'ma, mae o'n fwy na thebol wrth ffeindio'i ffordd o gwmpas, on'd wyt ti, del? Go brin fod gorfod mynd i'r afael â chawod giami yn mynd i beri trafferth yn y byd i hwn.'

'Sa i'n gwbod am 'ny,' meddai e wedyn. 'Walle mai dy fathdrwm di fydd fy Waterloo i … a maddeuwch y gair mwys.'

'Gair mwys? Pa air mwys?' gofynnodd Janice.

'Wel, *water* a *loo* yntê fe! Yn y bathrwm …'

'Paid â chyboli wir, Russ bach,' ebe Rwth i hynny.

'Ond diddorol iawn deall taw 'ma gesoch chi'ch magu.' Mynnai Janice ddal ati ar yr un trywydd.

'Wel, ddim yn y tŷ hwn yn gwmws. Sa i'n credu fod hwn wedi'i godi pan ddes i i'r byd,' gwamalodd Russ drachefn, fel petai'n gwneud hynny'n unswydd er mwyn tynnu blewyn o drwyn Rwth.

'O, na! Jiw! Nid 'na beth o'n i'n 'i feddwl …' chwarddodd Janice – yr unig un a wnaeth.

'Na, wy'n gwbod,' aeth y dyn yn ei flaen. 'Ond na, nid yma yn yr ardal hon ges i'n fagu. Ym Mhant-mawr ma'n rhieni i'n byw nawr.'

'W! Ma tai neis lan ffor'co. Pwy 'yn nhw 'te? Walle'n bod ni wedi dod ar 'u traws nhw.'

'Paid holi cymaint ar y dyn, wir dduw!' meddai Edryd. Gwisgai wên ar ei wyneb wrth siarad, ond gallai Rwth weld fod diddordeb ei wraig yn y dieithryn oedd newydd gamu i mewn i gylch ei chydnabod yn embaras iddo.

'Fi'n ame.' Troes llais Russ yn ddifeddwl o swta, fel y gwnâi yn aml. Deallai Rwth yn iawn fod ei fryd ar adael. Roedd eisoes yn ei grys a'i drowsus a chafodd y belt hyd yn oed ei gwthio'n ôl drwy'r byclau o gylch ei wregus. Nawr roedd wedi dechrau edrych o gwmpas y lle am ei sgidiau.

'Wel! Chi'n gwbod mor llosgachol yw'n byd bach ni Gymry Cymraeg,' cynigiodd Janice.

'Os nag 'yn ni i gyd yn perthyn, ryn ni o leiaf yn dod o'r un lle, neu wedi cysgu 'da'n gilydd rywbryd ar hyd y daith, neu ma'n plant ni'n mynd i'r un ysgol,' ychwanegodd Russ yn gellweirus.

'Ie, go dda,' ameniodd Edryd. 'Ti wedi'i deall hi, gwd boi.'

Diystyru ymdrech Edryd i leddfu tipyn ar letchwithdod y sefyllfa wnaeth pawb, gan i Russ ddewis yr union eiliad honno i fynd ar ei gwrcwd, cydio ym mhigyrnau Janice a chodi ei thraed oddi ar y llawr pren yn ddiseremoni.

'So'n treinyrs i wedi mynd i gwato yn rhywle o dan y soffa 'ma, odyn nhw?' holodd. Ond na, rhaid nad dyna lle'r oedden nhw, achos fe ailosododd y ddwydroed ar y llawr yr un mor chwim ag y'u cododd. Yna ymsythodd ar ei draed ei hun drachefn, oll o fewn chwinciad.

'Russ!' dwrdiodd Rwth. 'Bet haru ti, wir? Ymddiheura i Janice y munud 'ma! Dw i mor flin.'

'O'dd dim ots 'da chi, o'dd e, Janice?' troes Russ i wynebu'r fenyw gan edrych i fyw ei llygaid am y tro cyntaf. 'Ond bydd raid ifi fynd, chi'n gweld … sori i 'mod ar gymint o ras.'

'Aros i gymryd paned,' mynnodd Rwth. 'Ma Elin wrthi'n gneud un inni i gyd yn y gegin, chwara teg. 'Dach chi'ch dau yn *highly honoured*,' ychwanegodd, gan gyfeirio'i geiriau at y pâr ar y soffa.

'O, ma'r ddau acw'r un fath yn gwmws,' porthodd Edryd. 'Amhosib 'u ca'l nhw i neud unrhyw gyfraniad ymarferol o gwmpas y tŷ.'

'Twt! Dyw 'na ddim yn wir,' wfftiodd ei wraig. 'Ond mi fydda i'n licio meddwl fod 'na ryw ysbryd o berthyn yn ein tynnu ni i gyd at ein gilydd, sdim ots ymhle ma'n gwreiddie ni,' aeth yn ei blaen, gan ailgydio yn llinyn blaenorol y sgwrs. 'Wedi'r cwbl, dyma'r brifddinas. Rhaid cofio taw dyma lle cas y papur bro cyntaf un ei sefydlu … fan hyn, lle ryn ni i gyd yn byw.'

'Un o eironis mawr y Gymru Gymraeg,' barnodd Russ.

'Dw i erioed wedi dy glywed di mor ffraeth!' Bu'n rhaid i Rwth ildio i fynegi ei syndod o'r diwedd.

'Fi'n gallu gwreichioni w'ithe, cariad,' ebe fe'n goeglyd. 'Ac nid dim ond yn y gwely.'

''Sa'n talu ichdi gamu dan ddŵr sy bron yn ferwedig yn amlach, mae'n amlwg,' gwamalodd Rwth yn ôl wrtho. Bu ond y dim iddi ychwanegu, 'Serch 'mod i'n meddwl mai cawod oer fydd 'i angen arnat ti fel arfer', ond llwyddodd i ymatal.

'Wel, 'na ddangos mor rong ti'n gallu bod,' atebodd Russ, gan dynnu ei dafod arni wrth fynd heibio. 'Nawr esgusodwch fi. Wy moyn gweld ai yn y gegin dynes i'n sgitshe bant nithwr … Rhaid 'u bod nhw 'ma'n rhywle. Ac mae'n hen bryd ifi weud "Bore da" wrth Elin fach.'

*   *   *

'Ergyd galed yw darganfod nad oes gan rywun y buodd 'da chi feddwl uchel ohonyn nhw erioed fawr o feddwl ohonoch chi,' dywedodd Edryd yn feddylgar. 'Mae'n siom sy'n siŵr o ysgwyd eich gallu chi i ymddiried yn neb.'

'Ac mae'n ganmil gwaeth pan 'dach chi'n argyhoeddedig eu bod nhw'n cynllwynio yn eich erbyn,' ategodd Rwth. 'Dyna ddigwyddodd iddo fe.'

'Swnio'n debycach i achos gwael o baranoia i fi,' barnodd Janice, mewn llais a awgrymai fod y cyfan y tu hwnt i'w dirnadaeth mewn gwirionedd, neu o leiaf y tu hwnt i'w diddordeb. 'A beth yw'r ots, ta beth? Fydd hanes yr hen foi 'ma ddim o ddiddordeb i neb sy'n debyg o ddarllen y stwff 'ma chi'n 'i baratoi.'

'O, ma ots!' ebe'i gŵr wrthi'n gadarn. 'Wedi'r cyfan, ni moyn cyhoeddi'r gwir.'

O, na, 'dyn ni ddim, dilornodd Rwth yn fud yn ei meddwl. Y stori oedd y trysor iddi hi bellach, nid y gwirionedd. Ond gwisgodd wên o gytundeb rhag cynhyrfu'r dyfroedd.

Roedd Russ wedi llwyddo i orchuddio'i draed o'r diwedd a'u hel nhw oddi yno cyn gynted ag y medrai, tra dihangodd Elin hithau i nefoedd electronig ei hystafell wely. Siaradai'r mygiau coffi hanner gwag a adawyd trostynt eu hunain. Tystient i'r ferch wneud y ddiod, a ddefnyddiwyd mor ddeheuig ganddi i iro drama'r bore, yn rhy gryf o lawer at ddant pawb. Pawb ar wahân i Russ, mae'n ymddangos. Ei fŵg ef oedd yr unig un yr yfwyd ei gynnwys hyd ei waelod. Yn y lleill, roedd y düwch oer fel pyllau o fawn na chymerwyd mwy na llymaid ohonynt.

Ail Hanesyn
Mr Morris:

Llygoden Fach Y Dyfroedd
1838

Roedd pob benyw a garodd Thomas Gwilym erioed wedi marw yn ei freichiau. Er gwybod yn ddigon da nad arno ef yr oedd y bai am hynny, ofnai mai cosb anochel credu mewn rhagluniaeth oedd cael bod baich pob euogrwydd yn disgyn ar wartha'r sawl a gredai.

O fewn ychydig iawn o flynyddoedd, cawsai fod galar wedi tyfu trosto, fel cen ar garreg neu iorwg ar dŷ. Yn ail groen ac yn ail natur iddo. Câi ei hun yn amau beunydd a ddeuai ei ysgwyddau byth yn ddigon cydnerth i ddal pwysau'r holl gyfrifoldebau a ddaeth i'w ran yn sgil ei golledion. Nid sgerbydau'r meirw'n unig a'i llethai ychwaith. Roedd ganddo hefyd gyfrifoldeb dros rai byw a theimlai fod y galwadau rheini arno yn daerach hyd yn oed na galar.

Braint oedd bywyd, wedi'r cwbl. Credadun ydoedd ac ni wyddai am ffordd arall o resymoli ei gyfrifoldebau. Ni fyddai byth am wadu'r cariad a gariai yn ei galon, ochr yn ochr â'r nychdod. Doedd fiw iddo gloffi ar ei daith. Heb ei ffydd, byddai wedi diflannu dan y don ers amser. Dysgodd dderbyn ei ffawd o'r newydd bob dydd, gan ei orfodi ei hun i ddygymod â'r gwirionedd gyda chymaint o ras ag y gallai. Ar lawer cyfrif, roedd y ddeuoliaeth a gariai'n dawel yn ei ben yn ei gwneud hi'n haws iddo ymdopi. Yn eironig, golygai fod y drefn a'i gorfodai i deimlo'r fath euogrwydd hefyd o gymorth iddo wrth geisio ysgwyddo'r baich.

Y drefn oedd ei boenydiwr a'i gysurwr, oll yn un.

Onid oedd y gair 'trefn' yn awgrymu fod rhyw hudoliaeth hunangynhaliol ar waith? Ffwrnais oedd ffydd, meddyliodd – mor danbaid a didostur â'r un a welodd ar waith erioed.

Onid oedd hi'n anorfod bod pob crefydd yn gorfod creu fflangellau newydd o hyd i'w defnyddio ar ei dilynwyr. A hynny er mwyn sicrhau bod galw cyson am y balm a gynigiai ym mhen draw'r purdan. Hanfod pob ffydd oedd creu marchnad lewyrchus ar gyfer yr iachawdwriaeth a bedlerai. I gredadun, doedd dim dewis. Dyna'r drefn.

Ac yntau newydd gyrraedd y cwrdd, gostyngodd ei ben mewn ystum o wyleidd-dra. Am heno, roedd yn fwy na pharod i adael i'r lleill weddïo trosto. Bodlonodd ar fod yn ddim namyn un defnyn bach ym mhatrwm pethau.

Cael a chael fu hi iddo gyrraedd y tŷ cwrdd ar amser. Pan gododd y glicied, roedd y pen blaenor, Matthew Mathias, eisoes ar ei draed yn barod i alw'r ffyddloniaid i weddi. Pesychodd hwnnw wedyn, fel petai wedi cael braw o weld yr hwyrddyfodiad yn ymddangos mor ddisyfyd. Cododd law i gyfeiriad Thomas gan roi cyfle iddo dynnu'i het, cau'r drws ar ei ôl a chanfod côr.

Cafwyd rhai eiliadau pellach o ddistawrwydd cyn i Matthew Mathias weld yn dda i fwrw'r cwch i'r dŵr ac estyn gair o groeso cyffredinol i'r ddau ddwsin a mwy a ddaethai ynghyd. Gwerthfawrogodd Thomas yr ennyd dawel ychwanegol hon, er nad oedd eto'n llwyr ddeall ei harwyddocâd.

'Gyfeillion!' mentrodd y blaenor ddod at graidd ei ragymadroddi o'r diwedd. 'Cyn dechrau ar ein defosiwn y noson hyfryd hon o haf, fy nyletswydd poenus yw rhannu'r newyddion trist gyda chi am ymadawiad un yr ydym oll yn ystyried ei arweiniad ar yr eglwys hon yn un o dragwyddol werth. Heddiw'r bore, gyda chalon drom, derbyniais genadwri yn fy hysbysu i'r Parchedig Christmas Evans gael ei gymryd o'n plith – a hynny dridiau yn ôl bellach ... ac yn Abertawe.'

Cododd ochenaid ysgafn yn don drwy'r lle wrth i'r

llais pruddglwyfus ymhelaethu ar union amgylchiadau'r ymadawiad. At Mrs Cole y troes meddyliau Thomas yn syth. Doedd unman arall iddynt droi. Gwyddai y byddai'r wraig yr oedd yn lletya yn ei thŷ yn fawr ei thristwch pan dorrai'r newyddion iddi ymhen y rhawg. Ceisiodd ddyfalu pa gyfuniad o eiriau ddylai e ei ddefnyddio wrth gyflawni'r orchwyl. Gofyn iddi eistedd yn gyntaf, efallai? Gwyddai fod hynny'n arferiad wrth dorri newyddion drwg i arall. Ond a fyddai'n addas ar gyfer Mrs Cole?

Nid oedd ef ei hun erioed wedi cwrdd â'r pregethwr mawr yn y cnawd, gan i hwnnw adael ei weinidogaeth yno yn y Tabernacl bedair blynedd a mwy cyn i Thomas symud i'r ardal i fyw. Ond deallodd yn ddigon buan ers dechrau addoli yno un mor uchel ei barch oedd Christmas Evans ymysg ei braidd. Oni welai brawf boreol o hynny wrth frecwasta? Ar y sil ffenestr yn union o flaen y bwrdd y byddai'n bwyta oddi arno, roedd gan Mrs Cole ddelw o'r pregethwr mawr unllygeidiog ei hun. (Mewn ymrafael feddw y collodd y dyn duwiol ei lygad o'r hyn yr honnodd un hen wag wrtho rywdro. Y ffeit cyn y ffydd, mae'n rhaid. Onid oedd golwg colbiwr caled arno?)

Wrth ruthro'n syth o'i waith er mwyn ceisio cyrraedd y cwrdd gweddi mewn da bryd, roedd wedi dyheu am gael ymgolli ym materion yr ysbryd am orig, am ei fod am gael ei gludo o'i ofalon bob dydd i le amgen, mwy tangnefeddus. Ond heno, yn naturiol ddigon, tynged pob gweddi a gâi ei chynnig oedd troi'n deyrnged i'r ymadawedig. Chafodd dim ei ddweud a ddyrchafai'i enaid i dir uwch. Gallai werthfawrogi dwyster a didwylledd ei frodyr a'i chwiorydd wrth i huodledd eu hatgofion drochi trosto, ond doedd hynny ddim yn ddigon i'w atal rhag teimlo'n rhwystredig ar yr un pryd. Doedd gan alar pobl eraill mo'r gallu i ysbrydoli neb, dim ond i ennyn tosturi.

Duw a ŵyr na allai ef o bawb ddannod i neb eu dagrau. Ond ei fyfyrdodau personol oedd yn mynd â'i fryd gan fwyaf wrth eistedd yno ar bren caled ei gôr, gyda geiriau eneiniedig ei gyd-weddïwyr yn ddim namyn cynfas teimladwy dros feddyliau briw. Galar oedd y trallod a gariai yn ei galon beunydd. Dyna bennaf waddol ei amser yn y byd hyd yma – atgofion fel trysorau gwerthfawr a phob un yn saeth â cholyn gwenwynig yn ei phig. Heno, yn groes i'w arfer, ni allai gyd-ddeisyf dim gyda'r saint o'i gwmpas ac ni chyfrannodd air o'i enau.

*

'Gwyn eu byd y rhai a fu'n ddigon ffortunus i fod yn ei gynulleidfa olaf, ddyweda i,' barnodd Mrs Cole yn bwyllog. Safai ar ei thraed, wrth iddo dorri'r newyddion iddi. Clywodd ei nerth yn ei gadael ac ymestynnodd ei dwylo i ddal gafael ar gefn un o'r cadeiriau cefn caled wrth y bwrdd yn yr ystafell ffrynt. Credai Thomas ei bod hi'n arddangos yr union ras yr oedd wedi ei ddisgwyl ganddi.

'Ie. Go brin yr anghofian nhw oedfa olaf Christmas Evans,' cytunodd â hi'n barchus.

'Mi fydd geirie ei genadwri yn atseinio trwy'u heneidie hyd dragwyddoldeb, siŵr gen i. Tybed i ble yr arweiniwyd ef gan ei fyfyrdodau, ag yntau mor agos at y dibyn?'

Troes ei phen i'w wynebu ac ymsythodd drachefn wrth fynd yn ei blaen i adrodd fel y byddai ei chyn-weinidog yn gwneud ei ymweliadau bugeiliol achlysurol ar gefn merlen. Nid oedd yn hanes anghyfarwydd iddo.

'Wedd e wastad yn gofidio 'i fod e'n rhy drwm i'r creadur, ond fe fyddwn i'n gweud wrtho fe mai gwneud gwaith yr Arglwydd oedd braint yr anifail dwl. Wedd dim ishe iddo fe ofidio am y ferlen – fe ofale Duw am honno.'

Gallai gwraig y tŷ barablu fel pwll y môr ar brydiau, yn ailbobi hen storïau'r gorffennol, ond fyddai hi byth yn swnio fel petai hi'n hel clecs neu'n brygowtha'n wag. Adroddai'r cyfan gyda difrifoldeb gofalus. Un felly oedd hi. Yn llawn caredigrwydd a chadernid cymeriad, ond heb yr hyder na'r dychymyg i arddangos y rhinweddau hynny gyda balchder.

Er mai cymharol fer fu ei phriodas, ac na chafodd honno ei bendithio â phlant, tybiai Thomas iddi, serch hynny, flasu ei siâr o lawenydd yn ystod ei hoes. Roedd hi'n bendant wedi'i gadael fymryn yn fwy cysurus ei byd na'r rhan fwyaf o'i gydnabod a gwerthfawrogai ei haelioni tuag ato ef ac Olwen yn arbennig. Meddai ar ei chartref bach ei hun yno yn un o'r cymdogaethau gwledig newydd oedd yn prysur dyfu fel madarch o gwmpas y dref. Nid Y Dyfroedd oedd y fwyaf mawreddog ohonynt o bell ffordd, ond ystyriai'r ardal yn un wylaidd o gysurus, heb fawr neb yno ond pobl barchus, anarbennig.

Doedd e erioed wedi cwrdd â'r diweddar Mr Cole, ond o'r hyn a glywsai gan aelodau teulu ei wraig, swniai'r briodas fel petai wedi bod yn un bur anghymharus ac annisgwyl yn ei dydd. Hithau eisoes yn hen ferch dduwiol, bropor nad oedd erioed wedi ymdrochi mewn dim byd mwy anturus na'r dŵr y bedyddiwyd hi ynddo. Yntau'n Wyddel ac yn beiriannydd digon llwyddiannus yn ei faes. Un o ddynion y byd, yn ddi-os. Efallai i'r ffaith nad oedd y naill na'r llall ohonynt ym mlodau'u dyddiau helpu i sicrhau dogn dda o dangnefedd rhyngddynt. Dwy frân a oedd yn 'tynnu 'mlan' pan gwrddon nhw gyntaf ac a drawodd fargen dda â'i gilydd wrth sylweddoli'n ddiolchgar nad oedd ffawd wedi llwyr anghofio amdanynt wedi'r cwbl.

Teimlai Thomas dan orthrwm parhaus y ddyled yr oedd arno iddi. Ymddangosai ar brydiau nad oedd ei fywyd yn ddim ond un rhwymedigaeth enfawr, gyda Mrs Elizabeth

Cole yn ei chanol. Roedd hi'n berthynas iddo, o fath. Fel Bopa Bet yr oedd ei ddiweddar wraig, Gwenoleu, wedi cyfeirio ati bob amser – ond nid oedd ef ei hun erioed wedi teimlo'n ddigon agos ati i allu arddangos y fath agosatrwydd. Doedd hithau erioed wedi'i gymell i'w galw wrth yr un enw ar wahân i'w theitl priodasol. Felly, parhaodd ef yn 'Thomas' iddi hi a hithau'n 'Mrs Cole' iddo yntau.

Doedd wybod am ba hyd y byddai'r trefniant presennol yn parhau. Ni fu trafodaeth ar y pwnc rhyngddynt erioed. Y cyfan wyddai Thomas oedd ei fod, am y tro, yn gwbl ddibynnol arni i gynnal ei gyfrifoldebau. Hebddi, byddai cadw'i swydd a gofalu am ofynion Olwen fach yn gyfan gwbl amhosibl.

O'r tŷ hwn – tŷ Mrs Cole – yr ymadawodd Gwenoleu â'r byd hwn. Yma hefyd y daeth Olwen iddo. Aethai deunaw mis heibio ers y diwrnod hwnnw. Deunaw mis o weithio'n galed a gweld y glanfeydd yn cael eu gweddnewid wrth i'r doc newydd gymryd siâp. Deunaw mis o weld Olwen yn datblygu a chael pawb a'i gwelai'n dweud mor debyg i'w mam oedd hi. Deunaw mis syber, disgybledig o fyw dan yr unto â Mrs Cole.

Pa ddewis arall fu ganddo? Petai ei fam ei hun yn dal yn fyw, fe wyddai o'r gorau y byddai hi wedi bod yn fwy na pharod i gynorthwyo i fagu ei hwyres, ond ers i'w frawd hŷn ymgymryd â thenantiaeth yr hen gartref yn dilyn marw eu rhieni, fe'i gwnaed yn glir iddo nad oedd y lle'n cynnig bywoliaeth i fwy nag un – a'i frawd mawr oedd hwnnw.

Fu mynd yn ôl i'r Wedros ddim yn ddewis.

*

Gosododd y gannwyll yn ofalus ar y bwrdd bach ac eisteddodd ar erchwyn y gwely i dynnu ei sgidiau. Y fath ryddhad! Mwythodd ei draed am funud. Yna tynnodd y styden o'i grys a symudodd ei ben yn ôl ac ymlaen er mwyn i'w wddf hefyd gael gwerthfawrogi dod o gaethiwed y coler. Ac yntau newydd daro'i ben rownd drws yr ystafell wely leia, gan wneud dim mwy na sibrwd 'Nos da' i gyfeiriad ei ferch rhag tarfu ar ei thangnefedd, roedd bellach wedi cyrraedd ei ystafell fach ei hun. Gyda swper harti yn ei fol, roedd ei wely'n galw. Da ganddo gael ei gwmni ei hun o'r diwedd. Oddi tano, yn y gegin gefn, gwyddai fod Mrs Cole yn dal ar ei thraed. Byddai'n mynnu mai hi oedd yr olaf i glwydo bob nos, er na wyddai Thomas beth allai fod yn ei chadw'n brysur hyd berfeddion.

Mater o drefn, efallai. Oedd hi wedi cadw'r un oriau pan oedd ei gŵr yn fyw, tybed? Ai ei harfer oedd gadael i hwnnw fynd i'r wâl gyntaf ac yna aros tan y byddai'n tybio ei fod wedi hen fynd i gysgu cyn mynd lan staer ei hun? Ddôi e byth i wybod.

Yn yr wythnosau'n dilyn marwolaeth Gwenoleu, roedd priodoldeb y sefyllfa fel ag yr oedd hi bellach wedi peri peth pryder i Thomas. Ofnai efallai na fyddai'r ffaith fod Mrs Cole bron ddeugain mlynedd yn hŷn nag ef yn ddigon i atal rhai rhag taflu sen ar 'garactor' y ddau ohonynt. Ond lleddfwyd ei bryderon gydag amser, gan na ddaeth yr un si faleisus i'w glyw o'r un cyfeiriad. Erbyn hyn, derbyniai nad oedd neb o'u cydnabod, boed nhw'n gyd-addolwyr yn y Tabernacl neu'n gymdogion iddynt yn Y Dyfroedd, yn amau dim byd amgenach na'r gwirionedd, sef mai lodjer oedd e yng nghartref Mrs Cole – gyda charco Olwen yn ychwanegu elfen fwy teuluol at y trefniant. Draw yn Sir Aberteifi, ymysg teuluoedd Gwenoleu ac yntau, fe allai fod yn stori wahanol. Doedd wybod a oedd cleber gwag yn wenwyn hyd y fro ''nôl fan'co' – ond ddôi e byth i wybod.

O ran y lle a alwai'n gartref nawr, roedd Thomas wedi cymryd ato o'r diwrnod y'i cyrhaeddodd gyntaf. Diolchai gyda rhyddhad mai yno – ar wastadedd diffaith tir neb, yn ddigon pell o dwrw'r dref – yr oedd Mr Cole a'i briod wedi ymgartrefu. Beth os oedd golwg braidd yn amddifad ar y clwstwr strydoedd a oedd eisoes wedi eu hanheddu? Pharai hynny ddim yn hir. Onid oedd prysurdeb syrfewyr a seiri maen yn codi llwch o'u cwmpas drwy'r amser wrth i'r boblogaeth ehangu?

Golygai'r pellter rhwng Y Dyfroedd a chanol y dref dipyn o gerdded iddo i gyrraedd ei waith, mae'n wir. Ond ystyriai hynny'n bris bach i'w dalu am y llonyddwch cymharol. Wrth droedio adref gyda'r nos, byddai'n teimlo'r baich yn cwympo oddi ar ei ysgwyddau gyda phob cam.

Bywyd o ddwy ran wahanol iawn i'w gilydd oedd ei fywyd, gyda deuoliaeth yr hen ymadrodd 'y byd a'r betws' yn grynodeb digon teg o'r rhaniadau hynny. Holltwyd ei ddyddiau rhwng gwaith a chartref – gyda blaenoriaethau gwahanol y Gymraeg a'r Saesneg hefyd yn nodweddu'r rhaniadau. Ei 'fyd' oedd bywyd gwaith, lle roedd y Saesneg yn ei glyw ac ar ei leferydd yn ddi-ffael trwy'r dydd. Ei 'fetws' oedd yr amser a dreuliai yn y cartref neu'n ymhêl â materion y capel, ac yno, y Gymraeg oedd piau hi bob tro.

Hoffai'r enw Cymraeg a ddefnyddiai pobl gyffredin ar ei fro fabwysiedig, am fod i'r Dyfroedd arlliw Beiblaidd, o bosibl. Ond rhyw lun ar Duvrud a glywai fynychaf o ddydd i ddydd ymhlith ei gyd-weithwyr, gan nad oedd fawr neb arall yn y swyddfa lle gweithiai o dras Gymreig. Hyd yn oed pe medrai rhai ohonynt Gymraeg, gwyddai na feiddient ei siarad yng nghlyw neb arall yn y swyddfa – ddim ar eu crogi. Garw a sathredig gan fwyaf oedd y Gymraeg oedd i'w chlywed ar hyd strydoedd y dre ac ar wahân i ymddiddan yr aelwyd, dim ond yn y cwrdd y clywai'r Gymraeg yn cael ei siarad gydag unrhyw urddas bellach.

Yng nghhartref Mrs Cole cawsai fwy o gysur nag a fu

erioed ar yr aelwyd lle'i maged. Hoffai gynllun y tŷ. Ei bensaernïaeth. Roedd iddo gegin gefn a phantri twt, gyda golchdy bychan y tu hwnt i hwnnw wedyn, yn arwain at bwt o ardd, gyda geudy a chwt glo o dan yr un to; er bod angen mynd allan i'r awyr agored i ddod o hyd i ddrysau'r ddau gyfleustra hynny. O ganlyniad i hyn oll ac yn wahanol i'r Wedros, doedd y gegin fyw, a leolid ar y dde ym mlaen y tŷ, ddim yn llawn mwg drwy'r amser, nac yn gwynto o fwyd. Ceid ystafell wahanol ar gyfer pob gorchwyl – syniad campus, tybiai! Dychmygai taw dyma fel y byddai pob copa walltog yn dewis byw, petai ganddo'r modd.

Yn ogystal â dotio at ragoriaethau'r tŷ, gwerthfawrogai Thomas gael gwylltineb cefn gwlad o'i gwmpas hefyd. Ar ryw olwg, trysorai hynny'n fwy na dim, nid yn gymaint am fod y golygfeydd o'i amgylch yn ei atgoffa o Geredigion ei blentyndod – prin y byddai dyn yn dyfalu fod y ddau dirlun yn rhan o'r un wlad – ond yn hytrach am eu bod yn dawel ac yn rhydd o regfeydd.

Pan gâi gyfle, hoffai grwydro'r wlad a'i hamgylchynai – i lawr i Gas-bach am dro, efallai, neu draw hyd lethrau moel Y Mynydd Bychan. Nid crwydro er mwyn chwennych cwmni a wnâi, ond pan ddigwyddai ddod ar draws ambell fforddolyn hwnt ac yma, roedd wedi sylwi mai cyfarchiad Cymraeg a gâi ganddynt fynychaf. O ran y Saeson a'r holl Wyddelod felltith oedd ar hyd y lle, daeth i'r casgliad mai atyniadau'r dref oedd fwyaf at ddant y rheini, yn hytrach na phleserau'r wlad. Diwydiant a diwydrwydd y dref oedd wedi'u denu yno yn y lle cyntaf a'r dwndwr oedd orau ganddynt, mae'n rhaid. Am ba hyd y câi'r pentrefi cyfagos aros ym meddiant y brodorion cynhenid, doedd wybod. Gallai dystio eisoes i'r modd arswydus o gyflym yr oedd tai newyddion yn cael eu codi ym mhobman o gwmpas – nid Y Dyfroedd yn unig, ond yn y cyffiniau eraill yn ogystal.

Wrth gerdded y broydd cyfagos, fe'i trawyd nad oedd erioed wedi gweld yr enw hwnnw, nac unrhyw lurguniad arno, ar yr un arwyddbost na charreg filltir yn unman. Dechreuodd amau nad oedd Y Dyfroedd yn ddim mwy nag enw mympwyol, sathredig a than draed. Un na chafodd erioed ei gydnabod yn swyddogol gan yr awdurdodau, efallai? Ai dim ond enw gwerin gwlad oedd e – ar le nad oedd eto'n bod go iawn?

At ei gilydd, strydoedd o dai rhes a nodweddai'r twf a fu yn Y Dyfroedd dros y degawd blaenorol. Safai ambell dŷ crandiach na'r cyffredin ar ei dir ei hun, mae'n wir, ond at ei gilydd, pethau prin oedd gerddi helaeth. A digon tlawd oedd hi arnynt am adar. Gresynai nad oedd mwy o goed yn tyfu o'u cwmpas. Gwyddai i'r foryd lle'r oedd y doc newydd ar y gweill fod yn ferw gan fywyd gwyllt ar un adeg. Clywodd i gartrefi cynhenid sawl rhywogaeth gael eu dinistrio pan godwyd y glanfeydd cyntaf i gysylltu'r gamlas i lawr o Ferthyr â marchnadoedd dur y byd. Ond go brin mai dyna'r eglurhad, gan fod hynny rai milltiroedd o'r fan lle trigai ef. Yng nghefn ei feddwl, gallai hefyd gofio clywed sôn nad diwydrwydd dyn oedd i gyfrif am y diffyg coed a thrydar yn Y Dyfroedd. Ond doedd fiw iddo feddwl gormod am hynny. Gochelai rhag rhoi fawr o goel ar chwedlau, yn enwedig rhai a daflai'r bai am rai o ffaeleddau'r byd ar gynddaredd Duw. Y cyfan a wyddai ef i sicrwydd oedd fod rhisgl y coed a dyfai yno wedi ei fallu gan ffwng ac iddo wynto'n gyfoglyd yng ngwres haf y llynedd. Eleni, nid oedd yn bwriadu mynd yn rhy agos i sawru. Fe arbedai ei ffroenau. Wedi'r cwbl, onid oedd ei grefydd wedi dysgu iddo gadw draw o ddim a ddrewai o ddrygioni?

*

Un o'r cannoedd o Wyddelod a heidiodd i'r dref oedd Quincey O'Dowd. Un dydd, wrth gloddio'n ddwfn i osod seiliau'r doc newydd, sarnwyd cartref haid o lygod mawr a chofiai Thomas fel y bu disgrifiad hwnnw ohonynt yn hisian eu dialedd, gan sgrialu'n ffyrnig i ddod o hyd i fangre newydd i wneud eu nyth, yn ddigon i anfon ias i lawr ei feingefn.

'Tybed i ble'r aethon nhw?' roedd wedi holi ar y pryd, gan wybod na fyddai'r haid gynddeiriog wedi mynd ymhell cyn tyrchu gwâl newydd ar eu cyfer eu hunain. Doedd e'n amau dim nad oedden nhw'n dal yn y cyffiniau yn rhywle.

'Waeth iti heb â damcaniaethu am ryw bethe felly!' fu ymateb adroddwr y stori.

'Nid damcaniaethu ydw i. Dim ond tybio …'

'Wel paid!' mynnodd Quincey wedyn gyda doethineb. 'Tybio. Damcaniaethu. Credu. Cablu. Waeth iti heb â baglu dy hun â geirie! Mae'r cyfan oll y tu hwnt i ddealltwriaeth rhai tebyg i ti a fi. Sut bynnag y pendroni di dros bethe, yr un fydd y drefn ar ddiwedd y dydd.'

Pabydd oedd Quincey, wrth reswm, a thybiai Thomas mai dyna oedd i'w gyfrif am yr agwedd wahanol a gymerai'r ddau tuag at ragluniaeth.

At ei gilydd, roedd wedi cadw'n glir o'r Gwyddelod. Nid oedd hynny'n orchwyl rhy anodd fel arfer, gan nad oedd neb o blith yr hil honno'n gweithio yn yr un swyddfa ag ef. Dethol iawn oedd y gweithlu yno a gwyddai mor lwcus yr oedd e i gael bod ymhlith y rhai a gadwai eu dwylo'n lân wrth ennill eu tamaid. (Un arall o gymwynasau Mrs Cole oedd ei swydd mewn siwt. Hi gafodd air yng nghlust un o gysylltiadau ei diweddar ŵr. Onid oedd hi wedi achub ei groen mewn cynifer o ffyrdd?) Am y tro, doedd dim ots ganddo fod ar un o risiau isa'r ysgol. Ymhlith ei ddyletswyddau fel un o'r isel rai oedd gorfod troi'n negesydd ambell dro, ac ef oedd yr un a gâi ei hel allan i'r elfennau i drosglwyddo rhyw genadwri neu'i gilydd i'r labrwyr.

Dyna sut y daeth i adnabod Quincey gyntaf. A hoffai ef.

Yn bwysicach fyth, roedd Quincey wedi cymryd ato yntau a'i hel o dan ei adain braidd. 'Well! Saints be praised! It's Welsh Thomas, I do believe,' fyddai ei gyfarchiad rheolaidd wrth ei weld yn dynesu. O ystyried y gwahaniaeth statws rhyngddynt yn y gwaith, haerllugrwydd ar ei ran oedd siarad ag ef felly a dweud y gwir. Ond canwaith gwell gan Thomas hynny na'r dirmyg mud a deimlai'n dod i'w gyfarfod o du'r lleill.

Sylweddolai mai'r rheswm pam y siaradai Quincey ag ef mor ffri ac ymddangosiadol ddigywilydd oedd fod hwnnw'n synhwyro mai dim ond o'r braidd yr oedd e'n llwyddo i ennill ei blwy ymhlith 'byddigions y swyddfeydd'. Roedd Thomas hefyd wedi dechrau synhwyro nad oedd hi'n talu ichi gael eich gweld yn cyfeillachu gormod gyda'r gweithwyr – nid fod neb wedi crybwyll gair i'r perwyl hwnnw chwaith, ddim i'w wyneb. Doedd e ddim am bechu a pheryglu sefydlogrwydd ei fyd, ond allai dim ei atal rhag mentro creu ambell esgus achlysurol i fynd draw i dorri gair â'r byrlymus Mr O'Dowd.

Un min nos rhyfygus, wedi oriau gwaith, roedd hyd yn oed wedi caniatáu i'r Gwyddel ei dywys i lymeitian – Quincey'n mynd trwy ddrws y dafarn ac yn ledio'r ffordd at y bar fel petai'n ail gartref iddo. Yntau wrth ei gwt, yn tynnu sylw ato'i hun, nid yn unig am ei fod mewn siwt ond hefyd am ei fod yn amlwg allan o'i gynefin. Bu'n antur unigryw yn hanes Thomas; un nad oedd yn edifar ganddo, er nad oedd yn bwriadu ei hailadrodd.

Gwynt cyfoglyd y cwrw yn llenwi'r lle oedd yr argraff gryfaf a adawodd y profiad arno. Hwnnw fu'r newyddbeth cyntaf i'w daro'r eiliad y dilynodd ei ffrind drwy'r drws. Yna'r ewyn. Dyna fu'r syndod cofiadwy arall. Hyd yn oed nawr, fisoedd yn ddiweddarach, câi hi'n anodd cysoni rhyferthwy'r gwahaniaeth ysgytwol a ganfu rhwng arogleuon a blas. Y naill yn surni trwchus yn ei ffroenau a'r llall yn dorrwr syched glew yn ei lwnc. Serch hynny, cyn gynted ag y cafodd gyfle i wneud hynny, heb fwrw sen ar arferion cymdeithasol ei gydymaith, bu'n dda ganddo ddianc o demtasiwn y ddiod.

Roedd hi'n dal yn olau dydd pan gamodd allan i'r stryd. Prysurodd i sychu ei swch â chefn ei law ac i wneud yn siŵr nad oedd diferyn o'r ewyn yn dal i lynu ar ei fwstásh. Twtiodd fymryn ar ei wisg a'i ymarweddiad, gan obeithio i'r nefoedd nad oedd dim amdano i fradychu lle y bu. Gallai weld yr wynebau bochgoch o hyd. Rhai'n swrth. Rhai'n ffraeth. Rhai'n mynnu cecru ymysg ei gilydd. Sŵn dynion yn torri syched wedi llafur caled eu diwrnod. A sŵn canu'n dechrau codi o'r corneli. Nid fel sŵn codi canu yn y capel o gwbl. Ar ei ffordd adref, bu'n ceisio dyfalu tybed sut le fyddai yn y dafarn yr oedd newydd ei gadael erbyn iddi droi canol nos.

Ofnai mai byr fyddai oes ei gyfaill. Wyddai e ddim pam yn gwmws y credai hynny, ond ymdeimlai â'r anorfod. Er yn wydn o gorff, un byr a bychan oedd Quincey. Gweithiai'n galed ar y naw, a hynny o dan amgylchiadau a oedd gan amlaf yn ddidrugaredd o egr. Gwthiai ei hun i'r eithaf ym mron popeth yr ymroddai iddo. Pryd bynnag y pendronai Thomas dros y berthynas rhwng ei ffrind a thragwyddoldeb, âi ei feddyliau tan gwmwl. Er mor galed yr holl ystyriaethau ymarferol a chorfforol a welai'n britho'i lwybr, ofnai'n fwy na dim mai budreddi cynhenid bywyd fyddai'n ei lethu yn y diwedd.

Nid mater o athroniaeth yn unig wnaeth i Thomas bryderu felly dros ei ffrind. Dysgodd o brofiad fod perygl i hynny roi'r farwol i bawb.

Onid oedd ei gyfnod ym Merthyr Tudful wedi dysgu iddo na wingai ffawd am eiliad pe trechai holl obeithion dyn fel Quincey O'Dowd? Dros y misoedd afiach y bu ef a Gwenoleu yn byw yn y dref honno, daeth i ddeall mor ddidrugaredd y gallai ffawd fod. Neu mor ddall i ganlyniadau ei chreulondeb ei hun. Waeth sut roedd hi, yr un oedd y canlyniad. Dyna'r gwahaniaeth rhwng ffawd a rhagluniaeth. Ond ofnai na fyddai crefydd Quincey byth yn caniatáu iddo ddirnad hynny, am na wahaniaethai rhwng y ddau.

Meddai Quincey ar gorff dyn ac wyneb crwt. Pefriai diniweidrwydd a doethineb am yn ail yn gyson ar ei leferydd. Serennai wên mor siriol ac mor rhwydd, ond eto doedd ei ffraethineb yn aml yn ddim namyn twpdra rhonc. Hyd yn oed pan fyddai'n dweud y pethau doethaf, gallai swnio fel petai'n gwneud dim mwy na brolio gyda diniweidrwydd llanc llawn asbri.

Deuoliaethau'r dyn oedd wedi ei ddenu ato fwyaf. Glynai mor ddigwestiwn wrth rai daliadau, tra gwamalai'n gyson am bethau a oedd yn gysegredig yn nhyb Thomas – a'r gwamalu hwnnw weithiau y tu hwnt o amrwd a digywilydd. Cwrw o ddyn, barnodd Thomas. Un da am dorri ei syched am ddogn o ryfyg yn ei fywyd. Ar yr un pryd, codai eu cyfeillgarwch gywilydd arno hefyd ambell dro, fel arogl drwg yn ei drwyn.

*

Cwta bedwar mis y bu Thomas yn gweithio ym Merthyr ond bu bron â thorri'i galon yno. Tan hynny, nid oedd erioed wedi sylweddoli mor real oedd y posibilrwydd o halogi enaid dyn. Ac nid oedd erioed wedi bod mor agos at bechod fel y gallai ei gyffwrdd. Bu ond y dim iddo â foddi dan feichiau'r hyn y bu'n dyst iddo. Er na chafodd ei demtio gan ddim a welodd, bron na fu gorfod edrych i grombil y dyfnderoedd ynddo'i hun yn ddigon am ei fywyd.

Yn ogystal â'r fflangellu a fu ar ei ysbryd, dioddefodd yn gorfforol hefyd yn ystod ei amser yno. Ei ysgyfaint ar dân dan ffluwch y ffwrneisi. Gorthrwm gwres yn fogfa ddyddiol.

Mrs Cole a'i hachubodd rhag yr uffern honno. Doedd wybod sut yn union yr oedd hi wedi synhwyro ei anhapusrwydd – dim ond yn achlysurol y byddai llythyru rhwng Gwenoleu a'i modryb. Ond pan gynigiodd hi ddefnyddio'r dylanwad prin a feddai i geisio cael swydd 'fwy cysurus' iddo, ymhell o Gehenna Merthyr, credai'n gydwybodol fod rhagluniaeth wedi cymryd cam o'i blaid.

Cynilodd ei geiniogau a llogodd drol fechan i'w cludo nhw ill dau a'u hychydig eiddo ar hyd llwybr y gamlas. Gweddïodd yn dawel a mynych ar y siwrnai honno o'r mynyddoedd i'r môr. Yn ei ben, roedd wedi aildramwyo'r daith sawl gwaith ers hynny, er mwyn ymdeimlo drachefn â rhin y rhyddhad a lifasai drwyddo. Rhyw lun ar hiraeth oedd y cyfan erbyn heddiw. Yn gysur. Ac yn alar yr un pryd. Ym Merthyr y cafodd Olwen ei chenhedlu, ond gobeithiai yn ei galon na fyddai ei ferch fach byth yn gorfod mynd ar gyfyl y dref honno gydol ei hoes.

Wrth i'w feddyliau din-droi felly dros hen lwybrau a hen ddagrau (nad oeddynt yn hen o gwbl yn ei hanes a dweud y gwir), cododd sgrech sydyn i'w glyw trwy styllod y llawr oddi tano. Roedd wedi bod o fewn dim i syrthio i gysgu yn niwl yr atgofion a'r gweddïau, ond llamodd ei gorff, fel petai'r fatras ei hun wedi troi drosodd fel trampolîn. Am eiliad, amheuai ei fod eisoes wedi cwympo i gysgu ac iddo gael ei ddihuno. Ymdeimlodd â'i ddryswch. Ai dychmygu'r waedd wnaeth e? Cododd ei ben o'r gobennydd. Yna gorfododd ei hun i orwedd yn ôl drachefn, mor llonydd ag y medrai, rhag ofn y gallai glywed Olwen yn llefen. Pe clywai honno'n cyffro, fe fyddai'n gwybod wedyn nad breuddwydio'r oedd e.

Ond ni chlywai'r un siw na miw yn dod drwy'r pared. Efallai fod ei ferch wedi cysgu drwy'r aflonyddwch, tybiodd wedyn. Doedd tawelwch babi blwydd yn profi dim. Rhaid mai ffrwyth dychymyg ei thad yn unig oedd y sgrech.

Drysodd ei hun. Rhwystredig iawn! Wyddai e ddim beth i'w gredu. Lawr llawr yn y gegin, roedd popeth yn dawel fel cynt. Tywyllwch oedd yn dal o'i gwmpas yn yr ystafell wely. A distawrwydd du y nos. Ac eto'r gred ddi-syfl fod rhyw aflonyddwch ar gerdded nid nepell oddi wrtho.

*

'Pan fydd llygoden fach yn rhydd ar hyd y tŷ, mi fydda i wastad yn cofio geirie fy mam,' ceisiodd ei chysuro. 'Yr hyn ddywedodd hi wrtha i un tro oedd am beidio â bod yn grac â'n hunan am fethu dal y llygoden, ond yn hytrach i lawenhau o gofio na fydde'r llygoden byth yn gallu 'nal i.'

'Twt! Mi fuo'ch mam farw'n ifanc iawn o'r hyn glywes i, Thomas,' atebodd Mrs Cole yn gras. 'Prin hanner ffordd trwy'i thymor yn ysgol profiad oedd hi pan gafodd ei chymryd. Ddylech chi ddim rhoi gormod o goel ar ryw ddiarhebu whit-what fel 'na.'

Brifwyd Thomas i'r byw gan y fath ymateb calon-galed, ond llwyddodd i guddio'i loes ac ni ddywedodd ddim ymhellach i gynhyrfu'r dyfroedd. Yn hytrach, canolbwyntiodd ar lyncu ei frecwast ar ras, er mwyn cael gadael cyn gynted ag y gallai

Eisteddai Mrs Cole ar y chwith iddo, yn ei hoff gadair freichiau. Cofiai Thomas yn dda fel y byddai yno bob gyda'r nos ger y tanllwyth o dân a gyneuai. Nid fod yno'r un colsyn ynghynn heddiw'r bore, wrth reswm. Roedd hi'n fore rhy wresog i hynny, yn dilyn noson fyglyd, glòs. Ond gwisgai siôl ysgafn dros ei hysgwyddau, am ei bod yn magu Olwen ar ei harffed. Ac yn ôl y sôn, roedd wedi bod ar ei thraed mwy neu lai drwy'r nos.

Hen lygoden haerllug oedd wedi taflu'r wraig oddi ar ei hechel. Peth llwyd di-lun ac iddi un llygad yn unig. Tua deg o'r gloch y noson cynt y'i gwelwyd a dyna a barodd y sgrech a glywyd. Ers iddo godi nid oedd yr un sgwrs arall i'w chael ganddi. Prin wedi cyrraedd gwaelod y grisiau'r oedd e pan ddechreuodd hi adrodd iddo bob manylyn o'r hanes. Deallai ei bod hi'n benderfynol o wneud yn siŵr ei fod yn hyddysg yn yr holl hanes. Clywed siffrwd yn dod o'r tu cefn i'r ddreser wnaeth hi i ddechrau, meddai hi. Yna, cafodd glywed fel y bu iddi ddal cip ar fflach o ddüwch wrth i'r greadures wibio at gefn y bwced glo. Yn naturiol, bu hynny'n ddigon i gadarnhau ei phresenoldeb i Mrs Cole a dyna lle bu'r ddwy am oriau – y weddw a frawychwyd a'r llygoden gaeth. Ill dwy wedi'u rhewi i'r fan am oriau. Yn gaeth i'w hofnau.

Y llygoden ymwrolodd gyntaf, yn ôl y sôn. Ni allai'r wraig ddweud gydag unrhyw sicrwydd pryd ddaeth y gwarchae i ben. 'Rywbryd yn yr orie mân' oedd ei chynnig gorau. Y dybiaeth oedd iddi syrthio i gysgu yn y gadair er ei gwaetha, a bod hynny wedi rhoi cyfle i'r llygoden ddianc o dan ei thrwyn. Wyddai Mrs Cole ddim faint o'r gloch oedd hi pan gafodd ei dihuno gan sŵn yr ysgymunbeth yn rhuthro at ei thwll.

A ddylai e fod wedi codi o'i wely neithiwr pan glywodd y sgrech? Nid ef oedd 'gŵr y tŷ' fel y cyfryw … ond eto, y fe oedd yr unig ddyn yno. A oedd disgwyl iddo fod wedi cymryd rhyw agwedd fwy arwrol tuag at y sefyllfa a dod i weld pa drybini oedd ar droed o leiaf? Cododd y cwestiynau yn ei ben, ond diddymodd nhw'n syth, heb gynnig ateb.

Cyn cael eistedd wrth y bwrdd fel arfer i fwyta'i frecwast, tywyswyd ef ar wibdaith trwy'r gegin fach i'r pantri ac yn ôl drachefn i'r gegin fyw, er mwyn iddo gael edrych am unrhyw dystiolaeth â'i lygaid ei hun a dilyn pob damcaniaeth oedd ganddi i'w chynnig. Ni fedrodd weld unrhyw arlliw o'r un ymwelydd blewog ac eisteddodd i fwyta gan obeithio cael ei adael mewn llonydd.

'Fel arfer, chi'n gwynto llygod cyn 'u gweld nhw,' parhaodd

hithau. 'Neu chi'n gweld 'u baw nhw'n cwato yn y gegin. Ond sa i wedi gweld dim olion yn unman cyn hyn, odych chi?'

Na, gallai yntau ateb yn onest nad oedd wedi sylwi ar ddim anghyffredin na chlywed unrhyw synau annisgwyl yn y waliau ers dod yno i fyw. 'Sdim deng mlynedd ers i'r tŷ fod ar 'i dra'd,' cwynodd Mrs Cole. 'Chi ddim yn dishgwl cael llygod yn rhedeg yn rhemp ar hyd tŷ sydd newydd 'i godi.'

'Na, chi'n iawn,' lled-gytunodd Thomas. 'Ond wrth gwrs, pan own i'n grwtyn bach, ro'dd darganfod fod ambell lygoden fach ar hyd y lle yn ddigwyddiad digon cyffredin.'

'Ond mas yn y wlad gesoch chi'ch magu, Thomas bach. Yn y *back o' beyond*,' mynnodd Mrs Cole, gan wneud ei gorau i beidio â swnio'n nawddoglyd. 'Rhaid ichi gofio'ch bod chi'n byw mewn tref erbyn hyn.'

Wel, byw ar gyrion tref roedden nhw, mewn gwirionedd, ymresymodd yntau iddo'i hun, ond gan gnoi'i dafod drachefn. 'Rhaid fod rhywbeth gwydn iawn am yr hen lygoden 'na,' mentrodd ateb ar ôl ennyd o dawelwch. 'Walle'i bod hi wedi mynd nawr ac na ddaw hi byth yn ôl.'

'Chi'n meddwl yn dda am bawb a phopeth, rhaid dweud, Thomas, ond wir, chi'n gallu bod yn sobor o ddiniwed ar brydie, odych wir. Rhy dyner eich cyfansoddiad o lawer. Nawr tynnwch atoch, neu fe fydd y brecwast 'na wedi oeri o dan eich trwyn chi.'

Ufuddhaodd yn llawen. Doedd gorfod gwrando ar ofidiau hwyrol ei letywraig fawr at ei ddant ac ar ben hynny, ofnai ei bod hi'n disgwyl iddo wneud rhywbeth. O'r hyn a gasglai, roedd Mrs Cole yn argyhoeddedig bod ei chartref wedi'i halogi.

Sylwodd Thomas yn sydyn nad oedd Christmas Evans yn ei wynebu ar sil y ffenestr o'i flaen. Rhaid fod holl gynnwrf y bore a pharablu cysetlyd y wraig wedi'i ddallu i'r diflaniad. Dim ond pan droes ei ben i'r chwith i ymateb i wenu cyson

Olwen y sylwodd fod y ddelw borselin wedi'i symud. Dyna lle'r oedd y dyn ei hun, bellach wedi'i ddyrchafu i'r silff ben tân, gyda rhuban main du yn hongian o bobtu'i ysgwyddau.

'Efallai mai ysbryd Christmas Evans dalodd ymweliad â chi neithiwr, Mrs Cole,' cynigiodd yn ddwys.

'Beth yn y byd mowr ych chi'n trial 'i weud, ddyn?' ymatebodd hithau.

'Dim ond meddwl 'i fod e'n eitha posib …'

'Ych-a-fi, ddyn!' gwaradwyddodd hithau drachefn at yr awgrym. 'Wedi'i ymgnawdoli ar ffurf llygoden? Mr Evans o bawb! Chi'n go bell ohoni nawr, wy'n ofan …!'

'Gall yr Arglwydd ddewis y mwya distadl o'i greadigaethau i wneud ei waith chi'n gwbod?' daliodd Thomas ei dir yn dirion. 'Chesoch chi erio'd lygoden yn y tŷ o'r blaen. A dim ond meddwl o'n i mor rhyfedd i hon achosi cymaint o anesmwythyd ichi neithiwr. Pam mai hi yw'r unig un o'i hil erio'd i ddod i mewn i'r tŷ? A pham neithiwr? Yr union noson roeddech chi wedi clywed am golli'ch cyn-weinidog oedd mor annwyl yn eich golwg. Chi wastad wedi dweud wrtha i mor gartrefol ar yr aelwyd hon y bydde *fe*.' Amneidiodd ei ben i gyfeiriad y ddelw ar y silff ben tân wrth yngan y sillaf olaf.

'Dw i ddim yn credu mewn shwt ofergoeledd,' mynnodd y weddw'n gadarn. 'Ac mae'n syn 'da fi glywed y fath awgrym yn dod o'ch genau chithe, Thomas Gwilym.'

'Mae'n flin 'da fi'ch tramgwyddo,' meddai'n ddidwyll. 'Dim ond meddwl bod o gysur own i. Wedi'r cwbl, ys dywed yr emynydd, "Trwy ddirgel ffyrdd mae'r uchel Iôr yn dwyn ei waith i ben". Sa i'n credu mai gwamalu ydw i wrth awgrymu y gallai rhyw ran o ysbryd y pregethwr mawr fod wedi dymuno dianc am un ennyd olaf i le a gofiai fel hafan o ddiddanwch a chwmnïaeth dda … cyn mynd yn derfynol i'w dragwyddol hedd, yntê fe?'

'Dweud dim mwy am y peth sydd ore nawr,' barnodd Mrs Cole yn gadarn. Er mor garedig oedd hi, er ei chymwynasgarwch a'i haelioni tuag ato, doedd hi fawr o un am weniaith na geiriau teg. Siarad plaen oedd piau hi. Deallai yntau hynny a throes ei sylw'n ôl at y bwyd ar y bwrdd o'i flaen. Ond prin fu'r cyfle a gafodd i barhau i fwynhau ei frecwast, gan iddi ychwanegu'r geiriau arswydus, 'Cynta i gyd y byddwch chi wedi llwyddo i ddal y llygoden a'i lladd, gore i gyd.'

Rhewodd Thomas yn y fan a'r lle, gyda'i fforc hanner ffordd rhwng ei blât a'i geg. Aeth sawl eiliad heibio cyn iddo lwyddo i gwblhau'r symudiad. Cnodd yn drwyadl cyn llyncu. Doedd e ddim am ddiffyg traul. Doedd e erioed wedi dal llygoden yn ei fyw. Wyddai e ddim ble i ddechrau.

*

Dros y flwyddyn a mwy a aethai heibio ers iddo ddechrau yn ei 'swydd swyddfa', synnodd Thomas ei hun gan y cynnydd a fu yn ei fedrusrwydd o'r Saesneg. Ym Merthyr, cyn i ymyrraeth Mrs Cole ei achub oddi yno, gerwinder caib a rhaw a chwys ei dalcen fu'r gofynion wrth iddo ennill ei damed. A chyn hynny hefyd, adref ar y fferm, yr un oedd y stori. Bellach, roedd gofyn iddo allu siarad, darllen ac ysgrifennu Saesneg pur goeth – er nad oedd byth alw arno i ysgrifennu dim byd gwreiddiol iawn. Llenwi llyfrau cyfrifon a chofnodion tebyg fyddai ei orchwylion fel arfer. Ond roedd gofyn iddo fod yn gywir.

Cyn iddo erioed dywyllu'r swyddfa drymaidd, gyda'i desgiau unffurf a'i muriau pren, dim ond wrth drafod materion yr enaid y bu'r gallu i ddarllen ac ysgrifennu yn bwysig iddo – ac yn ei famiaith fyddai hynny yn ddieithriad. I'r Ysgol Sul yr oedd y diolch am roi iddo adnoddau sylfaenol sgolor. Yno yr ymgynefinodd gyntaf â ffurf a sain gwahanol lythrennau'r wyddor. Cafodd y gwersi'n her a'r dysgu'n hwyl a chyn pen fawr o dro, ac yn wahanol i rai o'i gyfoedion, roedd wedi llowcio darnau helaeth o'r Ysgrythurau. Hyd y dydd heddiw, gallai'u hadrodd yn rhwydd a rhugl pryd bynnag y byddai gofyn.

Pan ar ei brifiant, nid oedd llythrennedd yn yr iaith fain wedi bod o'r diddordeb lleiaf iddo. Ar adegau, fe ddaliodd ambell lith, llythyr, ffurflen, pamffled a chyfnodolyn yn ei ddwylo, mae'n wir, ond dim ond chwilfrydedd oedd wedi mynnu ei fod yn brwydro i ddod o hyd i ystyr ynddynt, fel datrys pos.

O dipyn i beth, daethpwyd i ystyried Thomas Gwilym yn giamstyr yn ei hen fro ar ddehongli dogfennau swyddogol a chofiai'n dda y balchder a arferai chwyddo'i fron pan fyddai oedolion yn dod ar ei ofyn i wneud synnwyr o ryw ohebiaeth neu'i gilydd. Serch hynny, go brin iddo erioed freuddwydio y deuai dydd pan fyddai ei fywoliaeth yn ddibynnol ar y ddawn honno.

Y peth cyntaf a ddaeth i'w feddiant y bore hwnnw oedd nodyn o swyddfa'r Stiward. Gorweddai yno ar y ddesg yn disgwyl amdano. O ddydd i ddydd, y Stiward oedd pen dyn y fenter fawr oedd ar droed. Ond goruchwylio oedd ei waith ef yn bennaf. Gwyddai pawb mai pwrs a phenderfyniad y Marcwis oedd ffynhonnell y grym y tu cefn i'r dasg o godi'r dociau newydd. Dim ond unwaith yn y pedwar amser y teithiai hwnnw o'r Alban i weld pethau trosto'i hun. Pan fyddai ar ei ffordd, câi pawb, boed fawr nau fân, wybod ymlaen llaw, er mwyn rhoi cyfle i bob un wneud yn siŵr fod pob cwilsyn, archeb, maen a mantolen yn eu lle ac yn gywir gysáct cyn ei gyrraedd … rhag ofn!

Yn ôl a glywsai Thomas, un a dueddai i ddilyn ei drwyn a'i drywydd ei hun oedd y Marcwis yn ystod yr ymweliadau hyn. Doedd wybod beth fyddai'n mynd â'i fryd na pha rannau o'r holl ddatblygiad y dewisai ymweld â nhw. Gallai fynd ar sgowt i unrhyw dwll a chornel ddigwyddai fynd â'i ffansi. Doedd neb ar wyneb daear a allai ei atal, gan mai ei eiddo ef oedd popeth.

Er y mynych rybuddion y gallai alw heibio yn y swyddfa lle y gweithiai, y gwir amdani oedd nad oedd Thomas wedi'i weld yn y cnawd erioed – ddim eto. Am y tro, dim ond breuddwyd cefn dydd golau oedd dychmygu'r Ardalydd cefnog o uchel dras yn dod trwy'r drws mawr du er mwyn torri gair ag ef, Thomas Gwilym, mab y Wedros. Tybed beth ddywedai ei fam pe'i gwelai hi ef yr eiliad honno? Fyddai hi'n adnabod ei mab iengaf ag yntau'n edrych mor syber yn ei grys a thei a'i wasgod clerc ac ar fin rhaffu ei ffordd trwy ddiwrnod arall o waith yn ei Saesneg gorau? Yn ymddangosiadol, roedd fel petai wedi gwella'i fyd mewn byr o dro, ond eto, galarai dros yr oll a gollwyd.

Ochneidiodd yn dawel, ond doedd fiw iddo ddangos mwy ar ei wir deimladau na hynny. Tynnodd y nodyn yn nes at ei drwyn er mwyn ei ddarllen eilwaith. Nid yr iaith a'i gwnâi hi'n anodd iddo ddeall byrdwn y genadwri ond traed brain y llawysgrifen. Nid pawb oedd mor gywir a gofalus o'u pethau ag ef.

*

'Cymeriad a hanner, glywes i sôn,' mynnodd Quincey yn llawn brwdfrydedd. 'Wnest ti 'i gwarfod e erio'd?'

Roedd Thomas wedi gweld y dydd yn hir heddiw, nid am fod dim byd anos na'r cyffredin wedi dod i'w ran, ond am fod llygoden fach drafferthus wedi mynnu rhedeg 'nôl a blaen yn gyson yng nghefn ei feddwl – un â'i bryd ar chwarae mig yn barhaus. Dyna pam y gwnaeth ati i ddod o hyd i'w ffrind y munud y cafodd ei draed yn rhydd o'r swyddfa. Ei obaith oedd y byddai hwnnw'n gwybod beth fyddai'r peth gorau iddo'i wneud parthed gwireddu dymuniadau Mrs Cole.

'Na, roedd e wedi hen adael ei ofalaeth yn y Tabernacl cyn imi symud yma,' atebodd Thomas ei gwestiwn. 'Ond gwn ei fod yn fawr ei barch a'i ddylanwad – ac wrth gwrs, mae ei rymuster fel pregethwr yn enwog drwy'r holl wlad.'

'Wel! Rhyfedd iti sôn!' achubodd Quincey ar esgus arall i dorri ar ei draws. 'Achos fe soniodd sawl un neithiwr fel y bydde fe'n pregethu mewn tafarndai. Selogion Y Tongwynlais wedi gwironi'n lân arno, medden nhw. A draw cyn belled â Llanfihangel y Fedw … ble bynnag ddiawl mae hynny? Mi fydde'n mynd ar gefn ei ferlen ac yn taranu nes bo' pawb o fewn clyw yn gweld sêr.'

Nid felly y byddai Thomas wedi dewis dehongli sêl angerdd yr un pregethwr, ond barnodd mai doethach fyddai peidio â dweud dim ac iddo arlliw cerydd. Wedi'r cwbl, nid oedd y darlun a greai ei gyfaill yn gwbl annerbyniol ganddo yng nghyd-destun 'hwyl'.

'Yn sicr, roedd y sôn amdano'n sylweddol dros ardal eang iawn,' cytunodd yn bwyllog, mewn llais tipyn mwy difrifol na'r berw chwerthingar a fyrlymai dros wefusau'r Gwyddel. 'Clywais lawer tro a chan lawer un fod ganddo'r gallu i gyrraedd pobol a'u cyffwrdd …'

'Ac achub ar y cyfle i werthu tipyn o'i faco iddyn nhw tra'i fod e wrthi'n achub eu heneidiau, glywais i. Pam na soniest ti wrtha i o'r blaen fod shwt fasnachu proffidiol ym mynd 'mlân yn dy grefydd di? Hen gadno wyt ti, Thomas Gwilym! Baco'r Achos alwodd y boi 'ma fe … Hwnnw oedd yn y Ship yn difyrru pawb 'da'r hanes. Ac mae 'na Gwrw'r Achos. A tithe mor 'sych' dy ffordd, Thomas bach … Sdim rhyfedd iti gadw'n dawel!'

Pefriai llygaid y dyn yn llawn edmygedd drygionus wrth

adrodd am y clebran a glywsai neithiwr. Teimlai Thomas yn bur anesmwyth. Pwy feddyliai y byddai gyrfa pregethwr o Gymro yn bwnc trafod slotwyr disylwedd?

'Oedd yr hyn ddywedodd e i gyd yn wir, 'te?' aeth Quincey yn ei flaen. 'Os gwir y sôn, fe alla i feddwl am sawl offeiriad fydde'n genfigennus iawn ohono – yn cael y cyfle i wneud ceiniog neu ddwy yn sgil y sacramentau.'

'Nid er budd personol y byddai dyn fel y Parchedig Christmas Evans yn ymgymryd â mentrau o'r fath …'

'O, na? Paid â'u malu nhw …' Chwarddodd y llall yn harti a heb falais. 'Ond cofia di, synnwn i fawr na fyddai'r Pab ei hun yn gorfod troi llygad ddal i lawer camwedd tase fe ond yn gallu gweld popeth sy'n mynd 'mlan. Dyw offeiriadon ddim yn saint. O, na … ddim o bell ffordd. Mae gan sawl un ohonyn nhw fys mewn mwy nag un brywes amheus iawn – rhai gwaeth o lawer na throi'r ffydd yn gelc.'

'Nid ofn ennyn llid y Pab fyddai wedi gofalu fod cymhellion Christmas Evans yn ddifrycheuyn, Quincey O'Dowd,' sicrhaodd Thomas ef, gan swnio'n fwy mawreddog nag yr oedd wedi'i fwriadu. 'Yr unig un fyddai arno ef ofn pechu yn ei erbyn yw'r Brenin Mawr. Nid meidrol mo'r unig linyn mesur sy'n cyfri ar ddiwedd y dydd.'

'Y Brenin Mawr?' gwatwarodd Quincey, gan ailadrodd yr ymadrodd mewn anghrediniaeth. (Saesneg a siaradent, a swniai The Big King yn chwerthinllyd a diystyr.)

Gallai Thomas fod wedi brathu ei dafod am i'w grap ar yr iaith fain ei adael i lawr mor druenus, ond trwy lwc, ni roddodd Quincey gyfle i'w letchwithdod ddangos. 'Yr unig 'Frenin Mawr' y gwn i amdano yw'r coc oen 'na lan yn Llundain …' aeth hwnnw yn ei flaen.

Achubodd Thomas ar y cyfle i'w dynnu ei hun o gors ei israddoldeb. Ei dro ef oedd hi i grechwenu nawr. 'Mae hwnnw wedi hen farw, Quincey bach,' poerodd ddirmyg yn ôl i'w gyfeiriad gydag arddeliad. 'Ydy'r newyddion am yr hyn sy'n digwydd yn y byd mawr yn cymryd cyhyd â hynny i groesi'r dŵr? Oni chlywaist ti tan heddiw?'

'Do, do!' rhuthrodd y Gwyddel i dorri ar draws y dilorni. 'Mi glywais innau hefyd. Paid â gwneud môr a mynydd o bob mân fuddugoliaeth. Rhyw groten ifanc 'sydd wedi cymryd 'i le, yntê ... draw yn Llundain? Nag wy'n gwbod hynny'n burion? Wrth gwrs 'y mod i. Hen beth esgyrnog, dierth ... un o bant ... Dyw hyd yn oed y Saeson ddim yn gallu cymryd ati ryw lawer, medden nhw. Ac i goroni'r cyfan, mae ganddi enw estron iawn.'

'Fictoria,' mentrodd Thomas, heb wybod i sicrwydd oedd e wedi ynganu'r enw'n iawn ai peidio.

'Ie, honno. Tydy Mair, Iesu a Joseff a phawb arall o bwys yn y byd i gyd yn grwn yn gwybod enw'r greadures? Ond yn ôl y sôn, fe eith sawl blwyddyn heibio cyn y tyfith ei thin hi'n ddigon llydan i lenwi'r orsedd mae hi wedi'i hetifeddu. Ac mae'n siarad mwy o Almaeneg nag o Saesneg. Ddaw pobl byth i gymryd ati.'

'Rwyt ti'n clywed llawer. Sdim byd yn bod ar dy glyw di, o's e?'

'Wel, ceisio cadw 'nhrwyn ar y maen, wyddost ti.'

'Clywed gyda dy drwyn, myn uffarn i!' parhaodd Thomas i dynnu ei goes. ' A be nesa? Gwynto trwy dy glustie, mae'n rhaid.'

'Ha-ha!' cuchiodd Quincey. 'Gwell hynny na siarad trwy 'nhin a chachu trwy 'ngheg ...'

'Quincey, os gweli di fod yn dda! Rhaid imi ofyn iti ymarfer ychydig o hunanreolaeth ar dy leferydd, wir.'

'Twt! Dim ond cellwair am berfeddion dyn ydan ni ... Pethe'r corff, 'na i gyd. Fydd rheini ddim yn para byth, fyddan nhw? Dim ond pan fydd dyn yn troi at faterion yr enaid y mae peryg iddo wir ryfygu.'

'Gan fod gen ti gystal dealltwriaeth o ddirgel ffyrdd y byd a'r betws, ateb hyn imi 'te,' achubodd Thomas ar ei gyfle. 'Beth wyddost ti am ladd llygod?'

Chwarddodd ei gyfaill, fel petai'n ofni fod y Cymro'n colli arno'i hun. 'Pam ddylwn i fod yn arbenigwr ar ladd llygod?' holodd yn syn. 'Saeson yw'r pla yn Iwerddon, nid llygod, gyfaill.'

Difrifolodd Thomas ddigon i ddechrau olrhain yr hanes iddo a diflannodd direidi'r ddau yn raddol, wrth i Quincey ganolbwyntio. Troes ei wyneb yn dapestri llawn lliw a adlewyrchai'r ymdrech gymerai hi i'w gyneddfau lyncu'r stori'n llawn.

'Tân amdani,' oedd y casgliad cyntaf y daeth iddo pan dawodd Thomas. 'Dyna'r unig ffordd ddiogel o waredu'r fath fawiach, glywais i.'

Ystyriodd Thomas hynny'n ofalus cyn ymateb. 'Braidd yn anymarferol, rwy'n ofni … ond mae'n gynnig da.'

'Anymarferol? Nawr, gad imi feddwl pam …'

'Fe allaswn losgi'r tŷ yn ulw yn yr ymgais. A'r stryd gyfan, tase hi'n dod i hynny. Olwen fach a Mrs Cole yn y tloty a minnau'n pydru mewn carchar. Nid y canlyniad dedwydd rown i'n obeithio amdano a dweud y gwir, Quincey.'

'Na …,' pendronodd hwnnw wedyn. 'Fe alla i ddeall dy bryderon. Rhy eithafol.'

'Braidd.'

'Beth am wenwyn 'te? A chymryd nad yw'r fechan wedi dechrau cropian i bob twll a chornel eto, dyna'r ateb iti. Rho wenwyn y tu cefn i'r bwced glo a'r setl y peth olaf cyn clwydo – a dyna ti! Yn y bore, cei gripian i lawr i'r gegin grand 'ma sydd gan Mrs Cole a mynd i chwilota am y corff llwyd, llipa, llawn gwenwyn fydd yn siŵr o fod yn aros amdanat … Fuodd dim yn haws erioed.'

Cynhesodd Thomas at y posibilrwydd hwnnw, ond cyn

cael amser i bwyso a mesur yn iawn er mwyn mynegi barn, cafodd Quincey syniad trydanol arall – a gwreichionodd ei frwdfrydedd i bob cyfeiriad.

'Bachan! Fe wn i'n iawn beth sydd 'i angen arnat ti – neu beth sydd 'i angen arnoch ch, i ddylwn i ddweud … ychwanegiad bach i'r teulu …' Oedodd ddigon i roi cyfle iddo'i hun i werthfawrogi'r gwaradwydd ymneilltuol ar wep Thomas. 'Cath.'

'Cath!' ailadroddodd Thomas, fel petai'n air o weledigaeth. 'Wel, ie, hefyd … Ti yn llygad dy le. Fe alle cath ateb y galw i'r dim!'

'Mae rhywun neu'i gilydd yn cario cwdyn draw i Lanyrafon bob yn eilddydd bron, medden nhw. Y lle delfrydol i foddi cathod bach. Synnwn i fawr na chawn ni un iti am bris rhesymol iawn.'

'Pris rhesymol iawn?' protestiodd Thomas yn sinigaidd. 'Pam ddylwn i dalu'r un ddime? Os taw mynd i gael eu boddi maen nhw, mae'n amlwg nad oes ar neb eu heisiau nhw. Pam na cha i gath yn rhad ac am ddim?'

'Nid fel 'na mae'r byd yn troi, Thomas bach. Unwaith ddaw dyn i ddeall fod ganddo rywbeth mae rhywun arall moyn, fe roith e bris arno yn y fan a'r lle, waeth pa mor ddiwerth oedd e yn ei olwg cyn hynny. Wedi'r cwbwl, ma pawb ishe byw. Dere! Ewn ni draw i holi …'

Bron nad oedd Quincey eisoes wedi dechrau brasgamu i gyfeiriad y dref wrth siarad a bu'n rhaid i Thomas estyn am ei fraich i gadw gafael arno.

'Wow, gwd boi!'

'Be sy nawr? Paid â gweud wrtha i fod 'da ti ryw gyfarfod i fynd iddo eto heno yn dy hen gapel ceiniog a dime? Sdim angen iti fynd ar ofyn Duw ar y mater hwn, was. Onid yw meidrolyn bach di-nod fel fi eisoes wedi cynnig yr ateb iti o dan dy drwyn, yn blwmp ac yn blaen?'

'Boed hynny fel y bo,' atebodd Thomas yn bendant. 'Fel mae'n digwydd, nid angen i weddïo yw'r rheswm pam na allwn ni fynd i gyrchu cath o gwd y funud 'ma ...'

'Diolch byth am hynny. Chi bobl capel yn gwneud dim byd ond creu esgusodion dros gynnal cwrdd drwy'r amser. Fe ddylai un offeren ar y Sul fod yn ddigon i unrhyw un.'

'Mae cyfeillach y capel yn bwysig imi, fel rwyt ti mor barod i fy atgoffa bob cyfle gei di, ond does gan hynny ddim oll i'w wneud â chael cath,' eglurodd Thomas, gan ddechrau swnio'n ddiamynedd. 'Ond y gwir yw fod gofyn trafod hyn gyda Mrs Cole yn gyntaf. Nid fi piau'r tŷ 'co. Ganddi hi fydd y gair ola.'

'O! Digon gwir, sbo ...,' sobrodd Quincey yn araf. 'Mae'n siŵr dy fod ti yn llygad dy le. Rown i'n anghofio nad ti yw 'brenin mawr' tŷ chi.'

'Ddim mwy nag wyt tithe'n benteulu yn dy gartre dithe,' mynnodd Thomas. 'Does dim brenhinoedd yma, oes e?'

'Mae gyda ni gastell,' ebe Quincey'n goeth. 'A ma hyd yn oed hwnnw'n ffaelu aros ar ei draed.'

'Gormod o gwrw, ife?' holodd y Cardi'n goeglyd.

Gwahanodd y ddau mewn hwyliau da ac wrth ddechrau ar ei daith i gyfeiriad Y Dyfroedd teimlai Thomas yn llai pryderus nag y bu drwy'r dydd. O'r diwedd, roedd ganddo ateb i'w gynnig i Mrs Cole.

*

'Dyna hir y buoch chi'n dod sha thre,' meddai honno, pan oedd e newydd gerdded i mewn trwy ddrws y gegin fach. Llwyddodd i dynnu'r gwynt o'i hwyliau braidd.

'Do fe?' atebodd mewn siom. Wrth gerdded adref, bu'n edmygu mor sionc oedd ei gamre. Hyd yn oed pan ddechreuodd hi bigo glaw ac yntau tua hanner ffordd ar hyd ei daith, fu dim pall ar ei optimistiaeth. Onid oedd y rhyddhad a'i llanwodd ers iddo roi ei fryd ar gath yn ddigon i gadw'i ysbryd mewn hindda, os nad ei gorun?

Cymerodd y lliain sychu dwylo oddi ar ei fachyn gan ei dynnu'n arw dros ei wallt a'i wyneb. Gallai weld fod te ar y gweill wrth i Mrs Cole ymlafnio i roi'r tegell yn ôl ar y tân. Rhaid ei bod hi wedi ei weld yn nesáu, tybiodd.

'Ody Olwen yn iawn?' aeth yn ei flaen.

'O, ody, ody! Mae hi'n ddigon jacôs, sdim ishe ichi fecso.'

Aeth Thomas trwodd i'r ystafell fyw gan sgubo'i ferch i'w gôl yn gariadus. Cyn pen dim, roedd gwraig y tŷ wedi'i ddilyn gan gario set o lestri te a thebot ar hambwrdd.

'Ma'ch geirie chi wedi bod yn tin-droi yn 'y mhen i drwy'r dydd, Thomas,' cyhoeddodd wrth roi ei llwyth yn ofalus ar ben y bwrdd. 'Rwy'n ame dim nad chi sy'n iawn. Mae ôl llaw rhagluniaeth ar ymweliad y lodes fach ddaeth i gadw cwmni imi neithiwr.'

'Do's bosib' ych bod chi o ddifri, Mrs Cole,' ebe yntau'n syth. 'Wy'n ame ai ymwelydd unnos fydd hi. Fe ddaw yn ôl.'

'Os felly, gwyn ein byd ni, yntê fe!'

'Ond meddyliwch am Olwen fach yn cropian ar hyd y llawr 'ma,' dadleuodd y dyn, gan wasgu'r plentyn yn dynnach at ei frest. 'Sa i'n lico meddwl am lygoden fach yn whare wic a wew o'i chylch chi.'

'Twt! Os yw ein hymwelydd annisgwyl mewn gwirionedd yn llester i gostrelu ysbryd dyn mawr fel Mr Evans, fel yr awgrymoch chi, ddaw'r un drwg i ran y fechan.'

'Ond fe siarsioch chi fi i ddod o hyd i ffordd i'w lladd – a chi'n gwbod, wy'n credu 'mod i wedi meddwl am yr ateb perffaith …'

'Ddaeth 'i ysbryd e ddim i gyrchu lloches yn 'y nghartre i, jest er mwyn cael 'i ladd, Thomas,' mynnodd yn bendant. 'Dyna ddigon ar siarad o'r fath. Chlywa i'r un gair ymhellach am y fath anfadwaith. Rown i'n fyrbwyll y bore 'ma – wedi 'nrysu gan fraw ac anhunedd. Ond chi fu negesydd y Bod Mawr, i ddwyn goleuni ar ddüwch ac i leddfu fy ofn.'

'Ond rhyw led wamalu oeddwn i …'

'Na wamalwch, wir! Fiw ichi fod mor fyrbwyll ag y bues i ben bore, Thomas bach. P'idwch â mynd trwy fywyd yn gibddall i ffyrdd yr Arglwydd. Fel ddwedoch chi'ch hunan, "Trwy ddirgel ffyrdd …". Byddwch yn driw i'ch geirie'ch hunan, da chi, neu chi'n siŵr o ddod i drybini.' Wrth draethu, roedd hi'n ddiwyd gyda'r llestri ac ni throes i'w gyfeiriad o gwbl. 'Caiff lechu yma cyn hired ag y myn,' aeth yn ei blaen. 'Wy wedi ca'l shwt gysur trwy'r dydd o feddwl mai yma ddewisodd hi ddod. Mae'n fraint yn wir. Fe rown i'n enaid fy hun mewn perygl petawn i hyd yn oed yn breuddwydio'i lladd.'

'Ond …'

'Na. Man a man ichi dewi nawr, ddyn annwyl. Wna i ddim gwrando ar air ymhellach am ladd.'

'Mynd i gynnig o'n i y gall fod dewis arall,' mentrodd Thomas mewn llais bach gwylaidd a bwriadus. 'Ffordd o adael ysbryd Mr Evans yn rhydd … yn gwbl rydd i fynd yn derfynol at ei Feistr … a chymryd ei briod le wrth orsedd gras. Wedi'r cwbl, fe ŵyr y ddau ohonon ni mai dim ond dros dro y gall e fod yma. Petai modd dal y llygoden, fe allen ni fynd â hi mas fan'co i'r caee rhywle a'i gollwng yn rhydd.'

Ochneidiodd y fenyw, gan droi i estyn cwpanaid o de iddo. Gorfodwyd yntau i ollwng Olwen o'i afael er mwyn cael llaw rydd i dderbyn y soser.

'Ond am heddi, wyddoch chi, mae e wedi bod yn gymaint o gysur imi yn fy nghalar. Fe ddylech chithe ystyried o ble daw'r cysur i leddfu eich galar chithe, Thomas.'

'Fydda i'n gwneud fawr ddim arall o un pen diwrnod i'r llall, Mrs Cole,' atebodd yn ddifeddwl o onest.

Daeth hynny â therfyn i'w sgwrs am y tro a chanol-bwyntiodd Thomas ar newydd-deb y te yn ei geg. Roedd y blas yn dal yn anghyfarwydd iddo. Fedren nhw ddim fforddio'r fath foethusrwydd yn y cartref lle cafodd ef ei fagu.

Cropiodd Olwen at ei droed ac wedi llwyddo i'w thynnu ei hun i'w llawn daldra trwy afael yn nefnydd ei drowsus, gwenodd yn gariadus arno, cyn colli ei chydbwysedd drachefn a disgyn i'r llawr.

*

'Dw i ddim yn fachan hyddysg iawn,' mentrodd Quincey's ddoeth, 'ond mi wn i'r gwahaniaeth rhwng ofergoel a chred – ac ofergoel ronc yw syniad o'r fath.'

Roedd hi'n drannoeth bellach ac ni chafwyd ail ymweliad gan yr un yr oedd Mrs Cole wedi mawr obeithio y deuai i 'gadw cwmni' iddi drachefn. Wrth i Thomas fynd trwy ei bethau, yn adrodd am y trafod a fu, gallai weld fod ei ffrind wedi dotio.

'Fe fu'n rhaid imi newid fy strategaeth ar ganol brawddeg bron,' eglurodd. 'Chawn ni'r un gath i'r tŷ 'co nawr, rwy'n ofni. Mae wedi canu ar y syniad hwnnw.'

'A finne wedi crafu 'mhen cyhyd er mwyn ceisio achub dy groen di!' ebychodd Quincey.

'Golyga hyn fod yn rhaid ceisio cael ffordd o'i chornelu a'i dal yn fyw wedi'r cwbl.'

'Efalle mai'r hen ledi sy'n iawn. Efalle mai ysbryd ei harwr oedd y llygoden. Fe ddaeth 'nôl am ennyd, ond nawr mae hi wedi cael digon ar lercian yn llechwraidd yng nghysgod ffendars a chadeiriau siglo Mrs Cole ac wedi gwasgu'i hun yn ôl drwy'r twll yn y sgertin y daeth hi trwyddo yn y lle cyntaf.'

Gwenu'n wan wnaeth Thomas. Roedd y syniad wedi llechu yng nghefn ei feddwl yntau hefyd, ond gwnâi ei orau i'w ddarbwyllo'i hun nad oedd fiw iddo roi gormod o bwys arno. Onid oedd Mrs Cole yn amlwg wedi'i chythruddo? Dwrdiodd ei hun am fod mor wan. Ond yna, beth petai e wedi digwydd taro ar y gwir, cloffodd wedyn? Beth fyddai oblygiadau hynny? Onid gwarthus rhoi coel ar y gred i ysbryd y pregethwr mawr ei amlygu ei hun ar ffurf llygoden fach, a hynny er mwyn dal gafael ar un dafn olaf o gysur daearol?

'Synnwn i fawr nad yw hi wedi trengi'n derfynol erbyn hyn,' ceisiodd Quincey ei gysuro. 'Yn wal y parlwr mae hi bellach, yn siŵr iti – y blydi llygoden unllygeidiog 'na! Dim byd ond esgyrn sychion a ffwr llawn chwain, yn pydru ar eu taith derfynol … yr un i ebargofiant.'

'Tragwyddoldeb, Quincey,' cywirodd Thomas ef.

'Os wyt ti'n gweud 'ny, gwd boi!'

Yn ei hanfod, hoffai Thomas y cynnig diweddaraf hwn ar esboniad. Golygai nad oedd angen iddo wneud dim byd ymhellach. Ond gwaetha'r modd, profodd y gwirionedd yn symlach ac yn fwy cymhleth na hynny.

Pan gyrhaeddodd adre'r noson honno, roedd Mrs Cole mewn gwewyr mawr drachefn am iddi ddarganfod olion yr ymwelydd yn y bowlen siwgwr roedd hi wedi'i gadael ar fwrdd y gegin gefn.

'Fe'i gadawes yno'n fwriadol, er mwyn gwneud iddo deimlo'n gartrefol,' eglurodd. 'Fe wyddai fod croeso iddo yma bob amser, ond fyddwn i ddim wedi disgwyl iddo adael hyn ar ei ôl fel diolch … nid Mr Evans.'

Roedd hi wedi cadw'r dystiolaeth yn barchus ar ei gyfer a chodwyd y llestr o dan ei drwyn. Cafodd Thomas ei hun yn syllu'n feddylgar ar y smotiau du a frithai'r siwgwr coch.

'Mae'r gwŷr sy'n "wŷr mawr" o'r iawn ryw yn byw dan ras a rheole gwahanol i'r rhan fwya ohonon ni, chi'n gwbod,' ceisiodd Thomas ymresymu. Ond yn ofer y tro hwn. Ni chafodd fawr o gyfle i ymhelaethu, gan i'r wraig gynddeiriog roi'r bowlen yn ôl ar y bwrdd yn ddiseremoni.

'Dim mwy o wili-boan, Thomas. Mae'n bryd ichi wneud eich dyletswydd,' cyhoeddodd yn gadarn. Doedd dim amheuaeth amdani – roedd lladd bellach wedi dychwelyd i ben rhestr blaenoriaethau Elizabeth Cole.

*

Dridiau'n ddiweddarach, bu farw Olwen. Yn wahanol i'w mam a'i mam-gu, nid ym mreichiau Thomas y tynnodd hi ei hanadl olaf, ond yn dynn yng ngafael mogfa anferth a wasgodd bob afiaith ohoni mewn boddfa o chwys.

Trannoeth y diwrnod pan addawodd Mrs Cole ystyried y posibilrwydd o gael cath y sylwodd hi gyntaf ar fyrder anadl y plentyn tan ei gofal. Yn dilyn noson o chwysu a thagu didrugaredd, galwyd y meddyg i'w gweld. Ond dedfryd hwnnw pan ddaeth oedd fod pethau eisoes wedi mynd y tu hwnt i allu gwneud dim byd. Dychwelodd Thomas o'i waith y diwrnod hwnnw a chael fod ei fechan eisoes wedi ymado.

Dros yr oriau dilynol, rhyfeddodd at nifer y dagrau a oedd ar ôl ynddo i'w colli. Rhaid fod Duw yn dogni dagrau i bob copa walltog yn y groth, ymresymodd yn chwerw ag ef ei hun. Darparai yn unol â'r hyn y gwyddai ymlaen llaw fyddai'i angen ar bob un i wynebu'r holl dreialon oedd o'i flaen. Cronfa ddihysbydd wedi'i chlustnodi ar gyfer pawb a'i mesur hyd y deigryn olaf. *Duw'n darpar o hyd at raid dynol ryw.* Efe yn unig a wyddai faint yn rhagor o alar oedd o'i flaen, ond gallai gymryd cysur o wybod na ddeuai'r dydd byth pan fyddai'n hesb o ddagrau. Roedd rhagluniaeth wedi darparu dilyw digonol ar ei gyfer ef, fel gweddill y ddynoliaeth. Cronfa yr oedd ei baich mor drwm â'i galon ac mor ddwfn â'i ffydd.

Y Sul canlynol, yn ôl eu harfer, aeth ef a Mrs Cole i'r cwrdd gyda'i gilydd a mawr fu'r sôn, ar goedd ac wedi'r oedfa, am y ddau fu farw'r wythnos honno. Cafodd Thomas ei garthennu gan gysur ac ymunodd yn y canu gydag arddeliad – gan ganu geiriau eneiniedig a oedd yn hen gyfarwydd ar emyn-donau nad oeddynt eto wedi cael eu cyfansoddi.

*

Ni fu angen cath ar Mrs Cole, wedi'r cwbl. Ai rhagluniaeth neu drefn natur fu'n gyfrifol am hynny, ni wyddai, ond cafodd ei thŷ yn ôl iddi hi ei hun drachefn cyn pen fawr o dro. Ac yno y treuliodd hi weddill ei hoes mewn unigedd urddasol, gyda digon o amser ar ei dwylo i bendroni'n aml tybed pwy neu beth mewn gwirionedd oedd y llygoden unllygeidiog honno a ddaeth i darfu arni dridiau cyn darfod disymwth yr un fach.

*

Fis Hydref 1839, agorwyd Doc Bute, ond nid oedd Thomas Gwilym yno i ymuno yn y dathliadau. Flwyddyn dda cyn hynny, roedd eisoes wedi gadael ei swydd, Mrs Cole a'i famwlad am byth ac ni ddychwelodd at yr un ohonynt.

Anfonodd lythyr neu ddau at ei gyn-letywraig yn ystod y flwyddyn gyntaf wedi ei ymadawiad, ond ni dderbyniodd ateb oddi wrthi erioed.

Am fis neu ddau wedi i'r ergyd ddiweddaraf hon ei daro, roedd wedi cario'r dolur yn ei ben fel coron ddrain. Dyheai am borfeydd gwelltog yn rhywle, ymhell o'i gynefin, 'gerllaw y dyfroedd tawel' – rhai a fyddai'n ddieithr iddo, os nad yn estron. Galar a'i gyrrodd o'r Dyfroedd. Gallai fod wedi ymateb yn gadarnhaol i unrhyw alwad a ddaethai i'w ran.

Byddai wedi bod yn barod i symud i rywle, bron â bod. Ond y cynnig a barodd ei alltudiaeth oedd cyfle a gododd am swydd newydd gydag un o'r contractwyr y cydweithiai â nhw yn y dociau.

Wrth iddo raddol ymgartrefu yng Ngwlad yr Haf, bron na theimlai fel petai wedi ailddarganfod ei ffydd, er nad oedd erioed wedi ei cholli mewn gwirionedd. Ailseriwyd ei sêl, gan gau pen y mwdwl ar bedair blynedd o ddianc rhag trallod yn barhaus.

'Waeth iti fynd i ben draw'r lleuad ddim,' grwgnachodd Quincey pan glywodd y newyddion. 'Yffach dân! Rwy'n mynd i weld dy golli. Welwn ni mo'n gilydd byth eto … ti a fi. Fe wyddost hynny, siawns.'

'Paid â siarad shwt ddwli,' ceisiodd Thomas wfftio gofid ei ffrind, a gamgymerwyd ganddo am dipyn o dynnu coes. 'Alli di ddim gweld fod yn rhaid imi fynd? Ac fe fydd ffawd yn gofalu fod ein llwybrau ni'n croesi eto, hen ffrind, gei di weld. Alla i deimlo 'ny ym mêr fy esgyrn.'

Proffwydi gwael oedd ei esgyrn ac ni ddaeth y ddau ar draws ei gilydd byth wedyn.

*

Heb achos Cymraeg ar ei gyfyl, dechreuodd fynychu'r capel Bedyddwyr agosaf o fewn cyrraedd. Nid oedd erioed wedi bod mewn oedfa gwbl Saesneg ei hiaith o'r blaen, er bod ganddo beth profiad o glywed yr Ysgythurau'n cael eu darllen yn yr iaith honno.

Chymerodd hi fawr o dro iddo ymgynefino, gan nad oedd fawr o wahaniaeth rhwng trefn moddion ei gyd-addolwyr newydd a'r hyn oedd yn gyfarwydd iddo yng ngwlad ei febyd. Os rhywbeth, roedd pobl fymryn yn llai ffurfiol eu ffyrdd lle'r oedd e nawr. Y blaenoriaid yn fwy gwerinol o

173

fyrfyfyr wrth lywio'r oedfaon, barnodd. Fel petaen nhw'n llai ymwybodol o'u statws.

Mewn cyfarfod pregethu i ddathlu'r cynhaeaf y cyfarfu Thomas â'i ail wraig, a hynny ym mis Medi'r flwyddyn honno. Merch wylaidd, dduwiol oedd hi. Merch masnachwr cefnog a ddigwyddai fod yn aros yn y cyffiniau am rai dyddiau am fod gan ei thad fusnes i'w drafod gyda rhywrai yn y porthladd bychan.

Swynodd y ddau ei gilydd o'r funud y dechreuon nhw dorri gair ar ddiwedd yr oedfa a throes swyn yn serch heb ymdrech yn y byd.

Ffynnodd Thomas Gwilym, er consýrn cychwynnol rhieni'r ferch – wedi'r cwbl, pwy oedd yr estron di-dras hwn o berfeddion Cymru wyllt a ddangosai'r fath dynerwch tuag at eu merch? Cawsant briodas hir. Bu yntau fyw i oedran teg. Parhaodd ei gapel a'i ffydd ym modolaeth y Brenin Mawr yn ganolog i'w fywyd gydol ei ddyddiau. Ond ni chlywyd sôn am y *Big King* ganddo byth wedyn – ddim ar ôl y diwrnod hwnnw gyda Quincey.

Yno yn y dref fechan lle y cyfarfu â'i gariad oes y bwriodd wreiddiau, gan barhau â'r gwaith a'i dygodd yno am gyfnod, cyn symud i weithio i'w dad yng nghyfraith rai misoedd wedi'r briodas. Tyfodd i fod yn gymeriad adnabyddus yn ei fro fabwysiedig, gan i'w deulu newydd ei benodi'n rheolwr ar siop a agorwyd ganddynt. Yn ei thro, daeth honno'n un o gonglfeini'r gymdogaeth. Erbyn ei farw, ef oedd piau hi ac roedd yntau'n ddyn uchel iawn ei barch.

Wrth dynnu'r stori tua'i therfyn, byddwn yn rhestru enwau'r plant a aned iddynt maes o law – sef Arabella, Mabel a Silvana. Merch oedd pob epil a genhedlodd Thomas erioed a mynnodd roi Jane yn ail enw ar bob un o'r tair hyn, er coffadwriaeth am ei fam. Rhestrwyd enwau cyntaf y tair, ac enwau'u plant hwythau – wyrion Thomas – mewn erthygl goffa haeddiannol a ymddangosodd yn y papur lleol wedi'i farw. Doedd dim gair o sôn am Olwen ynddi. Dim ond, '*He originally came to these parts from South Wales ...*' i gydnabod ei dras, a dyna ddiwedd arni.

*

Ie, dyna fu ei diwedd hi. A wyddoch chi, yr unig dro y cefais i adrodd y stori hon cyn gorfod ymadael, fe feiddiodd un ferch fach godi ei llaw i gwyno ei bod hi'n darfod yn rhy swta. Rown i wedi dotio a dweud y gwir. Dangos ei bod hi wedi bod yn gwrando, on'd oedd? Un funud mae Thomas a Quincey'n cynllwynio'r ffordd orau o gael gwared ar y llygoden a'r funud nesaf mae Olwen fach wedi marw mwya sydyn, mynte hi. Ac roedd hi'n iawn, wrth gwrs.

'Blantos, blantos!' atebais innau. 'Cofiwch beth yw hyd pob gwers? Mae'r Awdurdod Addysg yn strict iawn ynglŷn â hyn. Rhaid torri'r got yn ôl y brethyn.'

Rhoes ei chwestiwn esgus da imi egluro i'r holl ddosbarth fod yna gyfyngiad amser ar hyd stori pawb. Fe gawson nhw wers sydyn mewn meidroldeb gen i ar y slei. Siawns nad yw rhai ohonyn nhw'n dal i'w chofio, o blith y rhai sy'n dal ar dir y byw. 'Mae amser yn feistr ar y meistr mwya llym, fel y gwyddoch chi, rwy'n siŵr,' dywedais. 'Ni chaiff pawb yr un dogn o amser yn y byd 'ma. Fe wyddoch chi i gyd faint o arian poced sda chi ar ôl yn eich pocedi. Ond does yr un ohonoch chi'n gwbod faint o amser sda chi ar ôl i'w wario. Dyna pam ei bod hi'n bwysig trin pob eiliad fel pob swllt. Maen nhw'r un mor werthfawr ac mae'n bwysig bod yr un mor ddoeth wrth wario'r ddau.'

Edrych arna i'n syn wnaeth y dosbarth cyfan ac fe ychwanegais innau, 'A dyw'r ffaith mai fi yw'r prifathro ddim yn golygu nad ydw inne hefyd yn gaeth i bwysau'r un rheole.'

Wedyn, mi eglurais pwy oedd Christmas Evans a rhai dyddiau'n ddiweddarach euthum â'r dosbarth cyfan ar daith i'r Ais iddyn nhw gael gweld trostynt eu hunain ble saif y Tabernacl cyfoes. Yr unig dro y cefais y fraint o'u tywys ar y perwyl hwnnw. Un criw bach diddig o blant yn cael y cyfle i ddotio at blac ar wal a chadw'u llygaid ar agor am lygoden fach ddireidus a chanddi un llygad yn unig. Honno wedi dewis dod yn ôl i'w hen gynefin am un ymweliad olaf? Pwy a ŵyr?

Byddai arwain ymweliadau eraill tebyg wedi bod yn braf dros y blynyddoedd a ddilynodd. Cael codi ymwybyddiaeth sawl cenhedlaeth o'u treftadaeth trwy fynd â nhw i fannau o ddiddordeb hanesyddol ar hyd a lled y ddinas. Duw a ŵyr, mae 'na ddigon ohonyn nhw. Ond wrth gwrs, mwya'r piti, doedd amser ddim yn caniatáu. Fel Thomas, roedd rhagluniaeth wedi pennu mai dros Glawdd Offa yr oedd fy mywyd innau i fod.

*

Bwrw Glaw

Yn syllu i lawr arno roedd llun o'r ddaear liw nos, yn dangos pobman yn y byd lle'r oedd y golau trydan a losgai'r ddynoliaeth mor ddwys nes ei fod yn weladwy o'r gofod. O'r foment y rhoes Oswyn Morris ei ben yn ôl ar y gobennydd bach lledr ffug a dechrau rhythu ar y rhyfeddod ar y nenfwd, sylweddolodd mai dim ond dinasoedd a llefydd eraill gyda phoblogaeth uchel oedd i'w gweld mwy na heb. Ar wahân i rimyn main ar hyd arfordir gogledd Affrica a chlwstwr neu ddau yn yr hyn oedd yn Dde Affrica, tywyll oedd y cyfandir hwnnw bron yn llwyr.

Tynnai ehangder y datguddiad trawiadol ei sylw oddi ar y gybolfa o fysedd, dŵr ac offer deintyddol a lenwai ei geg. Bu bron â thagu unwaith neu ddwy wrth i'r holl hylifau ymgasglu yn ei lwnc, ond gwaith hawdd oedd anwybyddu llais y deintydd a fynnai ddoethinebu am hynt a helynt yr Adar Gleision wrth gyflawni ei waith. Hyd yn oed pe dymunai wneud hynny, doedd dim modd iddo ymateb – ddim gyda geiriau o leiaf. Rhaid mai gêm oedd y cyfan. Yr un chwedlonol honno a oedd yn rhan o draddodiad deintyddiaeth. Yr un yr oedd hi'n amhosibl i'r claf byth ei hennill.

Canolbwyntiodd ar ddihangfa'r llun mawr a orchuddiai ran helaetha'r nenfwd uwch ei ben. Tybiodd iddo gael ei osod yno'n arbennig er mwyn denu plant o bob oedran i geisio llyncu'i ystyr. Pob safn yn llydan agored ac yn ysu am i'r dyn mawr pwysig wneud ei waith. Yn bryfoclyd ddigon, 'Goleuni'r Byd' oedd y teitl a roddwyd ar y poster. Dyna a ymddangosai yn y cornel uchaf ar y dde, jest uwchben Rwsia a thywyllwch dudew gogledd-orllewin ei phellafion. Ond gwyddai nad hon oedd y ddelwedd a ddeuai i'w feddwl pan glywai'r geiriau 'Goleuni'r Byd'. Tybed ai ymdrech i fod yn eironig oedd yma? Rhyw olwg wyneb i waered ar waredigaeth tra bo dyn ar wastad ei gefn wrth dderbyn triniaeth. Doniolwch deintyddol!

Doedd fiw iddo chwerthin neu fe dagai ar y coctel o hylendid yr oedd y ferch a ddaliai'r teclyn wrth ei wefus yn dal i'w chwistrellu iddo. Ond Iesu Grist oedd 'Goleuni'r Byd' iddo ef. Mab Duw. Nid cynnyrch mil a mwy o bwerdai trydan.

Wyddai e ddim oedd e'n credu mewn duw ai peidio. Roedd wedi gwneud unwaith yn bendifaddau. Ond yna, daeth troadau bywyd i dorri ar lif ffydd – fel y bu i ddyn wyrdroi llif naturiol yr afon Taf slawer dydd, meddyliodd. *Ymhle'n union ddown ni o hyd i Oleuni'r Byd, blant?* Dim ateb. *Pawb i edrych lan.* Atgofion Ysgol Sul yn dal i lewyrchu ar ei fyfyrdodau, mwydrodd.

Rhyfeddod yr haul oedd piau hi i wyddonydd. Neu yn y nos, os oeddech yn ddigon ffodus, caech weld y sêr. Ond yno, yng nghadair y deintydd, rhyw bropaganda gwachul oedd honni mai llewyrch bylbiau trydan gariai'r dydd … ac a oleuai'r nos. Roedden nhw wedi anelu'r camera i'r cyfeiriad rong, protestiodd. Doedd e ddim am gredu mai dim ond trydan torfol dinasoedd a oleuai'r byd. Ond allai e ddim credu mai Duw a'i fab oedd wrthi chwaith. Dim ond chwiw oedd hynny hefyd, siawns.

Doedd Duw ddim wedi whare'n deg â'i dad. Dyna fu'r drwg. Dyna oedd wedi sigo unrhyw ffydd a fu ganddo erioed. Pa obaith oedd 'na y byddai Oswyn Morris byth yn un o'r esiamplau gorau o 'blant bach Iesu Grist'? (Cofiai ganu 'Plant bach Iesu Grist ydym ni bob un ...' ymhell bell yn ôl, cyn bo dyn hyd yn oed wedi mynd i'r gofod, heb sôn am dynnu lluniau yno.) Ac eto, gwelai fod y ffaith ei fod e, fel pawb arall, yn dweud pethau fel 'Mowredd Dad!', 'O God!', 'Iysu Mawr!' a 'Duw! Duw!' yn awgrymu fod y cysyniad o Dduw yn un yr oedd ei angen arno, hyd yn oed os nad oedd yn credu ynddo fel y cyfryw. A ddylai'r un rhesymeg ymestyn i 'Yffarn dân!' a 'Blydi hel!'? Oedd yr ebychiadau hynny'n awgrymu fod pobl rywsut am gredu ym modolaeth Uffern hefyd? Doedd e ddim, hyd yn oed os oedd e wedi bod yno unwaith.

Gyda'r dant wedi ei lenwi a hanner ei geg a'i foch chwith yn dal yn ddideimlad, camodd allan o'r ddeintyddfa â'i ben yn fflwcs. Heb feddwl ddwywaith am y peth, gwnaeth ei ffordd i fyny at yr eglwys. Safai honno ar drwyn o dir yn wynebu draw dros y môr. Hi a'i safle oedd y ddelwedd a ddefnyddid gan amlaf i ddynodi Pen-craith, pryd bynnag y ceid rhyw stori am y lle at y newyddion. Roedd yr eglwys fechan ar y tir uchel i'w gweld yn glir ym mhen pella'r bae o ardaloedd eraill y ddinas.

Gadawodd gartref heb ymbarél, ond trwy lwc, roedd cwcwll i'w got. Ni fyddai fawr elwach petai wedi dod â'r teclyn gydag ef, sylweddolodd, gan fod y gwynt yn hyrddio'r glaw i bob cyfeiriad. Syniad gwell o lawer oedd gwisgo cot gyda phenwisg yn rhan ohoni. Fel hyn, gallai gadw'i ben yn sych a chladdu ei ddwylo'n ddyrnau bychain yng ngwaelodion ei bocedi yr un pryd.

Nid oedd neb a olygai ddim iddo wedi ei gladdu yn y fynwent. Doedd yno'r un perthynas. Yr un cydnabod. Dyna pam yr hoffai ddod yma mor aml, tybiodd. Petai'n cerdded ymysg beddau a olygai rywbeth iddo, byddai'r holl brofiad yn ddiflas o ryddieithol – gyda phob carreg ag arni enw cyfarwydd fel dolur ar groen, yn hyll gan atgofion. Gan na olygai neb ddim iddo, roedd llawenydd yn bosibl. Nid i'r rhain a'i hamgylchynai, wrth reswm. Meirw oeddynt. Ond i Oswyn Morris, cynrychiolent fôr o anhysbysedd. Pob enw dieithr yn cynnig stori. Rhyw sgwarnog newydd i fynd ar ei hôl. Nid ei fod yn ymateb yn unigol i unrhyw un o'r llonydd rai o gylch ei draed. Yn y don dorfol o ddynoliaeth yr oedd y difyrrwch. Dyna lle y câi'r cysur.

Roedd yr olygfa o gymorth hefyd fel arfer. Yr ymdeimlad o sefyll uwchben y byd. Ar ddiwrnod clir gellid gweld ehangder yr heli a thirlun yr arfodir hyd at y bont a thu hwnt. Byddai modd codi llaw i gyfeiriad disgynyddion Thomas Gwilym draw yng Ngwlad yr Haf. Ond nid heddiw. Heddiw, cyfyngwyd ar bopeth. Hyd yn oed pe cerddai hyd y llwybr canolog a igam-ogamai drwy'r beddau anniben i'w ben pellaf, gwyddai mai siwrnai seithug fyddai hi. Y môr i'w glywed, ond nid i'w weld. Er mwyn diogelwch, roedd ffens wedi'i chodi rai blynyddoedd yn ôl i arbed y ffôl a'r hunanladdol rhag mentro'n rhy agos at y dibyn. Collwyd rhai cyrff yn barod, wrth i erydiad y tir wneud y trwyn fymryn yn llai o flwyddyn i flwyddyn. Ond trwy lwc, cyrff meirw fu'r rhai a ddisgynnodd i'r lli. Preswylwyr *bone fide* y fangre. Rhai â pherffaith hawl i fod yno, petai grym diddiwedd y môr ond wedi gadael llonydd iddyn nhw. Nid rhyw ymwelwyr a ddaethai i ladd amser fel y fe. Neu giwed bathetig y blodau a'r 'dod yma am ennyd dawel i gymuno drachefn gydag f'anwylyd'.

Ac yna'n sydyn, drwy niwl y glaw, gallai weld fod rhywun yno.

Safai ffigwr main diferol yn y cornel bellaf, i'r dde o'r eglwys. Roedd wedi camu oddi ar y llwybr ac yn delwi yno fel petai'n llechu dan gysgod coeden ddychmygol, heb dalu sylw arbennig i unrhyw fedd neilltuol nac edrych allan tua'r olygfa anweledig. O leiaf, dyna sut y gwelai Mr Morris bethau.

Oedodd ei gam, gan fethu penderfynu a oedd rhyw berygl yn y sefyllfa ai peidio. Edrychai'r dyn yn llechwraidd, doedd dim amheuaeth am hynny. Ond ai llipryn gwan ei feddwl oedd e ynteu dihiryn ar ryw drywydd drwg? O'i osgo, fe allai fod y naill neu'r llall.

Pan gyrhaeddodd y ffens weiren werdd, dwrdiodd ei hun yn gellweirus. *'Na ti, t'weld! Wedes i wrthot ti, yn do fe?* Doedd yno ddim i'w weld. Dim ond wal wleb o law i waldio ei wep. Trodd ei wyneb oddi wrth chwip y gwynt gan chwilio am y dyn drachefn. Ond nawr, doedd dim golwg o hwnnw chwaith.

'Bw!' Gyda bloedd blentynnaidd, neidiodd i'r golwg drachefn yn ddisymwth o'r tu cefn i garreg fedd dal a rhwysgfawr ryw ddwy droedfedd i ffwrdd.

'O, ti sydd yna,' ceisiodd Mr Morris ymateb mewn modd a guddiai ei bryderon.

'Be 'dach chi'n ei wneud fan hyn?'

'Gen i'r un hawl â thithau i gerdded mynwentydd,' atebodd.

'Oes, sboso,' cododd Y Gwenwr ei ysgwyddau'n ddifater. 'Ond mae 'na lefydd gwell y gallech chi fynd iddyn nhw ar brynhawn fel heddiw.'

'Tithe hefyd, siawns.' Wrth iddo gael cyfle i feirioli, newidiodd Mr Morris dôn ei lais. Un addfwyn oedd Y Gwenwr, wedi'r cwbl. Doedd gwaharddiadau Angylion y Nos ddim yn weithredol yma. Gallai siarad ag e nawr fel y mynnai.

'Fi'n dod 'ma'n eitha amal. Rhywle i fynd. Gweld lot o enwe pobol rwy wedi'u 'nabod yn y gorffennol.'

'Mae'n flin gen i glywed hynny. Oes yma lawer rwyt ti wedi'u hadnabod?'

'Dim ond wrth'u henwe,' ebe'r Gwenwr gyda gwacter ei lais yn swnio'n fwy disylwedd nag arfer yn eco'r glaw.

'Mae 'na fenyw draw fan'co o'r enw Lorraine. Ac rown i'n arfer 'nabod rhywun o'r enw Lorraine slawer dydd. Roedd hi'n anti i fi a dw i'n lico meddwl mai dod i ddweud "Hylô" wrthi hi y bydda i bob tro rwy'n galw heibio. 'Na dwp, yntê fe?'

'Ddim o reidrwydd,' atebodd Mr Morris. 'Os yw hynny'n gwneud iti deimlo'n glòs at Anti Lorraine, wel, dyna ni! Mae pawb ohonon ni'n coleddu rhyw syniad neu ddau fydde'n ddwli rhonc yn nhyb eraill, neu hyd yn oed yn gabledd i rai.'

'Chi'n meddwl?'

'O, ydw wir. Mae 'na bethe nad oes rhesymeg ar 'u cyfyl nhw. Fe wn i'n well na neb shwt deimlad yw e i nofio yn erbyn llif yr amserau. Tasen ni ond yn cael byw yn ddigon hir … wedyn fe welen ni i gyd y dydd yn dod pan fyddai ffwlbri bach personol pob un ohonon ni'n cael ei gymryd fel y norm yn ei dro. Mynd i fynwentydd i dalu gwrogaeth i anwyliaid ger beddi dieithriaid llwyr? Pam lai? Fe ddaw y dydd pan dyna fydd y ffasiwn. Achos dyna sy'n rhwym o ddigwydd, yn hwyr neu'n hwyrach. Mae pob chwiw, waeth pa mor abswrd neu annynol yn siŵr o gael ei dydd … hyd yn oed dy un fach ryfedd di.

'Y drychineb yw na chaiff y rhan fwyaf ohonon ni fyw yn ddigon hir i weld y dydd hwnnw'n dod. Dim ond nifer ddethol iawn, iawn sy'n ddigon ffodus i gael byw mewn cyfnod sydd mewn cytgord llwyr â'u cleme nhw'u hunain. I'r rhan fwyaf ohonon ni, gorffod addasu a dysgu byw gyda'r hyn sy'n dderbyniol i'r oes y cawn ein hunen ynddi sydd raid. Dyna ystyr "tyfu lan", ti'n gweld.'

Synhwyrai Mr Morris fod ei wersi oll yn ofer yn yr achos hwn ac mai dal i ddilyn ei ddoethineb ei hun wnâi Y Gwenwr.

'Sa i byth wedi tyfu lan. Sa i moyn,' ymatebodd.

'Pam ddim?'

'Fydde fe dim yn 'yn siwto i, ti'n gweld.'

'Fyddi di ddim byw'n hir os wyt ti'n bwriadu cario 'mlân i fyw fel ag wyt ti.'

'Na, wy'n gwbod,' cytunodd Y Gwenwr, gan ddal i wenu. 'Ond fe alla i fyw 'da 'ny.'

*   *   *

Yn dilyn ffars Russ a'r gawod wallus y bore Sadwrn blaenorol, penderfynodd Rwth lyncu ei balchder ac anfon neges at Geraint ei hun. Gwell hynny na llyncu mul ynghylch ddiffyg cydweithrediad Elin yn y mater, barnodd. Ar y trywydd hwnnw'r oedd hi pan welodd yr ail stori anfonodd Mr Morris ati yn disgwyl amdani ymhlith yr holl negeseuon rwtsh a yrrwyd ati dros nos. Fe'i temtiwyd yn syth, ond llwyddodd i gadw'i meddwl ar waith gan ysgrifennu ei chenadwri at Geraint yn gyntaf, cyn diwallu ei chwilfrydedd gyda'r stori wedyn.

Wyddai hi ddim a ddylai hi chwerthin neu grio wrth ei darllen. Bu'n rhaid iddi droi at Google fwy nag unwaith. Pwy ddiawl oedd 'Christmas Evans'? (Fu hi erioed ar gyfyl capel y Tabernacl yn Yr Ais. Welodd hi erioed mo'r garreg goffa sydd iddo yno. Ond gwyddai nawr fod rhyw ddeg ar hugain o bobl yn nesu at y trigain oed o gwmpas yn rhywle oedd wedi'u tywys yno gan athro brwdfrydig ar y naw.) A beth aflwydd wyddai hi am 'Ddoc Bute'?

Ar ddiwedd y darllen, cafodd fod e-bost wedi cyrraedd oddi wrth Geraint – wedi ei anfon gyda'r troad mae'n rhaid. Doedd ynddo'r un gair o gydymdeimlad parthed sefyllfa'r gawod, ond yn ôl y disgwyl cydsyniai i dalu am y trwsio. Mater iddi hi'n awr oedd dod o hyd i rywun i wneud y gwaith. Ddylai hi deimlo'n euog ei bod hi mor faterol? Oedd Thomas wedi cymryd mantais o Mrs Cole? Pa wahaniaeth fwyach nad oedd e'n byw yn y wlad? Oedd Elin ar ei cholled heb ei thad?

Byddai wedi bod yn haws iddi faddau petai'n dal i fyw yn y wlad – am fod hunanoldeb yn dod yn haws yn y ddinas, mae'n debyg.

Ochneidiodd wrth wau ei ffordd yn ôl at ei char. Y glaw a'r boblach yn elfennau a weithiai i'w herbyn. Amser hefyd. Un arall nad oedd byth o'i phlaid. Na'r pwysau oedd yn hongian mewn bagiau gwyrdd, cynaliadwy o'i dwy law. Dim ond er mwyn prynu neges neu ddwy yr oedd hi wedi meddwl stopio ger y siopau prin oedd yn dal ar agor yn Y Dyfroedd. Anaml iawn y byddai'n eu defnyddio, ond roedd wedi'i darbwyllo'i hun mai dyna fyddai hawsaf iddi heddiw. Roedd hi heb fargeinio am y tywydd garw a thaerineb y torfeydd annisgwyl a fynnai frwydro yn ei herbyn.

Cododd y ddau fag llawn i gist y car, cyn cau'r drws cefn arnynt yn glep. Heddiw, doedd hi ddim hyd yn oed am boeni a fyddai'r cynnwys yn sarnu ar draws y lle ai peidio. *Sa i'n becso dam!* llefarodd yn uchel gan gymryd arni dafodiaith ddeheuol yn fwriadol. Sylwodd yn sydyn ei bod hi wedi parcio gyferbyn â chefn Ysgol Gynradd Y Dyfroedd. Ac roedd hi'n amser chwarae'r prynhawn, er nad oedd neb allan ar yr iard. 'Run enaid byw i'w weld – ddim heddiw, yn y glaw.

*   *   *

'W! Mae'n stori drist,' oedd geiriau cyntaf Mr Morris am Y Gwenwr.

Newydd glywed drws y ffrynt yn cael ei gau'r oedd Rwth pan ddaeth ef i ymuno â hi yn ystafell fyw ei fflat. Ychydig eiliadau oedd wedi mynd heibio ers i'r drws hwnnw gael ei agor i'w chroesawu hithau. Wrth ganu'r gloch, nid oedd wedi disgwyl y byddai dau ddyn yno yn y cyntedd yn ei hwynebu. Dau ddyn a phiano. Canlyniad anorfod bron y sefyllfa fu cyflwyniadau lletchwith, a bys Mr Morris yn pwyntio at ddrws yr ystafell hon gan ddynodi iddi hi fynd trwyddo, er mwyn rhoi cyfle iddo yntau ffarwelio'n iawn â'i westai arall.

'Weloch chi'r got law 'na oedd amdano,' aeth yn ei flaen. 'Hen un ar fy ôl i. Dw i byth yn ei defnyddio hi nawr ac allen i ddim gadel i'r crwt fynd mas mewn shwt dywy'. Ceisio lloches ymysg y beddi, os gwelwch chi'n dda,' twt-twtiodd mewn llais trugarog wrth adrodd hanes eu cyfarfyddiad gynnau yn y fynwent. 'Allen i ddim peidio â'i wahodd e'n ôl am baned gynhesol – ddim ar y fath ddiwrnod garw.' Edrychodd Rwth o'i hamgylch yn hamddenol, ond ni allai weld dwy baned wag yn unman. Rhaid fod Y Gwenwr yn fwy breintiedig na hi ac yn cael ei draed tan y bwrdd allan yn y gegin gefn. Neu efallai, wrth gwrs, mai hi ddylai deimlo'n freintiedig o gael ei thywys yno at gadair esmwyth yn y lolfa. Roedd o leiaf ddwy ffordd o edrych ar bopeth.

Aeth Mr Morris yn ei flaen i sôn am ei ymweliad â'r deintydd ynghynt yn y dydd (heb grybwyll gair am Oleuni'r Byd), cyn egluro am ei waith gwirfoddol gydag Angylion y Nos a'r ffordd y daeth yn gyfarwydd â gweld Y Gwenwr yno, yn y sied yng nghysgod yr eglwys.

''Dach chi'n ddyn da, Mr Morris,' ebe hi. 'Rhoi o'ch amser i'r Angylion 'ma a phob dim.'

'Dyw hi ddim ond yn iawn 'mod i'n rhoi rhywbeth yn ôl. Rwy wedi cael bywyd breintiedig, wyddoch chi, er gwaetha popeth ... ac mae'n help i lenwi'r amser.' Wrth siarad, roedd yn tin-droi'n ddibwrpas, gan dynnu'r hen gadair wiail yn nes at Rwth ac ymddangos yn gyndyn o eistedd arni yr un pryd. Roedd hi eisoes wedi bachu'r gadair orau ger y tân, nad oedd ynghynn, a'i gwneud ei hun yn gysurus.

'Wel, ddaru chi gael gyrfa ddigon llewyrchus, dw i'n ama dim, ond tydy bywyd byth yn fêl i gyd i neb – a fuo'ch un chi yn bendant ddim heb 'i brofedigaetha.'

'Wedi'r hyn ddigwyddodd imi yn Y Dyfroedd, roedd yr anawsterau mwyaf drosodd. A chydag amser, ma pawb yn anghofio beth ddigwyddodd iddo yn Y Dyfroedd, chi'n gwbod? Un dydd, fe ddowch chi i ddeall gymaint â 'ny trosoch ych hunan, Rwth. Rwy'n ffyddiog y dowch chi.'

''Dach chi wedi rhoi sicrwydd tebyg imi o'r blaen, Mr Morris,' meddai hi. 'Ond ella na ddown ni byth i wybod – ddim os na symuda i oddi yno'n gyntaf. Wn i ddim a wna i hynny byth.'

'O, fe wnewch,' sicrhaodd ef hi'n dawel. 'Fe ddaw'r dydd.'

'Ond cael eich gorfodi i symud ddaru chi,' dadleuodd Rwth. 'Do, fe gawsoch chi ailgydio yn eich gyrfa ym myd addysg fel roeddach chi isho, ond tan orfodaeth y daeth y cyfan i fod, nid o'ch gwirfodd. Ac i ddod ymlaen o gwbl, fe fu'n rhaid ichi fynd i ran o'r byd nad oedd yn golygu dim ichi … ac i fysg pobl a olygai llai byth, os ydw i wedi dallt yn iawn.'

'Wel!' ochneidiodd yntau'n bwyllog. 'Roedd e'n ddechreuad newydd, sdim dowt am 'ny. A dyna'r unig achlysur pan deimlais i'n ddiolchgar o'n aelodaeth o'r Seiri Rhyddion. 'Blaw amdanyn nhw bryd 'ny, fydde'r bennod newydd agorodd imi erioed wedi dod i'm rhan.'

'Wela i,' ymatebodd yn reddfol, wedi'i synnu braidd. 'Wel, mae i bopeth ei ddefnydd, mae'n debyg.'

'Pan o'n i'n ddyn ifanc, fe driodd hen ffrind i 'nhad yn galed iawn i 'nhynnu i dan ei adain,' ymhelaethodd yntau. 'Ac fe lwyddodd i ddwyn perswâd arna i i ymuno yn y diwedd. Ac fel wedes i, dyna'r unig gyfle ges i i deimlo'n wir ddiolchgar iddo wneud.'

'Ble mae'r *lodge* agosa, deudwch?'

'Fydda i byth yn mynd,' ebe fe'n ddidaro. 'Er mae'r gyfrinfa yma ym Mhen-craith yn un arbennig o gref, fe glywes sôn. Wedi cadw'r ddesgl yn wastad yma ar hyd y blynyddoedd. Cadw'r lle yn lled ddiogel.'

'Felly 'nôl yn y chwedegau, fe chwaraeon nhw'u rhan wrth sicrhau swydd dda i chi ymhell o'r Dyfroedd? A thrwy wneud hynny, ddaru nhw hefyd roi taw ar eich straeon chi,' torrodd ar ei draws yn bigog. 'Dw i'n ymwybodol iawn o dristwch hynny. Dyna pam rown i mor awyddus i ddod draw i'ch gweld chi eto, deud y gwir. Wn i ddim be dw i fod 'i feddwl am y stori newydd 'ma 'dach chi wedi'i hanfon ata i. Rown i'n rolio chwerthin un funud, efo'r holl giamocs 'na am y ll'goden. Ond wedyn, bron yn 'y nagra. Yn 'i hanfod, hen hanes digon trist ydy hanes Thomas Gwilym, yntê?'

'Dim byd newydd ynghylch hynny, wyddoch chi? Mi fuodd dagre a digrifwch yn cyd-fyw â'i gilydd er cyn co'. Synnwn i fawr na cherddon nhw mas o'r arch law yn llaw. Hen, hen stori, wy'n ofan.'

'Siŵr iawn, dw i'n dallt hynny,' cytunodd Rwth braidd yn rhwystredig â hi ei hun. 'Ond dach chi'n gwbod be sgynna i ...'

'Chi'n garedig iawn moyn dod i 'ngweld i fel hyn o hyd. A chi'n iawn, wrth gwrs. Ar ôl 'y nyddie yn Y Dyfroedd, fe ddaeth hi'n newid byd arna i. Alla i ddim gwadu 'ny. Roedd e fel petawn i'n cael 'y ngorfodi i aredig y tir o dan 'y nhraed ... Ei droi, wyneb i waered ... Nid er mwyn adfywio'r ddaear ar gyfer gallu plannu rhyw gnwd newydd ynddi, ond er mwyn dileu popeth oedd wedi tyfu i fod yn gyfarwydd imi erioed. Roedd yn gwmws fel 'sen i'n troi tir amaethyddol da yn ôl i fod yn ddiffaith drachefn, fel y bu cyn i neb o'n cyndeidiau ddysgu "crefft gyntaf dynol ryw". Mor wyrdroëdig â hynny. Ymddihatru o'r cyfarwydd. Troi 'nghefn ar fy mamwlad. Yn wylaidd droi'n alltud. Ceisio gwadu i'n hunan 'mod i wedi bodoli o gwbl cyn y gwaradwydd diweddaraf hwnnw ddaeth i'm rhan.'

'Pobl eraill ddaru hynny ichi, Mr Morris bach. Doedd dim angen ichi fod mor llawdrwm arnoch ych hun.'

'Rown i wedi gorfod gwneud peth tebyg o'r blaen er mwyn gallu goroesi; roedd gen i "fform" ys gwetson nhw. Y gwahaniaeth mawr oedd mai gwirionedde bywyd faglodd bethe imi pan o'n i'n ddeuddeg oed. Yn Y Dyfroedd, ar ddychymyg roedd y bai. Mwya sydyn, fe ddes i'n ymwybodol mai peth dieflig o beryglus oedd dychymyg …'

'Ond ma gynnoch chi ffasiwn ddychymyg, Mr Morris. Dyna 'mhwynt i. Ddylia ddim bod angen ichi ymdrybaeddu ym meiau pobl eraill yn barhaus.'

Chwarddodd yntau ar hynny a theimlai Rwth ei hun yn gwrido. 'Methu mynegi fy hun yn dda iawn ydw i, debyg,' parhaodd i ffwndro. 'Doedd yr hanesion oedd gynnoch chi i'w rhannu bryd hynny ddim at ddant pawb, o bosib, fe alla i weld na fasan nhw ddim. Ond … O, go drapia! Dw i'n rhoi 'nhroed ynddi eto, yn tydw?'

'Hidiwch befo, fel sech chi'n 'i ddweud,' camodd ef i'r adwy, cyn achub ar ei lletchwithdod i ymhelaethu ymhellach. 'Buan iawn y dysges i shwt i gladdu pob cynneddf greadigol a feddwn – ei chladdu'n fyw yn y "tir du". Ie, yn y termau hynny y des i i feddwl am y mynydd o waith gweinyddol oedd yn fy wynebu bob dydd. Pwyllgore a phapure ymgynghorol ac adroddiade rif y gwlith … a'r rheini i gyd am y pethe mwya diflas. Sda chi ddim syniad faint o ddarllen a sgrifennu wnes i dros y blynydde a ddilynodd … ar bob math o faterion addysgol. Llond gwlad o athronyddu chwyldroadol a chynllunio blaengar oedd yn mynd i newid cwrs y byd, medden nhw.

'Chredech chi byth! Roedd hi'n ddiddiwedd. Ond prin fod dim byd creadigol ar gyfyl dim rown i'n 'i neud. Fe ddysges i shwt i "ddadlythrennu'n" hunan, fel 'mod i'n dal i allu darllen, ond yn dewis diystyru ystyr popeth … ac yn dal i allu arfer y sgìl o ysgrifennu, ond gan wneud hynny heb arddangos arlliw o ddychymyg. Fi, yn bendant, oedd y gwas sifil perffaith.'

'A doedd dim lle mwyach i'r hanesion?' gofynnodd Rwth yn ystyrlon.

'Ro'n i'n gweld 'u hishe nhw, cofiwch. O o'n! Do'dd hi ddim yn hawdd – gwbod fod yn rhaid claddu pob arwydd o greadigrwydd er mwyn ennill 'y mara menyn ac adennill tipyn o hunan-barch. Ond fe wnes i'r hyn yr oedd yn rhaid imi'i neud.'

'Fe fedrach chi fod wedi dal ati … i adrodd eich hanesion, hynny yw.'

'Ond doedd 'na neb i wrando.'

'Fe allech fod wedi 'u cyhoeddi nhw,' cynigiodd Rwth.

'Doedd hynny ddim yn opsiwn rywsut. Ar lafar y byddwn i'n eu hadrodd, chi'n gweld. Rhaid eu bod nhw'n swnio'n wahanol iawn bryd hynny i'r ffordd maen nhw'n darllen i chi heddi. A tha beth, dim ond adnodd addysgol oedden nhw … rhywle i droi iddo ar ddiwedd prynhawn i gadw'r plant yn hapus.'

'Ond mi oedd gynnoch chi fersiynau ohonyn nhw wedi'u sgwennu i lawr. Mae'n amlwg 'u bod nhw ar gof a chadw.' Gan na ddaeth Rwth o hyd i fawr o lawenydd yn y ddwy stori a ddarllenwyd ganddi hyd yn hyn, ofnai fod syniad Mr Morris o gadw plant yn ddiddig a'i syniad hi o wneud hynny yn bur wahanol. Dyna pam y dewisodd hi osgoi unrhyw ddryswch pellach trwy ddilyn trywydd cadwraeth y storïau, yn hytrach na'u cynnwys.

'Nodiadau'n unig, 'y merch i,' atebodd yn awdurdodol. (Doedd e ddim am sôn iddyn nhw fod ynghudd o dan y sinc am flynyddoedd.) 'Rwy'n fwy o gyfarwydd nag o lenor, credwch chi fi.'

''Swn i'm yn deud hynny … Rhaid fod 'u darllan nhw'n wahanol, dyna i gyd.'

'Na, gwrandwch arna i nawr, 'y merch i … mae gen i ddamcanieth. Fe ddarbwylles i'n hunan ohoni flynyddoedd maith yn ôl. Pobol sy'n teimlo'n annigonol iawn yw awduron yn y bôn. Dyna pam na wnes i erioed ystyried cyhoeddi dim. Dim ond nodiade gedwais i, er mwyn atgoffa'n hunan. 'Na i gyd. Am ryw reswm, ma'r rhai sy'n mynnu mynd i brint yn teimlo rhyw reidrwydd rhyfedd i orfodi ffrwyth eu dychymyg ar eraill. Sa i'n gwbod pam. Ond fel 'na mae.

'I'r rhan fwya ohonon ni, ma cael fod rhyw syniad neu stori yn paso trwy'n penne ni ar chwiw yn ddigon, on'd yw e? Ffordd dda o'n helpu i ddygymod â phethe anodd neu anghyfarwydd, neu i roi trefn ar ambell gwestiwn dyrys sy'n ddryswch yn y pen, walle. Mi fyddwn ni i gyd yn creu rhyw ddihangfa i ni'n hunain ... rhywbeth fydd yn ein difyrru am sbel ac yna'n pylu maes o law, nes pydru yn anialwch y cof.

'Ond dyw hynny ddim yn ddigon i'r rhai sy'n ystyried 'u hunen yn "awduron". O, na! Dyw bodloni ar foddhad y foment ddim yn gwneud y tro iddyn nhw. Nid yn unig maen nhw moyn creu pobl ddychmygol sy'n fwy cyflawn na nhw'u hunen a bydoedd sy'n fwy perffaith na'r byd go iawn maen nhw'n gorfod ei oddef o'u cwmpas, ond maen nhw hefyd am hudo pawb arall i ymuno â nhw yno ... i ddod i fyw dros dro yn 'u creadigaethe.'

'Yn oes y blog a'r trydar, mae arna i ofn fod eich damcaniaeth chi yn rhemp o wir,' ebe Rwth. 'Pawb â'i stori ydy hi rŵan.' Ceisiodd swnio'n ysgafn, heb gymryd ochr. Doedd hi ddim am ymddangos fel petai hi'n cymeradwyo. Ond doedd hi ddim am dynnu'n groes, ychwaith. Dyna pam y bu iddi osgoi edrych i'w lygaid wrth iddo fynd trwy'i bethau.

'Boed yn gerflun mewn efydd, yn ddarlun ar wal neu'n gerdd a ganwyd ar y gwynt, cynllwyn o fath yw pob gwaith creadigol. Fe alla i hyd yn oed gyfaddef hynny,' ailgychwynnodd Mr Morris cyn iddi gael cyfle i lunio brawddeg arall. (Rhaid nad oedd wedi dod i ben â'i draethu eto. Mwy o wynt yn ei hwyliau. Rhan fach arall o'r bydysawd ar fin cael ei rhoi yn ei lle, meddyliodd Rwth.) 'Waeth pa ffurf mae ymdrech greadigol dyn yn ei chymryd, ymgais fydd hi i rwydo eraill i fod yn rhan o'r cynllwyn. Ydych chi moyn i'ch stori ddwyn pawb i mewn i'ch gweledigaeth chi ar fywyd? Odych, gwlei. Oeddwn i am i'r plant wrando'n astud ar fy hanesion slawer dydd? O, oeddwn, wrth gwrs.

'Ond pan fydd awdur wedi dewis rhoi'i waith yn gaeth rhwng clorie, mi fydd wedi mynd gam ymhellach na dim ond maldodi'i hun. Neu greu rhyw chwedlau llafar i'w hadrodd dros beint. Neu i lenwi gwers ar ddiwedd dydd gyda dosbarth o blant. Mae'n fwy uchelgeisiol na hynny. Yn fwy cyfrwys. Wedi troi'i hun yn fwy o gadno.'

Chwarddodd Rwth ar y ddelwedd a dywedodd, 'Ond mae pob cadno'n rhoi ei hun yn agored i gael ei larpio'n fyw gan gŵn hela.'

'Dw i'n ame dim nad ydych chi yn llygad eich lle – yn ffigurol,' cytunodd yn chwerthingar. 'Ond wn i ddim faint o larpio fydd helgwn go iawn yn 'i neud y dyddie hyn.'

'O, mi synnech, Mr Morris! Hogan o Ddyffryn Conwy ydw i, cofiwch. Mi wn i'n burion be sy'n dal i fynd ymlaen yng nghefn gwlad. Fiw ichi gredu pob dim ddarllenwch chi mewn papura newydd a ballu.'

'Chi sy'n iawn, o bosib.'

'A 'dach chi'n llawdrwm iawn ar awduron heddiw,' barnodd Rwth dan wenu.

'Chi'n meddwl 'ny?'

''Dan ni i gyd yn pedlera ffuglen rywbryd neu'i gilydd,' mynnodd yn awdurdodol. 'Ond mae'n wir ddrwg gen i os ydw i wedi crafu hen grachen.'

'Shwt nelech chi shwt beth â 'ny, 'merch i?'

'Trwy fusnesa, mwn,' atebodd Rwth. 'Eich atgoffa chi o'r holl betha cas ddigwyddodd yn Y Dyfroedd … a chithe wedi 'u hen gladdu nhw yng nghefn y co'. Wn i ddim sut nad ydach chi'n fwy cynddeiriog.'

'Trwy ryw ryfedd ras, sa i wedi teimlo'n gynddeiriog ers ache. Dim ond braidd yn grac ar brydie, efalle,' atebodd yn fyfyrgar, gan eistedd o'r diwedd. 'Bydda, fe fydda i'n grac ar brydie, o byddaf!'

'Ma gofyn bod yn grac weithie, o 'mhrofiad i,' cytunodd Rwth er mwyn ei blesio. 'Dangos eich gwir deimlade. Bod ar dân.'

'Mae'n bwysig rhoi cyfle i'r Diafol ddangos 'i ddannedd bob yn awr ac yn y man, yn sicr,' ebe yntau wedyn yn ysgafn. 'Dim ond mynd yn fwy a mwy dieflig neith e os na chaiff fwrw'i lid yn achlysurol.'

'Dw i'n ama dim nad chi sy'n iawn. Mae'r Gŵr Drwg yn ein meddiannu ni i gyd o dro i dro ac mae'n bwysig bod yn flin ambell waith, er mwyn gadael iddo chwythu'i blwc.'

'Ond nid trwy fod yn flin yn unig y bydd y Diafol yn dangos 'i gynddaredd. O, nage wir!' difrifolodd Mr Morris. 'Gall diawlineb lechu ym mhobman ac yn aml iawn, mae'n amhosib gweld taw dyna sydd ar waith.'

'Fiw inni anghofio Siân Owen Ty'n-y-fawnog, nac'dy?' cynigiodd Rwth gyda chryn falchder, o feddwl iddi ddod o hyd i gyfraniad mor berthnasol. Ond sylweddolodd yn syth o'i olwg iddi dramgwyddo Mr Morris braidd. Naill ai doedd e ddim yn gyfarwydd â'r gyfeiriadaeth neu doedd e ddim yn cymeradwyo'r ymyrraeth.

'Aml i dro,' ailgydiodd yn ei barablu ar ôl pesychiad bach piwis, 'rwy wedi sylweddoli'n rhy hwyr mai'r Diafol oedd yn cwato o dan yr hyn oedd wedi ymddangos ar yr olwg gyntaf fel gwên gynnes neu air caredig. Dyw hi ddim bob amser yn hawdd adnabod ei weithredoedd. So chi'n cytuno?'

Am nad oedd hi'n arddel unrhyw sêl grefyddol, bu ei thafod yn ei boch wrth eilio damcaniaeth Mr Morris am amryfal ystrywiau'r Diafol, heb unrhyw arlliw o ddiwinyddiaeth ar gyfyl dim a ddywedai. Ond nawr, gallai weld o ddwyster ei lais iddo gymryd peth cysur o'i phorthi. Roedd y Gŵr Drwg wedi llwyddo i amlygu rhai o'r gwahaniaethau rhyngddynt, meddyliodd, o ran oedran a chefndir. Roedd arni ofn ei bechu.

'Dw i erioed wedi meddwl am y peth,' atebodd yn onest. Cododd ei hysgwyddau'n reddfol wrth siarad a difarodd yr ystum yn syth, rhag ofn iddo feddwl ei bod hi'n ei ddiystyru. 'Ond 'dach chi'n iawn, wrth gwrs. Trwy fod yn grac 'dan ni'n aml yn dangos angerdd.'

'A mae 'na harddwch mewn angerdd fynycha,' barnodd y dyn yn dawel ar gorn hynny.

Chwarddodd Rwth yn nerfus. O'i phrofiad hi, gallai angerdd fod yn hardd ac yn hyll. Yn yr eiliadau o dawelwch a ddilynodd, ceisiodd ddod o hyd i'r geiriau a fyddai wedi mynegi hynny orau, ond unwaith eto, fu dim galw arni i ddweud gair ymhellach, gan iddo ychwanegu: 'O edrych yn ôl, wy'n credu mai dyna pryd fydde fy mam yn edrych ar ei hardda imi'n blentyn – pan fydde hi'n grac. Fe ddywedes hynny wrthi hefyd unwaith – flynyddoedd wedyn, pan o'n i wedi hen ddyfu lan. A chi'n gwbod beth ddwedodd hi'n ôl wrtha i? *"Just as well I didn't get angry at you very often then!"*'

'Un ddi-Gymraeg oedd eich mam, ia?' holodd Rwth, wedi ei synnu braidd gan iaith y dyfyniad.

'O, na! Cymraes lân loyw oedd hi, yn meddu ar lond pen o Gymraeg, yn gwmws fel 'y nhad ... a Chymraeg fuodd iaith yr aelwyd o'r dydd y ces i 'ngeni ... tan i 'nhad farw. O'r diwrnod hwnnw 'mlân, wnâi hi siarad dim byd ond Saesneg â mi. Peth od, yntê fe?'

'Ie,' ildiodd. Ni fedrai ond cytuno.

'Os cofia i'n iawn, fe garies i 'mlân i siarad Cymraeg â hi am sbel ar y dechre, gan feddwl mai rhywbeth dros dro'n unig fydde'r holl Saesneg 'na ... Ei hymateb i'r sioc, efalle.'

'Ei galar, ddeudwn i.'

'Ei galar?' ebychodd Mr Morris, fel pe na bai erioed wedi gwneud y cysylltiad hwnnw ei hun. 'Troi i'r Saesneg wnes i yn y diwedd,' aeth yn ei flaen wedyn, gan anwybyddu her ei hymyrraeth. 'Pan 'ych chi'n ddeuddeg mlwydd oed a phopeth oedd yn gyfarwydd ichi gynt wedi'i droi ben i waered, chi'n dysgu'r tricie sy'n gwneud bywyd yn haws i'w oddef yn ddigon clou. A dyna shwt y dysges inne. Cymraeg fyddwn i'n dal i'w siarad gyda chydnabod yr o'n i wedi arfer siarad Cymraeg â nhw cynt. Ac yn wir, Cymraeg fydde rhwng Mam a minne hefyd ar yr achlysuron prin pan fydde perthnase er'ill yn ymyrryd â'n bywyde ni. Ond yna'n syth y bydde'r rheini wedi mynd a ninne'n dou gatre gyda'n gilydd ar ein penne'n hunen eto, y Saesneg fydde'n dychwelyd ar leferydd Mam yn ddi-ffael.'

'Hen sefyllfa ryfedd iawn, mae'n rhaid,' ebe Rwth gan ysgwyd ei phen fymryn mewn anghrediniaeth.

'Mae holl gwestiwn patryme iaith, a pha iaith fydd pobl yn siarad â'i gilydd, yn gymhleth iawn, wyddoch chi? Yn gymdeithasol ac yn seicolegol. Dw i wastad wedi synnu nad oes mwy o astudiaethe wedi cael 'u gwneud ar y pwnc. Testun da ar gyfer doethuriaeth rhywun, ddwedwn i. Pwnc dyrys iawn, wrth reswm. Ac un sy'n dweud cyfrole amdanon ni, so chi'n credu? Rhaid bod pawb yn rhy embaras i fynd i ymchwilio. Pawb yn rhy lwfr. Neb yn ddigon dewr.'

'Ofni gorfod adrodd yn ôl am ba bynnag gaswir fydde'n debyg o ddod i'r fei, 'dach chi'n 'i feddwl?'

'Ie, yn gwmws,' cytunodd yntau'n frwdfrydig. 'Ond dim ond gyda fi y trodd Mam i siarad Saesneg. Gyda phawb arall y tu hwnt i'r aelwyd yr arferai hi siarad Cymraeg â nhw, fe barhaodd i wneud hynny'n ddifeddwl. Ac roedd hi wastad yn daer y dylwn i ddarllen yr ychydig lyfre prin i blant oedd ar gael yn Gymraeg yn y dyddie 'ny ... heb sôn am wrando ar raglenni Cymraeg y radio. Digon prin oedd rheini hefyd, cofiwch. A'r un peth 'da'r teledu wedyn pan ddoth hwnnw.'

'Duwcs! Rhyfedd meddwl, yn tydi?'

'Sassie Rees a Lili Lon ... Frank Price Jones a T. H. Parry-Williams ... Carwyn James ac Owen Edwards ... Do'dd dim pall arnyn nhw yn tŷ ni! Llond gwlad o Gymrâg. A Mam yn dal i siarad â fi yn Saesneg.'

'Ddaru chi erioed ofyn iddi am eglurhad?'

'Doedd Mam ddim yn un i ofyn eglurhad ganddi am ddim,' atebodd. 'Tasg a wynebai bawb â ddeuai i gysylltiad â hi fyddai gorfod dod i'w gasgliade ei hun amdani. Menyw fel 'na oedd Mam.'

'Wel! Yn hynny o beth doedd hi ddim gwahanol i bawb arall felly,' meddai Rwth.

'Na. Siawns nad ych chi'n iawn. Ei ffordd hi o ymbellhau oddi wrth bethe 'nhad oedd e, rwy'n meddwl,' meddai, gan swnio'n reit ddidaro yn nhyb Rwth. 'Fel y dywedes i, wnes i erio'd holi. Nawr 'te, beth am baned o de?'

Phoebe

Dim ond chwedl ddi-nod ...
... hen goel am dduwies dŵr

fu'n lwmp o iâ
ar noson leuad lawn,
cyn toddi i'r trythyllwch mawr yn ôl
dan wres anghenion dynion.

*

Y tu ôl i'r llenni du
na châi gwlybaniaeth yr haul
byth ddiferu trwyddynt,
gorweddaist gyda rhai o sêr y dydd,

gan offrymu iddynt, un ac oll,
dy gyfran o'r gyfrinach fawr.

Ym mhen draw'r byd,
roedd dynion doeth yn nyddu hud,
yn fud a drud.

A thrannoeth,
cymeraist tithau gysur
o sŵn clincian arian gleision
yn llosgi'n lloerig yn dy god –

yr unig brawf fod bargen wedi'i tharo neithiwr,
wrth i'r nos odli gwefrau yn dy glust.

*

Bu hanes yn drugarog wrthyt,
gan dy lyncu'n rhan o'r llif

a gadael dim ar gof a chadw,
ond enw ffug
un a feddwodd ennyd ar ffolinebau'r oes.

Taro Nodyn

'Dyw agosatrwydd angau ddim yn mennu dim arna i,' atebodd yn ei lais tawel, cadarn arferol. 'Rwy'n ffyddiog y bydda i'n gallu rheoli fy ymadawiad pan ddaw'r amser.'

Cerdded ar hyd y prom yr oedden nhw, a hynny'n boenus o araf erbyn hyn. Arni hi'r oedd y bai am hynny. Ar ôl trefnu i gwrdd wrth y bandstand, gyda'r bwriad o fynd am de prynhawn yn rhywle gwahanol i'r arfer, dryswyd y cynlluniau pan ddigwyddodd hi ofyn iddo a fyddai e'n meddwl am farwolaeth yn aml. Cwestiwn gwirion o bosibl. Dyna a ofnai, hyd yn oed wrth holi, ond bu'n amhosibl iddi gnoi'i thafod. Dau hanesyn o'i eiddo a ddarllenasai hyd yn hyn – a'r rheini'n rhai a adroddwyd gyntaf ganddo pan oedd e'n ddyn ifanc, yn ôl a honnai. Ac eto, ym mhob un o'r ddau, fe drengai merch yn drychinebus o ifanc.

'Be 'dach chi'n 'i feddwl wrth hynny, Mr Morris?' mentrodd hithau dwrio ymhellach. 'Y gallwch chi reoli'ch ymadawiad eich hunan pan ddaw'r amser?' Difarodd holi ymhellach bron yn syth, ond trwy lwc, llyncwyd rhan helaethaf ei lletchwithdod y tro hwn gan y twrw a gadwai band Byddin yr Iachawdwriaeth nid nepell i ffwrdd. Tystiai'r clindarddach pres a ymledai dros y prom mai yno i ymarfer yr oedden nhw, nid i ddifyrru'r promenadwyr. Rhaid fod rhyw gadfridog mwy trwm ei glyw na'r cyffredin wedi meddwl y byddai'n rheitiach iddynt fynd trwy'u pethau allan yn yr awyr agored na rhwng muriau'u Sitadel agosaf.

'Fe ddysges i shwt i ganolbwyntio fy meddwl yn ddigon caled i oresgyn y grymoedd hynny sy'n rheoli'n hamser ni yn y byd 'ma,' eglurodd Mr Morris. 'Mae'n ddawn y bu'n rhaid imi ei meithrin yn gynnar ac mae'n un sydd wedi 'nghynnal i trwy f'oes. Ble fyddwn i 'sen i heb y gallu i gau mas yr atgofion rheini alle achosi lo's ... ac arbed 'yn hunan rhag chwantau'r cnawd hefyd ar brydie? Rown i ymhell dros fy neg ar hugain erbyn imi feistroli'r grefft arbennig honno yn llwyr, mae'n wir, ond byth ers hynny, fe lwyddes i i arbed 'yn hunan rhag trybini.

'Felly pan ddaw'r dydd y bydda i'n synhwyro fod y diwedd yn ymyl, rwy'n gobeithio'n fawr na fydd y ddawn honno wedi 'ngadel i'n llwyr ac y caf i'r doethineb i neud yr hyn fydd raid – sef rhoi fy meddwl ar waith a chau'n hunan lawr o'm rhan fy hun.'

''Dach chi wir yn meddwl y gallwch chi 'i drechu o? Angau ei hun!'

'O! Nid trechu ange fydd 'y mwriad i, Rwth fach – ond ei gofleidio. Pan fydda i'n gallu gweld 'mod i'n ffaelu a'r boen fydd wedi dod i 'nghyrchu o'r byd hwn ar fin troi'n annioddefol, dyna pryd y bydda i'n deisyfu marwolaeth ... Ac rwy'n dal yn eitha ffyddiog y daw hwnnw ar fy ngofyn ... Wy'n siŵr y caf i fynd cyn i'r gwaradwydd gwaethaf ddod i'm rhan ... yn union fel y ces i fynd o'r Dyfroedd. Fe reola i'r sefyllfa.'

'Dw i ddim yn siŵr 'mod i wir yn dallt.' Unwaith eto yn ei hanes, gwyddai fod ôl ffwndro am rywbeth i'w ddweud ar y frawddeg.

'Ches i mo'r sac o'r Dyfroedd, do fe? Dyna fyddwch chi'n 'i gofnodi yn y llyfr hanes 'ma sda chi ar y gweill, yntê fe? Chi wedi addo 'na i fi, yn do fe? Dweud yn blwmp ac yn blaen taw rhoi'r cyfle imi ymddiswyddo wnaethon nhw. Ar ddiwedd y dydd, y fi ddewisodd fynd.'

'Sy ella'n dangos cymaint o lwfrgwn oedden nhw.'

Lled-chwarddodd y dyn gyda rhyw smaldod bydol-ddoeth. 'Dw i'n ame dim nad 'ych chi'n iawn, ond weithie mae i lwfrgwn hwythe eu defnydd.'

Ers pum munud a mwy, bu Rwth yn anesmwytho, gan ysu am gael cerdded yn ei blaen. Roedd cadw llygad ar agor am le addas i fynd iddo am baned fel petai wedi ei dynnu oddi ar yr agenda. Ei chwestiwn cychwynnol hi oedd wedi peri iddynt oedi wrth reiliau'r prom ac yno yr oedden nhw o hyd, wedi'u dal rhwng twrw'r tiwniau cyfarwydd gerllaw a rhythm oesol y tonnau ar y traeth oddi tanynt. Ymdrechodd i roi un droed o flaen y llall gyda mwy o arddeliad er mwyn torri'n rhydd, ond parhaodd Mr Morris â'i berorasiwn, mewn llais a ffrwynodd frwdfrydedd ei chamre yn syth.

'Mae gen i gof da am ddarn o brom tebyg iawn i hwn, wyddoch chi? Pan own i'n blentyn ... Un tebyg iawn hefyd. Odych chi wedi sylwi'n bod ni wedi cyrraedd y fan lle mae'r palmant 'ma ar ei fwyaf llydan?' (Oedd, roedd hi wedi sylwi. Onid oedd yno ddigon o le i ddwsin o offerynwyr a'u harweinydd heb amharu fawr ddim ar hwylustod y rhodianwyr? Ond doedd dim disgwyl iddi ymateb, mae'n amlwg, gan i'r geiriau roedd hi ar ganol eu ffurfio yn ei phen gael eu boddi cyn dod o hyd i'w mynegiant.) 'Yno ... nid yma ym Mhen-craith ... ond yn Aber, lle ces i'n magu ... roedd tai bach tanddaearol wedi'u lleoli gyferbyn â'r hyn gâi ei galw'n Neuadd y Brenin. Cyfleusterau o adeiladwaith nodedig, yn ôl y sôn. Enwog yn eu dydd am y teils seramig a addurnai'r lle. Dyna glywes i wedyn, wrth ymchwilio i'r hanes. O ran y rheilie (fyddai'n diogelu pen y grisie arweiniai i lawr o lefel y palmant i grombil y ddaear), roedden nhw'n edrych 'run ffunud bron â'r rhai arfere fod yma ym Men-craith, ar yr union safle ryn ni nawr yn sefyll arni mwy neu lai. Sarnwyd y ddau dŷ bach tua'r un adeg, rwy'n meddwl, rhyw ddeugain mlynedd yn ôl. Yma, daeth cyngor y ddinas o hyd i ryw ffordd slei o oresgyn y ffaith eu bod nhw'n adnodd rhestredig "o ddiddordeb pensaernïol arbennig". Mae gwleidyddion wastad yn dod o hyd i ffordd, on'd 'yn nhw … unwaith maen nhw wedi rhoi eu bryd ar rywbeth … yn enwedig i ddinistrio?'

Canai'r stori hon gloch yn rhywle ym meddwl Rwth. Oedd e wedi crybwyll hen doiledau diflanedig o'r blaen?

'Cafodd y pren, y porslen a'r holl addurniadau Fictoraidd a nodweddai'r lle eu malurio'n rhacs jibidêrs, a hynny er mwyn lledaenu'r ffordd yn ôl y sôn,' aeth Mr Morris yn ei flaen. 'Y cadeirlannau cyfleustra a gafodd eu codi yn Oes Fictoria er mwyn galluogi pobl i biso mewn ysblander pan oedden nhw mas am dro ddim ymysg y dreftadaeth a haeddai gael ei throsglwyddo i'r "oesoedd a ddêl", mae'n amlwg.'

Gollyngodd Rwth un o'i chwarddiadau merfaidd. Doedd dim modd iddi beidio.

'Cysyniad mympwyol yw treftadaeth, fel y gwyddon ni, a dw i'n synnu dim na oroesodd y naill na'r llall ohonynt. Ond mi fydda i'n aml yn meddwl am fy nhad wrth droedio dros y darn hwn o balmant, fel petai'i ysbryd e'n sownd yn y concrit dan draed – er na fuodd ef erioed ar gyfyl Pen-craith, hyd y gwn i.'

Yn anorfod, troes llygaid y ddau tua'r slabiau concrit addurnedig o dan eu traed, fel petaen nhw'n talu gwrogaeth i ryw deml golledig.

'Un haf crasboeth, flynyddoedd maith yn ôl bellach,' aeth yn ei flaen yn bwyllog, 'dyna lle buodd rhai a alwent 'u hunen yn "newyddiadurwyr" yn llechu am dri mis. O'r adroddiade gyhoeddon nhw, mae'n ymddangos iddyn nhw fod yno'n ddyddiol bron, yn cwato mewn ciwbicl penodol gyda chamerâu cudd, er mwyn tynnu llunie o ddynion yn gwneud pethe anweddus gyda'i gilydd mewn man cyhoeddus. Nid fod y ffaith fod y lleoliad yn gyhoeddus yn gwneud iot o wahanieth bryd hynny, fel mae'n digwydd. Mi fydde'r hyn roedden nhw'n 'i neud wedi bod llawn cymaint o drosedd tasen nhw wedi bod yn eu cartrefi neu y tu ôl i ddryse caeedig eraill. Ond dyna fel oedd hi bryd 'ny, chi'n gweld. Gyda'r rhyfel drosodd a dogni'n dal mewn grym, doedd ganddyn nhw ddim ffordd amgenach o fesur moesoldeb.

'Yr ail Sul ym mis Gorffennaf oedd hi. Y *News of the World* ar werth ledled Cymru fel arfer ...'

'Yr hen recsyn hwnnw,' torrodd Rwth ar ei draws yn ddifeddwl. Fe'i cofiai, er na choleddai unrhyw farn benodol amdano.

'Erbyn heddi, wrth gwrs, fe wyddon ni i gyd mai tomen o dor cyfraith ac anfoesoldeb oedd e, o ran ei gynnwys a'i gynhyrchu. Ond bryd 'ny, edryche'r byd ar bethe'n wahanol,' mynnodd y dyn fwrw yn ei flaen yn bwyllog. 'Ein harfer ni ar fore Sul oedd mynd i'r cwrdd. Y tri ohonom. Fy mam, fy nhad a finne. Nodiade pregeth 'y nhad yn ddiogel ym mhoced frest ei siwt a phecyn bach o fintos gan Mam yn ei hanbag, rhag ofn iddi gael llwnc sych a chael pwl o beswch, medde hi. Cofiwch, fe'i gwelais yn slipo ambell un i mewn i'w cheg aml dro heb unrhyw arwydd o gwbl ei bod hi ar fin peswch.

'Ta beth, aeth hi a fi i'n côr arferol a sylwes i ar ddim byd mas o'r cyffredin, rhaid cyfadde. Daeth 'Nhad drwodd o'r festri gyda'r diaconiaid i ddechre'r oedfa'n brydlon am hanner awr wedi deg. Oedden nhw wedi torri'r newyddion iddo yn y festri cyn dod i ŵydd y gynulleidfa, wn i ddim. Am flynyddoedd wedyn fe fues i'n pendroni'n ddwys dros y mater ... ond wrth gwrs, y gwir yw na ddaw neb byth i wybod i sicrwydd. Y casgliad ddois i iddo oedd 'i fod e'n dal mewn anwybodaeth lwyr wrth gamu lan i'w bulpud y bore hwnnw, i draddodi'r hyn drodd mas i fod ei bregeth olaf ...

yn ei oedfa olaf. Fel arall, wela i ddim shwt y bydde fe wedi gallu mynd trwyddi. Oedd y diaconiaid wedi ymatal rhag dweud dim wrtho tan ar ôl yr oedfa, er mwyn i bethe redeg mor normal â phosibl? Neu ai llwfrgwn oedden nhwythe hefyd – ddim am ddangos eu bod nhw'n ddarllenwyr brwd o'r *News of the World* bob bore Sul cyn dod i'r cwrdd?'

Tua'r adeg hon yn y traethu y cafodd Rwth ei hun yn ceisio dyfalu tybed pryd fyddai hi'n llwyddo i gael rhywun i'r tŷ i drwsio'r gawod. Cywilyddiodd braidd. Hen gnawes fach hunanol, yn gadael i'w meddwl grwydro at ryw fanylyn domestig o'r fath tra oedd Mr Morris yno'n agor ei galon iddi. Deallai'n iawn ei fod ar ganol datgelu iddi union natur y penllanw a orlifodd y glannau'r diwrnod hwnnw, gan sgubo'i dad ymaith am byth.

Roedd e wedi rhyw led addo, neu fygwth, adrodd yr hanes wrthi cyn hyn. A nawr, roedd ar ganol datgelu manylion y trobwynt tyngedfennol hwnnw yn ei hanes. Dyma lle'r oedd e, yn fwy na chilagor y drws ar friw mwya'i fywyd. Fe ddylai hithau deimlo'n freintiedig ac yn ostyngedig – y ddau yn gydradd. Ac mi oedd hi, dadleuodd yn ei phen … oedd wir, wir yr … Mewn rhyw ffordd fach wyrdoëdig fe deimlai i'r byw trosto. Wedi ei chyfareddu a'i ffieiddio'r oedd hi, gan ofni fod hyn oll ar fin troi'n rhy boenus a phersonol iddi allu goddef gwrando. Doedd ganddi'r unlle i ddianc iddo ar wahân i gysuron cartref. Gwyddai'n iawn fod gwaeth i ddod. Teimlai'n od o agos ato – ac yn od o bell.

Heb dinc o hiraeth yn ei lais, atododd Mr Morris ôl-nodyn bach personol iawn i'w gronicl: 'Nid pregeth ola 'Nhad yn unig oedd honno, fel y trodd pethe mas,' meddai. 'Gydag amser, fe ddois inne i sylweddoli mai honno oedd y bregeth olaf imi eistedd drwyddi a minne'n dal yn gredadun go iawn.'

Heb wybod pam yn union, gallai Rwth glywed gwynt y

môr yn tynnu dŵr o'i llygaid a throes ei chefn ar bopeth, er mwyn ymroi o'r newydd.

* * *

'Yr unig un a ddywedodd air yn y car wrth inni yrru adre oedd Mam. Bob Sul yn ddi-ffael, fe allech fentro y bydde 'da hi ryw sylw neu'i gilydd i'w wneud am bregeth 'Nhad. Roedd e'n hen arfer ganddi. Ei ffordd hi o brofi iddo mor astud roedd hi wedi bod yn gwrando arno, rwy'n meddwl. Am gael ei gweld yn chwarae rhan y wraig ymroddedig, synnwn i fawr. Nid fel gwraig gweinidog yn unig, ond jest fel gwraig. Rwy wastad wedi meddwl ei fod e'n dweud rhywbeth am 'u priodas nhw.

'Ond am 'y nhad, prin yr ynganodd e air o'i ben. Dim ond wrth i ddigwyddiade'r dyddie a ddilynodd ddatgelu 'u hunen imi y sylweddoles i 'i fod e'n edrych cyn wynned â'r galchen o'r foment y daeth allan trwy ddrws y festri a gweithio'i ffordd tuag aton ni yn y car. Ei ben wedi'i blygu a'i lygaid sha lawr. Dim gair wrth neb. Cwbwl groes graen i 'Nhad, ond finne heb dalu fawr o sylw ar y pryd. Plentyn oeddwn i o hyd, chi'n gweld, ac yn cymryd 'yn rhieni'n ganiataol. Ond y funed y dychwelon ni i'r tŷ, fe wyddwn i'n iawn fod rhywbeth mawr o'i le. Ges i'n hela lan llofft i newid … er mai yn ein dillad Sabothol y byddem ni'n tri bob amser yn bwyta ein cinio dydd Sul. Chafodd Mam ddim dilyn ei defode arferol hithe chwaith. Y drefn reolaidd oedd ei bod hi'n mynd yn syth i'r gegin i weld shwt o'dd y cig yn dod ymla'n. Ond o, na! Nid y Sul arbennig hwnnw, yr ail ym mis Gorffennaf, 1947. Â finne dim ond hanner ffordd lan stâr fe glywes ddrws y stydi'n cael 'i gau'n glep ar ôl y ddau.'

Er ei gwaethaf, daethai Rwth yn gynyddol ymwybodol o roch y trwmped cyfagos yn merwino'r awel. Am ennyd, wyddai hi ddim pam roedd y band aflafar fel petai'n amharu arni'n fwy hyd yn oed na chynt. Yna sylweddolodd ei bod hi a Mr Morris wedi ymlwybro'n ddifeddwl yn ôl i ddalgylch y trwst, yn hytrach nag oddi wrtho.

'Chofia i ddim beth oedd i ginio y Sul hwnnw. Cig eidion mwy na thebyg. Hwnnw neu borc neu ysgwydd oen. Dyna'r dewis bob tro, fel trindod rost am yn ail â'i gilydd. Dyna'r patrwm, fel deddf y Mediaid a'r Persiaid. Fe alla i ddeall i'r dim fod meddylfryd fel 'na'n mynd i swnio'n ddierth i'ch cenhedleth chi. Chawsoch chi mo'ch geni hyd yn oed bryd 'ny. Ond aros yn ddigyfnewid wnaeth y dewis i Mam a finne am sawl blwyddyn wedyn hefyd, ar ôl i 'Nhad ein gad'el ni.

'Chawn i ddim mynd i'r ysgol fore Llun – fe alla i gofio hynny'n iawn. Nethon nhw fawr o ffys o'r peth. Dim creu esgusodion, dim eglurhad o ddim. Dim ond gweud 'y bydde'n well 'sen i'n aros adre gyda nhw am y dydd. Nid 'mod i'n cofio cael llawer o'u cwmni. Dad yn ei stydi a Mam yn yr ystafell wely'n llefen. Fe allwn i 'i chlywed hi wrth fynd heibio'r drws. Finne yn fy stafell inne ar 'y mhen 'yn hunan yn darllen. Neu'n whare eroplêns gyda'r modele awyrennau rhyfel rown i wedi'u cael y Nadolig cynt. Erbyn imi fynd i 'ngwely nos Fawrth rown i wedi 'u malu nhw i gyd.

'Daeth dau blismon i'r drws yn y prynhawn. Y prynhawn dydd Llun, hynny yw. Y ddau mewn car du swyddogol ac yn gwisgo siwtiau llwyd. Dad aeth i agor y drws iddyn nhw ac fe agores inne gil drws yr ystafell wely, gan obeithio clustfeinio, ond fedrwn i glywed dim. Es 'nôl at y ffenest pan glywes i ddrws y ffrynt yn cael 'i gau unwaith 'to, a dyna lle'r o'dd Dad yn camu i mewn i'r car. Dim cyffion. Dim cyffro. Dim ond drama dawel o flaen y Mans.'

'Welsoch chi e wedyn?'

'O do. Oriau wedyn. Fe fuo'n rhaid iddo gerdded adre ar ei liwt 'i hun. Chafodd e ddim llifft yn ôl ganddyn nhw.

Roedd Mam a fi yn y gegin yn bwyta'n te mewn tawelwch pan gerddodd e mewn trwy ddrws y cefen a cherdded heibio inni heb ddweud gair.

"'Mae Dadi wedi bod yn neud pethe drwg." 'Na'r cyfan wedodd Mam wrtha i ar y pryd, fel petai hi'n teimlo fod angen iddi roi gair o eglurhad, ond heb wbod beth ddiawl i'w ddweud mewn gwirionedd. Ymhen hir a hwyr, fe ychwanegodd: "Sdim ishe iti boeni. A wy'n credu y dylet ti fynd 'nôl i'r ysgol fory. 'Na fydde ore, yntê fe?" A dyna a fu.'

* * *

'Rhaid ei bod hi'n anodd i hogyn ar ei brifiant ddygymod â chael tad sy'n hoyw,' dywedodd Rwth.

'Wnes i ddygymod â dim yn yr union dermau hynny, Rwth. Roedd y cyfan yn anghyfarwydd i mi a doedd y gair 'ych chi newydd ei ddefnyddio ddim yn bod bryd 'ny ... nid i fi ta beth ... nid yn yr ystyr 'ych chi newydd ei ddefnyddio,' atebodd yntau. 'Wrth gwrs, fuodd 'y nghyd-ddisgyblion i ddim yn hir cyn llenwi'r bylchau yn fy ngeirfa, yn eu ffordd ddihafal eu hunen. A fues inne fawr o dro cyn dod i ddeall beth oedd beth.'

'Mae plant mor greulon ...'

'Ac mae pob ysgol yn cynnig addysg o ryw fath i'w phlant.'

'Sut fyddwch chi'n cloriannu bywyd eich tad erbyn hyn, Mr Morris? Gyda thrueni, mwn? Ydy o'n arwr ichi? Neu fyddwch chi'n meddwl amdano fel cachgi am wneud be ddaru o?' Swniai Rwth fel petai hi'n ohebydd teledu treiddgar, yn mynnu cadw trwyn rhyw adyn ar y maen. Ei chwilfrydedd yn mynd yn drech na hi. Sut yn union fu farw ei dad? Tawodd am eiliad. 'Anodd ichi ddeud, mae'n debyg,' ailddechreuodd wedyn. 'Mae'n flin gen i fusnesa gymaint.'

'Na, na. Mae'n iawn, 'y merch i,' mynnodd yntau. 'Does

dim parch neilltuol yn ddyledus i'r meirw dim ond am eu bod nhw'n farw. Rwy'n digwydd credu'i bod hi'n ddyletswydd arnon ni i geisio parchu teimlade'r byw bob amser, hyd y gallwn ni. Mae modd brifo'r rheini … a'u brifo "i'r byw" hefyd. Mae doethineb yn yr hen air.' Gwenodd ar hynny a gloywodd ei wyneb gwelw am eiliad. 'Dyna pam y bydda i'n trial bod mor garedig â phosibl wrth 'u trafod nhw – mor garedig ag y mae'r gwirionedd yn ei ganiatáu o leia. Ond wrth drafod y meirw, mae'n fater gwahanol. Y gwir plaen amdani bob tro gyda nhw, sdim ots pa mor annwyl yr oedden nhw inni yn eu dydd. Mae arnon ni ddyled o onestrwydd i'r meirw. Onid dyna'r gymwynas fawr ola allwn ni 'i gneud â nhw? Ac yn achos 'Nhad? Rwy'n ei weld e'n ferthyr. Fe aberthodd ei hun ar allor "y wasg rydd" – egwyddor y mae disgwyl i ni i gyd foesymgrymu o'i blaen yn gyson y dyddie hyn. Mae "gwasg rydd" yn un o'r ymadroddion rheini y bydd gwleidyddion wastad yn cyfeirio atyn nhw fel "conglfeini gwareiddiad". Syniadau stoc fel "democratiaeth" a "rhyddid barn" y byddan nhw'n teimlo'r angen i ganu eu clodydd bob yn awr ac yn y man – ar wahân i'r adegau pan fydd hynny'n hynod o anghyfleus iddyn nhw, wrth gwrs. A does 'da fi finne ddim byd yn erbyn yr egwyddorion hynny. Pob un yn ddelfryd glodwiw iawn, bid siŵr – ond gwers galed iawn i fi oedd dysgu fod y diniwed yn cael eu haberthu ar yr allorau hyn yn gyson.'

'Hen dactegau dan din newyddiadurwyr *so called*,' ysgyrnygodd Rwth, cyn cael ei hysbrydoli i ddwyn i gof rai o'r sgandalau niferus am hacio ffôns a thresbasu ar breifatrwydd pobl a fu'n cadw'r cyfryngau a'r llysoedd barn yn brysur mewn blynyddoedd mwy diweddar.

Gadael iddi fynd drwy ei phethau am sbel wnaeth Mr Morris, gan gymryd mantais ar y cyfle i orffwys ei lais. Ond pan ddechreuodd hi fanylu am helyntion Hugh Grant, teimlai fod rheidrwydd arno i ymyrryd: 'Wrth gwrs fod y technegau a ddefnyddir yn newid yn unol â chyraeddiadau'r oes,' cytunodd, 'ond boed yn clustfeinio ar declynnau ffôn neu dynnu lluniau mochaidd ar hen gamerâu o'r arch, pesgi ar wendide pobl er'ill ma'r jiawled, a hynny er mwyn apelio at rai o reddfe mwya bas y natur ddynol.'

'O leiaf heddiw, tydy sgandal byth yn para'n hir,' ychwanegodd Rwth. 'Nid fel y byddai pethau cynt. Nid fel yr oedden nhw yn nyddia'ch tad.'

'Na, digon gwir,' cytunodd Mr Morris, gan nodi ei chraffter y tro hwn. 'Os 'ych chi'n destun sgandal heddi, mae siawns go dda y cewch chi'ch trin fel seléb cyn iddi fachlud nos yfory. Rhaid fod ein synnwyr ni o warth wedi dirywio i fod yn beth tila iawn.'

'Ond fe dalodd eich tad bris arswydus am dramgwyddo moesau'i ddydd, mae'n ymddangos.'

'Do'n wir, 'y merch i. Fe nath e. Fel wedes i gynne fach, fe fûm i'n dyst i ferthyrdod.'

*　　*　　*

'Ddydd Mawrth, pan es i'n ôl i'r ysgol, y gweles i'r stori yn y *News of the World* am y tro cyntaf. Un o'r plant, yn garedig iawn, wedi tynnu'r tudalenne perthnasol mas o'r papur a'u smyglo nhw i mewn yn ei satshel. Sa i'n gallu cofio o'n i erioed wedi dala copi o'r papur yn 'y nwylo o'r bla'n. Wy'n ame'n gryf, achos ro'dd y print a'r arddull yn ddierth imi. Od fel y galla i ddal i gofio mai dyna'n argraffiade cynta i, on'd yw hi?'

'Diwrnod arswydus o anodd ichi …'

'Fe alle fod wedi bod yn waeth, sbo,' ceisiodd Mr Morris ei ddarbwyllo ei hun. 'Fe wedyd wrtha i am fynd yn syth i'r ystafell ddosbarth ac aros yno – ac osgoi'r *assembly* boreol. Y prifathro am gyfle i rybuddio'r disgyblion er'ill i beidio â bod yn gas 'da fi, dw i'n ame dim. Ychydig ddyddie oedd i fynd cyn y bydde hi'n ddiwedd tymor. Wy'n cofio hynny'n iawn hefyd. Pawb yn cadw'r slac yn dynn – yn athrawon a phlant. Oll yn edrych ymlaen at wylie haf. Heb yn wybod imi, roedd hi'n ddiwedd tymor arna i ym mhob rhyw ffordd.

'A wir ichi, fuodd neb yn wirioneddol ffiedd wrtha i. Nid fel y gwn i y gall plant fod. Fe ddath un neu ddou lan ata i a sibrwd rhyw eiriau ac ensyniadau budron yn 'yn nghlust i, fel y soniais i. Ond osgoi edrych arna i, hyd yn oed, wnaeth y rhan fwyaf. Doedd hyd yn oed y ffaith fod llun o 'nhad yn llenwi chwarter da y tudalen flaen ddim yn gwneud i'r peth ymddangos ronyn yn fwy cyfarwydd. Na'r penawdau ymfflamychol. Afrealaeth lwyr. Allen i ddim gwadu, wrth gwrs. 'Na lle'r oedd e, gyda llunie bychain eraill ohono yn ei ddangos yn mynd i lawr y grisiau i'r tai bach ac yn dod 'nôl lan drachefn ar ôl tri chwarter awr. Dilyn dynion i mewn yn y gobaith eu bod nhw o'r un anian ag ynte, chi'n gweld.

'Yn eironig ddigon, dyna shwt y gwn i mor gywrain o addurnedig oedd y rheiliau hynny a werthwyd fel sgrap ddeugain mlynedd yn ddiweddarach. Y llunie hynny yn y *News of the World* oedd wedi'u serio nhw ar fy nghof.'

'Ac roeddan nhw wedi sgwennu petha ffiaidd?' gofynnodd Rwth, mewn llais ychydig yn fwy cydymdeimladol.

'O, oedden! Ac ar ben hynny, i hwyluso dealltwriaeth pobl, roedd diagram bach o gloc yn dangos yr union amser y tynnwyd pob llun yng nghornel dde pob un. A Dad gas hi waetha ganddyn nhw, gallwch fentro,' atebodd Mr Morris yn feddylgar. 'Am 'i fod e'n weinidog. Roedd hynny i'w ddisgwyl. *"Minister at Centre of Aber Vice Ring"'*, dyfynnodd y pennawd orau y gallai. 'Rown i'n cywilyddio, ond sa i'n credu 'mod i wedi gwbod pam yn gwmws. Ffaeles i amgyffred y peth yn llawn. A wyddoch chi, roedd rhan ohona i'n cael y cyfan yn sobor o gyffrous yr un pryd. Fel 'sen i wedi darganfod mai 'nhad i oedd *Superman*.'

Gwenodd Rwth gan synhwyro jôc na fedrai ei llwyr amgyffred.

'Fi ddaeth o hyd iddo … yn crogi yn y pasej. Fe wyddwn i'n net 'i fod e'n farw ac rwy'n cofio rhyfeddu shwt o'n i'n gwbod 'ny. Tan hynny, doedd y fath bosibilrwydd ddim wedi 'nharo i. Rhyfeddes i fod digon o uchder yn y nenfwd, fod pren y banistyr yn ddigon cryf i ddal ei bwyse … Ac yn sicr, weles i erioed yr un corff marw cyn y diwrnod hwnnw.'

'Mr Morris bach, sna'm angan ichi fynd drwy hyn i gyd …'

'Oes mae 'na. Chi'n hoff o glywed 'yn holl hanesion bach anaddas i, meddech chi. Fiw ichi golli mas ar hwn, Rwth fach. Stori wir yw hon – gwir bob gair. A storïe gwir yw'r rhai mwyaf jiwsi ohonyn nhw i gyd. Wnes i erio'd gofnod ysgrifenedig ohoni yn unman – a do'dd dim angen imi wneud nodiade. Fuodd 'na erio'd beryg y byddwn i byth yn anghofio hon.'

'Rown i wedi cerdded adre o'r ysgol gyda Cecil Worthington. Fe oedd 'yn ffrind gore i, ond roedd e'n byw ymhellach lan y tyle na fi ac wedi mynd yn ei flaen pan droies inne am y tŷ. Sylwes i ddim nad oedd y car yno. Hyd yn oed petawn i wedi sylwi, mi fyddwn i wedi tybio mai Dad o'dd mas yn rhywle – achos dyna fydde'r drefn. Ond wrth gwrs, doedd dim "trefn" ohoni bellach.'

Nid oeddynt eto wedi llwyddo i roi digon o dir rhyngddynt a'r band fel nas clywent, ond roedd y miwsig eisoes yn fwy o eco nag o dramgwydd. Testun rhyddhad arall i Rwth oedd gadael hen safle hanesyddol y tai bach rheini – nid yr union rai lle y bu ysbiwyr 1947 wrth eu pethau, rhaid cofio, ond roedd hi wedi dechrau teimlo fod rhywbeth gwyrdoëdig am eu tin-droi yn yr unfan. Yn awr, gallai glywed geiriau'r

dyn yn gliriach ac yn fwy digerydd a sylweddoli bod mwy o
ddwyster yn ei lygaid nag yn ei lais.

'Be ddoth o Cecil Worthington?'

'Cwestiwn da,' atebodd y dyn. 'Ond wn i mo'r ateb. Fe
symudodd Mam a fi o Aber o fewn ychydig wythnose ac er
inni addo i'n gilydd y bydden ni'n dal yn gyfeillion, marw
wnaeth pob cyswllt ar ôl llythyr neu ddau.'

'Hen dro, yntê? Tybed beth fuo'i hanes? Tydy plant
heddiw'n 'i chael hi mor hawdd – yn gallu tecstio'i gilydd
neu fynd ar Facebook yn dragywydd, waeth ymhle bynnag y
bôn nhw, ym mhen draw'r byd.'

'Y cyfan wn i yw 'i fod e wedi marw ers blynyddoedd.
Rhywun ddywedodd hynny wrtha i – rhywun dibynadwy
iawn. Ond chofia i ddim pwy. Dyw e fawr o bwys erbyn hyn.'

'Mi fuo'r hogyn yn garedig efo chi'r dydd Mawrth
hwnnw? Dyna sy'n bwysig.'

'Doedd e ddim yno gyda fi. Fedre fe, mwy na neb arall,
dystio oeddwn i wedi sgrechen neu lefen neu lewygu pan
wnes i'r darganfyddiad. Sa i'n credu imi wneud yr un o'r tri.
Yr unig beth a alla i 'i gofio i sicrwydd yw camu'n llechwraidd
yn ôl i'r gegin ac ishte ar un o'r cadeirie wrth fwrdd y gegin
a delwi trwy'r drws agored ar goese 'Nhad yn hongian yn
y pasej. Ei drowsus yn wlyb a'i dafod yn ddu. Wna i byth
anghofio …'

'Na wnewch wir,' prysurodd Rwth i gytuno. 'Oedd 'na
unman y gallech chi droi?'

'Fe es drws nesa'. Panig wedi cymryd drosodd, siŵr o fod,
achos doedden ni'n neud dim byd â nhw. Saeson o bant yn
rhywle. *"I'm sorry to trouble you,"* meddwn i'n gwrtais, *"but I
think my father's dead."* Dim ond yn anfoddog iawn y daeth
y dyn gyda fi'n ôl i'n tŷ ni. Ei wraig yn gorfod ei atgoffa mai
fe oedd y penteulu a'i bod hi'n ddyletswydd arno i wneud
rhywbeth yn y sefyllfa oedd ohoni. Wy'n credu ei bod hi wedi

amgyffred yr argyfwng yn well na fe ar y pryd. Fe allwn i weld ei fod e'n edrych fel drychioleth wrth 'y nilyn i'n nerfus o'u drws ffrynt nhw i'n drws cefen ni.

'Wrth gwrs, pan welodd e realiti'r sefyllfa, fe newidiodd yn llwyr. Bron na ches i'n llusgo'n ôl mas i'r ardd ar frys ganddo ... a dyna pryd y dechreues i lefen. Fe 'nhynnodd i ato a rhoi 'i law ar 'y ngwar fel bo'n wyneb i'n gallu cwato ar ei frest. Fe gythruddes inne damed bach, achos roedd lapél ei siaced yn cosi croen 'y moch i'n gythreulig. Y brethyn yn arw, fel y bydde defnydd dillad dynion bryd 'ny. Ond roedd rhyw rin yn perthyn hyd yn oed i hwnnw ... fel balm ... i achub fy llyged rhag dwyn mwy o warth arna i'n hunan. Fe suddodd y dagre i drwch y brethyn. Fe welodd e nhw, rwy'n eitha siŵr o 'ny, ond ddywedodd e'r un gair. Nid pawb fydde'n fodlon i grwt ysgol nadu a snifflan 'i alar mewn i'w siaced ore, ife? Ond peth felly yw caredigrwydd weithie.'

'Doedd yna neb bryd hynny i gynnig cwnsela i hogyn ysgol oedd newydd ddarganfod corff ei dad yn crogi.'

'Nag oedd, diolch i'r drefn,' atebodd Mr Morris yn gadarn. 'Beth ar wyneb daear alle neb ei ddweud wrth grwt fel fi yn y munude hynny yn yr ardd, gyda chorff 'y nhad yn dal i hongian lai na chanllath i ffwrdd yn y pasej? Do'n i ddim am i neb ddod yn agos ata i. I fod yn onest, do'n i ddim am i neb 'y nghyffwrdd i. Alle'r dyn drws nesaf ddim cynnig iot o iachawdwriaeth imi, ond fe ddaeth â pheth cysur, rhaid cyfaddef.'

'Ma pethe'n wahanol heddiw ...'

Chwarddodd yntau'n ddirmygus ar dôn obeithiol ei llais. 'Na, ma'r boen heddi yn gwmws yr un peth i unrhyw druan sy'n mynd trwy'r un profiad ag yr es i trwyddo dros drigain mlynedd yn ôl. Erys rhai pethe'n oesol. Chi'n rhy ifanc i ddeall. Yr unig wahaniaeth nawr yw fod gan y cysurwyr gymwysterau. Ond dw i wir ddim yn meddwl fod cael rhywun â rhes o lythrenne ar ôl 'i enw o gymorth yn y byd. Bydde'n dal yn well 'da fi gymryd 'yn siawns gyda brethyn coslyd cymydog nad o'n i prin yn 'i 'nabod.'

'Wel! Mae cael cymdogion clên yn help,' adleisiodd Rwth mewn gwacter.

''Yn arbed i rhag yr olygfa oedd ei fwriad, dw i'n ame dim. Fe alla i gofio'n iawn fel ro'dd 'i ddillad e'n gwynto'n drwm o fwg baco. Ac fe ddes i i'r casgliad yn y fan a'r lle taw dyn pibell oedd e; nid dyn sigaréts, fel 'y nhad. Fe ddysges i'r gwahanieth yn gynnar iawn, chi'n gweld.'

Wrth iddyn nhw nesáu at y Casino a'r groesfan a fyddai'n eu tywys i'r palmant ar ochr arall y ffordd, temtiwyd Rwth i ddweud wrtho am beidio â'i arteithio'i hun trwy ddwyn atgof mor ddirdynnol i gof gyda'r fath fanylder. Ond siaradai Mr Morris mor dawel a digynnwrf, gwyddai mai cam gwag fyddai hynny. Bodlonodd ar barchu'r distawrwydd a ddilynodd am ennyd. Roedd hi wedi gwrando. Roedd hi wedi ei chyfareddu. Wyddai hi ddim beth i'w ddisgwyl nesaf.

Yna, pan oedden nhw ar fin troi ger talcen y Casino, dechreuodd gysidro ffaith a fu eisoes yn tin-droi yn ei phen, sef iddi ddysgu llawn cymaint am Ben-craith ag a wnaethai am Y Dyfroedd yn ystod yr wythnosau a oedd newydd fynd heibio. Gwyddai am hanes cythryblus codi'r Casino yn y lle cyntaf ac am yr helynt a fu yno yn ystod yr 1920au pan fu giangstar tan warchae o fewn yr adeilad am dridiau neu fwy. Yn ôl y sôn, caewyd y prom i'r cyhoedd am bron i wythnos tra bo'r dihiryn yn ceisio lloches. Ond yn ofer, wrth gwrs. Amgylchynwyd y lle gan blismyn arfog – cam anghyffredin iawn i'w gymryd yng ngwledydd Prydain ar y pryd.

Yn sgil yr helynt, ailfedyddiwyd y ddinas gyfan yn Chicago Cymru gan rai carfanau o'r wasg – enw a roddwyd arni gyntaf flynyddoedd cyn hynny o ganlyniad i'w thwf a chryfder ei ffyniant economaidd. Pwy allai anghofio mai yn y

Gyfnewidfa Lo y llofnodwyd y siec gyntaf am fil o bunnoedd yn y byd i gyd yn grwn? Mynnwch wybod gan y myfyriwr meddw sy'n igam-ogamu ar hyd Heol Fair fin nos. Holwch y fam ifanc yn ei burka sy'n gwthio coets ar hyd palmant anwastad Wellfield Road ben bore. Fe ddylai'r dinasyddion oll lafoerio gyda balchder dros y ffaith honno a sawl un arall hefyd, taranodd ei brwdfrydedd newydd trwy feddwl Rwth, er amau'n gryf mai cyfran fechan iawn o'r boblogaeth a wyddai neu a faliai fotwm corn am ryfeddodau o'r fath.

Cyn cwrdd â Mr Morris, difaterwch ac anwybodaeth oedd wedi ei hamgylchynu hithau hefyd. Cofiai fel y byddai e'n gloywi'n fochgoch wrth adrodd ambell hanes. Storïau ysgeler a chymeriadau dros ben llestri y bu eu hanesion yn fêl ar fysedd cyfryngau'r dydd. Ond pwy a'u cofiai bellach? Neb ond y fe … a nawr, hyhi.

'Ble o'dd eich mam?'

'Dyna gwestiwn mawr y cymydog. A dyna holodd yr heddlu hefyd,' atebodd Mr Morris. 'Fe drodd hi mas ei bod hi wedi penderfynu mynd bant am y dydd, os gwelwch yn dda. Mynd am sbin er mwyn cael bod ar 'i phen 'i hun, medde hi. Roedd y rhyddid o gael car at ei gwasanaeth yn un o fanteision dod o deulu lled gefnog, chi'n gweld. Go brin y bydde gyda ni gar ar gyflog 'y nhad. Ac roedd hi wedi bod ishe clirio'i phen, medde hi. Dyna ddywedodd hi wrth yr heddlu pan gyrhaeddodd hi'n ôl marce hanner awr wedi chwech.'

'Ac roedd pawb yn ei chredu hi?'

'Ai gadael lle ac amser iddo neud yr hyn o'dd raid iddo'i neud wnaeth hi, chi'n 'meddwl?'

'O, na. Doeddwn i ddim yn meddwl awgrymu hynny. Wn i ddim …'

'Na, wn inne ddim chwaith, Rwth. Mam oedd Mam a does dim modd dirnad popeth gyda mamau.'

Wrth droi oddi ar y prom yn derfynol, daeth Rwth yn fwyfwy ymwybodol eu bod nhw ar eu ffordd yn ôl, gan ganu'n iach i siopau a chaffis prom Pen-craith. Ond nid hanes y lle na'r holl chwedloniaeth oedd yn troelli trwy ei phen. Gyda phob cam, deuai cymaint o'r hyn a oedd bellach yn dra chyfarwydd iddi yn ôl i arbed ei synhwyrau. Gwyddai'n union pa droad i'w gymryd er mwyn cyrraedd y stryd lle lleolid ei fflat. Dacw ei char wedi'i barcio gydag un olwyn ar y palmant. Gallai weld y drws ar dalcen y tŷ – drws di-lun y fflat uwchben un Mr Morris. Yna, ymhen dim, dyna lle'r oedd drws du ei gartref yntau yn sgleinio. Fe elent trwyddo toc. I mewn i'r cyntedd tywyll hwnnw lle nad oedd grisiau yn arwain at y llofft a lle'r oedd y nenfwd yn rhy isel i neb allu ei grogi ei hun ohono.

Un arall o hanesion
Mr Morris:

Tlws Y Dyfroedd

1880

'Dydd da, wraig fonheddig.'

'Dydd da,' atebodd hithau, wedi'i synnu am ennyd gan sŵn ei mamiaith, oedd wedi troi'n bur ddieithr iddi'n ddiweddar. Pan y'i clywai bellach, tueddai i edrych arni fel dim namyn atgof anffodus o'r ferch yr arferai fod. Prin y trafferthodd hi daflu cip i gyfeiriad y dyn a lefarodd, er mai o'r tu cefn iddi yr oedd wedi ymddangos mor ddisymwth. Nododd iddo godi het fechan gryno, gron oddi ar ei gorun wrth ei chyfarch a bod gwên yn ei lais yn ogystal â'i lygaid. Ond ni olygai rhodres o'r fath yr un iot i Martha Elin.

'Ma golwg jacôs arnoch chi, yn eistedd fel ledi fan hyn ar y fainc,' aeth y dyn yn ei flaen, yn hyder i gyd. 'Hawdd gweld fod heddiw'r prynhawn wrth fodd eich calon … a chithe'n cael jogi fel hyn am orig, yn watsio'r holl bobl barchus 'ma'n swanco'u ffordd drwy'r parc.'

'Swanco!' bachodd hithau ar y gair yn ddilornus.

'Ie, dyna'r union air,' ymatebodd yntau'n bendant, heb flewyn o amheuaeth yn ei lais. 'Pan fydd gan bobl yr hamdden i gerdded linc-di-lonc yn heulwen y prynhawn, swanco maen nhw, yntê fe? Oni chytunwch chi â fi?'

Ei obaith wrth ddynesu oedd y byddai ffurfioldeb ei ymadrodd yn dal ei sylw ac yn ennyn ei pharch, ond dechreuodd ddeall fod angen iddo swcro fymryn yn fwy ar hon cyn y dangosai iddo fawr o'r naill na'r llall.

'Nid 'mod i'n dannod eu hamser rhydd iddyn nhw, wrth gwrs,' aeth yn ei flaen. 'Wedi'r cwbl, cafodd diwrnod fel heddiw ei greu ar gyfer dod â gwrid i'r boche.'

'Fydda i'n malio dim am y ffasiwn betha, syr,' daeth ei

hateb swta. 'O'm rhan fy hun, rhaid ichi fy marnu ar sail yr hyn a welwch. Rwy'n tybio nad wyf fawr gwell na gwaeth na 'ngolwg.'

Ar wahân i'w ddewis iaith, nid oedd dyfodiad y dieithryn ifanc wedi cynhyrfu dim ar y ferch. Cymerodd ei hamser cyn troi ei phen i daro golwg ddirmygus arno. Ymfalchïai nad oedd rheidrwydd arni i ymateb i'r un dyn byw heddiw – nid yno a hithau yng ngŵydd y byd, gefn dydd golau. Yna'n sydyn, gwnaeth sioe o droi ei phen i ffwrdd oddi wrtho drachefn, fel petai i danlinellu ei difaterwch a'i gosbi am darfu ar ei heddwch. Gyda'i ffrog syber o ddiaddurn a'i hwyneb digolur, teimlai'n fodlon iawn â'r olwg lwydaidd, ddigroeso a gyfleai ei gwep. Mor wahanol oedd ei delwedd nawr i'r un yr oedd gofyn iddi ei gwisgo weddill yr wythnos, meddyliodd. Ymhyfrydai mewn cael twyllo'r byd trwy eistedd yno'n edrych mor ddiniwed yn yr awyr iach … ac o, fel y trysorai hi'r oriau prin hyn! Cynrychiolent ryw lun ar ryddid iddi, er nad oedd amodau ac amgylchiadau ei sefyllfa bob dydd yn creu unrhyw ymdeimlad o gaethiwed ynddi chwaith.

Digwyddiad anghyffredin oedd i neb dalu unrhyw sylw iddi ar ei phrynhawniau Iau. Y rhain oedd yr unig oriau yn yr wythnos pan gâi hi ei thraed yn rhydd a gwerthfawrogai gael ei hanwybyddu am newid. O wythnos i wythnos, a waeth beth fyddai'r tywydd, gwnâi ei gorau glas i fynd am dro bob prynhawn Iau. Mynnai Mrs Price hefyd ei bod yn gwneud yr ymdrech. 'Mae'n bwysig eich bod chi grotesi ifanc yn mynd mas yn ddigon amal neu fe fydd golwg welw'r jiawl arnoch chi – a wedyn, ble fyddwn ni?' ys dywedai. A phwy oedd hi, Martha Elin, i ddadlau ag ymresymu o'r fath?

Gan amlaf, i gyfeiriad y dref yr âi hi. Byddai angen rhywbeth neu'i gilydd arni, neu fe'i darbwyllai ei hun o hynny. Manion dibwys fynychaf. Rhyw neges nad oedd yn neges mewn gwirionedd. Dim ond yn esgus. Rhywbeth i'w hysgogi i gerdded o gwmpas yr arcêds a gweld pa newyddbethau oedd yno i fynd â bryd y bobl o'i chwmpas. A'r ffasiwn bobl! Y ffasiwn eiriau. Ddeunaw mis yn ôl, wyddai hi ddim beth oedd 'arcêd', heb sôn am gael y profiad o gerdded ar hyd un fel petai hi piau'r lle.

Os oedd pobl yn ei hystyried yn annioddefol o falch, pa ots? Roedd hi hefyd yn haeddu cael swanco am awr neu ddwy trwy edrych i lawr ei thrwyn ar eraill. Fe wyddai ei gwerth … a'i lle. Y fath ryddhad a lifai trwyddi bob tro y cyrhaeddai gyrion Crockherbtown. Dyna pryd y gwyddai i sicrwydd fod y llwybrau gwledig wedi'u tramwy a thai y tlodion drewllyd y tu cefn iddi.

Fyddai neb ac arnynt arlliw o dreflannau gweithiol y dref yn cael mynediad gan Mrs Price. 'Gentlemen callers only yma, thenciw fawr,' fel yr hoffai gyhoeddi'n achlysurol, cyn ychwanegu er mawr ddifyrrwch i bawb o fewn clyw, '… a dim Gwyddelod.'

Ymuno yn y dilorni wnâi Martha Elin, am ei bod yn gadael i'w greddf ddweud wrthi beth a ddeisyfai a beth oedd yn anathema iddi. Yn wahanol i sŵn y Gymraeg, nid oedd y strydoedd drewllyd lle y trigai'r bobl dlawd yn ei hatgoffa o'r lle y daethai ohono o gwbl. Estroniaid oedd llawer o'r trigolion yma a dyna roddai iddynt eu naws – yn arw a di-steil. Er, roedd hi bron yn amhosibl adnabod eu hunaniaeth gyda'u parabl yn gymysgedd o ieithoedd. Doedd wybod pa rai yn gwmws a gyrhaeddai ei chlyw. Ond sŵn tlodi oedd iddynt oll. Deallai hynny i'r dim a byddai'n brysio heibio, am fod sawr cyni i'w glywed yn y gwynt. Y gofid mawr yng nghefn ei meddwl bob amser oedd y gallai hithau syrthio i'r fath fodolaeth cyn diwedd ei dyddiau. Ofn hynny oedd prif bensaer yr hyder bregus a gododd yn gaer amdani'i hun, i'w harbed rhag y gwirionedd noeth. Wrth galon pob gwiriondeb yr oedd cnewyllyn o ryw wirionedd cudd.

Unwaith y cyrhaeddai fwrlwm y dref go iawn, codai ei chalon a chiliai pob arswyd. Ers yn agos at ddwy flynedd bellach, bu'n dyst i sawl gweddnewidiad ... ac nid ynddi hi ei hun yn unig. Gwelodd adeiladau'n cael eu dymchwel, dim ond i'w hailgodi drachefn, yn fwy o faint ac yn fwy ysblennydd. Cafodd strydoedd eu clirio o olion olaf y dref farchnad wledig a fodolai yno cynt. Roedd hyd yn oed cerdded ymysg y fath dorfeydd yn dal yn destun syndod iddi. Cymaint o boblach. Oll yno i wario'u pres a chael eu gweld.

Un o'i hoff wefrau brynhawniau Iau oedd cerdded yn ddibwrpas drwy loriau prysur siop Howells, er mwyn cael gweld beth oedd yn newydd yno, er gwybod nad oedd ganddi'r modd i brynu fawr ddim o werth. Ond mwy cyffrous na hynny hyd yn oed oedd cael mynd i ddilyn hynt y datblygiadau yng nghyffiniau'r castell. Gallai weld hwnnw yn y pellter o ben pellaf Crockherbtown. Ond byddai fel arfer yn chwarae mig â hi ei hun, gan droi ei thrwyn i gyfeiriad yr Ais a'r siopau yn gyntaf a chadw'i phleser pennaf tan y deuai'r adeg pan fyddai'n rhaid iddi feddwl am ddychwelyd i'r Dyfroedd.

Ar dir y castell, credai fod gwlad hud a lledrith go iawn ar fin cael ei chodi o'r baw. Ymfalchïai yn y gred mai ei chyfrinach fach hi oedd honno. Nid pawb a gâi'r fraint o wybod beth oedd ar y gweill yno ac ystyriai ei hun yn freintiedig i gael bod o fewn y cylch cyfrin a glywai'r cyfrinachau i gyd – yn syth o lygad y ffynnon. Oni wyddai ei Mr Cringoch hi'n burion pa ryfeddodau oedd ar droed? Yn wir, onid oedd y gŵr crand hwnnw ei hun yn rhan o'r creu? Rhwng ei ymweliadau, byddai hi wastad yn gloywi drwyddi wrth geisio cofio popeth roedd e wedi ei ddweud wrthi'r tro diwethaf. Dim ond iddi ddefnyddio ei dychymyg, gallai glywed eco'i lais yn sibrwd yn ei chlust. Yn ei dro, gwnâi hynny iddi deimlo ei bod hi'n rhan o ryw gynllwyn cyffrous. Yn arbennig. Hi yn wir, fel y mynnai'r dyn yn aml, oedd 'tlws Belle Canto' iddo.

Châi neb fynd yn rhy agos at y castell ei hun bellach. Gwaherddid hynny wrth i'r gwaith o droi breuddwydion hud a lledrith Yr Ardalydd yn drysorau diriaethol go iawn fynd rhagddo. Ond fe fentrai hi cyn agosed ag y caniateid, gan gerdded yn araf o flaen y mur addurnedig oedd ar hanner cael ei godi o boptu'r brif fynedfa. Byddai'n rhythu mewn rhyfeddod, gan geisio cofio beth oedd enwau'r holl anifeiliaid dieithr oedd ar fin dod i fod. Gallai weld eu pennau'n dechrau chwarae mig dros ben y meini. Y cyfan a gofiai oedd i Mr Cringoch raffu eu henwau oll yn ribidirês gan ei goglais â'i ddireidi. Doedd dim gobaith y gallai hi byth eu cofio nhw i gyd. Felly, doedd dim amdani ond sleifio orau y gallai y tu cefn i'r tai a gefnai ar y gwaith, a dyrchafu ei golygon i gyfeiriad y ffenestri gan ddyheu am ymgolli yn y bydoedd chwedlonol oedd yn cael eu creu'r ochr arall iddynt.

Rhyfeddai bob tro at brysurdeb y safle a chymaint o bobl a weithiai yno – dynion, un ac oll. Crefftwyr arbenigol iawn a gasglwyd ynghyd o bob cwr o'r wlad oedd y rhain. Deallodd hynny am fod Mr Cringoch wedi dweud wrthi, ond edrychent fel labrwyr digon cyffredin iddi hi a dweud y gwir. Fe allen nhw fod yn unrhyw ddynion, o unrhyw le. Weithiau, os oedd amser yn caniatáu, fe gerddai wrth dalcen tiriogaeth y castell, i fyny i gyfeiriad Llandaf. Roedd gwell golygfa yno, er mai o bell oedd hi.

'Pan fo gwir greadigrwydd ar waith, rhaid galw lluoedd ceinder ynghyd o sawl cyfeiriad er mwyn gallu gwireddu'r weledigaeth,' fel y mynnodd Mr Cringoch un tro. Saesneg oedd ei iaith, wrth reswm – Saesneg y Frenhines, heb arlliw o acen na thafodiaith. Arwydd pendant o ŵr bonheddig o'r iawn ryw. (Clywai amryw byd o acenion a llurguniadau ar yr iaith fain o ddydd i ddydd ac roedd hi wedi dysgu sut i werthuso'u siaradwyr yn ôl eu statws.) Troellai arabedd yr hwn a'i galwai'n '*my one true jewel*' yn ei phen yn rheolaidd, wrth ail-fyw ei frwdfrydedd. Ef oedd ei chyswllt personol hi â'r gwyrthiau. Ganddo fe y câi hi glywed yr holl fanylion. Ef oedd ei hallwedd bersonol hi ei hun i'r castell – er gwybod yn ei chalon na fyddai'r drysau hynny byth yn agor iddi go iawn. Onid oedd popeth am y dyn wedi cynllwynio i'w drysu a'i chyfareddu?

Pan ddeuai'n amser iddi droi ei threm i gyfeiriad Y Dyfroedd drachefn, byddai'n hanner ochneidio iddi'i hun wrth ymlwybro'n ôl. Ond bas oedd ei siom. Ar lawer ystyr, ni faliai fotwm corn na ddeuai'r bywyd bras a gynrychiolai'r castell byth i'w rhan. Pa wahaniaeth na fedrai hi ddeall union ystyr hanner yr hyn a ddywedai ei Mr Cringoch wrthi? Onid oedd ei dychymyg yn cael ei fwydo gan arddeliad y dyn? Ei synhwyrau'n ferw o ryfeddod oblegid ei siarad? A'r breuddwydion a fyrlymai beunydd yn ei phen yn llai dolefus, am eu bod nhw wedi dod o hyd i le mwy moethus na'r arfer i ddianc iddo?

Heddiw, nid aeth ar gyfyl y dref. Roedd hi wedi blino gormod i feddwl am fynd i gerdded mor bell â hynny. Gwnâi'r parc cyfagos y tro. Coedlan fechan oedd hi, mewn gwirionedd, ond yr adeg honno o'r flwyddyn roedd y llwyni yn eu blodau a thyfai cennin Pedr yn glystyrau hwnt ac yma. Gyda phlethwaith o lwybrau yn gwau drwy'r cyfan, dyma lle y deuai trigolion parchus Y Dyfroedd i rodianna, haf a gaeaf. Ar y llwybrau mwyaf gwastad, cyn i'r tir droi'n fwy serth, byddai mamau i'w gweld yn mynd â'u babanod am dro mewn *perambulators*; eu nifer ar gynnydd yn gyson wrth i resi o dai newydd gael eu codi i lyncu'r caeau o gwmpas. Weithiau, rhywun cyflogedig gan y teulu gâi'r dasg o wthio'r epil ar hyd y llwybrau garw. Pe digwyddai i ambell fabi ddeffro a nadu wrth i'r olwynion fynd dros wreiddiau cordeddog nad oedd y ferch wedi sylwi arnynt yn ddigon buan i allu eu hosgoi, byddai Martha Elin yn chwerthin yn slei bach iddi hi ei hun. 'Dyna ddysgu'r gnawes!' meddyliai, gan ymhyfrydu yn annifyrrwch y *nanny* ffroenuchel. Yn gam neu'n gymwys, byddai wastad yn tybio bod starsh iwnifforms y rheini yn gwneud iddynt edrych fel petaen nhw'n meddwl eu bod yn well na phawb arall. Mewn gwirionedd, dim ond rhegi rhwng eu dannedd wnâi rhai o'r morynion cyffredin pan fyddai babi'n dechrau mynd trwy'i bethau. Doedd Martha Elin ddim am gael plant ei hun ac erbyn hyn roedd hi'n giamstar ar wybod sut i osgoi hynny. Cysurai ei hun trwy feddwl na ddeuai'r ffasiwn anffawd byth i'w rhan.

*

'Mi welaf nad ydych yn fy nghofio i. Dyna siom!'

Y dyn siaradodd drachefn i dorri ar y distawrwydd chwithig rhyngddynt. Ar amrantiad, daeth yn eglur iddi sut yr oedd e wedi ei hadnabod. Troes ei phen yn ôl i'w gyfeiriad i gymryd golwg fanylach arno, nid o chwilfrydedd ond mewn ymdeimlad o ddyletswydd tuag at ei gwaith.

'Mi fydda i'n osgoi edrych yn rhy agos ar wyneb neb sy'n galw acw,' meddai. 'Ar wahân i pan fydda i ar ddyletswydd yn y parlwr. Bryd hynny, mae disgwyl imi fod yn serchus gyda phawb.'

'Yr unig reswm imi eich 'nabod chi nawr, yn eistedd fan hyn mor sedêt, oedd am ichi siarad Cymraeg â mi ar yr achlysur blaenorol y bu inni gyfarfod,' ebe'r dyn. 'Hen Gymraeg doniol a dierth, mae'n wir. Ond Cymraeg serch hynny.'

'Dda gen i mo'ch barn am y ffordd rwy'n siarad, diolch yn fawr, syr,' protestiodd hithau. 'Waeth beth a ddaw o 'ngenau, bydd yn rhaid iddo wneud y tro.'

'Wel, mi waranta nad yn y parthe hyn y cawsoch chi'ch magu.'

'Prin fod neb y gwn i amdano wedi'i fagu "yn y parthe hyn" fel y deudoch chi,' meddai'n ddirmygus. 'Dynion dŵad piau hi yma ...'

'Natur eich gwaith wnaeth ichi ddod i'r casgliad hwnnw. A gallaf ddeall pam i'r dim. Ond ar yr un pryd, rhaid imi eich cywiro a'ch sicrhau eich bod, y funud hon, yn cyfnewid geiriau gydag un o'r brodorion cynhenid. Yn yr ardal hon y ces i 'magu. Yma mae 'ngwreiddiau i.'

'Cythgam o ots gen i un o ble ydach chi,' dywedodd wedyn gan godi ei hysgwyddau'n ddifater. 'Mi wn i lle 'dach chi wedi bod ac mae hynny'n ddigon imi.'

'*Touché*!' ebe yntau'n ateb i hynny, gan wenu'n iach. 'Ond beth amdanoch chithe?'

'Beth amdana i?' holodd yn heriol.

'Beth yw'r gyfrinach 'te?'

'Does gen i'r un gyfrinach, syr.'

'Na, digon gwir,' cytunodd yntau'n awgrymog. 'Un gyfrinach wirioneddol a roddir i bob merch, yntê fe? Ac am eich un chi, wel ...! Fel y dwetsoch chi eiliad yn ôl, cefais rannu honno eisoes, yn do?'

'Dyna a gasglaf.' Ceisiai watwar ieithwedd ffurfiol y dyn wrth ei ateb. 'Felly, beth arall sydd 'na i'w ddweud rhyngom?'

'O, fe synnech, ledi! Ond am y tro, ystyr fy nghwestiwn yn syml oedd holi o ble'n gwmws ddaethoch chi yma i fyw?'

'Pryd bynnag y bu inni gyfarfod o'r blaen a pha beth bynnag a rennais gyda chi bryd hynny, siawns nad yw hynny'n ddigon ac yn daw ar ein trafodaeth,' meddai hi'n oeraidd. 'Oni chawsoch chi werth eich pres? All gwybod o ble y dois i'n wreiddiol ychwanegu dim oll at ba bynnag bleser gewch chi o darfu ar fy llonyddwch.'

'Ond o ble darddodd y lodes hon? Dyna'r unig wybodaeth

rwy'n ei chwennych,' mynnodd yntau ddal ei dir, gan gilwenu'n slei. 'Ym mha ran o Walia Wen maen nhw'n magu crotesi mor galon-galed, dwedwch?'

'Rwy'n hannu o Sir Drefaldwyn os oes raid ichi wybod,' atebodd yn ddiamynedd.

'Dw i fawr callach,' ildiodd y dyn yn gellweirus, gan godi ei aeliau'n fwriadus. 'Sa i'n siŵr ymhle mae fanna.'

'Na finna erbyn hyn,' ildiodd hithau'n dawel.

'A dyw'ch siarad chi ddim yn swnio mor ddierth imi heddi, rhaid cyfadde. Yr heulwen a'r awyr iach yn meirioli tipyn ar dafodiaith ryfedd yr ardal yna a enwir yn Sir Drefaldwyn, mae'n rhaid.' (Yn ddistaw bach, fe wyddai'r dyn yn burion am Sir Drefaldwyn. Clywsai sôn yn rhywle am 'fwynder Maldwyn' – er nad oedd eto wedi ei brofi trosto'i hun, mae'n wir.)

'Rwy'n synnu os siarades i Gymraeg â chi o gwbl,' dywedodd Martha Elin wedyn. 'Rhaid eich bod chi wedi torri gair neu ddau gyda mi yn gyntaf. Fel arall, fydda i byth yn siarad Cymraeg. A'r rhan fwyaf o'r amser, tydy Madam Nora ddim yn cymeradwyo.'

'Ond fe ganoch chi i ddiddanu'r gwŷr bonheddig a oedd wedi digwydd ymgasglu yn y parlwr y noson honno. Dyna sut y gwyddwn i fod Cymraeg bach smala'r Sir Drefaldwyn 'na ar eich lleferydd.'

'O, do fe'n wir?' ysgyrnygodd Martha Elin, gan wybod fod y gath o'r cwd.

'"Yr Eneth Gadd 'i Gwrthod", os cofia i'n iawn,' ymhelaethodd y dyn. 'Braidd yn eironig, o dan yr amgylchiade. Ond dyna ni …'

'Mi fydd Madam Nora'n hoffi creu tipyn o ddiwylliant o bryd i'w gilydd. Dyna sy'n weddus, medde hi … ar dŷ a enwyd yn Belle Canto. Gan na fûm i erioed yn gerddorol a chan ei bod hi'n gwybod 'mod i'n medru'r Gymraeg, fe benderfynodd mai cân werin ddylai 'nghyfraniad i fod … Doeddwn i erioed wedi ei chanu o'r blaen, ddim hyd yn oed ar ddiwrnod ffair. Ond rhaid oedd gwneud fy ngora.'

'Y gwŷr bonheddig llond eu llodrau oll yn mynd, "*Charming, charming!*", os cofia i'n iawn. A "*Oh! How lovely to hear the old Welsh airs again,*" a rhyw eiriau gwenieithus tebyg. Hwythe'n mwynhau cymryd llymaid tawel ac yn bachu ar y cyfle i weld pa ddoniau oedd ar gael …'

'Rhaid oedd imi ganolbwyntio ar y canu,' cofiodd Martha Elin. 'Mae Madam Nora bob amser yn mynnu'r gorau gennym. Fe fydd hi'n brolio'n gyson mor waraidd ei safonau.'

'Chi wirioneddol tan ei bawd, mi welaf.'

'Beth a wnelo hynny â chi?'

'Nid felly y dylai fod, dyna i gyd,' eglurodd y dyn. 'Yr hyn sydd yn fy meddwl yw nad oes rheidrwydd arnoch chi i fyw dan bawen honno am byth, oes e?'

'Dim o gwbl, ond mae'r sefyllfa bresennol yn digwydd fy nharo i'r dim. Cael to uwch fy mhen, morwyn i weini arna i … ac mae gen i stafell i mi fy hun.'

'Mmmmmm,' cellweiriodd y dyn. 'Un o'r breintiedig rai, mi welaf.'

'Wn i ddim am hynny, ond mae'n drefniant defnyddiol, sy'n ateb y galw am y tro.'

'Rhaid fod gan Madam Nora feddwl uchel ohonoch … serch y ffaith eich bod mor surbwch pan fydd gŵr bonheddig yn dewis torri gair â chi … ym mha bynnag iaith y bo hynny.'

'Fe alla i wenu'n siriol iawn pan fo raid,' dywedodd wrtho, heb roi unrhyw arwydd ei bod yn awyddus i brofi hynny iddo byth.

'Digon gwir. Da yw'r cof sy gen i,' rhuthrodd i gytuno. 'Ac os rhowch chi'r cyfle priodol imi, mi welaf lawer mwy ar y gwenau rheini, mi warantaf.'

'Bydd rhaid ichi alw drachefn felly, a holi ydw i gartref ac ar gael i'ch difyrru.'

'Gan osgoi gwneud hynny ar brynhawniau Iau, wrth gwrs.'

Brathwyd Martha Elin yn annisgwyl gan y geiriau hynny. Nid oedd yr is-ffrwd led fygythiol a fu yn ei lais o'r dechrau wedi mennu dim arni hyd yma. Ond ar amrantiad, gwawriodd arni fod hwn, pwy bynnag ydoedd, wedi gwybod ymlaen llaw nad oedd hi gartref ar brynhawniau Iau. Nid ar hap yr oedd wedi digwydd dod ar ei thraws yn y parc, wedi'r cwbl. Synnai hi fawr nad oedd e wedi bod yn llechu yn y cyffiniau yn rhywle, gan ddisgwyl ei gweld yn gadael trwy ddrws cefn Belle Canto ac yna'i dilyn.

'O! Tŷ trefnus yw tŷ Madam Nora. Mi wn i hynny,' aeth y dyn yn ei flaen mor ymddangosiadol hawddgar ag erioed. 'Onid myfi fydde'r cyntaf i gydnabod hynny o rinwedde sydd gan y fenyw? Trwyn am fusnes yn un peth. Sdim dowt am 'ny. A dw i'n weddol hyddysg yn y mynd a'r dod sydd yno – fel y byddwch chi wedi casglu bellach. Oes wir, mae gen i fy *sources*. Ond sdim eisie ichi edrych mor ofidus. Dim ond chwilio am gyfle i gael sgwrs fach ydw i … ni ein dau. Un da am achub ar fy nghyfle fûm i ers pan own i'n ddim o beth.'

Allai neb wadu hynny. Nid dyn i aros yn ei wely a cholli gweld y wawr yn torri oedd hwn. Nid un o'r pwdrod rheini y byddai eu mamau'n gorfod gweiddi 'Cod, da thi!' arnynt hyd syrffed er mwyn eu cael i godi yn y bore. O, na! Llosgai ysbryd yr oes yng nghalon hwn – ac yn ei god. Nid oedd yn addolwr cyson yng nghapel Severn Road, ond roedd ei enw i lawr, ac âi ei fam yno'n gyson i foli Duw mewn llais contralto uchel, ac i ymarfer ei Saesneg crandiaf gyda'i ffrindiau.

'Sgwrs am beth yn eno'r dyn?' wfftiodd Martha Elin drachefn yn ddiamynedd. 'Fe wyddoch chi bellach mai merch o Faldwyn ydw i. Beth arall all fod o ddiddordeb ichi?'

'Yn gwmws,' cytunodd yntau. 'Lle bynnag ma'r Maldwyn lledrithiol 'ma, beth am inni nawr ei adael e fan lle mae e? Wedi'r cwbl, dyw e fawr o ddiddordeb inni, odi fe? Nid yno mae dyfodol y naill na'r llall ohonom.'

'Yna gwell ichi beidio â gwastraffu munud yn hwy o'ch amser efo fi, wir!'

'Gwranda arna i, ferch,' ffyrnigodd llais y dyn 'Sa i'n ddyn i fradu'n amser yn cwrso ffylied. Fydda i byth yn chwennych cwmni neb oni bai eu bod nhw naill ai'n fy nifyrru neu 'mod i o'r farn y gallan nhw fod o fudd imi mewn rhyw fodd. Wyt ti'n dilyn fy nhrywydd?'

'Ond chi soniodd am Faldwyn fel fy nghyfrinach ...'

'Dyna ddigon am Faldwyn, bendith y Tad! Ydw i'n gwneud fy hun yn eglur?' Siaradai gydag awdurdod, ond heb godi ei lais. 'Y gwir amdani yw, sda ti fawr o gyfrinache ar ôl, o's e? Ddim oddi wrtha i, ta p'un!'

'Gadewch lonydd imi,' ffromodd Martha Elin wrth glywed awch buddugoliaethus ei lais. 'Does arna i ddim i chi – a does arnoch chithe ddim i minne.'

'Cytuno gant y cant,' torrodd ar ei thraws drachefn. 'Rwy eisoes wedi talu'n ddrud i dy Fadam Nora fondigrybwyll di am y fraint o'th gael. Llechen lân sydd rhyngddon ni'n dou bellach. Dyna pam y bydde'n syniad da inni daro bargen â'n gilydd wrth edrych i'r dyfodol. Ni'n gydradd mwy neu lai, ar wahân i'r amlwg.'

'A beth yn union ydy'r "amlwg" hwnnw yn eich golwg?'

'Dere, ferch. Ti ddim yn dwp,' meddai'n wên o glust i glust. 'Fi yw'r dyn fan hyn. Mae angen rhywun fel fi arnat ti. Ei di ddim ymhell ar dy liwt dy hunan, wnei di? Fe wyddost hynny'n iawn. Dyna pam rown i am gael gair, ti'n gweld. I weld a oes modd inni'n dou ddod i ryw drefniant bach. Un hwylus ... a phroffidiol hefyd ... rhwng y ddou ohonom ... petaen ni'n dod i ddeall ein gilydd yn well.'

'Tydw i ddim yn siŵr 'mod i am glywed dim sgynnoch chi i'w ddweud.'

'Dwy ochr yr un geiniog ydan ni, ti a fi. Mi wn i'n barod be sda ti i'w gynnig i mi, ond hyd yma, dwyt ti fawr callach am yr hyn sda fi i'w gynnig i ti. Rwy'n derbyn hynny; felly, gad imi egluro.' Roedd ei 'chi' eisoes wedi troi'n 'ti' a nawr dechreuodd roi aradr ei awdurdod ar waith i droi'r tir a flaenorodd eisoes gyda llafn ei lais. 'Nid whilo am orig arall o ddifyrrwch ydw i. Fe alli fod yn glir dy feddwl ar hynny. Rhywbeth mwy parhaol na hynny sda fi mewn golwg nawr. Trefniant busnes. Un a dalith inni'n deidi. Mwy o ryddid i ti. A diogelwch, gant y cant. Partneriaeth. Gyda'n gilydd. Ti a fi. Beth ddywedi di?'

'Unwaith fuoch chi ym Melle Canto, debyg.'

'Dim ond unwaith. Dw i ddim yn ddyn sy'n dishgwl gorffod talu am 'y mhlesere fel arfer. Weli di mohona i yno eilwaith. Ond fe wnes i eithriad, fel rhan o 'nghynllun busnes i. I gael cip ar y gystadleuaeth, ti'n deall.'

'Mae'r lle'n rhy ddrud ichi, mae'n amlwg,' cynigiodd hithau'n bryfoclyd.

'Ydy, mae'n ddrud,' cytunodd y dyn, heb gael ei gythruddo gan ei hensyniad. 'Ond mae'r hen Gertie yn gorffod cwrdd â choste uchel i redeg y tŷ 'na mas fan hyn mewn ardal barchus. Ma'r arian yn llifo i mewn, mae'n ddigon gwir ... ond mae e hefyd yn llifo mas.'

'Gertie!' ebychodd Martha Elin er ei gwaethaf.

'Ie. Gertrude Price yw enw iawn dy Fadam Nora di. Ond dyna ni, mi fydd merch fel ti sy'n gwbod popeth yn ymwybodol o hynny'n barod, siawns?'

'Wrth gwrs,' atebodd hithau'n gelwyddog. 'Ac mae ganddi *grand piano* yn y parlwr a llenni drudfawr dros y lle ym mhobman ...' Ceisiodd fwrw yn ei blaen yn fostfawr er mwyn achub y sefyllfa, ond torrodd ef ar ei thraws drachefn.

'Nid aur yw popeth melyn, 'merch i!' glafoeriodd yn fuddugoliaethus. 'Nid yn Belle Canto, ta p'un.'

Cynddeiriogwyd Martha Elin gan ei sarhad tuag ati a chymerodd arni osgo fwy ffroenuchel hyd yn oed na chynt. Roedd e'n iawn, doedd hi ddim yn dwp. Oni wyddai hi'n ddigon da nad oedd godidowgrwydd bas Belle Canto i'w gymharu â'r ysblander go iawn a oedd ar droed yn y castell? Honno oedd y safon i ymgyrraedd ati ac roedd Mr Cringoch, ei gŵr bonheddig arbennig hi ei hun, eisoes wedi dweud wrthi heb flewyn ar dafod mai rhyw ffiffl a fferins o bethau oedd y trugareddau drud yr olwg a addurnai deyrnas Madam Nora.

'Mi wn i hynny'n iawn, bid siŵr,' mynnodd, ond wrth iddi siarad, ail orseddodd y dyn ei awdurdod ef dros y sgwrs trwy godi ei droed chwith yn ddirybudd o chwim a'i dodi i orffwys ar y fainc, ryw chwe modfedd oddi wrthi.

'Nid ar ddodrefn na llenni y bydd Madam Nora yn gwario'i harian; sdim peryg o 'ny,' ebe'n gadarn gan ei gorfodi i gwtsho i gornel y fainc. 'Mae'r tŷ'n ddigon crand yn ei ffordd ei hun, whare teg. Chwaeth sy'n gweddu i'r farchnad benodol mae hi'n anelu ati. Rwy'n barod i gydnabod hynny. Dyna pam ei bod hi'n codi prisiau uchel, er mwyn denu'r crachach i'w pharlwr. Ffordd glyfar iawn o reoli pwy sy'n mynd lan a lawr y stâr – ond mae 'na ffyrdd eraill.'

'Wn i ddim am beth rych chi'n sôn,' meddai hi wedyn, gan roi ei bryd ar godi a cherdded ymaith. Nid nepell i ffwrdd, roedd ci mawr cydnerth newydd ddechrau cyfarth yn ffyrnig a denu torf i edrych i'w gyfeiriad yn ochelgar. Coeden ddi-nod iawn ei golwg oedd gwrthrych ei gynddaredd hyd y gallai hi weld. Ni welai fod unrhyw reswm amlwg arall dros ei dwrw.

'Fe ŵyr y ddou ohonon ni'n iawn am be rwy'n sôn,' ymatebodd yntau'n gadarn gan estyn draw yn egr i afael yn ei garddwrn. 'Fynnet ti ddim imi halogi prynhawn mor fwyn â geirie amrwd, siawns.'

'Gaf i 'mraich yn ôl, os gwelwch yn dda, syr?' gwrthryfelodd, ond gan gadw'i llais mor ddigynnwrf ag y gallai. 'Neu a oes rhaid imi sgrechian am gymorth?'

'Dyna rywbeth arall a allai darfu ar dangnefedd y prynhawn, yntê?' crechwenodd, ond gan ollwng ei afael ar ei garddwrn yr un pryd. 'Fel petai un ast gynddeiriog yn y parc ddim yn ddigon i oeri'r awelon.' Cododd ei law at ei ên a dechrau chwarae'n awgrymog gyda'r mymryn barf yr oedd yn ceisio'i thyfu yno. 'Oni chytuni di â fi mai annoeth iawn fydde neud 'ny? Pe deuai Madam Nora i wybod bod un o'r *young ladies* y mae hi mor hoff o'u pedlera fel nwyddau o safon wedi bod yn creu sôn amdani fan hyn, ergyd carreg yn unig o foneddigeiddrwydd ceiniog a dime Belle Canto, rwy'n ofni mai mas ar ei thin fydde'r ferch anffodus honno, cyn iddi gael cyfle i droi rownd. Symo ti'n cytuno? Fydde neb moyn ei gweld hi'n ddiymgeledd a 'nôl ar y stryd fan lle dechreuodd hi, nawr fydden nhw? Fydden i ddim, ta beth. Rwy'n chwennych y gorau iddi. Dim mwy, dim llai na hynny.'

'Pam ddaru chi ddod i chwilio amdana i?'

'Fe edrychwn i ar dy ôl di, ti'n gwbod?' meddai'r dyn, gan newid cywair mor annisgwyl fel y gorfodwyd Martha Elin i lyncu ei phoer yn reddfol. Clywai'r fath ddwyster yn ei lais, ymylai ar dynerwch. 'Rwy am iti wrando arna i, 'na i gyd,' aeth y dyn yn ei flaen. 'Fe fydde 'da ti le i ti dy hunan – lle cymharol fach, mae'n wir, ond ti fyddai'r feistres yno'n ddi-os. Ti a neb arall. A dw i ddim yn sôn am fod mas fan hyn hanner ffordd i berfeddion y wlad. O, na! O dan 'y ngofal i, mi fyddi di'n nes o lawer at ganol y dref. Symo fi wedi cwblhau'r cynllunie eto, ond ma 'da fi le mewn golwg. Ystafelloedd uwchben siop a'r rheini'n gyfan gwbl at dy ddefnydd di. O ran y trefniade gwaith, dy ddiogelwch a'r arian, y fi fydde'r bòs, ond fel arall, o ddydd i ddydd, mi fyddet ti'n rhydd i fynd a dod fel fynnot ti ... o fewn rheswm. Partneried. Beth amdani?'

Ochneidiodd Martha Elin. Eiliadau ynghynt, pan gydiodd ynddi mor egr, gorfodwyd hi i droi i'w gyfeiriad ac edrych drachefn i fyw ei lygaid. Nid oedd wedi llwyr sylweddoli mor ifanc ydoedd tan hynny. Cyn ienged ag un neu ddwy ar hugain oed, efallai. Fawr hŷn na hi ei hun.

'Ma 'da fi ddwy ledi o dan 'y ngofal yn barod,' aeth yn ei flaen. 'Ti fydde'r drydedd taset ti'n gweld dy ffordd yn glir i fod ychydig bach yn fwy rhesymol. Fe gei di ddod 'da fi i gwrdd â nhw os hoffet ti – iti gael clywed trosot ti dy hun pa mor hapus mae'r ddwy gyda'r hyn rwy'n 'i ddarparu.'

'Dw i'n ...' dechreuodd yn herciog, heb wybod yn iawn beth ddylai ddilyn. Synhwyrai fod y dyn wedi penderfynu tewi ac aros yn fud tan iddi hi dorri'r garw ymhellach. Bu bron iddi syrthio i'r demtasiwn o wenu arno, ond cyfeiriodd ei llygaid yn ôl at y ci a'r gynulleidfa fechan a oedd wedi ymgasglu gerllaw. Rhaid fod y perchennog wedi cyrraedd o rywle, nododd wrthi ei hun, gan fod y creadur bellach ar dennyn a phawb yn araf droi eu cefnau ar y cythrwfl.

'Dw i'n clywed yr hyn sgynnoch chi i'w ddweud,' mentrodd, gan lwyddo i frathu ei thafod rhag ychwanegu ei 'syr' dirmygus arferol ar ddiwedd y frawddeg.

'Dyw'r syniad ddim yn wrthun gen ti felly? Mae'n dda 'da fi glywed.' Gwthiodd ei ben-glin yn nes ati, nes peri i'w wyneb fod fodfeddi'n unig o'i hun hi. Troes hithau ei phen fymryn i'w gyfeiriad, ond gan ddal i osgoi edrych yn iawn arno.

'Wnei di ddim difaru, ferch,' sicrhaodd ef hi. 'Dim ond iti chware dy gardie'n iawn, fe allet fod yn Bennaf Tlws fy Nheyrnas cyn pen fawr o dro. *My trophy girl!*' (Flynyddoedd yn ddiweddarach, pan fyddai'r ddau wedi troi i siarad Saesneg gyda'i gilydd fwy na heb, byddai'n dal i'w galw'n *Trophy Girl* ambell dro, yn chwareus a chyda pheth anwyldeb. Ar y llaw arall, byddai weithiau hefyd yn cyfeirio ati fel *my trophy whore* gyda rhai o'i gydnabod. Un fel 'na oedd hwn – yn llwyddiannus, hoffus ac mor ddauwynebog â'r sylltau yn ei boced.)

'Mae'n resyn 'da fi na lwyddes i i wneud mwy o argraff arnat ti y tro diwetha inni gwrdd,' aeth yn ei flaen. 'Ond does dim raid i'r hyn fu rhyngom bryd hynny ddigwydd byth eto – ddim os na ddymuni di. Rwy'n addo. Yr hyn sy'n bwysig i'r bartneriaeth hon weithio yw dy fod ti wedi llwyddo i 'modloni pan oedd 'yn arian i ar y bwrdd. Dim ond iti gofio hynny bob amser, fe ddown ni 'mlân fel tŷ ar dân.'

Cymryd anadl ddofn wnaeth hithau, gan daenu ei dwylo dros y ffrog blaen er mwyn dynodi ei bod hi ar fin parhau â'i thaith. Trwy dalu sylw i ymddygiad boneddigesau'r dref, roedd hi wedi dysgu fod sicrhau bod gwisg yn gorwedd yn ddestlus cyn codi o sedd yn ddefod ymysg ledis go iawn.

'Rhaid achub mantais ar gyfleoedd yr oes,' dywedodd y dyn wrth roi ei droed yn ôl ar y ddaear. 'Ond mae honno'n wers ddysgodd y ddou ohonon ni'n ddigon clou, on'd yw hi?'

'Mi wrandewais ar yr hyn oedd gennych i'w ddweud,' ailadroddodd y ferch. 'Ni allaf eich sicrhau o ddim mwy na hynny heddiw.'

'Ni'n byw mewn tre fishi sy'n llawn dynion ymhell o gartref,' parhaodd y dyn â'i berorasiwn. 'Dw inne'n ddyn sy'n digwydd gwbod yn gwmws beth maen nhw moyn. Ac mi wn i beth rwy moyn ar fy nghyfer fy hunan hefyd.'

'Maddeuwch imi. Bydd rhaid imi fynd,' ebe hi, gan dwtio tipyn yn rhagor arni ei hun ar ôl codi. Estynnodd law ato'n ffurfiol.

'Cymer wythnos i ystyried y cynnig,' aeth y dyn yn ei flaen. 'Mi ddof am dro yma eto ddydd Iau nesaf.'

Crymodd hithau ei phen i ddynodi ei chytundeb. 'Dydd da, syr,' meddai'n gwrtais cyn cerdded ymaith. Ond prin y cafodd gyfle i gymryd mwy na cham neu ddau nad oedd y dyn wedi rhuthro o'r tu cefn iddi unwaith eto, gan wthio cerdyn bychan i'w llaw. Cododd yr hen het fach ddoniol honno drachefn heb dorri gair. Troes yn sionc ar ei sawdl a chyda chamau breision aeth ar y blaen iddi nes diflannu o'i golwg.

*

Gofalodd fod y cerdyn ynghudd yn llawes ei ffrog ymhell cyn iddi gyrraedd drws cefn Belle Canto. Hwnnw oedd yr unig ddrws yr oedd gan y merched a weithiai yno hawl i fynd i mewn ac allan trwyddo. Madam Nora, ei brawd a'r 'callers' oedd yr unig rai a gâi ddefnyddio drws y ffrynt. Yn oriau mân y bore, tua blwyddyn yn ôl, pan oedd Martha Elin yn newydd-ddyfodiad, galwyd y doctor at ferch oedd yn sgrechian yn ddidrugaredd wedi i'w hymgais i erthylu'r baban a gariai fynd o'i le. Cafodd y doctor fynd a dyfod trwy ddrws y ffrynt y noson honno. Felly hefyd y corff fore trannoeth. Ond hyd y cofiai Martha Elin, eithriadau anghyffredin iawn oedd achlysuron o'r fath.

''Sen i'n siapo'n stwmps 'sen i'n ti,' siarsiodd y forwyn hi'r eiliad y camodd i'r gegin. 'Dyw'r feistres ddim yn hapus.'

'Pam? Tydw i ddim yn hwyr.' (Doedd hi erioed wedi gallu dirnad ai edrych i lawr ei thrwyn fyddai'r ferch ddi-lun ynteu cenfigennu at fywyd ymddangosiadol segur y merched roedd yn rhaid iddi dendio arnynt er mwyn cadw'i lle.)

Camodd yn gyflym trwy gysgodion y coridor cul a arweiniai o'r gegin gefn i ysblander y cyntedd a chael fod Madam Nora yno'n disgwyl amdani. Safai rhwng y bwrdd derw trwm, lle gorweddai'r Llyfr Ymwelwyr addurnedig, yn ei gasyn lledr drud yr olwg, a'r llun o'r Frenhines, yr oedd ei threm yn gwarantu gwarineb i bawb a dramwyai drwy'r drws.

'Cer i newid yn glou,' oedd y gorchymyn cadarn gafodd Martha Elin, er bod y llais yn ddigerydd. 'Mae gen ti ymwelydd cynnar heddiw. Mr Johnson. Fe ofynnodd amdanat ti yn arbennig ac roedd yn fodlon aros tan iti ddychwelyd, medde fe. Yn y parlwr gyda phaned o de mae e ar y foment … yn aros. Rwyt ti wedi dod yn dipyn o ffefryn ganddo, mae'n ymddangos. Fe af i ddweud wrtho dy fod ti newydd gyrraedd 'nôl o'r diwedd. Mi fydd wrth ei fodd. Nawr, brysia!'

Gwibiodd calon y ferch ar ras o glywed yr enw Mr Johnson – ef oedd ei Mr Cringoch; yr un y daethai i ddotio arno. Ond gofalodd nad oedd ei hwyneb yn bradychu gormod ar ei brwdfrydedd mewnol. Fel gyda chymaint o'r protocolau yr oedd gofyn eu dilyn os am ffynnu yn Belle Canto, roedd hi wedi dysgu'n gyflym nad oedd fiw iddi ddatgelu gormod arni ei hun. Cadw wyneb surbwch yng ngŵydd y byd oedd ddoethaf. Bodlonai ar adael yr hel clecs, y cenfigennu, y gwenwyn sbeitlyd a'r beichio crio i'r merched eraill, am mai fel arwyddion o wendid y gwelai Madam Nora y nodweddion rheini i gyd – er mor gyffredin oedden nhw yno. Dwrdio'n llym wnâi honno bob tro y deuai ar draws unrhyw ymddygiad o'r fath – a pharchai Martha Elin hi am hynny.

Ond doedd parchu ddim yr un peth â hoffi. Ddim o bell ffordd. Daeth i'r casgliad fod gwerthfawrogi yn air nes ati. Ofnai feistres y tŷ fymryn. Ond yn anad dim roedd ganddi le i fod yn dra diolchgar i'r hon y dylai nawr ei galw'n Gertie Price. Darparai do sylweddol uwch ei phen a phrydau bwyd maethlon yn ei bol. Ychydig iawn, iawn o waith cymoni a golchi dillad ac ati fu gofyn iddi'i wneud ers cyrraedd yno, ac er nad oedd hi wedi bod yn hawdd ymgynefino â phopeth, i Martha Elin, roedd y bywyd hwn yn fêl o'i gymharu â'r un a adawodd ar ei hol ym Maldwyn. Pan gofiai hi am yr holl oriau o lafur caled dreuliodd hi'n ei lladd ei hun … yn mydylu yn y caeau adeg lladd gwair, yn gorfod godro a chorddi menyn rownd y rîl, heb sôn am y carpiau coslyd, garw y byddai disgwyl iddi fyw ynddynt, doedd hi'n difaru dim.

Pan gafodd hi'r cyfle i ddianc, fe'i cymerodd a doedd hi byth am ddychwelyd i fro ei mebyd. Fe ofalai na siaradai ddim ond Saesneg (a oedd wedi blodeuo'n brydferth iawn ar ei gwefusau dros y deuddeg mis diwethaf) fel na fyddai dim amdani a allai fradychu ei gwreiddiau.

'Pan fydd Mr Johnson wedi gorffen ei baned, fe gaiff ddod i chwilio amdanat ti,' fu geiriau olaf Madam Nora cyn iddi ddringo'r grisiau'n sionc.

Mr Johnson! Ei hudolus Mr Cringoch, meddyliodd. Doedd e erioed wedi galw i'w weld yng ngolau dydd o'r blaen. Am ennyd, roedd yr holl feddyliau fu yn ei phen wrth gerdded o'r parc wedi'u hel o'r neilltu. Er iddi symud yn gyflym o ris i ris, gofalodd beidio â gwneud dim byd a ymdebygai i redeg. Roedd hynny'n un arall o reolau caeth Belle Canto. '*Decorum*, ferched! … er mwyn cadw enw da'r tŷ,' chwedl Madam Nora.

'A Phoebe!' clywodd y llais yn codi drachefn o'r cyntedd islaw. 'Y ffrog ddu, rwy'n meddwl.'

'O'r gorau, Madam Nora,' atebodd yn gyflym heb droi ei phen.

Tueddai'r merched i ymgynnull ar ben y landin ambell dro, i sefyllian a mân siarad, ond rhaid fod pawb naill ai'n brysur neu'n gorffwyso. Doedd neb yno a chafodd lwybr clir at ddrws ei hystafell. Gan dybio ei bod hi'n ddiogel gwneud hynny, tynnodd y cerdyn roes y dyn ifanc iddi o blyg ei llawes. 'Mr Edwin Morse Esq.' oedd yr enw a argraffwyd arno mewn llythrennau bras, gyda chyfeiriad oddi tano mewn print nad oedd yn hawdd ei ddarllen a hithau ar y fath ras.

Y peth cyntaf a wnaeth wedi iddi gyrraedd ei hystafell yng nghefn y tŷ oedd rhoi'r cerdyn yn ei hoff guddle – hollt yn ffrâm y gwely. Yna, heb amser i din-droi, dechreuodd weddnewid ei hun cyn gyflymed â phosibl. Diosgodd y ferch ifanc, ddiolwg oedd newydd fod am dro, ac a ddaliai i gyfleu rhyw lun ar y Fartha Elin a fu. Yn ei lle, gwisgodd Phoebe yn ei holl ogoniant. Ffeiriwyd ffrog syber, dlawd yr olwg, am y greadigaeth sgleiniog ddu roedd Madam wedi ei ffafrio. Ffrog y 'weddw lon' oedd hon. Dim ond ei thynnu dros ei phen yn amrwd oedd ei angen. Am weddill y dydd, byddai popeth a wisgai wedi ei gynllunio er hwyluso ei roi amdani a'i ddiosg drachefn yn gyflym. Ar amrantiad, roedd hi mewn mwrning! (Yn Belle Canto, roedd i bob gwisg waith ei delwedd a meddent oll ar enw anwes – os anwes hefyd.)

Pump o ferched yn unig oedd yn ddigon ffodus i gael ystafelloedd iddyn nhw'u hunain, yno ar y llawr cyntaf. Roedd gweddill y gweithlu'n gorfod rhannu ystafelloedd llai moethus a mwy 'arbenigol' ar y llofft uwchben. Yn y misoedd cynnar rheini, bu'n rhaid iddi weithio'n galed i sicrhau'r fraint hon. Byddai'n dwp i ildio'i breintiau yno er mwyn dilyn antur ansicr y peth powld oedd newydd ei thrin mor haerllug yn y parc, meddyliodd. Ac eto, cawsai ei denu at berygl erioed.

Prin wedi cael cyfle i eistedd ar stôl y bwrdd gwisgo i daro tipyn o golur ar ei hwyneb yr oedd hi na chlywai gamau trwm yn dod i'w chyfeiriad ar hyd y landin a churiad ysgafn ar y drws.

'Ydy Miss Phoebe wedi dychwelyd o'i chrwydriadau erbyn hyn?' clywodd lais gwrywaidd crachaidd yn holi wrth ei drws.

'Ydy, siŵr. Dewch i mewn,' atebodd hithau, gan wisgo gwên wresog ar draws ei swch wrth droi. Rownd cil y drws, ymddangosodd pen mawr hirsgwar y ddwylath o ddyn. Edrychai'n llond ei got a chyn gryfed â chawr.

'A! Mae fy angyles yn fwy na pharod i dderbyn ei hymwelydd, mi welaf,' meddai'r dyn. 'Ac yn edrych mor wylaidd â gwesteiwraig te parti parchus ar brynhawn Sul yn Surrey.'

Ni olygai Surrey yr un iot i Martha Elin, ond doedd hynny'n mennu dim arni. Gwyddai beth oedd i'w ddisgwyl ganddi. Roedd y macyn bach gwyn gyda border du ganddi'n barod yn ei llaw chwith. Cododd gan gerdded tuag ato ac estyn cefn ei llaw dde iddo wrth gogio swildod.

'Dyna ni! Dyna ni!' cysurodd y dyn hi'n dyner. 'Profedigaeth greulon iawn. Ond rwy'n siŵr y galla i gynnig rhywbeth i ysgafnhau'r loes.'

*

Profiad diddrwg didda iddi oedd diwallu hanfodion masnachol ei hymwneud â Mr Johnson. Dyna'r fargen rhyngddynt a doedd dim mwy iddi na hynny. Troes yn weddw ifanc am ennyd ac yntau'n ŵr bonheddig a alwodd i gydymdeimlo â hi wedi'r angladd ac i wneud unrhyw beth a fedrai i'w chysuro. Hynny o gogio oedd ei angen arno i hwyluso ei angenion corfforol. Er y byddai Martha Elin yn barod i gydnabod fod ganddo well cas cadw na'r rhan fwyaf o'r dynion o'r un oedran a ddeuai i'w rhan, ei huotledd roddai i'r 'galarwr' hwn ei hudoliaeth, nid ei gampau rhywiol.

Nid Mr Johnson oedd ei enw go iawn, wrth reswm. Fe wyddai hynny o'r gorau. Ar wahân i'r bwtsiar a'r dyn a ddeuai i lanhau'r corn simdde ddwywaith y flwyddyn, prin fod neb yn cael ei adnabod wrth ei enw cywir yn Belle Canto. Ffug oedd popeth yno. Ac ar ryw ystyr, ffug oedd y bydoedd a lifeiriai o enau Mr Johnson hefyd. Ond eto, gwyddai eu bod nhw'n bod, am mai drwy eu creu yr enillai ei fara menyn.

Dyna a'i ddenodd i Gymru, yr holl ffordd o Lundain. Heb y ffugio, pa ffordd arall fyddai ganddo o fodloni ei gyneddfau? Pa ffordd arall i fyw?

Ar ddiwedd y dydd, roedd pawb yn cael modd i fyw yng nghysgod rhywun arall. A'r un a roddai fodd i fyw i Mr Johnson oedd y pensaer a gyflogwyd i wireddu'r lletytylwyth teg oedd yn prysur gael ei greu rhwng muriau'r castell. Os oedd y dyn a lafoeriai trosti yn ddigon pwysig i gario bydoedd cyfain rhywun arall yn ei ben, tybiai Martha Elin ei fod yn siŵr o fod yn rhywun.

Ond pwy oedd y William Burgess hwn y crybwyllid ei enw fel ci'n trotian, allai hi mo'i amgyffred. Fyddai hi byth fawr callach petai fyw i fod yn gant. Dim ond un enw anghyfarwydd arall ydoedd o blith y doreth a frodiai Mr Cringoch i ddefnydd y carthenni hud a nyddai i'w chwtsio mewn rhith. Enwau na olygent ddim iddi oedd yr un enwau yn union ag a olygai bopeth: Ariadne, Wagner, Ludwig, Clotho, Lachesis, Atropos, Teilo a chymaint mwy. Ac nid enwau'n unig mohonynt ychwaith. Meddai amryw ar bersonoliaethau a pherthynai rhyw stori neu'i gilydd i eraill. Roeddynt un ac oll naill ai'n dal ar dir y byw neu wedi hen farw; neu wrth gwrs, roedd hi'n ddigon posibl na fuont erioed y naill na'r llall. Pob un yn ddieithr iddi, mewn byd lle'r oedd pawb yn orgyfarwydd.

Doedd ryfedd fod y cyfan yn ddigon i ddrysu merch o'r wlad.

Wrth fyw o ddydd i ddydd, daethai i hen arfer â chadw ei hamddiffynfeydd ar gau yn dynn. Arabedd yr ymwelydd hwn yn unig lwyddai i chwalu drwyddynt a rhyddhau ei synhwyrau, nes eu bod ar chwâl, yn rhemp ac yn amddifad o bob rheswm. Dychmygai fod yr ymdeimlad dyrchafedig a ddeuai trosti wrth ymgolli yn y chwydfa liwgar a chwyrlïai trwy ei hymennydd pan fyddai yn ei gwmni yn debyg iawn i fod yn chwil. Doedd hi erioed wedi bod yn feddw go iawn, ond dyheai'n daer am y profiad os oedd am fod rhywbeth yn debyg i hyn.

Câi fodd i fyw wrth swatio yno yn ei gesail goch. Ei bysedd yn tramwyo trwy flew ei frest yn ddiamcan, tra byddai ei meddwl yn mwyara ar lwyni hanes, chwedloniaeth, crefydd a'r holl ddiangfeydd eraill nad oedd gobaith iddi byth dramwyo trwyddynt ar ei phen ei hun. Ef oedd ei thywysydd drwy'r teyrnasau dirgel hyn a theimlai'n saff o fewn swigen ei swyn. Ym mreichiau Mr Cringoch, gallai loetran mewn gorfoledd ar ddibyn dychymyg. Ymhle arall y câi hi ei dyrchafu'n dduwies, yn santes, yn fugeiles mewn gwerddon ir neu'n hydd ar ddolydd gorddelfrydol?

Nid enwau dieithr yn unig fyddai'n mynd â'i bryd yn yr oriau llesmeiriol hyn. Ceisiai ddyfalu sut brofiad fyddai cyffwrdd â defnyddiau na chlywodd erioed sôn amdanynt o'r blaen. Sidan main ar ei chroen. Plu peunod ar ei chorun. Rhyfeddai o feddwl fod y dwylo hynny a ddefnyddiai ef i'w thrin mor rhwydd hefyd yn gyfarwydd â thrin pren praff o rannau pellennig y byd. Coed yr oedd eu cyffyrddiad mor bell o'i chyrraedd hi, ond a swniai mor bêr-felys â choed ceirios a phîn.

Rhaid bod y brwdfrydedd a ddangosai pan fyddai e'n traethu wrth fodd ei galon yntau hefyd, oherwydd unwaith, ymgollodd yn ei ddawn dweud i'r fath raddau fel y bu'n rhaid iddo dalu am sesiwn ychwanegol er mwyn cael parhau i'w chyfareddu. Doedd y ffaith mai simsan iawn oedd dealltwriaeth Martha Elin o ddim a ddywedai nac yma nac acw iddo, mae'n ymddangos. Weithiau, soniai wrthi am ambell dro trwstan a fyddai wedi digwydd ymysg yr adeiladwyr neu'n hel clecs am ryw sylw bachog a glywodd o enau'r Ardalyddes. Dro arall, âi dros ben llestri wrth egluro arwyddocâd rhai o gyfeiriadaethau clasurol y gweithiau celf oedd tan ei ofal. Beth oedd wedi ei gerfio â llaw gan rywun nodedig. Beth a wnaed o aur pur. Beth oedd eto i'w sgythru. A beth na fyddai byth yn ddim namyn paent ar blastar.

Cydorweddent yno wedi'r rhyw; y fe yn fodlon ar ôl bwrw'i flys a hithau'n hapus iddi wneud ei dyletswydd – ill dau, yn eu gwahanol ffyrdd, yn gorwedd ar glustogau estron, wedi'u gwahanu gan gyfleoedd ac addysg ac adnoddau, ond yn bennaf oll gan yr un peth hwnnw a wnâi'r oriau a dreulient yng ngwmni ei gilydd yn bosibl – arian.

*

Mr Edwin Morse Esq.

Enw anghyfarwydd arall iddi fynd i'r afael ag ef. Dyn go iawn y tro hwn. Un o gig a gwaed, ac un a oedd eisoes o fewn ei hadnabyddiaeth – hyd yn oed yn yr ystyr Beiblaidd, mae'n ymddangos – er mai'r unig atgof a oedd ganddi ohono oedd yr hyn a fu rhyngddynt heddiw, pan fu ei lodrau'n dynn o gylch ei lwynau. Wyddai hi ddim a ddylai deimlo siom iddo adael mwy o argraff arni gyda'i ddillad amdano nag a wnaethai'n noeth.

Gydag ymweliad Mr Johnson drosodd, fe'i gadawyd ar ei phen ei hun i droelli'r cerdyn hwnnw rhwng ei bysedd. Gwyddai o'r hyn a glywodd trwy straeon arswyd rhai o'r merched eraill fod peryglon amlwg ynghlwm â'r cyfyng-gyngor a wynebai. Mynd ato neu aros lle'r oedd hi? Dyheai am gymaint mewn bywyd, heb wybod sut i wireddu dim.

Am y tro, roedd cyfforddusrwydd Belle Canto yn apelio. Oedd yn bendant. Ond ar y llaw arall, awchai am gael gwneud ei dewisiadau ei hun. Yn Belle Canto, roedd popeth ar drugaredd disgyblaeth a mympwy Madam Nora. Deallai hefyd taw ar hybu gyrfaoedd yr ifanc yr oedd bryd honno'n barhaus. Deuai rhai iau i'r fei yn gyson. Gwyddai'n ddigon da na fyddai croeso iddi yno am byth. Ac ysai am benrhyddid yn ogystal. Am gael byw'n nes at galon pethau. Yno yn Doverod, allan o grafangau'r dref, ymddangosai fel petaen nhw'n gorfod aros hydoedd cyn i ddim byd cyffrous byth dreiddio draw atynt.

Rhwng popeth, roedd cynnig yr Edwin Morse 'ma'n demtasiwn, rhaid cyfaddef. Canmolodd ei hun am ddal ei thir mor gadarn gynnau yn y parc, yn wyneb ei ymosodiadau ar ei hyder. Doedd hi'n amau dim nad oedd yntau wedi magu mwy o barch tuag ati yn sgil y min fu ar y sgwrs. Ond oedd e'n ddyn i'w drystio? Dyna'r cwestiwn. Ar waetha'i ddillad parchus a'i honiadau crand, wyddai hi ddim oll amdano. Ychydig wythnosau'n unig oedd wedi mynd heibio ers iddi gyflawni pa bynnag bleserau a fynnodd ganddi yn yr ystafell hon. Trueni na allai gofio dim amdano, gresynodd drachefn. Ond siawns na ddylai synnu gormod chwaith. Oni lifai'r dyddiau a'r dynion trwy ei dwylo yn un ffrwd o ffafrau diystyr, fel cymwynasau ymysg ffrindiau ffals? Yr annifyr a'r drewllyd yn unig a arhosai yn ei chof a chymerodd gysur o feddwl nad oedd e ymysg y naill na'r llall o'r carfanau hynny, o leiaf.

Mynd i'w gyfarfod eilwaith ymhen wythnos i holi rhagor fyddai orau, debyg.

*

'Hylô. Sut mae?'

Newydd ddod i gytundeb mud â hi ei hun yr oedd hi pan dorrwyd ar draws ei myfyrdodau gan acen estron y tu cefn iddi. Ond yn wahanol i oslef Seisnig, addysgedig Mr Johnson, llediaith hanner Seisnig, hanner Ffrengig siaradai'r ferch groenddu dal a gosgeiddig a safai yno'n gwenu arni pan droes i'w gweld.

Gan ei bod yn rhythu arni'i hun yn nrych y bwrdd gwisgo bychan, gyda'i chefn at y drws, nid oedd wedi clywed curiad ysgafn ei hymwelydd newydd. Ar wahân i oriau cwsg neu pan fydden nhw'n gweithio, rhaid oedd gadael drysau'r llawr cyntaf yn agored yn barhaus, i ddynodi i unrhyw ŵr bonheddig ddigwyddai fod yn crwydro'r llofft pwy oedd ar gael iddo a phwy oedd yn brysur.

Gwthiodd Martha Elin y cerdyn yn frysiog o'r golwg.

Hoffai Senegal. Merch o Senegal oedd hi. Ailenwyd hi ar ôl ei mamwlad yn fuan wedi iddi gyrraedd chwe mis ynghynt. Er ambell ymdrech drwsgl gan rai o'r merched – gan gynnwys Martha Elin – fedrai neb drafferthu ynganu ei henw gwreiddiol. Wnaeth Madam Nora ddim hyd yn oed rhoi cynnig arni. 'Mae Senegal cyn hardded enw arni â'r un,' barnasai a hynny a fu. Roedd hi wedi clywed canmol i'r ferch ac wedi pryderu o glywed sôn gan ei brawd fod bywyd yn fregus a pheryglus iddi ar y strydoedd. Trefnodd i fynd yr holl ffordd i'r dociau i'w gweld trosti ei hun, cyn trefnu cerbyd ar ei chyfer ym mherfedd nos i'w chludo i Belle Canto. (Yn wahanol i'r merched eraill, châi Senegal byth fynd am dro. Fe'i cedwid yn gaeth i'r tŷ a phan ddeuai ei hamser yno i ben, byddai'n rhaid iddi adael liw nos hefyd, yn union fel y cyrhaeddodd. 'Sdim angen gwrid yn ei boche hi fel y lleill' oedd yr unig eglurhad a gynigiwyd – ond y gwir oedd, fe âi blynyddoedd lawer heibio eto cyn bod disgwyl i drigolion parchus Doverod allu ymdopi â gweld menyw groenddu'n mynd am dro.)

'Ecsotig,' oedd y gair ddefnyddiai Madam Nora amdani ac roedd hi wedi bod eisiau ychwanegu merch o'r fath at ddanteithion ei thŷ ers peth amser. Ni chafodd ei siomi gan yr ymateb a fu i Senegal. Profodd yn atyniad poblogaidd a gwyddai ei bod hi'n destun chwilfrydedd arbennig ymysg amryw, gyda rhai yn mynd mor bell â'i rhoi ar bedestl, yn llythrennol bron, fel hynodrwydd i ryfeddu ati cyn ei chael.

Gwelodd Martha Elin hi'n noethlymun lawer tro a gwerthfawrogai hithau hefyd ei rhyfeddod – nid lliw ei chroen yn gymaint, ond ei lyfnder sgleiniog, fel glo sy'n gloywi yn y tywyllwch cyn ichi hyd yn oed ei gynnau. Welodd hi erioed ffasiwn beth.

Hoffai ei gwên, oedd yn ddannedd mawr gwyn i gyd. A hoffai glywed ei Saesneg chwithig, fel y prynhawn hwn, wrth i Senegal wneud rhyw jôc ddi-ddim ar draul Mr Cringoch. Er mai dwrdio wnâi Madam Nora pe clywai'r Gymraeg, roedd hi'n llawer mwy gofeddgar o'r Ffrangeg. 'O, gwrandewch yn wir,' byddai'n ffalsio'n chwerthingar. 'Ffrangeg! Yma, yn Belle Canto! Beth nesa? Ryn ni mor rhyngwladol.'

'Fyddi di byth yn breuddwydio am fynd oddi yma?' holodd Martha Elin hi.

'O, na!' atebodd y ferch mewn braw gan ei taflu ei hun ar y gwely'n ddramatig. 'Dyw pethe yma ddim mor ddrwg ag wyt ti'n gredu – ddim hanner cynddrwg â rhai o'r pethe rwy wedi 'u diodde. Does neb yn fy nghuro yma ... Wel, dim ond yr un tro hwnnw, wyt ti'n cofio?'

'Ydw.'

'Ac fe wnaeth y brawd gymryd gofal ohono fe yn ddigon clou, yn do fe? Ddaeth yr anifail hwnnw byth yn ôl. Gobeithio na ddaw byth yn ôl.'

'Na, paid â phryderu. Ddaw'r dyn milain yna byth yn ôl,' adleisiodd Martha Elin. 'Fe alla i addo hynny iti'n bendant,' ychwanegodd, fel petai hi'n bersonol wedi chwarae rhyw ran yn y mater.

'Wel, dyna ni! Pam wyt ti'n gofyn? Ydy'r dyn arbennig sydd newydd alw am dy gymryd di i ffwrdd? Mae e'n hoff iawn ohonot ti, rwy'n meddwl.'

'Wyt ti'n meddwl?' holodd Martha Elin yn ddifater.

'Eith e â thi i ffwrdd?'

'Na,' atebodd yn chwerw. 'Does dim lle i mi yn y castell. Dim ond breuddwydio gaf i.'

Ar hynny, clywsant y gloch a gâi ei chanu yn y cyntedd oddi tanynt pan fyddai gofyn i bawb ymgynnull yn y parlwr. Er y byddai rhai ymwelwyr yn galw ac yn mynd yn syth at ferch benodol os oedd hi'n rhydd, byddai eraill yn hoffi cael eu diddanu yn y parlwr am sbel, gan gymryd diod a chyfeddach yno, cyn penderfynu yn union ymhle y dymunent fwrw baich eu pleser y diwrnod hwnnw. Rhaid fod rhywun newydd gyrraedd neu fod Madam Nora wedi cael ar ddeall fod rhywrai ar y ffordd.

Ochneidiodd Martha Elin, gan godi brws yn hamddenol oddi ar y bwrdd a'i dynnu'n araf trwy ei gwallt du, fel petai am ddangos ei bod hi'n herio gorchymyn y gloch. Gwahanol iawn fu ymateb Senegal. Iddi hi, doedd dim eiliad i'w cholli. Neidiodd yn ôl ar ei thraed yn egnïol. Nid ieuenctid na'r un gwendid moesol cynhenid a'i gwnâi mor frwd dros ei gwaith. Yn hytrach, mwynheai'r sylw a ddeuai i'w rhan yn ei sgil. O'r diwedd, doedd hi ddim yn cael ei sarhau na'i gwawdio. Gwerthfawrogai sefydlogrwydd Belle Canto. O'r diwrnod y daeth Madam Nora i gymryd golwg arni gyntaf, nid oedd wedi breuddwydio am ddianc oddi yno unwaith.

*

''Co hi iti, os ti'n dal i'w moyn hi!' poerodd y brawd yn watwarus, cyn hel y ferch ar draws y palmant gyda chymorth hergwd arw. Newydd gael ei thynnu o'r cerbyd gerfydd ei braich yr oedd hi ac edrychai'n ansad ar ei thraed eisoes, cyn cael ei gwthio. 'Gobeithio y bydd y llances yr un mor anniolchgar i ti ag o'dd hi i'n whâr, dyna i gyd 'weda i!'

Gweryrodd y ceffyl ei wrthwynebiad i'r llais cras, gan godi ei goesau blaen i'r awyr mewn braw. Tynnwyd sylw amryw a

247

ddigwyddai gerdded heibio'r olygfa ysgeler, ond rhuthro yn eu blaenau wnaeth pob un ohonynt, am fod ganddynt oll eu gofidiau eu hunain i'w cadw'n brysur. Bu bron i Mr Edwin Morse Ysw. syrthio oddi ar ei echel wrth i'r ferch daro yn ei erbyn fel sachaid hanner gwag o datws. Ond nid ei phwysau na'i swmp hi oedd wedi achosi iddo simsanu mewn gwirionedd, ond sydynrwydd y twrw a'i tynnodd mas i'r stryd.

Llwyddodd i gadw'i gydbwysedd, ond wrth ei achub ei hun rhag codwm, cafodd gip ar wyneb na allai ond prin ei adnabod. Llechai haid o gleisiau o dan gochl y cwcwll, gan ei atgoffa o nythaid o ystlumod y daethai ar eu traws yng nghroglofft y stabl dro'n ôl. Dyma eiddo yr oedd wedi gobeithio ei feddiannu ond nad oedd wedi disgwyl iddo ddod i'w feddiant y bore arbennig hwnnw.

Lwc mul oedd iddo ddigwydd bod yn ei swyddfa. Hoffai gyfeirio at yr ystafell yr oedd newydd ei gadael fel ei swyddfa, ond ymgais i gadw wyneb oedd hi'n anad dim. Mynnai disgwyliadau'r dydd fod angen swyddfa ar ddyn o'i statws ef, a chan fod yr adeilad cyfan yn eiddo iddo a'i fod yn ymyl y rhan honno o'r dref a greai'r rhan fwyaf o'i gyfalaf, roedd yn drefniant cyfleus. Yn ymarferol, o'i gartref y gwnâi'r rhan fwyaf o waith gweinyddol ei wahanol fusnesau, gyda gweddill ei 'waith' allan yno ar y strydoedd.

Ar y llawr gwaelod, rhedai tenant iddo fusnes gwerthu brethyn, ac i'r chwith o'r siop roedd drws yn arwain at risiau i'r llawr uchaf. Ar hwnnw, ceid plac pres parchus yn hysbysu'r byd o'i bresenoldeb yno.

Pan agorodd y drws gyntaf i weld pwy ddiawl oedd yn ei ffustio mor ffyrnig, gwaradwyddodd o weld yr hanner epa cynddeiriog. Adnabu ef o ran ei weld, am fod ei wyneb yn ddigon cyfarwydd o gwmpas y lle. Gweithredai fel sgowt ar ran ei chwaer, ond er bod y ddau'n ymhél â'r un busnes nid oedd eu llwybrau erioed wedi croesi o'r blaen.

A hithau'n gefn dydd golau a phobl o bob lliw a llun yn mynd yn ôl ac ymlaen yn y rhan honno o'r dref, ei flaenoriaeth fu cael y ferch o'r golwg. Doedd dim yn waeth i ochr hon ei ymerodraeth na digwyddiad a fyddai'n creu sôn amdano ar ben rhewl.

'Cer draw fan'na,' ebe wrthi'n awdurdodol yn Gymraeg gan ddynodi ei fod yn disgwyl iddi ddiflannu y tu cefn i'r drws agored y tu cefn iddo. 'A cher dithe i ddiawl,' ychwanegodd yn Saesneg, gan gyfeirio'i eiriau at y dyn. Nid aeth i ddal pen rheswm ac nid oedd yn bwriadu aros yno yng ngŵydd y byd i weld a fyddai'r dyn yn ufuddhau. Er iddo ddal ffrwyn dynn ar ei dymer, fyddai neb o fewn clyw o dan unrhyw amheuaeth nad oedd yn gandryll.

Roedd ar fin troi ar ei sawdl i ddilyn y ferch pan ddaeth y gŵr a logai'r siop i'r golwg, yn bryder i gyd.

'Mr Morse! Mr Morse! Ydy popeth yn iawn?' holodd y brethynwr gan nesu tuag ato gyda'i gamau bach clôff.

Oedodd Edwin Morse gan godi ei law fel plismon, i'w atal rhag dod yn nes. Yna, gwenodd arno'n rhadlon. 'Ydy, mae popeth yn iawn, diolch,' dywedodd mewn llais cadarn. 'Does dim angen ichi boeni. Ond fel y gwyddoch chi cystal â minnau, fe drig rhai dynion digon garw yn ein mysg, ysywaeth.'

Ni thrafferthodd roi mwy o eglurhad a gadawodd i'w denant i ddychwelyd at ei fusnes ei hun. Caeodd y drws du cadarn yn glep ar ei ôl, gan ddweud, 'Reit, gwd gyrl, lan y stâr 'na nawr … glou.' Ond roedd honno eisoes wedi rhagweld y gorchymyn ac wedi dechrau dringo.

*

Senegal fradychodd ddyheadau Martha Elin.

Roedd hi'n drannoeth erbyn iddi gael y cyfle i glepian wrth Madam Nora am y garden ddirgel welodd hi'n cael ei chuddio. (Rhaid nad oedd bod yn hardd a chael dynion y greadigaeth i flysio'i ffafrau yn ddigon i'w harbed rhag bod yn hen gnawes ddichellgar.) Symudodd holl beirianwaith Belle Canto yn gyflym i fynd trwy'r ystafell â chrib mân.

Châi Phoebe ddim aros yno funud yn hwy. Daeth dedfryd meistres y tŷ yn gadarn a didostur o derfynol. Dyfarnodd yn y fan a'r lle. Roedd hi i'w dychwelyd i'r stryd, dywedodd, i fod yn neb amgenach na Martha Elin drachefn – y Fartha Elin a godwyd o'r gwter ganddi hi, Madam Nora, yn ei mawr haelioni. Cymerodd arni fod y siom o gael ei 'gadael i lawr fel hyn' wedi'i brifo i'r byw a bu'n rhaid i'r forwyn fach nôl y *smelling salts* ar frys a chyrchu ei brawd yn y fargen.

'Mr Edwin Morse Esquire, myn yffarn i!' gwawdiodd wedyn, gan ysgwyd y garden rwysgfawr o dan drwyn y ferch. 'Dechrau derbyn *gentlemen callers* ar dy liwt dy hun nawr, wyt ti?'

'Neb o bwys,' ceisiodd Martha Elin ddal ei thir. 'Rhywun ddaeth ar fy nhraws i ddoe a dod ataf i siarad, dyna i gyd. Fe adawodd e'r garden 'ma – ei gorfodi hi yn fy llaw.'

'Hy! 'Na ddangos croten fach mor dwp wyt ti, gwd gyrl. Nid neb o bwys yw Edwin Morse – fel y doi di i ddeall yn ddigon clou,' bytheiriodd y wraig hŷn.

'Hen ast yn meddwl 'i bod hi'n rhywbeth gwell na'r cyffredin fuodd hon o'r dechre,' ymunodd y brawd yn y condemniad gan daro cledr ei law ar draws ei hwyneb yn ddirybudd.

'Dyna ddigon!' mynnodd Madam Nora'n chwyrn.

'Wel! Mae'n haeddu fe …'

'Yma gwrddes i ag e gynta,' brwydrodd Martha Elin trwy frath y llosgi ar ei boch. 'Fe fuodd yma ychydig wythnose'n ôl …'

'Do, fe wn i hynny'n iawn,' meddai Madam Nora. 'Gynigiodd e dy fod ti'n mynd bant 'dag e bryd hynny?'

'Naddo. Tydw i ddim hyd yn oed yn gallu'i gofio.'

'Os na fedri di gofio, sut wyddost ti?' aeth yn ei blaen. 'Na, paid â thrafferthu ateb. Sda fi ddim diddordeb. Ond ddaw e byth trwy ddrws y tŷ 'ma eto, ma hynny'n ddigon siŵr. Dod fan hyn i ddwgyd 'y merched i ...'

'Doeddwn i ddim yn meddwl ei ddilyn e am eiliad,' ceisiodd Martha Elin argyhoeddi gyda'i chelwydd.

'Cau hi!' ebe'r dyn drachefn a theimlodd hithau ei ddwrn ar ei gên.

'Ond rhyfedd na soniaist ti'r un gair, yntê fe?' Aeth Madam Nora yn ei blaen i restru'r rheolau. 'Ti'n gwbod yn iawn nad oes unrhyw gyfrinache i'w cadw rhag Madam Nora. Fe ddywedes i wrthot ti'n ddigon plaen dy fod ti i adrodd popeth i mi. A phaid â dweud dy fod ti wedi hen anghofio am sgwrs y potsiar haerllug. Ddim a tithe'n eistedd fel ledi wrth dy fwrdd gwisgo yn anwylo'r garden 'ma rhwng dy ddwylo ddiwedd prynhawn ddo' ...'

'Celwydd noeth!' ceisiodd y ferch o Faldwyn ddal pen rheswm. 'Doeddwn i ddim yn anwylo ei hen garden fach salw ...'

'Wel! Rwyt ti eisoes wedi anwylo popeth arall all fod gan y dyn i'w gynnig iti, boed yn fach a salw ai peidio. Nawr, fe gei di fynd ato i freuddwydio dy freuddwydion gwrach yn rhywle arall ...'

Dywedai poen ei chern a dagrau ei llygaid wrth Martha Elin am dewi – a dyna a wnaeth.

'Thalith neb yr un ddime goch am hon am wythnos neu ddwy,' barnodd y brawd yn fostfawr.

'Pwy fydd am dy fwydo di a dy ddilladu di, Duw a ŵyr! Ond dyna fe, 'na beth sy'n dod o fod mor ffôl â meddwl y gallet ti byth gael y gorau ar Madam Nora ...'

*

'Tynna'r clogyn 'na,' gorchmynnodd Edwin Morse wrth ei dilyn i fyny'r stâr. 'Gad inni weld maint y difrod nath y bwbach 'na.' Er bod ei lais yn gras, roedd gwên gynnes ar draws ei wyneb pan ddaeth i'w gŵydd. Gallai fforddio bod yn fuddugoliaethus a gwyddai Martha Elin hynny'n iawn. Yr eiliad y cyrhaeddodd hi'r swyddfa, aethai i guddio yn y gadair ledr grand a ddaliodd ei sylw yn y cornel tywyll. Ond nawr, ni allai lai na chodi ar ei thraed drachefn yn ufudd.

'Wnes i ddim o'i le ...'

'Ust nawr – sa i moyn clywed! Hen ddwlben wyt ti, yntê fe?' barnodd, gyda mwy o resyn yn ei lais na cherydd. 'Croten ddwl ar y naw. Fe allen i fod wedi cynnig iti ddianc o Doverod gyda fi ddoe. Rhoi'r cyfle iti ddod i benderfyniad drosot dy hunan, yn y fan a'r lle. Fe alla i weld nawr taw dyna ddylen i fod wedi'i wneud. Ond mwya ffŵl imi, fe dybies i fod angen tamed bach mwy o gyfrwystra wrth ddelio â ti – yr hoiti-toiten shwd ag wyt ti! "Na," wedes i wrth 'yn hunan. "Ma hon yn lico meddwl fod rhyw chwa o annibyniaeth yn perthyn iddi. Rho gyfle iddi feddwl mai hi wnaeth y dewis o'i phen a'i phastwn 'i hunan." Finne'n ddigon ffôl i feddwl y galle hynny apelio'n fwy at dy anian di. Fe es i mor bell â meddwl falle y bydde gyda ti ryw eiddo personol roeddet ti am ei gasglu o Belle Canto cyn cael dy draed yn rhydd o'r lle ... Ond mae'n amlwg sda ti ddim i'w drysori – dim mwy na'r hyn roddodd y Bod Mawr iti ... a hynny rhwng dy goese, nid rhwng dy glustie, mae'n bwysig nodi. A nawr, 'co ti, mei ledi ... wedi dy ollwng ar garreg 'y nrws i fel parsel sneb wedi hyd yn oed ei lapio'n iawn. Edrych arnat ti ...'

Wrth siarad, roedd e wedi camu ati a thynnu'r clogyn yn arw o'i gafael er mwyn ei gweld yn iawn. Hen gerpyn o ffrog yn unig oedd amdani. Crefai hithau am gael cnoi ei gwefus isaf mewn cynddaredd, ond roedd honno eisoes yn boenus o dyner wedi'r cweir. Ceisiodd dynnu ar wytnwch pob diferyn o hunan-barch a feddai, ond gwyddai yn ei chalon na thyciai hynny ychwaith, am fod pob balchder a feddai yn ddu-las.

'Iesu! Weli di nawr mor bwysig yw hi iti 'nghael i i edrych ar dy ôl di? Dwyt ti ddim am fod ar drugaredd sglyfaethod fel Gertie Price a'i brawd byth eto, wyt ti?'

Dechreuodd hithau lefain o'i flaen, ond gwnaeth Edwin Morse hi'n amlwg nad oedd am ganiatáu hynny, trwy ddweud wrthi am dewi'n syth.

'Do'n i ddim yn disgwyl dagre 'da ti, rhaid gweud,' meddai, gan swnio'n wirioneddol siomedig. 'Ro'n i'n meddwl fod mwy o ruddin ynot ti na 'ny ... a thithe'n dod o Sir Drefaldwyn a phopeth. Dere draw fan hyn i fi allu gweld yn iawn.'

Ufuddhaodd hithau. 'W!' ebychodd yn hyglyw wrth weld ei briwiau. 'Ti'n bendant ddim ar dy hardda heddi, wyt ti?'

'Gadewch ifi fynd, rwy'n erfyn arnoch chi,' dechreuodd hithau strancio, gan deimlo'r dagrau gwaharddedig yn dychwelyd er ei gwaethaf. 'Mi fydda i'n iawn. Dw i ddim angen cael 'y ngwawdio.'

'I ble'r ei di'r dwpsen?' Roedd peth tosturi yn ei lais, fel petai'n rhyfeddu at ei onestrwydd ei hun am ennyd. 'Sda ti unman arall i fynd. Fydd ar neb dy ishe di am sbel.' Cydiodd ynddi gerfydd ei gên gan ddal ei hwyneb yn y modd mwyaf manteisiol i lewyrch y lamp oedd ganddo ynghynn ar y ddesg allu ei oleuo. 'Dwyt ti ddim am glywed hyn, ond cred ti fi, ar y foment hon yn dy hanes, fi yw dy obeth gore di. Dy unig ffrind. Ti'n deall gymaint â hynny, on'd wyt ti?'

Wrth geisio adfer peth o'i balchder, tynnodd Martha Elin ei hun o'i afael, gan godi braich i sychu ei boch â'i llawes. Gwingodd ei chroen o'r eiliad y cyffyrddodd ag ef wrth i'r boen ddychwelyd yn annisgwyl o dyner, fel petai'n ei hatgoffa na ddylai hi byth anghofio'r darostyngiad hwn tra byddai byw. Gallai glywed ei hwyneb oll ar dân. Rhoddodd wich o ing a chywilyddiodd wrth wneud.

'Cer 'nôl i'r gader 'na, da ti, cyn y llewygi di,' gorchmynnodd y dyn. Roedd wedi gweld digon i ddeall nad oedd hi'n gwaedu yn unman, ac i ddod i'r casgliad na thorrwyd yr un asgwrn. Amser fyddai'r feddyginiaeth orau iddi, barnodd. Ond yn y cyfamser, wynebai benderfyniadau yr oedd gofyn iddo'u cymryd yn go sydyn.

'Dw i eisie gwbod ble rwy'n sefyll,' dywedodd hithau'n ddewr, gan geisio ailsefydlu rhyw rith o awdurdod yn ei llais.

'Ble fyddi di'n sefyll, 'y merch i, fydd ar wastad dy gefn,' ddaeth ei ateb slic.

Tybiodd nad i'w chosbi'n unig y cafodd hi grasfa ond i'w gwneud yn ddiwerth iddo fe am gyfnod. Synnai e fawr nad hynny yn anad dim a gymhellodd y ddau dderyn drycin yna ym Melle Canto i gyflawni eu hanfadwaith. Os gwir ei dybiaeth, roedd yn cadarnhau popeth yr oedd wedi'i amau amdanynt erioed.

'Fe gefais i fy magu yn well na Gertie a'r brawd brwnt 'na sy ganddi,' aeth yn ei flaen, gan swnio fel y dylsai ei eiriau fod o gysur iddi. 'Fyddwn i byth yn breuddwydio bwrw'r un ferch, oni bai fod gwir raid.'

'Bydd disgwyl i mi fod yn ddiolchgar, fe warantaf,' barnodd Martha Elin yn feiddgar.

Roedd y dyn am wenu'n edmygus yn ymateb i hynny, ond doedd fiw iddo, fe wyddai. Amheuai'n fawr a lwyddai nerth bôn braich na thraha byth i lwyr drechu balchder hon. Ar adegau dros y blynyddoedd a ddilynodd, dyheai am glywed rhyw air o ddiolchgarwch ganddi. Neu deimlo rhyw lun ar gynhesrwydd tuag ato yn dod o'i chyfeiriad. Rhyw arwydd o gydnabyddiaeth ei bod hi'n ymwybodol ei fod yn llawer iawn mwy goddefgar o'i haerllugrwydd hi nag o ddim a ddioddefai gan yr un ferch arall oedd o dan ei reolaeth.

Ond cael ei siomi wnaeth e, gan orfod bodloni ar eu 'partneriaeth fusnes'. Os bu iddi byth dyfu i fod yn 'Dlws ei Ymerodraeth' go iawn, un fach arwynebol, elwgar oedd hi. Dim mwy na hynny. Do, fe gafodd Martha Elin fywyd cysurus o fath drwy chwarae ei rhan. Ond ni lwyddodd erioed i feithrin digon o galon na chyfrwystra i droi ei wendid ef amdani'n ddŵr i'w melin ei hun.

'Hen ast stwbwrn wyt ti, ti'n gwbod 'ny?' arthiodd arni, gan symud i sefyll y tu cefn iddi gyda'i ddwylo'n pwyso ar ei gwar. Tylinodd ei hysgwyddau, hanner ffordd rhwng mwytho a bygwth. 'Ond fe ddoi di i ddeall taw'r hyn rw i wedi'i fwriadu ar dy gyfer di sydd ore iti.' Wrth siarad, gallai deimlo'r cyffro a enynnwyd ynddo yn cosi yn ei lwynau, ond nid nawr oedd yr amser i ddilyn y trywydd hwnnw. Gyda'i fysedd deheuig yn dal ar waith, bodlonodd ar wenu iddo'i hun, gan wybod fod honno'n wên na welai hi mohoni, am fod ei hwyneb tua'r wal.

*

Er iddo orffwys ei ben yn rheolaidd ar obenyddion amgen hwnt ac yma ar hyd y dref, ei gyfeiriad cartref gydol ei oes fu'r tŷ lle y cafodd ei fagu. Nid yn Y Dyfroedd yr oedd hwnnw. Nac yn ardal y dociau ychwaith, er mai yno'r oedd rhan helaetha'r 'eiddo' a dalai ar ei ganfed iddo. Mewn maestref hŷn o lawer ei naws y ceid y tŷ a alwai'n gartref. Ef oedd piau hwnnw hefyd, gan i ewyllys ei dad ei adael iddo. Trigai yno gyda'i fam – gwraig hynaws, dduwiol a hawdd iawn ymwneud â hi. Roedd hi hefyd yn ddethol a doeth yn yr hyn y dewisai sylwi arno neu holi yn ei gylch. Achubai ar bob cyfle pwrpasol a godai i ganu clodydd ei hunig blentyn, fel oedd i'w ddisgwyl gan fam gŵr busnes uchel ei barch. Gofalodd yntau amdani hithau ac wrth i'w hiechyd dorri gyda threigl amser, gwnaeth yn siŵr ei bod hi'n derbyn pob tendans gan yr howscipar a redai'r cartref ar eu cyfer erbyn y diwedd. Unig aelod sefydlog arall yr aelwyd ym mlynyddoedd olaf yr hen wraig oedd y crwtyn hwnnw a gyflogwyd rai blynyddoedd ynghynt i gymryd gofal o'r ceffyl a'r ardd. Erbyn dydd ei darfod, roedd i hwnnw ryw statws annelwig hanner ffordd rhwng gwas cyflog ac aelod o'r teulu.

Arbedwyd Mrs Morse rhag unrhyw arlliw o sgandal gydol ei hoes, gan na chododd yr un gwynt drwg erioed o gylch ei hannwyl Edwin. Meddai hwnnw ar reddf naturiol i hwylio trwy gerrynt moesol ei oes gyda rhagrith a gosgeiddrwydd alarch.

Gallai Edwin Morse fod yn feistr llym ar brydiau – roedd gofyn bod os oedd am lwyddo – ond rhedai rhyw radlonrwydd trwyddo hefyd. Weithiau, amlygai hynny ei hun ar ffurf dychan deifiol neu ryw ffraethineb drygionus. Dro arall, ni fyddai'n ddim llai na thalp o garedigrwydd rhonc. Serch hynny, ni chaniataodd iddo'i hun i fod yn feddal erioed. Daliai afael gadarn ar ffrwyn ei ddeuoliaethau, am fod cydbwysedd a chyfrwystra yn rhan gynhenid ohono ac am iddo ddeall yn gynnar mai cynneddf i'w defnyddio i bwrpas yn unig oedd elfen filain ei bersonoliaeth. Roedd honno yno'n bendifaddau. Daethai ef ei hun i'w hadnabod a'i chydnabod yn gynnar. Ond ni fyddai byth yn gadael iddi lywodraethu ei weithredoedd, ar wahân i achlysuron prin pan godai gwir angen. Dim mwy a dim llai na hynny. Yn gytbwys, fel gŵr gwâr. Do, fe lwyddodd i godi ofn ar sawl un yn ystod ei oes – yn ddynion a menywod – ond nid enynnodd wir gasineb o du neb erioed. Yn wir, fe swynodd lawer.

*

O'r holl wragedd a gafodd Edwin Morse erioed, yng nghroth un yn unig y caniataodd i'w had fwrw'i ffrwyth, a Martha Elin oedd honno. Dair blynedd wedi iddi wella o'i chleisiau a dechrau dygymod â sefydlu bywyd iddi ei hun mewn dwy ystafell uwchben siop – dwy ystafell a oedd yn gartref ac yn weithle iddi – cawsant ferch fach. Flwyddyn cyn hynny, gorfodwyd hi i gymryd cyfnod o dri mis pan na chafodd yr un dyn arall fynd ar ei chyfyl. Mynnodd iddo'i hun y sicrwydd mai ef ac ef yn unig fyddai'n gyfrifol am unrhyw ymchwydd yn ei bol.

Cynlluniwr craff oedd Edwin Morse – yn ei awydd i wireddu'r dyhead i fod yn dad fel ag ym mhopeth arall. Yn wahanol i ddarpar fabi pob merch arall a reolai, ac a fu mor anystyrlon â beichiogi, cafodd Martha Elin gadw'r ferch. Nid babi siawns nac anffawd oedd honno, wedi'r cwbl, ond eiddo arall a genhedlwyd ganddo'n fwriadol ac y byddai wedi ei thrysori hyd byth petai wedi cael y cyfle. Yn rhan o'r ymerodraeth, os nad cweit yn un o'r teulu.

(Y drefn arferol gyda phob embryo nad oedd croeso iddo fyddai ei erthylu cyn gynted â phosibl. Llwyddodd ambell ferch i guddio'i chyflwr rhagddo am rai misoedd. Bu rhai'n rhy dwp i sylweddoli arwyddocâd y newidiadau oedd ar droed yn eu cyrff – am taw prin oedd eu perchnogaeth dros eu cyrff eu hunain yn y lle cyntaf, mae'n debyg. Ond cael eu lluchio'n ôl i'r stryd fyddai ffawd pob un o'r merched rheini, a hynny'n ddiymdroi. Roedd babi'n niwsans ac yn mynnu rhyw eglurhad am ei fodolaeth. Ni fynnai Edwin roi eglurhad am ddim i neb.)

Dros y blynyddoedd, un yn unig y cymerodd Edwin Morse drugaredd arni o dan y fath amgylchiadau. Parhaodd i ddarparu to uwchben honno trwy ei beichiogrwydd am ei bod ym mlodau ei dyddiau ar y pryd ac yn hynod boblogaidd gyda'r cwsmeriaid. Dyna a'i gwnâi'n fuddsoddiad hir dymor da yn ei olwg. Lai na hanner awr ar ôl yr enedigaeth, aed â'r newydd-ddyfodiad i'w fabwysiadu gan elusen y plwy ac o fewn fawr o dro roedd y fam newydd yn ôl wrth ei gwaith. (Am beth amser wedyn gallodd godi mwy am ei gwasanaethau na chynt am fod ganddi bellach adnodd newydd i'w gynnig i gleientiaid: llaeth y fron.)

*

O fewn deufis i eni eu merch, bu'r fechan farw. Esgorodd hynny ar beth tristwch rhyngddynt, yn naturiol, ond gyda dau mor bragmataidd, dyw hi fawr o syndod clywed mai prin fu'r galar a ddangoswyd ganddynt o'i gymharu â ffasiwn eu hoes.

Un fach eiddil oedd y babi a aned iddynt o'r cychwyn a gallasai'r rhieni di-ddweud weld mai digon gwantan fyddai ei gafael ar fywyd petai hi wedi byw. O'r herwydd, fe'i claddwyd heb fawr o sioe – dim ond nhw ill dau a pherson o blwy arall. (Doedd dim angen trafferthu bugail Severn Road gyda thrallod o'r fath. Perthyn i ochr fusnes ei fuchedd roedd hyn, nid i'w fywyd ysbrydol.) Dros y blynyddoedd a ddilynodd, ni soniwyd gair am y golled. Os bu i hiraeth am eu cyntaf-anedig fyth drwblu eu meddyliau, mewn mudandod yn unig y cafodd hynny ei gofnodi.

Gwahanol iawn fu'r stori pan aned mab iddynt rai blynyddoedd wedyn – swniai ysgyfaint iach hwnnw fel petai'n benderfynol o adael i'r gymdogaeth gyfan wybod ei fod wedi cyrraedd a'i fod yn bwriadu byw am byth.

*

Gwilym Edwin oedd yr enw a ddewiswyd ar gyfer y bychan gan ei dad a rhoddodd orchymyn llym i fam y plentyn nad oedd i odro unrhyw elw ychwanegol o'i ddyfodiad. O ganlyniad, Gwilym bach yn unig gafodd fwynhau maeth, llaeth a mwythau bronnau llawn ei fam, cyhyd ag y bu'n sugno arnynt. Treuliodd ei flynyddoedd cynnar yn rhannu'r ddwy ystafell hynny gyda hi. Gwelai ei dad yn aml – bob dydd i bob pwrpas – heb erioed gael ei gyflwyno iddo fel ei dad.

Pan oedd yn ddeg oed, cymerwyd ef oddi wrth ei fam i fyw a gweithio yng nghartref yr ymwelydd cyson hwn a ofalai am eu buddiannau. Wrth gyrraedd cyrion y dref a gweld tŷ mawr crand Edwin Morse am y tro cyntaf – y fangre a fyddai'n gartref iddo am weddill ei oes – ni allai'r crwt lai na rhythu'n gegrwth. Nid oedd erioed wedi bod o Butetown cyn hynny. Rhyfeddodd o ganfod stryd mor dawel a chael bod coed yn tyfu yn ei gerddi.

Cawsai beth addysg ffurfiol yn ystod ei febyd ac roedd gwahanol acenion y morwyr a'r tramorwyr y deuai ar eu traws yn gyson 'pan oedd Mami'n gw'itho' wedi golygu ei fod eisoes wedi 'gweld y byd' ar lawer cyfrif. (Y gwir oedd i'r byd ddyfod ato ef; ni fu'n rhaid iddo deithio.) Ond yn sydyn, dechreuodd sylweddoli fod 'byd mawr' arall eto fyth o fewn ei gyrraedd – un na fu ganddo unrhyw ddirnadaeth o'i fodolaeth cyn hynny. Rhoddwyd ef i weithio yng ngofal y gaseg a'r trap a'r ardd. Roedd disgwyl iddo hefyd roi help llaw i'r forwyn a ddeuai ddeuddydd yr wythnos i gynorthwyo Mrs Morse gyda'r gwaith tŷ yn y blynyddoedd cynnar hynny. Fel gwas y cyfeirid ato a gweithiai'n galed am y fraint o gael to uwch ei ben.

Rhennid y to hwnnw gyda'r tŷ drws nesaf, felly doedd cartref Mrs Morse a'i mab ddim llawn cymaint o balas ag yr oedd wedi ymddangos i Gwilym ar yr olwg gyntaf. Serch hynny, roedd yn dŷ nobl, gyda thair ystafell wely ar y llawr cyntaf a dwy fechan yn y to. I un o'r rheini y cafodd ef, fel gwas, ei gyfeirio ar ei ddiwrnod cyntaf yno.

Dim ond ar ôl i'r hen wraig farw y cafodd symud i ystafell wely ar y llawr oddi tano, fel petai'n un o'r teulu go iawn.

Roedd yn llanc erbyn hynny – yn ymylu ar fod yn ddyn. Trwy ryw osmosis rhyfedd yr oedd, dros amser, wedi dod i ddeall y gwir berthynas rhyngddo ef a'i feistr, heb i'r un gair i gydnabod hynny gael ei yngan erioed gan y naill na'r llall ohonynt.

Yn rhinwedd ei waith, daeth yn gyfarwydd â bod yng nghwmni osleriaid a garddwyr eraill o bryd i'w gilydd a dechreuodd wawrio arno fod rhywbeth sylfaenol wahanol am ei berthynas ef a Mr Morse o'i gymharu â'r hyn oedd yn gyffredin rhwng gweision a meistri eraill. Ers cyrraedd ei gartref newydd, pwysleisiwyd wrtho ei fod yn cael ei 'roi ar ben y ffordd'. Os oedd byth yn euog o unrhyw gamwedd neu esgeulustod wrth gyflawni ei ddyletswyddau, nid cerydd a dderbyniai ond cyngor neu gyfarwyddyd. Er mai fel gwas cyflog y cyfeirid ato bob amser, roedd rhyw anffurfioldeb rhyngddynt. Rhyw agosatrwydd. Anwyldeb, bron.

Âi ei feistr ag ef gydag ef i weld ei deiliwr ambell dro – er mwyn gwneud yn siŵr fod ganddo ddillad trwsiadus. 'Er mwyn iti gael dod ymlaen yn y byd 'ma, fachgen!' Ni wyddai Gwilym Edwin am yr un gwas cyflog arall a dderbyniai gymwynasau tebyg o law ei feistr. A phan ddechreuodd Mrs Morse gadw i'w gwely, byddai ei mab gan amlaf, os oedd gartref, yn dewis dod i lawr i'r gegin i fwyta gydag ef yn hytrach na chymryd ei swper yn yr ystafell fwyta braf ar y llawr uwchben.

I bawb a ddeuai i gysylltiad â'r ddau, roedd y tebygrwydd teuluol rhyngddynt yn amlwg o'r cychwyn. Fel stwcyn solet, digon tywyll yr olwg y gwelsai Gwilym ei dad erioed. Brython o'r iawn ryw, barnai. Ond y nodwedd a dystiai gryfaf i'r cyswllt bywydegol rhyngddynt oedd eu llygaid. Tad a mab oeddynt, yn ddi-os. Rhannent yr un disgleirdeb gwenfflam wrth edrych allan ar y byd, boed hynny gyda gwên neu wg. Yr un edrychiad roddai'r ddau.

Parhau'n ddigon mympwyol wnaeth yr addysg a dderbyniodd ym mlynyddoedd ei brifiant o dan ofal ei dad. Ond gofalodd hwnnw ei fod yn hyddysg yn ffyrdd y byd ac yn gallu ymagweddu'n gysurus fel gŵr bonheddig parchus pan fynnai, er mwyn mwynhau pethau gorau bywyd. Gwelai ei fam yn rheolaidd gydol ei fywyd. Ymwelai â hi'n gyson. Ond gwnaed yn eglur iddo o'r diwrnod y'i gadawodd mai ef fyddai'n gorfod mynd i'w gweld hi. Parchodd hynny hyd ei ddiwedd. Hyd yn oed ar ôl iddo etifeddu'r tŷ trwy ewyllys ei dad – a fu farw'n ddisymwth ddeuddydd cyn suddo'r Titanic, ac yntau'n hanner cant a chwech mlwydd oed – nid estynnodd yr un gwahoddiad erioed i'w fam ymweld ag ef yn y tŷ mawr crand a alwai'n gartref. Putain oedd hi, wedi'r cwbl.

*

Megis gyda sgrechiadau iach ei fabandod, felly hefyd wedi iddo dyfu'n ddyn ifanc cydnerth. Rhodiannai Gwilym Edwin trwy fywyd gyda'r un osgo hawddgar, hunanhyderus â'i dad, a hawdd credu y byddai fyw, os nad am byth, yna i oedran teg o leiaf. Ond rhoes y Rhyfel Byd Cyntaf y farwol i'r dybiaeth honno. Hanner cant a phump oedd oed ei fam ar y pryd – er, i ni heddiw, byddai wedi edrych yn debycach i fenyw a oedd wedi hen fynd heibio oed yr addewid. Erbyn 1916, roedd y troedio cyson a arferai fod ar y grisiau a arweiniai at ei drws wedi dod i ben ers sawl blwyddyn a chyfnewidiodd y cyfathrachu hwnnw am fwrlwm o fath gwahanol, gan weithio ar un o stondinau'r farchnad dan do – nid nepell o'r arcedau a'r Llyfrgell Rydd nobl y cofiai weld ei chodi ar y prynhawniau Iau rheini slawer dydd.

Edwin Morse sicrhaodd y joben fach honno iddi hefyd, yn union fel yr oedd wedi sicrhau pob joben arall ar ei chyfer ar hyd ei hoes. Yn anfoddog braidd y derbyniodd hithau'r oblygiadau pan ddaeth y dydd. Nid oedd mwyach yn atyniad fel y bu, nac ymhlith asedau mwyaf proffidiol yr 'ymerodraeth'. Fel tlws, roedd hi wedi colli'i thlysni ers llawer dydd, mae'n rhaid. Waeth iddi addef hynny ddim, meddyliodd. Enciliodd gyda gras.

Mewn wyrcws y darfu ei dyddiau, yn ddiymgeledd ac yn dragwyddol bell o fwynder Maldwyn. Pan wnaed yn eglur iddi gan ei mab na chrybwyllwyd ei henw yn ewyllys Edwin Morse, daeth wyneb yn wyneb â'r gwirionedd trist nad oedd darparwr mawr ei bywyd wedi gwneud unrhyw ddarpariaeth ar ei chyfer wedi iddo ef ymado. Gadawyd hi ar drugaredd tipyn o bawb a neb.

Er mor wenfflam y cyneuodd Mr Cringoch fflam ei dychymyg pan oedd yn ifanc, cael ei diffodd gan orthrymder cnawd fu ei ffawd wrth i'r blynyddoedd fynd rhagddynt. Chafodd hi erioed gamu trwy borth y castell na gweld yr holl ddrysorau y clywsai gymaint o sôn amdanynt. Pylu wnaeth y cof am y dyn ei hun yntau – ei gorff a'i greadigaethau – nes diflannu bron yn llwyr o'i chof am ran helaetha'i hoes. Yn ei henaint, wrth iddi ailgerdded llwybrau caregog ei thaith, dychwelodd ambell fflach ohono. Yr holl chwedloniaeth a blannodd ynddi yn disgleirio weithiau, fel gleiniau mân ymysg y pydredd.

Parhaodd ei chorff ar dir y byw am flynyddoedd lawer wedi i'w breuddwydion farw. Ond hen gnafon felly oedd breuddwydion. Wastad yn carlamu tua'u tranc cyn y câi neb gyfle i agor eu llygaid i weld faint o'r gloch oedd hi. Dyna ddagrau pethau, meddyliodd, gan wybod nad oedd derbyn hynny yn gysur o fath yn y byd.

Waeth pwy oedd e mewn gwirionedd, ni chlywodd siw na miw am y Mr Johnson hwnnw wedi diwrnod blin y cweir a'r ail leoli. Diflannodd o'i byd, gan ei wneud yn llai.

Mwy poenus o lawer yn ei golwg na drysau bythol gaeedig unrhyw gastell oedd y ffaith na chafodd erioed y fraint o groesi trothwy cartref Edwin Morse. Na chartref Gwilym Edwin ychwaith. Ddaeth hi byth i wybod beth fu ffawd ei mab. Aeth bant i ymladd yn y Rhyfel Mawr. Gwyddai gymaint â hynny. Ond darfu'r miri hwnnw heb sôn amdano'n dychwelyd. Dim ond yn raddol y dechreuodd hi sylweddoli nad oedd yn debyg o dderbyn ymweliad arall ganddo byth mwy. Beth arall allai hi ei gredu? Derbyniodd y gwirionedd heb chwennych unrhyw eglurhad swyddogol. Yr holl chwilfrydedd a fu'n dawnsio trwyddi'n ferch ifanc wedi troi'n ynfydrwydd. Galarodd yn dawel a diffwdan – a gwnaeth hynny'n lew. Roedd hi'n hen gyfarwydd.

*

Duw a ŵyr ble y gorwedd gweddillion Martha Elin a Gwilym. Does dim i nodi gorffwysfan olaf y naill na'r llall ohonynt. Dim carreg fedd. Dim enw ar gofgolofn. Dim cofnod o fath yn y byd. Maent ill dau yn rhan o'r werin anghofiedig honno sydd wastad yn wrtaith i wreiddiau pob gwareiddiad.

Dw i ddim ond yn gobeithio fod y ddau'n ddiolchgar 'mod i wedi eu harbed rhag ebargofiant llwyr trwy sôn wrthych chi amdanynt.

'Chi'n gweld, blant, all yr un genhedlaeth wybod beth ddaw i ladd yr un a ddaw ar ei hôl.' Dyna fyddwn i'n arfer ei ddweud wrth ddirwyn yr hanesyn arbennig hwn i ben. 'Mae'n llawer mwy caredig os na ddaw rhieni i wybod achos marwolaeth eu plant. Dyna un dirgelwch y mae'n well ei adael lle mae – yn y dyfodol.'

Wrth i chithau fynd yn hŷn, Rwth, mi wynebwch yr un gwirionedd – y chi a'ch plant. Gweddïwch 'mod i'n dweud y gwir – achos mae'r unig ddewis arall yn rhy arswydus i'w ystyried, on'd yw e? Yn rhy ych-a-fi o lawer.

Dirgelwch yw bywyd i fod. Adleisiau a glywir mewn llannerch a fu unwaith dan ddŵr. Ffawd a ffeiriwyd ar fympwy'r foment mewn ffair ym Maldwyn un noson braf o haf. Hap a damwain. Chwaraebeth gwalch sy'n cogio fod rhyw gynllun mawr ar waith ganddo, pan nad oes ganddo mewn gwirionedd ddim i'w gynnig, ar wahân i freuddwyd am yfory a thwyll tragwyddoldeb.

*

Cwrso Cysgodion

Gwingodd Rwth wrth ddarllen y frawddeg honno a'i cyfarchai wrth ei henw, reit ar ddiwedd y stori. Hi oedd unig ddarllenydd Mr Morris, mae'n wir, ond roedd ei ymgais i'w rhwydo'n rhan o'i hunan-dyb yn annerbyniol ganddi. Ni chofiai iddo wneud dim byd tebyg yn y lleill, er na thrafferthodd agor ffeiliau'r rheini i wirio a oedd ei thybiaeth yn gywir. Beth yn y byd ddaeth drosto? Ceisio bachu ei sylw trwy ei henwi, wir! Drwgdybiai'r arfer o ran egwyddor. Roedd rhywbeth dan din amdano – fel petai hi'n rhan o'r chwedlau. Yn rhan o'r cynllwyn. Doedd hi ddim am gael ei thynnu i fod y rhan o'r un gwallgofrwydd.

Hen dric gwachul oedd ceisio gwneud iddi ddychmygu sut brofiad fyddai claddu plentyn – yn enwedig o gofio nad oedd gan y dyn blant ei hun. Ai ystryw sinigaidd i'w chael i golli dagrau oedd y cyfan? Os felly, perthynai i'r math gwaethaf o ysgrifennu. Gwgodd Rwth mewn siom. Dychmygai'r dyn yn defnyddio nerth bon braich i'r eithaf i droi dilledyn diferol rhwng dau ddwrn, er mwyn y pleser o weld y dŵr yn cael ei arteithio ohono. Ond pa un a wingai fwyaf yn y pen draw, tybed? Dwylo'r dyn ynteu defnydd y dilledyn? Roedd yna ddagrau nad oedd cysuro arnynt, a doedd hi'n amau dim nad oedd Mr Morris wedi colli digon o'r rheini yn ystod ei oes.

Gwawriodd arni fod y di-dad a'r di-blant yn pori porfa'r un cae.

Nid fod Mr Morris yn ymddangos fel petai'n chwerw tuag at y byd nac yn llosgi oddi mewn fel y byddai pobl yn aml ar ôl colli dagrau mor hallt. Ond dechreuodd amau fod rhywbeth terfynol iawn am stoiciaeth y dyn. Os oedd y dagrau wedi darfod, efallai nad oedd y diwedd ymhell.

Yn wahanol i'r ddau atodiad blaenorol a anfonwyd ati, ni thrafferthodd Rwth ailddarllen y stori hon yn syth. Cliciodd i'w chau ar ôl y darlleniad cyntaf a chododd o'i chadair i ystyried. Yn fwya sydyn, sylweddolodd fod ganddi gymaint i'w wneud. Roedd dydd o brysur bwyso yn agosáu a hithau'n mynnu dianc i greadigaethau rhyfedd Oswyn Morris – dyn hud nad oedd ei hud yn swyno nac yn cyfareddu, dim ond yn drysu.

A fu yna buteindy fel Belle Canto o fewn ffiniau'r Dyfroedd erioed? Oedd y ffasiwn sefydliadau yn bodoli yno o hyd? Rhaid fod yna. Onid oedd *massage parlours* yn britho pob rhan o'r ddinas – bron mor niferus â stiwdios tatŵs? Beth os oedd enwau a delweddau'n newid gyda'r oes? Aros yr un o hyd wnâi pob masnach yn ei hanfod. Gwŷr busnes o grebwyll gyda bys ar byls pethau, fel Edwin Morse. Ble'r oedd rheini ymysg Cymry Cymraeg y ddinas heddiw? Doedd bosib fod pob un wan jac o'r Cymry ifanc a symudai yno wedi cael swydd yn y cyfryngau? Neu'n dysgu?

Dyna ddaethai â hi yno gyntaf. Yr awydd ysol am ddinas a'r lwc o gael swydd. Nid yn Ysgol Y Dyfroedd. Nid mewn ysgol Gymraeg. Ond roedd hi yno. Wedi cyrraedd. Wedi cael ei thraed tani. Ac yna, wrth gwrs, fe gwrddodd â Geraint. Nid yn union fel y cyfarfu Martha Elin â'i Mr Morse, ond yn ddigon tebyg, erbyn meddwl. Fel petai hi wedi cael ei hel yn hytrach na'i chanlyn.

Gwahanol iawn fu pob perthynas arall gafodd hi ers hynny. Mor rhydd a diymrwymiad. Roedd Russ yn enghraifft berffaith. Dyn na chwiliai am ddim byd parhaol.

Cwmni, rhyw a hwyl ar hyd y daith. Yn emosiynol, roedd yn crwydro trwy fywyd, yn hytrach na dilyn llwybr penodol. Dim ond dod ar draws ei gilydd ddaru nhw, a siawns na ddeuai'r ddau ohonynt ar draws eraill eto maes o law. Roeddynt ill dau'n rhy ddiog i gwrso dim. Yn rhy ddiog a rhy gysurus. Gwenodd wrth i'w wyneb ddod i'w meddwl, yn ymgorfforiad aeddfed o'r 'hogyn bach drygionus' tragwyddol. Bron na chwarddodd yn uchel wrth ei ddychmygu'n rhedeg puteindy fel Belle Canto. Bu mor brysur yn ei ddisystyru fel dim namyn tegan dros dro yn ei bywyd, fel nad oedd wedi sylweddoli mor hoff ohono yr oedd hi. Ac fel Geraint, roedd yno bres ...

Aelod o do iau teulu busnes a'i wreiddiau'n mynd yn ôl am genedlaethau oedd Russ. Un o'r hen deuluoedd hynny fu'n cynnal y Gymraeg yn y ddinas ers cyn cof. Yn draddodiadol, mynychu moddion gras ar y Sul gan wneud celc go dda ar draul ffyniant economaidd yr ardal weddill yr wythnos oedd y drefn wedi bod.

Ond daeth tro ar fyd, ar gyfalafiaeth a chrefydd gyfundrefnol fel ei gilydd. Ac ar gynaladwyaeth hefyd. Pan lwyddodd llwch y glo i lygru cyflenwad dŵr y ddinas am gyfnod, gallai gofio Mr Morris yn traethu'n huawdl am sut y bu pawb ar dân am waed y diwydianwyr. Bellach, roedd afonydd hael a halogedig y Chwyldro Diwydiannol wedi eu hailgyfeirio'n dwt ar gyfer llifo i foroedd amgen. Heddiw, dosrannu grantiau, lwfansau a chymorthdaliadau oedd yn cadw'r olwynion i droi. Ffynonellau cyhoeddus warantai nad oedd y pwrs yn wag. Pa gyfundrefn oedd iachaf i'r Gymraeg, tybed? Neu efallai nad oedd yr iaith yn iach yn unman. Yn sicr, doedd hi ddim yn ddiogel.

Ers codi o olwg y sgrin, cafodd ei hun yn sefyll o flaen y ffenestr Ffrengig a agorai ar y patio. Fe'i trawyd yn sydyn mor llwm yr edrychai popeth yno yn ei sgwaryn bach o ardd. Roedd yn ddigon i godi cywilydd arni. Gwelodd hi o'r newydd ac roedd y gweld fel gweledigaeth o chwith. Dim gogoniant. Dim datguddiad. Dim byd i lonni ei chalon, heb sôn am oglais ei ffansi. Pa ryfedd fod y llygod mawr a grwydrai'r fro yn cadw draw? Onid oedd yna ddigon o erddi eraill gyda mwy o falchder a lliw yn perthyn iddynt i fynd i fusnesa trwyddynt? Nid ei gwenwyn oedd i gyfrif na welodd yr un ers wythnos neu ddwy. Teimlodd ryw siom a chymerodd ryw gysur yr un pryd.

Ddoe, cafodd ei gwallt wedi'i dorri a newidiodd fymryn ar ei liw. Doedd Russ ddim wedi cymeradwyo neithiwr, ac roedd hithau heb falio rhyw lawer beth fyddai'i ymateb, y naill ffordd na'r llall.

Ddylai hi mo'i diflasu ei hun. Ddim a hithau i fod yn llywio dathliad. Pythefnos oedd ganddi bellach i gael y wefan ar ei thraed a'r llyfryn wedi ei argraffu. Dim ond ddoe ddiwethaf y derbyniodd ddwy alwad ffôn gan ddau o aelodau mwayf piwis y pwyllgor, yn mynnu gwybod ymhle'r oedd hi arni parthed y gwaith. (Dwy neges wedi'u gadael ar y peiriant ateb mewn gwirionedd – rhai digon swta yn eu hanfod, er i'r lleisiau gogio cyfeillgarwch.) Byddai'n rhoi heibio'i haelodaeth o'r Gymdeithas Rieni wedi hyn. Penderfyniad y daethai iddo yn ystod y dyddiau diwethaf oedd hwnnw, er nad oedd hi eto wedi torri'r 'newyddion da' i'r rhai a fu'n holi ers meitin pam ddiawl roedd hi'n dal yno. Byddai'n rhyddhad i Elin hefyd, fe wyddai. Hen bryd iddi ymroi i dorri cwys newydd yn ei bywyd. A throi ei golygon at ffenestri eraill.

*   *   *

268

'Ga i eich hebrwng adre?'

Newydd adael y sied a ffarwelio â'r olaf o'i gyd-Angylion y Nos oedd e pan ddaeth y geiriau i'w glyw. Adnabu'r llais yn syth, eiliadau cyn i'w berchennog ymddangos o gysgodion y gwyll.

'Sdim angen, diolch,' atebodd Mr Morris. Swniai'i lais yntau'n addfwyn, yn ôl ei arfer, ond roedd ôl blinder arno heno hefyd a hithau mor hwyr. Awel y nos yn creu crygni hallt yn ei lwnc. Doedd ryfedd mai'r cyfan a ddymunai nawr oedd llonyddwch i ddychwelyd adref.

'Fydd e ddim trafferth yn y byd.'

Gobeithio'n wir nad oedd Y Gwenwr hefyd am droi'n fwrn. Perthynai rhyw ddiniweidrwydd iddo nad oedd eto wedi troi'n chwerw na blin. Llwyddai i'w ddenu a'i dristáu ar yr un pryd. Ond hawdd iawn y gallai un felly droi'n bla; yn dreth ar amynedd dyn. Fe wyddai o brofiad baich mor affwysol o drwm i'w gario oedd naïfrwydd na fynnai byth ddihuno o'i ddiniweidrwydd. Yn ei ieuenctid, onid oedd ef ei hun wedi bod yn euog o hynny? Gallai weld ei dad yn hongian yno fel sachaid o datws o flaen ei drwyn, yn ddyrchafedig fel Dewi Sant, ond heb y wyrth o dir o dan ei draed i alluogi'r dyrfa i glywed ei bregeth ddiweddaraf.

Faint ddywedodd e wrth Rwth oedd ei oedran ar y pryd? Deuddeg? Tair ar ddeg? Ni chofiai'n iawn. A doedd fiw i athro gael ffefrynnau ymhlith ei ddisgyblion ychwaith ailgadarnhaodd yn ei ben, *apropos* dim byd. Gwirionedd arall a gofiai'n dda – er hyned y wers.

'Chi moyn mynd i rywle?' cynigiodd Y Gwenwr, gan sodro meddyliau dryslyd Mr Morris rhag pendilio'n ôl a blaen mor orffwyll rhwng ddoe, echddoe a holl rychwant tragwyddoldeb. (Dyna ddeuai o fod allan mor hwyr y nos, barnodd yn bragmataidd.) 'Mae 'na lefydd yn dal ar agor. Y *kebab shop* yn Mount Stuart Row, er enghraifft.'

'Na. Sa i moyn mynd i unman – dim ond adre,' atebodd yn ddiamynedd. 'A symot ti wedi cael dy wala o fwyd am un diwrnod?'

'Chi'n dogni faint chi'n roi ar bob plât yn y lle 'na,' dadleuodd Y Gwenwr. 'Ni i gyd wedi sylwi. Pidwch meddwl nagyn ni'n gwbod ych trics chi.'

'Rhaid trial bod yn deg â phawb sy'n troi lan neu fydd dim digon o fwyd ar ôl i'r hwyrddyfodiaid.'

'A ma lle bach net 'da chi, on'd o's e? Fe enjoies i'r te 'na pa ddiwrnod ...'

'Nos da iti nawr,' mynnodd Mr Morris, oedd am ddwyn y sgwrs i ben waeth pa mor swta yr oedd yn rhaid iddo swnio. Ni throes ei ben i edrych arno'n iawn. Roedd hi'n dywyll a'i allu i gael ei gyfareddu gan wên wedi pylu.

'Dw i wastad wedi lico gwbod ble mae pawb sy'n gyfarwydd imi'n byw,' ddaeth y llais drachefn o'r tu cefn iddo.

Wyddai e ddim pam oedd rhai pobl yn troi o fod yn ddifyrrwch i fod yn fwrn mor sydyn. Wel, nid pawb. Rhaid oedd bod yn deg. Ond dduw mawr, onid oedd e wedi dod ar draws mwy na'i siâr o'r fath bobl?

Ddwywaith y clywodd e gan Rwth ddoe. Ddwywaith! Un neges ar y cyfrifiadur ac un alwad ffôn. Eisiau mwy o gefndir yr 'hanesyn' diweddaraf iddo'i anfon ati, meddai hi. Yna'n holi o ble ddaeth y rhaff a ddefnyddiodd ei dad i'w ladd ei hun, os gwelwch yn dda! 'Dydy rhaff ddim yn rhywbeth y basach chi'n ddisgwyl i weinidog ei gadw wrth law yn gyfleus yn y Mans, nac'dy.'

Er ceisio canolbwyntio ar gerdded cyn gynted ag y gallai, dychanai Mr Morris ei hacen wrth gofio'i geiriau. Ei llais wedi troi'n undonog wrth geisio cynnal y ddelwedd naïf a'i nodweddai. Gog go iawn oedd hi yn y bôn, meddyliodd, a difyrrodd ei hun trwy ei dynwared drachefn, yn uchel i'r nos gael clywed wrth iddo gamu trwyddi. Doedd neb fel petaen nhw'n poeni rhyw lawer am yr acenion gwahanol oedd i'w clywed ymhlith Cymry Cymraeg y ddinas – bu hynny'n wir hyd yn oed 'nôl yn ei gyfnod ef yn Y Dyfroedd. Gwreiddiau staff, rhieni a llywodraethwyr yr ysgol oll wedi'u gwasgaru hwnt ac yma ledled Cymru. Rhaid mai fel 'na y buodd hi erioed. Adar brith o bob cwr o'r goedwig oeddynt – y rhai a fudodd yno. Eithriadau oedd yr unigolion a allai olrhain eu hachau yn ôl o fewn dalgylch y ddinas ei hun. Mudo yno ar drywydd porfeydd brasach oedd hanes y rhelyw. 'Cosmopolitan' oedd y gair. (Go brin y byddai Rwth yn cofio ei fod yn air cyn ei fod yn gylchgrawn, barnodd yn ogleisiol.)

Efallai nad oedd neb o'r Cymry 'gartref' mewn gwirionedd. Nid yn yr hen ystyr, ta beth. Ein ffawd anorfod, mentrodd feddwl. Wedi'r cwbl, 'Yr estron' oedd ystyr 'Welsh', medden nhw. Roedd y cliw yn y gair. Erbyn hyn, doedd 'cartref' yn golygu dim byd mwy na'r fan lle'r oedd gennych dŷ, morgais a chyfeiriad e-bost. Y tri hyn – a dyna ni. Cystal diffiniad o 'wreiddiau' â'r un, tybiodd.

*   *   *

I lawr yng ngodre Ceredigion yr oedd ei atgofion cynharaf, cyn i'w dad gael yr alwad i Aber. Yn dilyn y farwolaeth, fe fu'n rhaid iddo ef a'i fam hel eu pac oddi yno yn ddigon sydyn. Doedd dim wedi pwyso'n drymach ar eu meddyliau na'r ysfa i ddianc o olwg yr holl wynebau cyfarwydd oedd o'u hamgylch bob dydd. Yn y dyddiau a ddilynodd, bu edrych i fyw llygaid drych yn ddigon poenus, heb sôn am orfod goddef wynebu hen gydnabod.

Ysgogiad arall a'u cymhellodd i fadael oedd taerineb aelodau'r capel i gael eu mans yn ôl. Heb weinidog yn byw o dan ei do bellach, roedd ef a'i fam bron â throi'n ddeiliaid anghyfreithlon yn eu golwg – sgwatars i gael gwared arnynt cyn gynted â phosibl er mwyn i bawb anghofio. Gwamalai ei fam trwy honni fod galwad arall eisoes ar y ffordd ganddynt a'u bod am brysuro taith y bugail newydd i'w plith trwy ofalu fod tŷ gwag yn barod ar ei gyfer pan gyrhaeddai.

Bwrn i'r ddau ohonynt oedd gorfod gwrando ar braidd yn brefu'n ddi-baid am dri mis.

Trwy lwc, hwylusodd golud cymharol ei dad-cu a'i fam-gu eu halltudiaeth ar draws gwlad – o'r gorllewin ger y môr i'r dwyrain ger Clawdd Offa. Mynegodd ei fam ei gwerthfawrogiad yn fecanyddol pan wnaed y cynnig o gymorth ariannol, ond synhwyrai'r Oswyn ifanc taw'r hyn a olygai go iawn oedd mai dyna'r peth lleiaf allen nhw ei wneud o dan yr amgylchiadau. Llwyddodd i gyfleu i bawb y gred fod ganddi hawl ddwyfol i gyfran go dda o drugaredd y byd – a'i drugareddau hefyd. Yr hyn na wnaeth unwaith ar ôl ei farw oedd cyfeirio at ei dad fel 'dy dad', nac wrth ei enw.

Yn nychymyg Oswyn Morris, dyn addfwyn, cadarn ei gredoau oedd ei dad o hyd. Yn ôl ffon fesur gweddill y ddynoliaeth, un i'w ystyried yn dragwyddol druenus oedd e, mae'n debyg. Ysgymun i'w gyd-ddyn ym marn amryw, mae'n siŵr. Embaras i'w dduw, yn bendant. Deallai Oswyn hynny'n burion. Ond yno yn ei ben ef – yr unig le ar ôl lle câi ei dad fyw bellach – byddai'r un a'i cenhedlodd yn fythol drugarog. Fel Oen Duw … yr hwn a aberthwyd. Yn oen i'r lladdfa.

Gwyddai mai dim ond y fe – ac y fe yn unig – allai wir goleddu'r ddelwedd honno. Dim ond ynddo ef y cafodd ei dad ei orseddu mewn gogoniant, a hynny ar ffurf rhyw fath o hologram. Bodolai fel y bodolai un o'r sêr hynny a fu farw filiynau ar filiynau o flynyddoedd yn ôl ond a oleuai'r nos o hyd, am fod eu goleuni'n dal i deithio. Gallai miloedd ar draws y byd ddal i dystio i'w bodolaeth. Ond wrth gwrs, allai neb weld goleuni ei dad. Neb ond y fe. Roedd y nos o fewn ei benglog yn waharddedig i bawb arall. Gwnâi hynny'r berthynas rhyngddynt yn un gyfrin. Yn unigryw. Unig blentyn oedd e wedi'r cwbl – yr Oswyn Morris od ac ofnadwy hwn.

Gwirionedd anorfod oedd derbyn mai dim ond yno, ar ei ffurfafen dywyll ef, yr oedd ei dad ar gof a chadw. Wedi diffodd, mae'n wir. Wedi marw. Wedi mynd. Ond adlewyrchiad o'i oleuni yn dal i ddychlamu ynddo, yn y dirgel.

Ar gorn hynny, cam bach ond arswydus oedd sylweddoli mai dyma fyddai'r diwedd. Ni châi ei gof ei drosglwyddo ar ddisg i ymennydd neb arall pan fyddai farw. Diflannu wnâi nos ei feddwl pan ddarfyddai – a chydag ef, byddai ei dad yntau yn diffodd yn derfynol o'r diwedd. Coffadwriaeth niwlog oedd hi ar y gorau – a honno'n un a'i dyddiau eisoes wedi eu rhifo.

Hyd un genhedlaeth yn unig oedd yn aros pob copa walltog i allu symud a siarad ym meddyliau rhywun arall wedi i'w dyddiau nhw eu hunain ddod i ben. Dwy genhedlaeth, o bosib, os oedd gennych wyrion a bod amgylchiadau'n caniatáu ichi serio stamp eich personoliaeth ar eu cof a'u cadw hwythau. Ond doedd dim sicrwydd o ddim. Yn ymarferol, dyna hyd a lled y 'tragwyddol gof' y gallai trwch y ddynoliaeth ei ddisgwyl. Wedi hynny, doedd dim amdani ond enw dan gen ar garreg fedd dreuliedig. Y math o greiriau na fyddai neb ond y dotus a beirdd yn malio botwm corn amdanynt, nac yn trafferthu mynd i bori yn eu plith.

Ond ofnai'n gynyddol fod ei ddamcaniaethau oll yn y broses o gael eu dad-wneud yn llwyr gan y camau breision a gymerai technoleg o ddydd i ddydd. Megis dechrau'r oedd hi … y weledigaeth honno a fynnai roi popeth ar gof a chadw

– POPETH. Arswydai o feddwl na fyddai'r cysyniad o gof fel yr oedd ef a'i gyfoeswyr wedi dirnad cof erioed yn un dilys na pherthnasol yn y dyfodol. Ymhen tair neu bedair canrif, byddai gan bawb y modd i droi at eu teclynnau cofio yn ôl eu mympwy, er mwyn gweld pob Twm, Dic a Harri a fu ar y ddaear rhwng nawr a hynny yn mynd trwy eu pethau. Pob osgo, llais a gweithred o'u heiddo yno i'w gweld a'i harchwilio. Dim lle i dybio dim na dadansoddi … heb sôn am ddychmygu. Yr archif eithaf. Yn cwmpasu popeth. Mor gyflawn â hynny, yn dystiolaeth fyw i bawb ei gweld hyd byth. Fel petai angau ei hun wedi'i drechu.

Hyd y gallai gofio, nid oedd neb erioed wedi'i ffilmio a llwytho'r hyn a dynnwyd i unrhyw wefan. Na recordio'i lais. Pan elai, allai neb weld ei gerddediad nac adnabod ei leferydd. Diolch byth am hynny.

Ond roedd y Rwth 'ma ar fin cyhoeddi peth o'i hanes, heb sôn am ei 'hanesion'. Oedd e wedi bod braidd yn rhy fyrbwyll yn cytuno i siarad â hi mor ffri? Ar y llaw arall, pa ots pa argraff ohono'i hun a adawai wedi iddo fynd? Doedd dim modd newid dim. A rhaid oedd derbyn fod ei enw a thipyn o wybodaeth amdano mewn cofnodion eraill o bob math eisoes – dogfennau cyfreithiol a'r rwtsh arferol gafodd ei greu yn swyddfeydd gwahanol gyflogwyr yn ystod ei oes. Roedd hynny oll eisoes yn anorfod.

Anos ei dderbyn o lawer na'i ddiddymdra ei hun wedi iddo farw oedd yr hyn a ddigwyddai i bob atgof am ei dad. Ei holl fodolaeth wedi ei goddiweddyd gan amser. Cyn bo hir, ni fyddai'r un agwedd ar yr enaid addfwyn hwnnw yn atgof byw ym meddwl neb.

Oes fer gafodd ei dad. O leiaf fe gafodd ef, ei fab, oes gyflawn ei hyd. Yn bwysicach na hynny, cafodd fyw yr oes a gafodd, heb i neb ei thorri yn ei blas.

* * *

Yr hyn a'i denodd at yr arddangosfa yn yr Amgueddfa Genedlaethol rai wythnosau ynghynt oedd y ffaith mai 'Sgandal Cymru' oedd ei henw – neu 'Sgandal Cymru/ Scandal Wales' i roi iddi'i theitl swyddogol llawn. (Onid oedd y brenin newydd ei hun wedi cyhoeddi ei fod yn *delighted* i fod yno yn y ddinas i agor yr arddangosfa 'Scandal Wales' yn swyddogol y diwrnod hwnnw? Welodd neb yn dda i siglo tipyn ar ei goron newydd trwy dynnu sylw at y ffaith mai dim ond hanner y teitl swyddogol a grybwyllwyd ganddo gydol ei araith fer.)

Nid cael ei ddenu yno wnaeth e, ychwaith. Camddefnydd dybryd o'r gair fyddai honni hynny. Ysfa hyll iawn a'i cymhellodd i fynd draw i'r amgueddfa'r diwrnod hwnnw, sef y gofid y gallai cwymp ei dad fod ymsyg y 'sgandalau' a gasglwyd ynghyd. Bu darganfod nad oedd ganddo le i boeni yn rhyddhad o'r mwyaf.

Pan lwyddodd i gael mynediad o'r diwedd – ar ôl i'r osgordd frenhinol fynd drwy ei phethau – cafodd amser i droedio'n araf drwy'r cynteddoedd, gan rythu a darllen ac ailflasu gwarth y gorffennol. Craffodd ar baneli niferus y tair ystafell eang a neilltuwyd ar gyfer yr arddangosfa. Dwyn ar gof yr hyn a ystyrid yn sgandalau yn eu dydd oedd bwriad y cyfan, fel yr awgrymai'r enw, gyda Chymry yn ei chanol hi ym mhob hanesyn. Tudalennau papur newydd a chyhoeddiadau eraill oedd craidd y casgliad – oll wedi eu hatgynhyrchu yn union fel y cawsant eu cyhoeddi yn eu dydd, a'u chwyddo'n ddramatig o fawr, yn chwe a saith troedfedd a mwy o daldra.

Gan amlaf, cofnodwyd yr hanesion mewn ieithwedd ymfflamychol ac wrth fynd rhagddo, daethai'n amlwg i Mr Morris fod sbectol 'safonau eu hoes' wedi gorwedd yn drwm ar drwynau'r newyddiadurwyr a gafodd y fraint o ddwyn y datguddiadau cywilyddus hyn i sylw'r cyhoedd yn eu gwahanol gyfnodau. Roedd yno wleidyddion rhagrithiol

a gafodd eu *comeuppance*, gwŷr busnes llwgr a lusgwyd i'r
jêl, sêr chwaraeon a oedd wedi cafflo a chymryd cyffuriau
er mwyn cyrraedd y brig ac enwogion eraill o fri, megis
cantorion ac actorion, a wnaeth bethau tebyg … a gwaeth.

Cafodd ei atgoffa am rai o aristocratiaid pwdr y dyddiau a
fu. A charidýms y dwthwn hwn. Darganfu mor hawdd oedd
hi i gondemnio rhai. A chydymdeimlo ag eraill. Dihirod
digywilydd a fu'n haerllug o garlamus wrth ymhél â pha
bynnag gamwri a'u dygodd ar gyfeiliorn oedd y rhan fwyaf.
Derbyniodd rheini'u haeddiant gan amlaf. Bron na allai
ddweud eu bod nhw'n 'gofyn amdani'. Ond trist dweud ei
fod hefyd o'r farn i sawl diniweityn ddod o dan y lach ar
gam, wedi ei ddal yn y rhwyd o dan amgylchiadau anffodus.
Drwyddi draw, tueddai'r dystiolaeth i gadarnhau'r hen
ystrydeb taw trythyllwch, trachwant a blys am bŵer oedd y
maglau cyffredin a ddrysai'r 'cwpawd moesol' gan amlaf.

Ond wrth gael ei ryfeddu gan yr oriel frith, yr hyn a'i
trawodd yn bennaf oll oedd cyn lleied o'r hyn a'i hamgylchynai
oedd yn gyfarwydd iddo. Ar un olwg, gallai gymryd hynny i
olygu na fu erioed yn ddyn i lafoerio dros ffaeleddau ei gyd-
ddyn – rhywbeth i ymfalchïo ynddo. Ond wedyn, o ddwys
ystyried, pryderai mai'r unig beth a brofai ei anwybodaeth
mewn gwirionedd oedd iddo dreulio gormod o'i fywyd allan
o Gymru. Nid pob un o'r storïau ysglyfaethus, na'r trueiniaid
a ddaliwyd yn llygad y storm, oedd wedi'i gwneud hi i
bapurau Llundain – nid o bell ffordd. Ni chlywodd sôn erioed
am hanner y rhai y cafodd eu drygioni ei ddinoethi yna.

Gwyddai am yr arddangosfa am iddo ddigwydd dod ar
draws hysbysiad amdani ar-lein un diwrnod. Deallodd nad
atgyfodi hen fistimanars er mwyn difyrru oedd unig fwriad
y trefnwyr. Trwy 'gadw i'r oesoedd a ddêl yr "aflendid" a fu'
roedd modd olrhain hanes newyddiaduraeth hefyd – o ran
arddull y dweud a rhagfarnau golygyddol gwahanol deitlau.

Pwysicach ym marn Mr Morris oedd y goleuni a daflai hi ar y modd yr esblygodd agweddau a safonau cymdeithas dros amser. Dyna pam y bu iddo bryderu cymaint ymlaen llaw. Onid oedd sgandal Aber 1947 y *News of the World* yn enghraifft glasurol o'r modd yr oedd cymdeithas wedi newid yn ddybryd dros gyfnod o drigain mlynedd? Chwyldrowyd y byd-olwg a arweiniodd at dranc ei dad yn llwyr. Yn Ewrop o leiaf. Doedd neb hyd yn oed yn codi'i aeliau bellach wrth glywed trafod 'gwendid' ei dad. Bron nad oedd bellach yn ffasiynol. Gweinidog hoyw? Pwy faliai ffeuen? O glywed y ddau air heddiw, nid clywed fod dyn ifanc yn hoyw fyddai'n peri syndod, ond y ffaith iddo fynd i'r weinidogaeth.

Gallai genfigennu wrth yr ifanc, ond nid oedd am wneud. Gwyddai nad oedd bywyd byth yn fêl i gyd.

Wedi iddo gyrraedd pen draw'r arddangosfa, ei unig ymateb fu ochneidio'n hyglyw a chamu yn ei flaen tua'r allanfa dan wenu. Doedd dim perygl y câi ei dad ei droi'n *cause célèbre*, wedi'r cwbl. Onid siom a ddylasai ei deimlo oblegid hynny, nid gorfoledd? Y siom na chynhwyswyd trychineb ei dad, er mwyn i'r byd gael deall mor greulon y bu wrtho. Ond dros dro yn unig y cloffodd. Doedd Oswyn Morris ddim yn ddyn i adael i amheuon felly aros yn ei ben yn hir.

*   *   *

Cafodd ei dad gadw'i le unigryw yn ei ymennydd. Ynghudd. Dan glo. Yn anghofiedig. O fewn dim i ddisgyn dros y dibyn. Yn y dyfodol, dim ond y rhai a âi ar sgowt trwy hen archifau'r *News of the World* fyddai'n darganfod ei hanes. Caewyd ei hen gapel ers llawer dydd. Safai bloc o fflatiau diddychymyg ar y safle erbyn hyn. (Oedd, roedd wedi mentro dychwelyd i gerdded hen lwybrau Aber unwaith, ugain mlynedd yn ôl. Nid âi byth eto.)

O ran atgofion go iawn, pur dlawd oedd hi arno, mewn gwirionedd. Yn y blynyddoedd hynny rhwng bod yn llanc a bod yn ddyn, bu ceisio cerfio delw o'i dad yn ei ben yn fater o bwys iddo, er mwyn gallu derbyn nad oedd yno mwyach. Onid oedd wedi gweld cofgolofnau'n cael eu codi ledled y wlad wedi'r rhyfel i nodi na fyddai'r rhai yr oedd eu henwau arnynt byth yn dod yn ôl? Rhyw angen felly oedd arno yntau hefyd.

Gwnaeth ei orau glas, gan amau yr un pryd nad oedd yn gwneud dim mwy nag afradloni'r ychydig ddychymyg a feddai. Delfrydiaeth oedd yr unig ddefnydd crai ar gael iddo i weithio arno. Dyna'r drafferth. Dirgelwch iddo oedd pam nad oedd ganddo ddefnydd mwy diriaethol wrth law yn y dyddiau hynny pan oedd y cof am ei dad yn dal yn fyw ym meddyliau nifer fawr o bobl. Y brif ffynhonnell amlwg a ddylsai fod yno i ddarparu gwybodaeth gywirach oedd ei fam. Ati hi yr oedd wedi troi yn reddfol am atebion ar y dechrau. Ond dysgodd yn fuan nad oedd fiw iddo glosio gormod.

Doedd bosib fod ei dad wedi mynd yn llwyr o'i meddwl! Ond felly yr ymddangosai iddo ar ei brifiant, fel petai'r dyn wedi peidio â bod iddi hi. Doethach oedd ymatal rhag crybwyll ei enw o'i blaen, na holi am ddim a ddigwyddodd yn y dyddiau duon rheini'n ôl yn Aber. Aflonyddu drwyddi wnâi hi ar yr achlysuron prin pan feiddiodd – nid mewn ffordd gas, ond mewn modd a ddywedai wrtho'n bendant nad oedd hi'n bwriadu datgelu dim a allai ei gynorthwyo i ddygymod.

O edrych yn ôl, amheuai Mr Morris eu bod nhw ill dau – ei fam ac yntau – wedi'u llethu naill ai gan ddiffyg cof go iawn, neu gan ryw ddyhead parlysol i'w anwybyddu. I lecyn unig, prydferth, marwaidd ger Y Drenewydd y mudasant, ond waeth iddyn nhw fod wedi dianc i berfedd pwll glo ddim.

Treuliasant eu dyddiau yno mewn nos dragywydd. Ei fam yn gwneud ei gorau glas i'w chladdu ei hun yn fyw er mwyn anghofio, ac yntau'n diwyd loywi'i ddoniau, gan obeithio cloddio mas o'r twll y cafodd ei hun ynddo a gweithio'i ffordd yn ôl i olau dydd.

*   *   *

O ran Rwth a'r rhaff, wyddai e mo'r ateb. Dyna'r union fath o wybodaeth y dylsai'i fam fod wedi ei rhannu ag ef, tybiodd. A dechreuodd ei ddarbwyllo ei hun fod yr union gwestiwn wedi codi yn ei ben yntau yn ystod ei arddegau – heb iddo feiddio ei ailadrodd wrth ei fam, wrth gwrs, na neb arall ychwaith. Ond hyd yn oed wedyn, fedrai e ddim bod yn siŵr nad twyllo'i hun yr oedd e. Wrth ddal i gerdded adre yn yr oriau mân, yr unig beth a wyddai i sicrwydd oedd nad oedd ganddo ateb i'w gynnig. Enigma arall, fel llygaid glas y dyn ifanc y gwyddai ei fod yn dal i lechu y tu cefn iddo, yn stelcian mewn cysgodion.

Efallai fod Rwth yn iawn i holi. Jiawl erio'd! O ble ddaeth y rhaff? Cwestiwn digon teg – er nad oedd neb tan nawr wedi'i ofyn iddo'n blwmp ac yn blaen. A aeth ei dad mas i'w phrynu'n unswydd? Neu, yn groes i ddamcaniaeth Rwth, a oedd y rhaff wedi bod yn y garej drwy'r amser, yn disgwyl y dydd pan fyddai'r *News of the World* yn ei gwneud yn berthnasol?

Os taw newydd gael ei phrynu'n ffres y bore hwnnw'r oedd y rhaff, gwyddai na ddaeth yr un siopwr lleol i'r fei i dystio i'r pwrcasiad pan ddaeth diwrnod y cwest. Busnes oedd busnes. Taw piau hi, mae'n amlwg. Fe wyddai'r rhan fwyaf o bobl pryd i gadw'u cegau ar gau.

Ond roedd wedi dechrau gofidio am Rwth. Gofidio ei bod hi wedi llyncu popeth a ddywedodd wrthi. Ei holl hanesion.

Nid busnes ei dad, wrth gwrs. Hanes o fath gwahanol oedd hwnnw. Yn dyner. A chreulon. A chanddo'r gallu i ddifetha pobl yn y byd go iawn. Rhywbeth amgenach na hanesyn ffansi a luniwyd er difyrrwch. Dyna pam nad oedd erioed wedi llwyddo i'w waredu o'i ben na'i roi ar gof a chadw'n drefnus ar unrhyw ffurf. Fe ddylai fod ganddo gofnod wedi ei ysgrifennu yn ei eiriau ei hun o'r hyn a ddigwyddodd i'w dad. Ar ddu a gwyn. Ar glawr. Ond ni fodolai'r un nodyn ar yr hanes yn yr un briffces o dan yr un sinc. Roedd popeth ynghudd a doedd dim wedi'i guddio.

Ond am y gweddill – yr hanesion a'i cadwodd ar ei draed hyd berfeddion nos? I'w ddifyrru'i hun y lluniodd y rheini yn bennaf. Ac yn yr wythnosau a oedd newydd fynd heibio, i ddifyrru Rwth. Byddai ar ei draed yn hwyr yn gyson p'run bynnag. Mater bach fu iddo'u teipio'n ddestlus er ei mwyn. Hithau wedi cymryd taw dyna a arweiniodd at ei gwymp o'r Dyfroedd, er na wyddai e pa ffwlbri allai fod wedi dod drosti i roi coel ar y fath nonsens. Oedd hi'n dwp, 'te beth?

Y fe oedd wedi ei bwydo â'r fath gelwydd, mae'n wir, ond hi ei hun oedd wedi ei lyncu. Gwyddai o brofiad hallt fod y bai am gredu celwydd bob amser yn gorwedd ar ysgwyddau'r credwr.

Nawr, wyddai e ddim a fedrai ei dadrithio mwyach. Ofnai ei bwrw oddi ar ei hechel. Storïau oedden nhw – dim mwy na hynny. Ni chafodd yr un ohonyn nhw erioed ei hadrodd o flaen dosbarth o blant. Hyd y gwyddai, chawson nhw erioed mo'u darllen yn uchel, ar lafar.

Yn sydyn, daeth yn ymwybodol o sŵn ôl traed wrth ei gwt. Y Gwenwr wedi magu mwy o blwc a dod yn agosach fyth at ei angel, mae'n rhaid. Oedd hwnnw nawr yn un o'r fintai? Achos gwyddai ers meitin ei fod yn cael ei ddilyn. Gan rai a wenai. A rhai na fyddent byth yn gwenu. Eu sisial yn hyglyw iddo weithiau. Yn lleisiau a ddeuai ato trwy barwydydd dro arall. Ac weithiau'n ddwylo a estynnai draw i'w fwytho'n anweddus yn y nos.

*   *   *

'Wrth gwrs fod yn rhaid ichdi weld dy dad,' mynnodd Rwth. 'Mi fyddi di wrth dy fodd yn 'i gwmni fel arfer. Yr holl negeseuon Trydar a Facebook 'na fydd yn mynd 'nôl a blaen rhwng y ddau ohonach chi rownd y ril. Heb sôn am yr oria fyddi di ar Skype yn gadael iddo wbod pob dim sy'n mynd 'mlaen yma.'

'Fi ddim yn dweud popeth wrtho, Mam.'

'Falch o glywed hynny,' ebe hithau'n ddifrifol.

'Ond dw i'n 'i weld e'n aml – *so* fe fydd Dad yn deall …'

'Na, fydd o ddim,' dadleuodd Rwth. 'Tydy hel clecs ar sgrin ddim 'run fath â threulio amser yng nghwmni rhywun go iawn. Ac mi fydd o wedi trafeilio'r holl ffordd yma'n unswydd i dy weld di a phob dim.'

'Hy! Na, fydd e ddim,' gwrthododd y ferch yr honiad yn syth. '*Fringe benefit* iddo fydd 'y ngweld i. Y rheswm mae e wedi dod lawr yw i weld sut ma'r gawod yn gweithio nawr bo ni wedi cael *unit* newydd o'r diwedd.'

'"Uned" 'dan ni'n galw *unit* yn Gymraeg.'

'*Whatever!*'

'A ti'n gwbod yn iawn nad dyna'r gwir i gyd, Elin. Ma isho iti ddangos tipyn bach mwy o barch a bod yn ddiolchgar fod gen ti dad sy'n cymryd diddordeb yna chdi.'

'O, fi'n gwbod, Mam. Ond mae'n ffact 'i fod e hefyd yn cymryd diddordeb yn 'i eiddo,' atebodd Elin yn ôl. 'Wedi'r cyfan, nath e ddim rhoi'r tŷ 'ma iti'n *outright* pan wnest ti ddweud wrtho am bacio'i fags a mynd, yn naddo? Dim ond cael byw yma ydyn ni. A dweud y gwir, 'set ti ddim wedi cael dal i fyw yma mwy na thebyg taswn i ddim yn bod. Fi 'dy dy drymp card di.'

'Dyna ddigon, wir,' gwylltiodd ei mam. 'Paid ti byth â siarad â fi fel 'na eto.' (Doedd hi ddim i wybod mai dim ond megis dechrau'r oedd Elin.)

'Sori, Mam. Ond ti wastad yn dweud wrtha i am fod yn fwy *realistic*.'

'Mae 'na barti yn Nhreganna, yn nhŷ rhyw Gwawr a Guto, gesh i wahoddiad iddo gan Russ yr un noson. Rown i'n meddwl y basat ti wrth dy fodd yn cael *weekend* yn Sir Benfro efo Dad.'

'Ti? Yn mynd allan i barti 'da Russ? Ro'n i'n meddwl mai *strictly night calls* oedd hi gyda fe. *Wouldn't be seen dead* gyda fe mas yn gymdeithasol ... mewn parti neu rywbeth.'

'Elin, tydw i erioed wedi deud ffasiwn beth. O ble wyt ti'n cael y syniada gwirion 'ma? Gwylio gormod o operâu sebon, debyg ... a'r holl rwtsh arall yna ddyliat ti mo'i wylio ar y we ...'

'Na,' protestiodd y ferch yn daer. 'Gen ti ... Dyna lle ges i'r argraff fod apêl yr hen Russ braidd yn *limited* yn dy olwg di.'

'Beth?' dechreuodd Rwth wylltio.

'Wel! Dw i'n gwbod bod ti wedi gwirioni ar rai o'i *assets* e ... bron cymaint ag y mae e wedi gwirioni arno'i hunan! Do'n i jest ddim yn gwbod fod 'na fwy iddi na hynny.'

'Dwyt ti'n gwbod dim amdani, Elin ... 'y mherthynas i a Russ. Ti'n meddwl dy fod ti, ond cred ti fi, dwyt ti ddim.'

'Wel! I ddechre, dw i'n gwbod popeth fydda i byth angen 'i wbod am 'i gorff e, diolch yn fawr. Dyn a ŵyr, dw i wedi'i weld e'n ddigon aml.'

'Be yn y byd mawr wyt ti'n trio'i ddeud wrtha i?' Rhuthrodd Rwth ati, gan gydio ynddi gerfydd ei breichiau, hanner ffordd rhwng bod ar fin ei hysgwyd mewn cerydd a'i chofleidio mewn cysur, gan ddibynnu ar yr hyn ddeuai nesaf.

'O, Mam, plis!' Tynnodd Elin ei hun yn rhydd o'i gafael.

'Paid â bod mor felodramatig drwy'r amser. Nawr pwy sy'n actio fel bo' nhw wedi gwylio gormod o *soaps*? Dyw e erioed wedi gwneud dim byd o'i le. Dim byd fel 'na. *Chill*! A mae e lot yn rhy hen i fi, eniwê. Ond rhaid iti gyfadde 'i fod e'n gallu bod yn laff, on'd yw e? 'Sen i'n meddwl byddet ti'n gwbod 'ny yn well na fi. *Exhibitionist* yw e, dyna i gyd. Fe edryches i'r peth lan ar Google.'

'Do fe?' gofynnodd Rwth mewn anghrediniaeth. Roedd ei merch wedi achub y blaen arni eto fyth!

'Mae'n gallu bod yn ffenomenon hollol ddiniwed, mae'n debyg. A dyna, *like*, beth wy'n meddwl yw e 'da Russ. Mae e bach yn *gross*, wy'n gwbod, 'i weld e'n croesi'r landin neu'n dod lawr y staer fan hyn yn borcyn i nôl glased o ddŵr … a weithie dyw e ddim yn cau'r drws pan fydd e yn y tŷ bach a fi'n gallu clywed popeth o stafell fi … Ond rili, jest bach yn dwp yw e yn y bôn, fi'n credu. Twp *as in simple*! Mwya i gyd dw i'n meddwl am y peth, mwya i gyd dw i'n meddwl 'mod i'n eitha hoff o Russ, *actually*. Ond ges i'r *impression* falle fod ti ddim yn 'i lico fe lot fawr, mewn gwirionedd. Jest y secs o't ti ar ei ôl, fel!'

'Elin fach, rwyt ti'n tyfu i fyny'n llawer rhy gyflym i mi allu cadw i fyny efo chdi,' ildiodd Rwth, gan weld mai doethach oedd tewi na pharhau i ddal pen rheswm.

'Dyna mae rhieni wedi'i dweud drwy'r canrifoedd,' cynigiodd Elin. 'A na, nid brawddeg wreiddiol gen i oedd honna, rhag ofn iti feddwl 'mod i hyd yn oed yn fwy *precocious* nag wyt ti'n meddwl ydw i'n barod. Un o hoff frawddege Mr Johnson oedd hynna.'

'Y boi Drama?' mentrodd Rwth, gan geisio cofio'n ôl i'r noson rieni ddiwethaf iddi ei mynychu.

'Ie, athro Drama ni,' cadarnhaodd Elin. 'Mae e'n dweud e drwy'r amser.'

'Wel! Chwara teg i'r creadur am gytuno â fi, ddeuda i. Ac

mae'n siŵr nad ydy o'n ddrwg o beth dy fod ti wedi gweld cyrff noeth o'r blaen.'

'Wrth gwrs 'y mod i. Fi wedi bod yn *skinny dipping* yn Llangrannog.'

'*Skinny dipping* yn Llangrannog?' ailadroddodd Rwth. 'Wel! Beth bynnag wnei di, paid â deud wrth dy Nain Tudweiliog, dyna i gyd ddeuda i.'

'Wna i ddim, siŵr,' meddai Elin yn hyderus. 'Ma pobl heddiw yn lot mwy gwybodus a mwy cŵl na ti'n sylweddoli, Mam.'

'Dw i'n ofni nad wyt ti ddim cweit mor soffistigedig â 'sat ti'n licio credu dy fod ti, Elin fach. Dwyt ti ddim hyd yn oed yn hoffi gwin eto.'

'Jest well gen i *Coke,* dyna i gyd,' atebodd wedyn, gan godi ei hysgwyddau i ddangos mor ddi-hid oedd hi o asesiad ei mam. 'A ma hwnnw'n costio llai.'

'"Rhatach", ti'n 'i feddwl,' brathodd hithau'n ôl. 'Dyna'r gair am gostio llai.' (Beth ddaeth dros ei phen hi, i falio am ffasiwn beth drachefn? Aeth yn grac â hi ei hun – ond mewn ffordd dawel.) 'Ond waeth befo am hynny rŵan. Dw i'n ama' dim ar dy ddelfryda di. Gen i y cest ti nhw. Ac wyt, mi wyt ti'n wybodus ac yn cŵl. Ond nid pawb sydd felly, cofia.'

'Eithafwyr, ti'n feddwl, Mam? Moslems *militant* a phobol fel 'na?'

'Na, nid rheini'n unig …'

'Gorthrymwyr gwrth ryddfrydol, 'te,' ategodd Elin yn ymdrechgar. 'Am bob cam ymlaen mae'r ddyniolaeth yn ei gymryd, mae 'na wastad rywrai yn rhywle yn siŵr o gymryd dau yn ôl.'

Testun rhyfeddod arall i Rwth. Roedd gan blant a hen bobl y gallu annisgwyl i yngan doethinebau nad oedd y cenedlaethau rhyngddynt byth am eu clywed. Neu efallai mai i Mr Johnson y dylai hi ddiolch drachefn am y berl ddiweddaraf o geg ei merch? Roedd wedi swnio fel dyfyniad gan rywun yn ddi-os. Ond y tebyg oedd na ddôi hi byth i wybod gan bwy.

*   *   *

O feddwl dros eu sgwrs gignoeth rai oriau'n ddiweddarach, gallai Rwth gymryd cysur o ddod i'r casgliad nad oedd Elin yn awyddus iddi gael gwared ar Russ o'u bywydau … ddim eto, p'run bynnag. Roedd hynny'n rhyddhad.

'Geith e aros,' roedd wedi dyfarnu, fel petai'n yngan y gair olaf ar y pwnc. Ac yna ychwanegodd yn slei, 'Wedi'r cwbl, ble arall gei di afael ar rywun mor gyfoethog?'

'Elin! Be ar y ddaear wyt ti'n trio'i awgrymu rŵan?'

'O, cym on, Mam. Mae'n amlwg on'd yw e? Edrych ar Dad. A nawr Russ. Dwyt ti ddim ond yn hel dynion sy â "chelc go dda", fel y byddi di'n hoffi 'i ddweud. Ti 'dy *gold-digger* Y Dyfroedd. Ma pawb yn gwbod hynny.'

Ar y pryd, wyddai Rwth ddim a ddylai hi roi slap iawn iddi am fod mor bowld neu chwerthin yn afreolus. Ond rhaid bod ei phenbleth ar y tu mewn wedi gwneud iddi edrych yn goblyn o frawychus ar y tu allan, oherwydd gallai weld Elin yn llyncu poer yn hyglyw, cyn ychwanegu'n gymodlon, 'O, ocê … ocê! Fe a' i i fflipin Sir Benfro 'da Dad, fel bo' ti – *my Cinderella mamma* – yn gallu mynd i'r parti 'ma wedi'r cwbl.'

'Wel! Wedi'r holl rwdlan yna, dw i'n falch fod synnwyr cyffredin wedi cario'r dydd o'r diwedd,' dywedodd Rwth.

'*Actually*, doedd dim problem iti fod mas drwy'r nos gyda Russ, eniwê. Rown i wedi trefnu *sleepover* gydag Abigail.'

'Wyddwn i mo hynny. Soniaist ti'r un gair.'

'Naddo? Sori. Dw i ddim yn arfer gorfod consylto 'da dy *social diary* di.'

'Os wyt ti'n hapus rŵan i wneud y trip Sir Benfro 'ma, cofia ddeud wrth Abigail am y newid cynllunia.'

'Ocê, Mam. Ond bydd rhaid i ti ffonio'i mam hi,' anelodd Elin un ergyd olaf. 'Eglura iddi fod yr orji 'ma rwyt ti a *Mighty Russ* yn bwriadu mynd iddi wedi gorfodi fi i newid y plans.'

*   *   *

Wedi iddo ddringo i'w wely'n derfynol am y noson, cafodd Mr Morris fod un gair penodol a basiodd trwy ei ben wrth gerdded adref yn dal i lechu yno, yn gosi i gyd. Trachwant? Ffwlbri? Disberod? O, na … 'run o'r rheini. Trythyllwch oedd y gair dan sylw. Bu'n un o'i hoff eiriau erioed, er nad oedd wedi ei drwblu ers peth amser.

Sylweddolai nad oedd yn air a glywid yn gyffredin bellach. Go brin y byddai fawr neb o'r to ifanc yn gwybod ei ystyr, er mor gyfarwydd yr oedden nhw â'r hyn a olygai. Gair i gondemnio dyn oedd 'trythyllwch'. Dyna fu bwriad y sawl a'i bathodd, siŵr o fod. A gresynai at hynny … y ffaith na châi byth ei ddefnyddio i ddathlu bodolaeth yr un dyn byw. Oni fyddai llawer gwell gobaith i'r gair oroesi ar leferydd pobl o ddydd i ddydd petai'n air o fawl?

Gallai dos dda o drythyllwch wneud byd o les i bawb ambell dro. Doedd dim yn well na charthu'r corff o'i chwantau er mwyn creu'r gofod angenrheidiol i'r ymennydd allu gweithio ar ei orau. Gair i'w drysori. Ei fwytho. A thylino ei ddannau, fel telyn. Trythyllwch. Mor soniarus ar wefus ac ar glust. Bu'n air a gofleidiodd Oswyn Morris gydag awch ar adegau prin yn ystod ei fywyd. Ond at ei gilydd, llwyddodd i ochel rhag ei ystyron, gan orchfygu temtasiynau a'i ddisgyblu ei hun i gadw swyn y gair o dan reolaeth. Er mor ddeniadol o gadarn oedd clec y cytseiniaid caled rheini, derbyniodd yn gynnar y byddai'n rhaid iddo fod yn drech na thrythyllwch os oedd am gyflawni ei ddyhead i oroesi. Un o'i hoff eiriau, o bosibl. Ond ar ddiwedd y dydd, dim ond gair.

*   *   *

Yr union eiliad yr esgorodd ar yr uchelgais o gael byw i fod yn hen oedd pan ddarganfu ei dad yn crogi'r diwrnod hwnnw. Peth fel hyn oedd bywyd yn gallu bod. Yn druenus o ofer. A byr. Sgrechodd y dyhead am hir oes arno o grombil y tawelwch dudew a lenwai'r tŷ, yn boendod byddarol yn ei ben. Nadodd gydag angerdd, fel petai'n waedd a godai o fol ei dad. Roedd am wneud popeth o fewn ei allu i sicrhau y byddai fyw i oedran teg, pe medrai. Gwyddai fod hynny'n rhywbeth yr oedd am ei wneud er ei fwyn ei hun yn ogystal â'i dad. Tyngodd lw dieiriau yn y fan a'r lle i wneud ei orau glas i gael oes lawn. Holl ddyddiau addunedig dyn. Fel y clywsai gyfeiriadau atynt mor fynych o bulpudau ei ieuenctid.

Ei ymlyniad wrth y perwyl hwnnw a'i harweiniodd i araf ymwrthod â rhai o'r cyneddfau mwyaf sylfaenol yng ngwneuthuriad dyn. Penderfyniad bwriadol ar ei ran oedd hwnnw, o fath. Ond dyna hefyd ei ffawd.

Ei dad a gododd i frig ei feddyliau drachefn cyn cwympo i gysgu. Y tad a garodd a'r un a'i carodd yntau'n ôl. Roedd wedi dod i'r casgliad ers blynyddoedd mai awydd i gyfaddawdu a chymathu â chymdeithas a'i cymhellodd i briodi ei fam yn y lle cyntaf. Er iddo gael ei fagu ar aelwyd hapus, gallai weld fod ei ddamcaniaeth yn dal dŵr wrth edrych yn ôl. O ble daeth yntau? Doedd wybod. Ffrwyth dyletswydd mwy na thebyg – er ei fod yn hoffi meddwl fod cariad hefyd yn y cawl yn rhywle.

Dewis cuddio o dan barchusrwydd ffug wnaeth ei dad. Prin ei fod yn ddewis yn y cyfnod hwnnw. I ddyn hoyw, bron nad oedd yn un o amodau goroesi. Welai Oswyn yr un bai arno am hynny. Sawl priodas anhapus oedd yn anhapus am yr un rheswm mewn dyddiau a fu? Ac eto, trwy ddewis mynd i gwrdd â'r llanw fel y gwnaeth, gallai Oswyn weld iddo wrthod cyfaddawdu yn y diwedd.

Sut bynnag yr oedd wedi dewis byw a marw, gwyddai'n bendant nad byw oedd y gair priodol am gyflwr bodolaeth ei dad yn ei ben ers dros drigain mlynedd. Dim ond adlais brau, di-boen o'r tad a fu a drigai yno mewn gwirionedd. Dyna'n unig fyddai yno tan ei ddarfod – haenen denau o lwch dros hen ddodrefnyn hoff, a honno'n dawnsio ambell dro pan ddeuai awel heibio gan ddigwydd canu alaw a oedd yn gyfarwydd i'r ddau ohonynt.

Boy

Morus y gwynt ac Ifan y glaw
daflodd fy nghap i ganol y baw ...

Liw nos,
a hithau'n dywydd mawr,
disgynna darn bach o ddychymyg
yn feddw gocls rydd,
plip-plop i lawr y staer.

Morus yn diferu trosof
ac Ifan yn chwipio'i gynddaredd yntau
yn fain ar draws fy nghefn.

Dau ddihiryn drycin,
heno'n rhydd o'r hualau
a'u ceidw'n gaeth
i rigolau hen rigwm y plant ...

Eu dial
yw drysu'r drefn yn lân
drwy gyfnewid enwau yn y gwyll.

Elfennau brau breuddwydion
yn rhemp drwy oriau'r nos.

*

Ond yn y bore,
dihunaf yn chwys drabŵd
i ganfod byd
na chysgodd winc,
ond a ddaliodd ati yn y düwch
i ymdrybaeddu yn ei bethau.

Nos Sadwrn

'Hoffech chi olif?'

Cariai'r westeiwraig ddwy bowlen ar hambwrdd bychan – olifau gwyrdd yn y naill a rhai du yn y llall – a chododd y danteithion fel eu bod o dan drwynau'r ddau.

'W! Ma'r rhain yn rhai mawr,' meddai Russ, gan gymryd un o'r rhai duon.

'O Wally's,' atebodd Gwawr – cans dyna'i henw. 'Maen nhw'n ddrud ond yn werth pob dimai. Chewch chi ddim gwell olifs yn unman na rhai Wally's … na rhai mwy o faint.'

'Fe glywes i fod 'da nhw rai mor fawr â cheillie cwningen.'

'Fe gymra i dy air di am hynna, Russ,' ebe hi wrtho'n hyderus. 'Wyddwn i ddim dy fod ti'n arbenigwr ar y ffasiwn bethe.'

'Anwybyddwch o. Malu cachu, fel arfer,' prysurodd Rwth i ymyrryd. 'Fiw ichi dalu sylw i gastiau hwn neu fe ewch chi'n boncyrs. A dw i'n siarad o brofiad.'

'Wel! Wna i ddim dadlau â hynny 'te.'

'A gyda llaw,' aeth Rwth yn ei blaen, 'dw i hefyd yn cytuno i'r carn am yr olifs … Yn Wally's y cewch chi'r rhai gora sy gan y ddinas 'ma i'w cynnig. Popeth arall, dw i'n fodlon ei gael o Tesco's heb drafferth yn y byd, ond nid y rhain.' A chyda hynny, cymerodd hithau olif a'i blannu'n ddwfn yn ei cheg – un o'r rhai gwyrddion, er mwyn cadw'r ddesgl yn wastad.

'Be wnele Wally's heb wragedd tŷ Cymrâg y ddinas?'

pryfociodd Russ. ''Blaw amdanoch chi'ch dwy a'ch tebyg, mi fydde'r hwch wedi mynd drwy'r siop arnyn nhw ers blynydde.'

'Maddeuwch i mi,' meddai Gwawr o dan ei gwynt a chan brysuro i wthio'i phowlenni o dan drwyn rhywrai eraill ddigwyddai sefyll gerllaw.

*   *   *

'Olaf ydy enw'r mab ienga acw. Y wraig a finna'n gytûn ar y matar. Toeddan ni'n bendant ddim isho mwy o blant.'

Dyna safon y jôcs ar y teledu ar nos Sadyrnau a phe digwyddai Oswyn Morris fod yn yr hwyliau cywir, gallai ymgolli yn y fath rialtwch heb drafferth yn y byd. Heno, er enghraifft. Teimlai'r angen am ryw ysgafnder, i godi'i galon, neu i'w helpu i anghofio, neu i gadw cwmni iddo nes deuai'n amser clwydo. Wyddai e ddim i sicrwydd p'run oedd ei angen pennaf. Ond lled-chwarddodd ar y jôc.

Treuliodd y prynhawn yn gweithio'n galed ar un arall o'i 'hanesion' – un nad oedd wedi talu fawr o sylw iddo tan yn go ddiweddar. Dim ond digwydd dod ar draws ei hen nodiadau wnaeth e. Derbyniai mai darganfyddiadau hap a damwain oedd i'w disgwyl os oedd am barhau i bysgota'n fympwyol ymysg ei hen bapurach, yn hytrach na gwacáu pob briffces a didoli popeth yn ofalus. Dros yr wythnosau diwethaf daethai'n hoff o loffa'n fympwyol ymysg ei annibendod. Mwy o hwyl na bod yn drefnus. Ac yntau wedi dechrau, roedd hi'n anodd rhoi heibio'r arfer.

Byrdwn yr helfa hyd yn hyn fu hen ddatganiadau banc a dogfennau a dderbyniodd gan bobl y dreth. Ond roedd yno hefyd adroddiadau yn ymwneud â'i waith a phapurau mwy personol – yn llythyrau a memos a anfonodd ato ef ei hun mewn oes a fu, cyn bo modd gadael neges ar beiriant ateb nac anfon e-bost at neb. Daeth dau ffotograff bychan i'r golwg hefyd – rhai du a gwyn ohono ef a'i fam yng Nghlarach amser maith yn ôl. Yr unig ryfeddod amdanynt oedd eu darganfod.

Broc môr ei fywyd, barnodd. Trugareddau pob llongddrylliad y llwyddodd i'w goroesi erioed, a rhai y llwyddodd i'w hosgoi yn llwyr. Os nad oedd yn fodlon mentro i lawr ar y tywod er mwyn croesi'r traeth, o leiaf roedd yn fodlon cerdded ar hyd y prom ac edrych i lawr ar y cestyll a godwyd isod. Oddi yno, haws gweld fel roedd y llanw'n llyo'n nes atynt gyda phob ton a dorrai.

Doedd dim gobaith y byddai byth yn rhoi trefn ar ei stad. Gallai fod yn gysáct mewn rhai agweddau ar ei fywyd ond yn ddidoreth tost mewn eraill. I Rwth y dylai ddiolch am ei atgoffa am fodolaeth y cesys rheini fu o'r golwg o dan y sinc cyhyd. Er ei mwyn hi yn bennaf y bu'n ceisio rhoi cnawd ar yr esgyrn sychion a ddarganfu. Hi ysbrydolodd yr holl ddiwydrwydd.

Diflannodd rhan helaethaf ei brynhawn heb fawr ddim i'w ddangos am ei ymdrechion. Ofnai fod yr hen Peggy Jones, prif ganolbwynt ei nodiadau y tro hwn, am brofi'n frithyll go anodd ei rwydo. Ei bywyd yn rhy drist, mae'n debyg. Ei stori'n rhy swta. Ni allai gofio ei chreu, er ei bod hi'n amlwg iddo fwriadu rhoi ei hanes ar gof a chadw rhyw dro. Tystiai ei lawysgrifen i hynny. Dyna lenwai'r gofod rhwng y llinellau glas hen ffasiwn hynny a groesai'r papur. Llawysgrifen yr oedd wedi colli 'nabod arni. A menyw na fu'n bod erioed.

Serch hynny, ei benbleth fwyaf wrth wynebu'r dasg oedd sylweddoli y byddai hi mwy na thebyg wedi bod yn dal ar dir y byw pan luniodd ei nodiadau amdani – petai hi wedi bod erioed, hynny yw. Pam y bu iddo ymddiddori ynddi o gwbl? Cododd y cwestiwn yn ei ben wrth geisio'i chofio. Nid oedd ganddo'r inclin lleiaf.

Fe ailgydiai yn y stori yfory, meddyliodd, gan dderbyn

nad ar chwarae bach y câi e'r hanesyn hwn i ddarllen yn ddigon destlus i'w anfon at Rwth. Roedd rhoi trefn ar holl hanes bywyd person yn rhwym o gymryd amser er mwyn ei gael i ddarllen yn ddeche. Ac nid mater o gymoni stori a chaboli dawn dweud oedd hi ychwaith. Gwyddai fod mwy iddi na hynny. Peth anniben oedd bywyd yn ei hanfod a byddai angen cryn dacluso er mwyn ei gael yn gymeradwy – yn union fel yr oedd gofyn i ymgymerwr roi ei holl fedrusrwydd ar waith i dacluso corff cyn y câi'r teulu ddod i'w weld.

*   *   *

'Sa i'n gwbod pam ti wedi ymateb mor ffyrnig i weld Geraint heddi,' ebe Russ wrthi.

'Nid Geraint fel y cyfryw ddaru 'nghythruddo i …'

'Ma 'dag e wedjen newy'. So wot? All e ddim dod fel sypréis iti fod y boi wedi cael cariadon er'ill ers i chi'ch dou orffen 'da'ch gilydd. Fe fuodd sawl un, siŵr o fod.'

'Ond mae hon yn wahanol,' meddai Rwth yn grafog. 'Mae o wedi dod â hon i gwrdd ag Elin. Dyna'r pwynt. Siawns na fedri di hyd yn oed weld pam 'mod i'n gofidio. Nid mynd i ffwrdd am benwythnos braf yn y wlad efo Elin oedd 'i gymhelliad o o gwbl wrth drefnu'r *jaunt* bach 'ma. O, na. Dim ond isho cyflwyno'i ferch i'r jadan newydd 'ma mae o.'

'Stephanie,' atgoffodd Russ hi o'i henw go iawn.

'Ie. Honno,' bytheiriodd Rwth. 'A pha fath enw 'dy hwnnw, p'run bynnag? Ffurf fenywaidd ar y merthyr cyntaf. Hy!'

'All hi ddim help 'i henw, mwy na'r un ohonon ni.'

'Dw i wastad wedi bod yn amheus iawn o rieni sy'n rhoi ffurfiau benywaidd ar enwau bechgyn ar 'u genod. Be feddyli di mae o'n 'i ddeud wrthan ni am eu gwir ddeheadau nhw? Mmmmm?'

'Merthyron a *transsexuals*! Ti'n gw'itho'n dda heno, Rwth, rhaid gweud.'

'Sori. Bydd jest rhaid iti fadda imi,' meddai'n swta. 'Rwy'n amheus iawn am y sefyllfa, dyna i gyd.'

'Ti'n amheus iawn am bob math o bethe, 'y mlodyn gwyn i,' atebodd Russ yn sardonig, '… gan 'y nghynnwys i.'

'O, Russ … sori! Ydw i'n rhoi amser caled ichdi? Plis madda imi …'

'A gad 'na. Mae pobl yn dechre edrych arnan ni.' Roedd hi wedi newid ei chân mwya sydyn, gan droi ato'n faldodus i fwytho'i ysgwyddau ac anelu ei cheg agored i gyfeiriad ei un yntau, yn y gobaith o gael lapswchan yn harti, mae'n ymddangos. 'A da ti, arafa hi gyda'r gwin 'na,' aeth Russ yn ei flaen i'w rybuddio yn gadarn garedig, 'neu fe wnei di ffŵl ohonot dy hun fel arfer.'

'O, Russ, ti mor dda imi – wir-yr, mi wyt ti.'

*　　　*　　　*

Y cyfan a welai oedd ei bod hi ar fin troi'n fachlud arno. Oddi tano, roedd gwichian olwynion i'w glywed yn eglur ac yn friw i'w glyw. Sŵn hebrwng oedd hwn, synhwyrodd. Elor, efallai. Neu droli mewn ysbyty. Y gwahaniaeth rhwng llawdriniaeth ac angladd. Bod ar ei ffordd i'r theatr, neu fod ar ei ffordd i'w fedd. Yr un wich, o bosib, ond dwy ddelwedd dra gwahanol. Bachodd ar yr un a gynigiai ryw lygedyn o obaith y câi fyw i weld y bore. Doedd dim arall amdani. Nid nawr, yn ei oedran e.

Er cased ganddo'r wich a godai o'r parthau anweledig oddi tano, roedd hi ganwaith yn well ganddo na'r un a glywai reit yn ymyl ei glust. Llais menyw a'r llais hwnnw'n crafu fel ewin yr holl ffordd ar hyd muriau'r coridor yr oedd yn cael ei wthio trwyddo. Pwy bynnag oedd hi, plygai drosodd

294

weithiau i ddweud rhywbeth wrth gerdded wrth ei ochr. Ei llais yn merwino'r galar a deimlai'n ymgasglu o'i fewn. Oedd e eisoes yn galaru trosto ef ei hun? Pa alar allai fod yn waeth? Neu'n well?

Ie, ysbyty oedd y lle, ail ddarbwyllodd ei hun. Ysbyty, yn bendifaddau. Un coridor mawr diddiwedd, yn arwain at iachâd. Nid iachawdwriaeth. Ond iachâd. Alltudiaeth arall. Roedd ar y ffordd mas. A'r llais yn dal yn dreth ar ei feddyliau.

'Sdim ishe gofidio, bach. Fe gewn ni wared ar y drwg i gyd. Ei dorri bant fel bo dim ar ôl i boeni yn ei gylch. Gwenwch nawr. Mi fydd y cyfan drosodd cyn bo chi'n troi rownd.'

Hi a'i llais a'i geiriau ffôl. Ai nyrs yw hi, tybed? Ynteu ffrwyth dychymyg? Rhywun rwy newydd ei chreu er mwyn tynnu fy meddwl oddi ar yr hyn sydd i ddod? Ac mae'r hen ast yn mynnu dal yn dynn yn fy llaw, fel 'sen i'n fachgen drwg mae hi'n ei gymryd i weld y prifathro i gael y gansen. Tywys crwt i gwrdd â'i haeddiant mae hi, sdim dou am 'ny.

O, jawl erio'd, mae wedi canu arna i naw ...

*   *   *

'Agor y drws 'ma, bêb! Ma 'na bobol er'ill ishe defnyddio'r cyfleustere. Ti'n gallu 'nghlywed i?'

Oedd, roedd hi'n gallu'i glywed. Hyd yn oed gyda'i phen hanner ffordd i lawr y tŷ bach, fe wyddai mai Russ oedd yno. Ond roedd hi am oedi eiliad neu ddwy yn hwy, rhag ofn fod mwy i ddod i fyny. Beiai'r bwyd. Y blydi olifs 'na wnaeth y drwg!

O'r diwedd, llwyddodd i godi'n ôl ar ei thraed. Doedd y byd ddim yn troi cweit cynddrwg â chynt. Gafaelodd yn dynn yn y basn ymolchi. Yn y drych o'i blaen, edrychai ei gwallt yn ddigon o ryfeddod iddi o hyd. Dechreuadau newydd, sibrydodd wrthi ei hun. Difaru dim a dal ei phen yn uchel ... Dyna'r oedd galw amdano rŵan. Roedd ei cholur yn dal ei dir, sylwodd. Fe'i plesiwyd gan hynny. Dangosai ei bod hi'n werth talu mymryn yn fwy er mwyn cael safon. Fel y ffycin olifs 'na o Wally's! Rhaid talu am y gorau. Tynnodd wyneb yn chwyrn, cyn gwenu fel giât.

Bobl bach, fe ddylai fod cywilydd arni. Be fyddai ffrindiau Russ yn feddwl ohoni? Cofiai Gwawr. Roedd hi wedi dod ar draws honno yn rhywle o'r blaen, er na chofiai ymhle. Ond beth ddiawl oedd enw'i chymar? Chofiai hi mo hwnnw o gwbl. Ni ddeuai nac wyneb nac enw i'w chof. Bob tro'r oedd hi wedi mynd i chwilio am *top-up*, diwallwyd anghenion ei gwydryn gwag gan ryw foi llwyd a lled academaidd yr olwg yn y gegin. Rhaid mai hwnnw oedd o, tybiodd. Rhyw fersiwn barfog, iau o Mr Morris.

Bu meddwl hynny bron yn ddigon i'w sobri – ond ddim cweit!

Ymsythodd, gan droi at y ffenestr i geisio ei hagor. Methodd. Mwy o regi dan ei gwynt. Yna, cymerodd un pip olaf yn y drych. Taflodd ddŵr oer dros ei hwyneb, gan yfed peth wrth wneud. Sychodd ei dwylo ar dywel a ddarganfu wrth ymyl y bath. A dyna ni, meddyliodd. Roedd hi'n barod i wynebu'r byd drachefn. Cymerodd anadl ddofn cyn datgloi'r drws a chamu trwyddo.

'O'r diwedd!'

'Flin gen i dy gadw di'n aros,' dywedodd, gan swnio braidd yn ffroenuchel yn ei hymdrech i lefaru'n eglur. Yna, yn fwyaf sydyn, fe gofiodd ... 'Dw i heb fflysio ar fy ôl ...'

Rhy hwyr. Sleifiodd rhywun heibio iddi eisoes, gymaint oedd yr argyfwng allan ar ben y landin cyfyng. Bron na faglodd dros ei sodlau uchel, ond daliodd Russ hi.

'Be wna i â ti, gwed?'

Gwenodd un neu ddau o'r lleill eu hateb i'w cyfeiriad. Gwgodd eraill. Chafodd dim ei ddweud.

'Be wyt ti am imi wneud?' holodd Rwth, gan bwyntio at ddrws caeedig yr ystafell ymolchi.

'Sobri,' atebodd Russ. 'Ond rywsut, sa i'n credu mai dyma'r lle gore iti neud 'ny, wyt ti?'

O fewn deng munud, roedd y ddau allan yn awyr iach Treganna gyda Russ ar fin y ffordd fawr yn gwneud ei orau i dynnu sylw tacsi, i'w cludo'n ôl i'r Dyfroedd.

*   *   *

Dihunodd o'r freuddwyd yn chwys drabŵd gyda dyhead i ganu'r piano yn llenwi ei fryd. Doedd fiw iddo godi a gwireddu ei ddymuniad, fe wyddai. Oriau mân y bore oedd hi. Roedd ganddo gymdogion. Trigai rhywrai uwch ei ben. Clywai eu camau ambell dro. Ar wahân i hynny, yr unig brawf o'u bodolaeth oedd y sacheidiau o sbwriel a orlifai dros y palmant a'r stryd. Ni chofiai iddo erioed weld yr un ohonynt.

Tŷ cyfan oedd yr un am y pared ag ef a thrigai teulu yno. Cymraes o Grymych a feddai ar lond pen o Gymraeg pert ei bro enedigol oedd Nerys. Roedd hi eisoes yn fenyw ganol oed pan symudodd e yno i fyw a gallai gofio cael sgwrs yn iawn gyda hi un diwrnod yn fuan wedi cyrraedd, mas ar ben rhewl. Swydd mewn banc oedd wedi dod â hi i'r ddinas yn ferch ifanc, meddai hi. Wedi iddi briodi llanc lleol, setlodd yma a magu dau o feibion. Chofiai e mo'u henwau ar y funud. Bernard a Derek, efallai? Neu Gary? Roedd yr enw hwnnw'n canu cloch. Y gŵr, o bosib. Ta waeth!

'Gyda fi fuod Mam farw. Draw fan'co yn y rŵm ffrynt,' ebe hi wrtho, gan bwyntio at y ffenestr briodol. 'Symo fi wedi siarad Cwmrâg 'da neb byth ers 'ny. W! Wy'n gweld ishe, cofiwch.'

Gan taw yn Saesneg yr oedden nhw wedi dechrau siarad

â'i gilydd – fel oedd i'w ddisgwyl wrth i ddau gymydog dorri'r garw yn y ddinas – achubodd yntau ar y cyfle i droi i'r Gymraeg wrth ymateb i hynny, ond parhau gyda'i Saesneg gorau wnaeth hithau. Hyd y dydd heddiw, fe fyddai e'n taflu ambell 'Fore da!' i'w chyfeiriad pe gwelai hi wrth fynd a dod, ond '*Good morning!*' gâi ei daflu'n ôl ato bob tro.

Fe ddylwn i anfon hanes fy nghymdogion at Rwth, meddyliodd. *Hanesyn arall iddi ddotio arno.* Ond yna ystyriodd mai un o blant gwlad y 'Wes, wes!' a'r 'cŵed' a'r 'perci' oedd Nerys, nid un o blant Y Dyfroedd. Nid fod yr hyfryd a'r hynod dafodiaith wedi cael modd i fyw ganddi pan ddewisodd fudo o'i bro enedigol. Tynghedodd fod y Gymraeg yn rhan o dreftadaeth Bernard a Derek na chaen nhw byth mo'i hetifeddu. Chawson nhw erioed gymaint â mynd ar gefn 'Ji, geffyl bach' na phrynu losin yn siop 'Hen Fenyw Fach Cydweli'. Câi miloedd ar hyd a lled y wlad eu hamddifadu mewn modd cyffelyb bob dydd ac roedd myfyrio dros y ffaith yn loes calon iddo. Am bob rhiant di-Gymraeg oedd yn awyddus i'w blentyn gael addysg trwy gyfrwng y Gymraeg, roedd hanner dwsin a fedrai'r iaith yn naturiol yn dewis peidio â'i throsglwyddo i'w hepil bach.

Bu'n genhadwr dros yr iaith gydol ei oes – hyd yn oed os bu i'r genhadaeth honno syrthio i drwmgwsg yn Surrey. Ond nawr, wyddai e ddim beth i'w gredu am ei dyfodol. Byddai'n dilyn pob ymgyrch ac ymdrech o'i phlaid, gan gefnogi'n reddfol, a châi ei gynddeiriogi bob tro y clywai amdani'n cael ei sarnu neu ei damsgen dan draed. Ond yn ei galon ni allai peidio â dod yn ôl at y gred na fyddai'r iaith byth farw am nad oedd rhyw ffurflen neu'i gilydd ar gael ynddi. Mi fyddai hi farw am fod y rhai allai ei siarad wedi dewis troi'u cefnau arni.

Beth lywiodd feddwl Nerys, doedd wybod. Y peth hawsa'n y byd fyddai iddi fod wedi siarad peth Cymraeg gyda'i meibion a'u anfon i ysgolion Cymraeg – ond nid felly y bu. Roedd y ddau eisoes yn eu hugeiniau cynnar pan gyrhaeddodd ef Ben-craith. Doedd ganddo ddim syniad ymhle'r oedden nhw nawr. Efallai fod ochr arall pob pared yn ddirgelwch o'i hanfod. Petai yno ffenestr hud, fe allai fod wedi edrych i mewn ambell dro i weld sut siâp oedd yna ar bethau drws nesaf. A chlustfeinio ar eu siarad. Ond rhyw ffansi braidd yn ffôl oedd hynny, tybiodd. Roedd angen llenni mewn dinas, i gadw llygaid estron bant.

*   *   *

'Mi ddylwn i fod wedi dod â'n ffôn efo fi,' ffwndrodd Rwth. 'Ti'n gwbod pam ddaru fi ddim? Am 'mod i ddim isho cario bag efo fi i'r parti ac felly doedd gen i nunlla i'w roi o.'

''Sen i wedi'i gario fe iti, yn 'y mhoced,' meddai Russ.

'Fasat ti?' dotiodd hithau'n faldodus. 'O, Russ, ti gymaint yn well person nag ydw i. Hen fam sâl ydw i, 'te? Mor ffycin hunanol.'

'Plis gad dy nonsens, Rwth. Dyw'r boi 'ma ddim moyn clywed dy rwgnach hunandosturiol di yr holl ffordd 'nôl i'r Dyfroedd.'

'"Duvrod", os gweli di'n dda,' cywirodd hi ef. 'Dyna'r unig enw fydd hwn yn 'i 'nabod ar y lle, fetia i chdi.' (Gallai Ruth weld un o'r hen ffurfiau a ddysgodd ar y lle yn fflachio trwy ei phen. Hir oes i Oswyn Morris!)

'Walle bo' ti'n iawn yn fan'na,' cytunodd.

Wrth gwrs ei bod hi'n iawn. Tramorwr oedd gyrrwr eu tacsi. Un o ble yn union, ni allai'r ddau ond amcanu. Rhywle yng ngorllewin Ewrop oedd dyfaliad Rwth, tra gwelai Russ fod croen y dyn yn fwy Asiaidd yr olwg na hynny. Gwisgai gwcwll ei gagŵl yn dynn am ei wyneb a pharhau wnâi'r dirgelwch. A dweud y gwir, roedd golwg sinistr arno ym marn y ddau ohonynt. Dyna lle'r oedden nhw, wedi'u rhoi eu hunain yng nghefn ei gerbyd ac ar ei drugaredd wrth groesi'r ddinas ar eu ffordd adref.

'Beth tasa hi wedi bod yn trio cael gafael arna i trwy'r min nos.'

'Pam fydde hi?'

'Am mai fi 'dy 'mam hi.' Dechreuodd llais Rwth droi'n gryg wrth gynhyrfu.

'Ie. A Geraint yw 'i thad hi … *so* pam ddyle fod unrhyw argyfwng? Mae'n tyfu'n ferch fowr nawr.'

'Paid â deud petha fel 'na.'

'Dim ond gweud ffaith ydw i.'

'Na. Ti'n gneud iddo swnio'n rong, Russ. 'Dy o ddim yn iawn.'

'Os yw e'n rong, dyw e'n sicir ddim yn iawn. Pwy all anghytuno â hynny?' chwaraeodd Russ â dryswch ei geiriau.

'Rhywiol dw i'n 'i feddwl,' aeth Rwth yn ei blaen yn floesg. 'Ti'n rhy rywiol.'

'Mmmmmm. Rhy rywiol nawr, odw i? Ches i erio'd 'y ngalw'n rhy rywiol o'r blaen. Ti off dy ben di heno, fenyw. Jest gweud ydw i nad oes lle 'da ti i ofidio am Elin. Mi fydd hi wedi ca'l diwrnod i'r brenin yn Shir Benfro gyda'i thad – a dyna ddiwedd arni.'

'Gyda'i thad … a Jennifer!' bloeddiodd Rwth gan ddychanu'r enw.

'Stephanie, *actually*!'

'Sut bynnag! Ond dw i wedi bod ar biga'r drain drwy'r nos iti gael dallt …'

'Fe wnes i sylwi.'

'Dwyt ti ddim yn dad a dwyt ti ddim yn dallt. Felly dyna ddiwedd arni!'

'Mae hi wedi bod i ffwrdd dros nos oddi wrthat ti ddigonedd o weithie o'r blaen.'

'O ydy!' torrodd ar ei draws. 'Mae wedi bod i ffwrdd beth wmbreth o weithia. Mae hi hyd yn oed wedi bod i Langrannog am wythnos.' Ni ddeallai Russ yr ergyd oedd ymhlyg yn yr enw Llangrannog, ond gallai ddweud o'r ffordd yr oedd hi wedi tynnu pob sillaf o gefn ei llwnc yn rhywle fod iddo ryw arwyddocâd. Ymdrechodd i'w chodi'n ôl i eistedd ar y sedd wrth ei ymyl yn ddeche. Yn ei chyffro a'i pharablu, roedd hi wedi rhyw hanner llithro i'r llawr, ond gan ddal gafael ynddo ef yr un pryd, fel petai e'n siaced achub a hithau ofn boddi.

'Be wna i â ti? Sa i'n gwbod …'

'Fe wyddost ti'n iawn be i'w wneud efo fi,' atebodd hithau'n flysiog. Yn sydyn, ni swniai hanner mor feddw a llwyddodd i'w thynnu ei hun i fyny o fod ar hanner ei chwrcwd i eistedd ar ei gôl.

'*No far now*,' cododd llais lletchwith o'r sedd flaen. '*Nearly there.*'

*   *   *

Anesmwythodd. Cramp yn ei goes dde. Ceisiodd ei hymestyn i'r awyr agored, y tu fas i orthrwm y dwfe. Llonyddwch oedd orau am funud neu ddwy, dywedodd wrtho'i hun. Tan i'r tyndra poenus basio. Dyna oedd i'w gael am orwedd ar droli gyda chyhyrau'r corff i gyd yn gnotiog o dan oruchwyliaeth nyrs a fwriadai'n dda. Arferai seiclo tipyn pan oedd yn ŵr ifanc. Roedd yn reit browd o'i goesau.

Doedd ei fysedd ddim yn ffôl ychwaith. Dim ôl gwynegon ynddynt, yn wahanol i'w gefn a'i ysgwydd. Doedden nhw ddim mor osgeiddig â rhai ei dad, wrth gwrs. Rhaid cydnabod hynny. Roedd gan hwnnw fysedd pianydd o'r iawn ryw. Yn hir a main. Dyna pham y cadwodd yr hen biano, mae'n debyg. Oddi wrtho ef yr etifeddodd y diddordeb, os nad y dodrefnyn. Ond ni lwyddodd erioed i feistroli'r offeryn yn iawn. 'Dim ond rhyw dincial wyt ti, Oswyn bach.' Barn ei fam drachefn. Barn ar bopeth a chyfrannu at ddim.

Na, doedd hynny ddim yn deg. Roedd hi yno yn ei ben, ochr yn ochr â'i dad ac yn llyncu llawn cymaint o'i amser a'i ynni. Yr unig wahaniaeth mawr oedd na chafodd hi ei bendithio â chymaint o ddoniau ag a wnaethai ei dad. Dim ond rhyw anghydbwysedd genynnol wahanai'r ddau. Doedd ganddo'r un rheswm dros gymryd yn ei herbyn o gwbl.

Mentrodd blygu ei ben-glin a rhoi ei droed ar y llawr. Os oedd modd yn y byd, fe geisiai gyrraedd y cyntedd, petai ond i edrych ar yr hen offeryn. Roedd y pasej yn rhy gul iddo allu gosod y stôl oedd i fod i fynd gyda'r celficyn o'i flaen. Dim ots. Fe safai ar ei draed a sbio. Byddai wastad ryw gysur i'w gael o fyw yn y gorffennol i ddyn a feddai ar orffennol gwerth byw ynddo.

Ciliodd yr artaith a feddiannodd ran waelod ei goes yn y gwely. Rheitiach iddo gerdded o gwmpas ychydig, darbwyllodd ei hun. Y pyjamas hen ffasiwn a wisgai yn ei gadw'n gynnes. Cofiai newid iddynt pan oedd yn blentyn – rhai gwahanol, wrth reswm, ond digon tebyg i'r rhai a wisgai nawr i'r atgof ddod yn fyw. Ei fam yn dweud wrtho am newid i'w ddillad nos a dod lawr staer drachefn wedyn i gael ei Ovaltine cyn clwydo.

Ystrydeb amser rhyfel, meddyliodd. Blacowt ar ffenestri ac yn y blaen. Sdim ots am hynny nawr. Atgofion oedd cyfeiliant henaint. Wedi drysu. Mas o diwn. Byddin yn martsio. Dim iachawdwriaeth.

Cododd gaead y piano a gwasgodd fys neu ddau ar rai o'r allweddau – mor wan ac araf fel na ddaeth smic o sŵn o grombil yr hen beth.

Fe gofiai Peggy. O'r diwedd, gallai gofio Peggy Jones yn iawn. Pwy oedd hi. Beth ddigwyddodd iddi. Pam y bu iddo ei chreu a'i charu. Fe gymerai ei amser er mwyn rhoi cywirdeb i'w hanes. Cofnododd storïau'r tri arall y daeth ar eu traws o dan y sinc mor slic ag y gallai, er mwyn eu hanfon at y Rwth 'na cyn gynted â phosibl.

Byddai hon yn wahanol. Haeddai Peggy fwy o sylw. Fe ddeuai'n nes ati. Perthynai iddo, bron. Cyfoesai'r ddau, heb iddynt erioed gwrdd. Go brin fod disgwyl iddo ei chofio. Cofio'r cof amdani'r oedd e. Cofio'r sôn amdani. Ei henw wedi'i naddu ar un o ddesgiau bywyd.

Roedd hi'n bryd troi'n ôl. Ffwndrodd, heb wybod yn iawn ble i fynd. I'w wely? I'r gegin? Gallai wneud paned o de iddo'i hun yno. Neu beth am ddechrau ar y gwaith o lunio'r hanesyn oedd yn cyniwair mor afreolus yn ei ben?

Agorodd y drws ffrynt a safodd ar y trothwy. Dim sêr uwchben am ei bod hi'n glawio. Edrychodd lan a lawr yr hewl.'Run enaid byw i'w weld. Y nos yn dawel, fel offeryn mud.

*   *   *

'Ti'n gweld? Rown i'n iawn. Greddf mam.'

Yr eiliad y camodd Rwth i mewn i'w thŷ roedd hi wedi cicio'r sgidiau sodlau uchel oddi ar ei thraed a mynd i chwilio am ei ffôn. Ac oedd, roedd Elin wedi cysylltu rywbryd yn ystod y noson.

'Mae hi'n ddigon hapus 'i byd, dw i'n cymryd, wedi'r holl angst 'na?'

'Mi wn i dy fod ti'n meddwl 'mod i'n dwp, ond fedar mama ddim peidio pryderu.'

'Dyn ydw i, ti'n feddwl?'

'Na,' mynnodd hithau. 'Nid dyna ro'n i'n 'i feddwl. Ond sgen ti ddim plant.'

Nododd Russ mai dyna'r ail dro iddi ddannod hynny

iddo heno. Dechreuodd golli ei amynedd – a'i hyder. Gallai hithau'i weld yn ffwndro fymryn, er nad oedd ganddi syniad pam.

'Beth 'sen i'n gweud wrthot ti y bydden i'n lico un?' dywedodd yn ddifrifol, cyn camu ati a chymryd y teclyn o'i llaw i'w luchio at y setî. 'Plentyn, hynny yw.'

'"Diwrnod OK. Gweld ti fory. Cariad, Elin" a dwy sws. Dyna oedd hyd a lled neges Elin os ti rili isho gwbod,' ceisiodd Rwth fod yn goeglyd. Clywai fyrdwn ei eiriau yn treiddio trwy wêr ei chlustiau.

''Na fe, ti'n gweld. Wedes i y bydde hi wrth 'i bodd,' meddai yntau wedyn gan gydio ynddi i'w chusanu. Ni wrthwynebodd Rwth mewn unrhyw fodd.

'Fetia i iti fod un o'r swsys 'na i fi,' ebe fe wedyn wrth dynnu ei dafod yn ôl o'i gwefusau.

''Swn i'n synnu dim,' cytunodd hithau.

*   *   *

Mentrodd gamu allan dros y rhiniog, ei slipars yn feddal ar goncrid llwybr yr ardd. Edrychodd i'r chwith ac yna i'r dde. Delwodd, gan feddwl chwarae gêm ag ef ei hun. Fe safai yno tan i rywun fynd heibio mewn cerbyd neu ar droed. Neu tan i rywbeth ddigwydd. Unrhyw beth. Dim ots beth. Golau'n ymddangos mewn ffenestr un o'r tai gyferbyn. Sŵn cŵn neu gathod yn cweryla. Pe digwyddai'r gwynt chwythu o'r cyfeiriad cywir, roedd modd sefyll yno a chlywed tonnau'r môr yn taro'r traeth yn y pellter agos. Roedd wedi chwarae'r gêm hon o'r blaen.

Ond llonydd oedd hi yno heno. Llonydd a glawog. Dim gobaith am ddim byd pleserus na chysurlon, gwaetha'r modd. Ac yna, cofiodd am Oleuni'r Byd a chamodd yn ôl o lewyrch artiffisial yr holl drydan a losgai o'i flaen. Roedd rhywrai yn y gofod yn gallu'i weld yn encilio. Nyrs y nos, meddyliodd. Honno ar fin dod i'w fatryd a'i dynnu o'i byjamas gwlyb.

> *Het wen ar ei phen*
> *a dwy goes bren …*
> *… Ho-ho-ho-ho-ho-ho!*

Canodd y geiriau'n uchel iddo'i hun wrth ymlwybro'n ôl i'w wely at ei fam.

*   *   *

Dihunodd Rwth fore trannoeth a'i cheg yn grimp. Dyheai am gael llyncu gwydryn neu ddau o ddŵr ar eu talcen, i adfer cydbwysedd ei phen. Chofiai hi ddim pa gampau rhywiol orfododd Russ arni neithiwr, ond gwenodd yn foddhaus ar y llanast o ddilladach a ballu o gwmpas yr ystafell. Daeth iddi'n araf fod carpiau eraill wedi'u diosg, eu gollwng a'u gadael fan lle'r oedden nhw yn y lolfa islaw, ac ar hyd y grisiau. Dim Elin. Dim angen bod yn ochelgar. Na thalu dyledus barch i bwyll.

'Sdim digon i ga'l iti, o's e?'

'Dim ond gyda ti fydda i fel hyn,' roedd hithau wedi ateb gan guddio'i hembaras trwy gwtsho ato'n dynnach.

'Y rhyw gore ti wedi'i gael erio'd, wedest ti?'

Roedd hi wedi gwrthod ateb. Dim ond nawr wrth gofio'n ôl y sylweddolai mai cwestiwn rhethregol oedd e. Ond beryg ei fod yn dweud y gwir, serch hynny. Allai hi ddim bod yn siŵr. Wrth iddi fynd yn hŷn ac i'w phrofiad gynyddu, anos fyth oedd iddi allu barnu. Mor hawdd oedd bod yn wrthrychol a'i feirniadu'n llym pan oedd y ddau ohonynt ar eu traed ac wedi'u gwisgo. Ond yn y gwely, fe gollai bob rheolaeth arni ei hun, gan ildio'n orfoleddus i'r chwiwiau carlamus. Gwell na hynny hyd yn oed oedd y ffaith y byddai yntau'r un mor eiddgar i ildio i'w chwiwiau hithau. Doedd hi erioed wedi chwerthin cymaint mewn gwely ag y gwnaethai yn ystod y flwyddyn ddiwethaf hon gyda Russ.

Oedd hi am gael plentyn gydag ef? Roedd hwnnw'n gwestiwn arall. Un i'w sobri go iawn. Neithiwr, cofiai iddo fynegi gweledigaeth ar y byd na allai hi ei chofleidio'n llwyr. 'Mae menyw moyn plentyn am fod y reddf famol ynddi yn gwneud iddi fod eisie un. Ond mater o strategaeth yw e i ddyn.'

Athroniaeth nad oedd hi wedi gallu'i dirnad ar y pryd … ac un a brofai y tu hwnt iddi y bore 'ma hefyd wrth ddwyn y dweud i gof. Nid oedd cweit wedi cynnig iddi fod yn fam i'r etifedd damcaniaethol hwn a arfaethai, ond tybiai mai dyna fu byrdwn ei draethu yn y nos. Cafodd fod adleisiau arswydus o Edwin Morse wedi codi yn ei phen i'w haflonyddu. I darfu ar y demtasiwn o fod yn fam unwaith eto. (Byddai'n rhaid iddi ailddarllen sut y cofnododd Mr Morris y ffordd yr aeth hwnnw ati i gael mab wedi'r cwbl.)

'Ti'n sbwci, Russ. Ti rili yn!'

Ei ymateb yntau i'w hebychiad, rywbryd yn yr oriau mân, fu chwerthin, gan feddwl nad oedd hynny'n ddim ond arwydd pellach o'r modd roedd hi wedi dotio arno.

Pan ddechreuodd ddadebru gyntaf, roedd rhyw adlais gwan wedi dweud wrthi mai ef hefyd oedd wedi cyfeirio ati fel hi 'a'i phlant'. Ond ni chymerodd fawr o dro cyn cywiro'i hun ynglŷn â hynny. Y sbwci Mr Oswyn Morris Ysw. gyfeiriodd ati felly a hynny ar ddiwedd ei stori, wrth sôn am rieni'n claddu'u plant. Peth rhyfedd iawn i'w wneud, meddyliodd, er nad oedd y syniad yn cythruddo fawr ddim arni bellach. Gwahanol iawn i'w hadwaith pan ddarllenodd ei eiriau gyntaf, nododd. Rhaid mai dyna a ddeuai o rannu gwely gyda phlentyn a guddiai mewn corff dyn.

Trodd i gyfeiriad Russ a gallai weld ei fod yn dal i gysgu.

Adwaenai ei batrymau anadlu mor dda erbyn hyn, fe wyddai hynny cyn troi, mewn gwirionedd. Ond roedd e'n bendant yn fyw. Mor fyw. Ac eto, wedi ymlâdd ym môr eu gormodedd, mae'n ymddangos. Oni chynigiai heriau hwn fwy o ddyfodol iddi na phroffwydoliaethau haerllug yr hen a'r hesb? Doedd gan hwnnw ddim mwy i'w gynnig iddi na dirgelion nad oedd datrys arnynt.

Closiodd at ei chywely, gan wneud ei gorau glas i esgus nad oedd hi eisoes yn fore Sul.

Wedi dyddiau o ymdrechu,
hwn yw'r hanesyn yrrodd
Mr Morris at Ruth yn
y diwedd ... yr olaf a
dderbyniodd oddi wrtho:

Mam Y Dyfroedd
1956

Tincrodd â'i cholur am un eiliad fach arall, am na fedrai beidio. Roedd yn ei gwaed. O'r diwedd, darbwyllodd ei hun ei bod hi'n edrych yn drwsiadus a rhoes ei bryd ar ddychwelyd at y difyrrwch. Doedd hi ddim am golli'r un o'r danteithion a allai fod ar gael iddi ar y dec uwchben. Nid heno, gydag amser yn mynd mor brin. Ymhen deuddydd, byddai'r llong ysblennydd yr hwyliai arni yn cyrraedd harbwr Southampton drachefn. Dychrynodd wrth i'r ddelwed honno saethu trwy ei meddwl a cheisiodd ei dileu yn syth. Nid nawr, meddai wrthi ei hun. Nid byth. Ond mynnodd yr hen hanes droelli drwy ei phen drachefn, fel y gwnâi hyd syrffed, er y gwyddai'n iawn nad hen hanes mohono o gwbl. Roedd y cyfan yn fyw. Yn ferw. Yn fach a gwlyb a sgrechlyd. Ei 'Boi bach' newydd-anedig. Yr un a oedd wedi hen dyfu'n ddyn … gobeithio. *Ble wyt ti nawr, gwd Boy?*

Ddôi hi byth i wybod. Nid colled naturiol oedd yr un a ddioddefodd yn ddeunaw. Un a orfodwyd arni oedd hi a dyna pryd yr heuwyd hedyn ei dadrithiad. Daethai i sylweddoli hynny trosti ei hun yn araf, yn oeraidd a di-wad. Egin pob diferyn o'r surni a'i difai oedd y bychan a dynnwyd ohoni a'i labelu'n amddifad, ddwy flynedd ar hugain ynghynt.

*

Roedd hi wedi hen droi'n nos dros Fôr y Canoldir, ond gallai ddal i werthfawrogi glesni'r dŵr, am fod goleuadau gogledd Affrica yn taflu eu hadlewyrchiad trosto. Er cymaint ei hawydd i ddychwelyd at ddawnsio a chyfeddach y salon lle y tueddai pawb i ymgynnull gyda'r nos, caniataodd un dargyfeiriad sydyn iddi'i hun. Awydd am awyr iach, mae'n debyg. Rhyw ysfa i edrych allan i'r nos. Wyddai hi ddim yn iawn beth a'i cymhellodd, ond gallai weld yn syth nad hi oedd yr unig un i ateb galwad o'r fath. Gorweddai myrdd o freichiau ar y canllaw pren sgleiniog a redai o amgylch y dec. Eu perchnogion wedi rhoi eu pwysau arno, gan rythu i gyfeiriad pa bynnag ryfeddod anweledig orweddai agosaf at eu calonnau ar noson o'r fath.

Yn ôl yr arfer, cyplau a safai yno'n syllu allan dros y môr, gan fwyaf. Nid oedd heno'n eithriad ac ni fu Peggy'n hir yn eu cwmni.

*

Wrth ddynesu at y Caribbean Lounge, clywai gantores y *cabaret* yn cyrraedd *crescendo* – ei llais yn taro'r nodau uchaf, cyn i'r band dewi ac i bawb ddechrau curo dwylo. Doedd y gân ddim yn gyfarwydd iddi, ond doedd hynny'n ddim syndod. Er iddi ymddiddori yn hynt a helynt unawdwyr a bandiau blaenllaw'r dydd, i'r radio gan fwyaf yr oedd y diolch am gynnal ei diddordeb yn yr hyn a gynhyrfai glustiau'r byd. Rhyw wrando o bell wnâi hi. Gwyddai fod amryw o'r gwragedd a weithiai gyda hi yn y *typing pool* yn mynychu cyngherddau'n gyson. Aent gyda'i gilydd weithiau, fel criw, a châi hithau glywed y cyfan trannoeth, amser coffi. Peidiodd y gwahoddiadau iddi ymuno â nhw ers peth amser – am mai gwrthod wnâi hi bob tro, mae'n debyg. Byddai un o'i chyd-weithwyr yn byw ac yn bod yn y Reardon Smith am mai cerddoriaeth glasurol a gostrelai fywyd i honno, tra oedd rhai o'r merched iau ymysg selogion un neu ddau o glybiau nos amheus y dociau. Ond doedd fiw iddi hi feddwl am droedio'r un o'r llwybrau hyn. Ar wahân i sŵn organ yn yr eglwys Noswyl Nadolig neu ar Sul y Pasg, châi hi byth brofi'r wefr o gael cerddoriaeth fyw yn trochi trosti.

'Cry Me a River'. Nawr, dyna gân a'i gwefreiddiodd. Y rhyfeddod diweddaraf i groesi'r Môr Iwerydd a chyrraedd tonfeddi'r BBC. Fe'i clywodd ar y radio sawl gwaith dros y misoedd diwethaf. Ond y tro cyntaf un y'i clywodd fu'r mwyaf ysgytwol. Fel petai'r Julie London 'na'n lladmerydd trosti. Llais honno oedd yn canu. Ond swniai fel petai wedi'i hidlo o'r bustl yn ei chylla hi ei hun. Cyn cael ei buro a'i ffrydio'n ôl i'w chlyw.

Fel arfer, rhaid oedd dofi pob rhythm a sgwrio pob sain yn gaboledig lân cyn y câi hi byth eu clywed. Dyna'r rheolau nas ynganwyd. Dyna'r drefn. O 'Three Coins in the Fountain' i 'Heartbreak Hotel', doedd piffl poblogaidd o'r fath ddim i fod i'w chyffwrdd. Cyhyd ag y cofiai, fe'i lapiwyd mewn gorchudd tryloyw, dilychwyn, fel petai angen cannu holl bleserau bywyd cyn iddynt ddod ar ei chyfyl, i'w harbed rhagddi ei hun. Y gwyliau blynyddol hyn oedd yr unig eithriad a ganiateid iddi.

Ers dros ugain mlynedd, dim ond trwy glustfeinio ar fywydau pobl eraill yr oedd hi wedi cael rhyw grap ar rythm beth oedd byw go iawn – ac yn amlach na pheidio, adleisiau o fywydau nad oedd hi am eu rhannu fu'r rheini. Rhai yr oedd hi'n ddi-hid ohonynt. Pobl na fyddai ganddynt byth mo'r gallu i'w gwefreiddio. Dim ond i godi ei chwilfrydedd bob yn awr ac yn y man. Gallai wrando ar fân siarad cyd-weithwyr a chydnabod ei rhieni. Ond dim ond ar adegau prin iawn y câi hi'i denu ato.

*

Prin wedi dod drwy'r drws yr oedd hi pan ddaliodd y pâr o'r Alban y bu'n man sgwrsio â nhw neithiwr ei llygaid. Eisteddent ymysg y clwstwr o fyrddau bychain a amgylchynai'r llawr dawnsio. Trwy gil ei llygad, nododd fod y llenni'n cael eu tynnu ynghyd dros y llwyfan esgynedig yn y pen pellaf, i ddynodi fod yr adloniant ffurfiol drosodd am noson arall, fe dybiodd. Parhau ar eu heistedd wnâi'r wythawd offerynnol, fodd bynnag, yn cael eu gwynt atynt cyn dechrau ar orchwyl nesa'r noson, sef darparu miwsig ar gyfer y rhai a fynnai ddawnsio.

O naws ddiog, dwym y dec, roedd hi wedi camu i fwrlwm o glegar a chyffro.

'Miss Jones, yntê?' cyfarchodd y dyn hi gan ddynesu ati, y cilt a wisgai yn hongian yn hyderus o gylch ei wregys a'i freichiau wedi'u hymestyn ar led mewn ystum o ddawns. (Fu hi erioed yn hoff iawn o'i chyfenw. Rhy gyffredin. Rhy nodweddiadol Gymreig. Ond derbyniai ei fod o leiaf yn un hawdd i bawb arall ei gofio. Gwaetha'r modd, ni ellid dweud yr un peth am gyfenw'r Albanwyr serchus. Cofiai mai 'Mac' rhywbeth oedd e – llawn mor ystrydebol â'i hun hithau, cymerodd gysur – ond bu'n rhaid iddi esgus llyncu'i phoer yn go galed cyn i'r enw 'MacGurney' ddod i glawr.) 'Gaf i'r pleser?' gofynnodd yn yr un gwynt, gan ragdybio'r ateb a chydio ynddi'n egnïol.

Trwy lwc, fe hoffai Peggy ddawnsio. Ond fel cerddoriaeth fyw, pleser i gyfranogi ohono unwaith y flwyddyn yn unig oedd hwn hefyd. Gwefr arall a gyfyngwyd i hwyl y cwta bythefnos a dreuliai bant o olwg tad a mam.

Cawsant un ddawns ddigon difyr gyda'i gilydd neithiwr, a thybiodd bryd hynny mai o ran cwrteisi yn anad dim yr oedd wedi gofyn iddi. Yn awr, chwyddwyd ei balchder gan yr ail wahoddiad. Arwydd fod y dawnsiwr brwd yn amlwg wedi'i blesio gan ei pherfformiad y noson gynt, darbwyllodd ei hun. Yna'n araf, cafodd fod ei chalon yn curo i guriad deisyfiad annisgwyl – nid un anghyfarwydd iddi ar wyliau, ond un nad oedd wedi rhoi unrhyw ystyriaeth iddo yng nghyd-destun Iain MacGurney. Curiad cyfrin, cnawdol oedd hwn. Un a chwenychai gydag awch fel arfer mewn amgylchiadau o'r fath. Ond heno, yma'n awr ym mreichiau'r gŵr bonheddig, bochgoch hwn, amheuai'n gryf ei bod hi'n camddehongli'r arwyddion.

Neithiwr, bu'n rhannu bwrdd swper gydag ef a'i wraig, cyn i'r tri encilio yma i'r Caribbean Lounge yng nghwmni'i gilydd. Bryd hynny, nid oedd wedi rhoi unrhyw ystyriaeth iddo fel darpar goncwest. Er ei fod i'w weld yn hŷn na'i wraig o rai blynyddoedd, daethai i'r casgliad pendant fod hwn yn glosach ati nag yr oedd y rhan fwyaf o'r dynion priod a gyfarfu ar wyliau. Canfu neithiwr fod y rhain yn ymdebygu i'w rhieni hi ei hun mewn un ffordd o leiaf. Byddai'r naill yn aml yn gorffen brawddeg y llall – arwydd sicr o undod mwy na modrwy, ym marn Peggy.

Roedd yr ysfa am ryw – neu'r cyfle i wireddu'r ysfa honno, i fod yn fanwl gywir – yn un o'r rhesymau pennaf a'i denai yn ôl o flwyddyn i flwyddyn at wyliau'n hwylio'r heli. Fel 'godineb môr' yr oedd y ffenomenon yn cael ei hadnabod. Roedd yn gydnabyddedig felly, er na fyddai neb yn ei grybwyll yn gyhoeddus. Y flwyddyn gyntaf honno y mentrodd yn betrusgar ar y fath antur – 'y fordaith ddiniwed', fel y'i galwai bellach – wyddai hi ddim am fodolaeth y fath gonfensiwn. Ni welodd pwy bynnag a ysgrifennodd y *brochure* yn hysbysebu'r fordaith yn dda i'w restru ymhlith yr atyniadau.

Gêm o gnawd oedd hon. Un ganmil gwell na'r coits neu'r sgitls bwrdd llong yr oedd disgwyl iddi droi ei llaw atynt drwy'r amser. Un arall, eto fyth, o ameuthunion mawr y môr a waherddid iddi gartref ar diroedd sych Doverod.

Yn dawel bach, roedd hi'n argyhoeddedig mai'r unig reswm y rhoes ei mam sêl ei bendith ar y gwyliau morwrol cyntaf hwnnw oedd am ei bod wedi rhamantu y byddai'n gyfle i'w merch ddod o hyd i ŵr. Petai hi ond yn gwybod fod y gwyliau parchus, drud (yr oedd hi a'i thad yn cyfrannu tuag at eu cost bob blwyddyn) yn fodd iddi ddod yn agos iawn at sawl gŵr – a bod gan bob un o'r rheini eisoes wraig.

*

Am ryw reswm, dysgodd yn gyflym ei bod hi'n giamstar ar wybod yn reddfol gyda phwy yr oedd yr anturiaethau hyn yn debyg o fod yn bosibl, a chyda phwy na fyddent. Roedd dawns a gwên a fflyrtio diniwed yng ngŵydd cyd-deithwyr yn rhan o gymdeithasu gweddus, gwâr bywyd ar fwrdd llong bleser – yn gwbl barchus a derbyniol gan bawb. Dim ond y dethol rai a oedd ar sgowt am ddifyrrwch o fath arall a wyddai fel y gallai hynny arwain at fwy – at fwy o lawer. Un ffordd oedd yna i chwarae gêm o'r fath. Yn gyfrinachol, gyfrwys. Ers darganfod a dysgu rheolau 'godineb môr', cafodd sawl ymwelydd i'w chaban yn yr oriau mân.

Nid yn yr oriau mân yn unig. Yn ystod oriau'r dydd hefyd, ar ôl gwneud trefniadau, mater hawdd oedd llithro i lawr i'w chaban. Sleifio'n osgeiddig – byth yn slei – o'r deciau top lle ceid y lolfeydd, y bariau, y pwll nofio a'r holl bleserau eraill oedd yno i demtio dyn, i gyflawni angerdd y penllanw rhwng y pedwar pared cyfyng. Digwyddai hyn yn gyffredin pan fyddai gwraig wedi dewis cymryd awr fach o hoe, 'nôl yn eu caban hwythau. Neu, ar un o'r dyddiau pan laniai'r llong yn rhywle, mae'n bosib y byddai hi am fynd ar wibdaith i ymweld â rhyw henebion nad oedd fawr at ddant ei gŵr. Hi am fynd i siopa ac yntau'n dewis '… diwrnod bach diog wrth ymyl y pwll, cariad'. Pethau anwadal a mympwyol oedd 'cyfleoedd' bob amser. I achub mantais arnynt, rhaid oedd iddi fod yn hyblyg a mentrus a chadw'i llygaid ar agor.

Weithiau, fyddai dim angen torri gair i wneud y trefniant. Cyswllt hudol y ddealltwriaeth fud. O, doedd dim gwefr well yn bod! (Maeddai'r rhyw ei hun yn aml.) Dechreuai trwy lygadu, yn dreiddgar ac eto'n od o ddifynegiant. Jest rhythu'n ysglyfaethus noeth a phan fyddai'r dyn yn ymateb i'r edrychiad, troi'n sydyn i edrych yn ddiamcan i ryw gyfeiriad arall … dim ond i edrych yn ôl drachefn yn syth, gan rythu hyd yn oed yn fwy … gyda'r cyfan oll yn digwydd mor ddidaro â dim. Wedyn, ar ôl i'r cytundeb gweledol, ond diystum, gael ei wneud, roedd gofyn codi o'i *deckchair* ac anelu'n ysgafala am ei chaban. Golygai hynny ymlwybro'n araf ac mor ddi-hid yr olwg â phosibl, gan droi i sbio'n ôl bob yn awr ac yn y man i wneud yn siŵr fod y dyn yn dilyn.

Wedi cyrraedd diogelwch ei chaban, byddai'n gadael y drws yn gilagored tan y deuai rai eiliadau wedyn. Pe digwyddai stiward basio heibio yn ystod yr eiliadau hynny a bod yn dyst i'r *tryst*, doedd dim angen pryderu. Roedd meddu ar y gallu i droi llygad ddal yn un o amodau'r swydd – a gallai hefyd arwain at gynnydd yn y cildwrn a dderbyniai ar ddiwedd y daith.

Roedd sgìl ar waith. Ysbryd cudd y cyffro. Ac awydd braidd yn anllad i gadw cownt.

*

Nid oedd pob dyn a gafodd yn briod. Daethai ar draws meibion ar wyliau gyda'u mamau unwaith neu ddwy. Ac unwaith, cafodd gyfathrach gyda dyn a oedd ar wyliau gyda gwraig mewn cadair olwyn. Wrth eu gweld yn rhodianna o amgylch y llong neu'n dod i swpera fin nos yn un o'r bwytai crand, fe fu'n naturiol i bawb, gan gynnwys Peggy, gymryd yn ganiataol mai pâr priod arall oeddynt. Nid enynnent unrhyw ymateb mwy na'r cyffredin, ar wahân i gydymdeimlad. Dim ond pan oedd y weithred, yr oedd hi wedi tybio y byddai e'n ei hystyried yn gymwynas ganddi, drosodd y datgelodd y cyfan wrthi. Gŵr ysgaredig oedd ef a chwaer yng nghyfraith iddo – gweddw ei frawd – oedd hon yr oedd wedi cysegru ei amser a'i ynni i'w gwthio o gwmpas. Felly, doedd fiw ichi gymryd dim byd yn ganiataol wrth chwarae godineb môr.

'Fe synnech mor garedig fydd pobl wrtha i am 'mod i'n gwthio'r gadair 'na o gwmpas drwy'r dydd,' dywedodd wrthi wedi iddo ddod a chyn iddo fynd. 'Menywod fel chi yn baglu dros eich gilydd i blesio am eich bod chi i gyd yn tybio ei bod hi'n bur hesb arna i i'r cyfeiriad hwnnw.'

Ar hynny, roedd wedi tynhau gwregys ei siorts a throi at y drych i wneud yn siŵr fod ei grys yn gorwedd yn ddestlus. Aeth am y drws heb droi i edrych arni, nac yngan gair o ddiolch, na chymaint â ffarwél. Dyna'r unig dro iddi deimlo fel petai wedi ei defnyddio braidd. Ond credai i'r antur chwithig honno ddysgu rhywbeth iddi am foesoldeb. Os oedd mwy na'r arfer o ferched unig fel hi yn cynnig eu hunain iddo ar y mynych wyliau a gymerai gyda'i chwaer yng nghyfraith, oni thystiai hynny'n dda i natur drugarog y natur ddynol? Wedi'r cwbl, dyn digon di-nod yr olwg oedd e o ran pryd a gwedd. Ar wahân i'r 'wraig' mewn cadair olwyn go brin y byddai wedi denu sylw neb.

Da o beth fod modd mowldio moesoldeb pan oedd angen. Ei addasu i ateb gofynion y dydd. Perthynai cryn hyblygrwydd iddo pan oedd angen. Dyna'r gwahaniaeth rhwng moesoldeb a dogma, mae'n rhaid, ymresymodd. Fel y gwahaniaeth rhwng clai a choncrit. Doethach bob amser oedd dilyn ysbryd deddf na'i llythyren. O edrych yn ôl, oedd, roedd hi wedi difaru taflu ei golygon i gyfeiriad y dyn arbennig hwnnw. Ond wedyn, ni wnaed drwg i neb. Gwerthoedd 'godineb môr' fu ar waith. Yn rhydd o unrhyw ganlyniadau.

*

Tair dawns yn ddiweddarach, dychwelodd Iain MacGurney at y bwrdd gan dywys Peggy gydag ef. Tynnwyd cadair arall yn frysiog at y cwmni fel y gallai ymuno â nhw.

'Noswaith dda, Mrs MacGurney,' cyfarchodd hi ei wraig gan ysgwyd llaw. Ymatebodd honno'n serchus, gan ei hannog i eistedd.

'Sonia yw'r enw,' mynnodd y wraig. 'A Peggy ydych chithau. Neu ydych chi wedi anghofio'n henwau ni i gyd ers neithwr? Yr holl chwyrlïo yna y mae Iain mor hoff ohono, debyg?'

'Rydych chi'n amyneddgar iawn yn gadael iddo lusgo menywod diniwed fel fi allan ar y llawr dawnsio fel yna.'

'W, twt!' aeth Sonia yn ei blaen i egluro'n chwareus. 'Mae'n dda ei weld e'n llosgi gymaint o'i ynni ac fe ŵyr yn iawn mai un sâl am ddawnsio ydw i. Rydych chi wedi gwneud cymwynas â mi trwy ei gadw'n hapus am chwarter awr. Un garw am ddawnsio fuodd e erioed.'

'Does dim perygl y bydda i'n rhedeg i ffwrdd gyda neb,' ymyrrodd y dawnsiwr ei hun yn joclyd. 'Mae'r tennyn rownd fy ngwddf yn rhy dynn o lawer.' Chwarddodd pawb. Ac aeth yntau yn ei flaen i ofyn pa ddiod hoffai pawb.

'Port a lemwn, 'te, diolch … os ydych chi'n siŵr,' atebodd Peggy pan ddaeth ei thro hi.

'Y peth lleia all e'i wneud i chi, ferch luddedig,' ebe Sonia. ('*The least he can do for you, you exhausted girl*' oedd ei hunion eiriau, ac estynnodd ei llaw draw i fwytho'i braich yn gymeradwyol.) 'Mi fyddwch wedi ymlâdd.'

'Na, ddim o gwbl. Mae eich gŵr yn ddawnsiwr da.'

Nid cyffyrddiad croen noeth gafodd Sonia ar flaenau ei bysedd pan estynnodd draw, ond defnydd meddal menig Peggy, oedd yn wyn eu lliw ac yn ymestyn hyd ei dau benelin. Wrth siarad, tynnodd honno nhw'n dynn dros ei bysedd cyn rhedeg ei dwylo'n drwyadl dros ddefnydd sidanaidd ei ffrog. Un laes, lliw arian a wisgai heno ac ymledai o'i chanol hyd ei phigyrnau. Delfrydol ar gyfer dawnsio. Dyna pam y bu iddi ei dewis.

Ers pum mlynedd bellach, bu gofalu fod ganddi rywbeth priodol i'w wisgo bob min nos ar ei mordeithiau yn dipyn o fwrn. Ond roedd hefyd yn flaenoriaeth. Prin y gallai hi fforddio pris sylfaenol y gwyliau o flwyddyn i flwyddyn, heb sôn am gwrdd â'r gofynion 'cymdeithasol' a ddeuai yn eu sgil. Rhwng popeth, golygai dolc go egr yn ei chyflog. Ond pa ots fod rhaid hepgor ambell amheuthun arall weddill y flwyddyn? Onid oedd yr aberth yn werth pob dimai yn ei golwg?

Wrth gynllunio'i gwyliau cyntaf, derbyniodd na fyddai hi byth yn gallu fforddio gwisg newydd ar gyfer pob un noswaith – a dyna ryddhad fu darganfod nad oedd fawr neb o blith y gwragedd eraill wedi llwyddo i gyflawni'r gamp honno ychwaith. Roedd y pedair gwisg a brynodd bryd hynny wedi bod yn ddigon derbyniol, mae'n ymddangos, gan na wnaed iddi deimlo fel Sinderela'r moroedd gan ei chyd-deithwyr. Trwy amrywio siôl dros ysgwydd neu froetsh ar fron, fe'i synnwyd mor hawdd oedd gwneud i un wisg ateb y galw ar ddau os nad tri achlysur. Y peth pwysig i'w gofio bob gwyliau oedd cadw un *rig-out* newydd sbon yn ôl ar gyfer pa bynnag noson y câi hi wahoddiad i eistedd wrth fwrdd y capten.

Eleni, roedd yr anrhydedd honno eisoes wedi dod i'w rhan ddwy noson ynghynt ac erbyn hyn, hongianai'r ffrog las ddrud arbennig a wisgodd bryd hynny o'r golwg yn ei chaban. Doedd wybod pryd y câi neb ei gweld hi eto.

Ym marn Peggy, ffrog syml, hen ffasiwn braidd yr olwg oedd un Sonia. Un laes oedd honno hefyd, gyda bodis llawn i greu rhyw ddelwedd famol. Brown hydrefol oedd ei lliw, gyda ffrwd o edafedd euraidd yn rhedeg drwyddi. Gwisgai siaced fer o'r un deunydd yn union dros ran uchaf y ffrog, gan droi'r gŵn yn fwy o *costume* yn nhyb Peggy. Siawns nad oedd hynny ynddo'i hun yn ddigon i hysbysu'r cwmni nad yno i ddawnsio yr oedd hi. Ond ddylai hi ddim bod yn gas tuag at Sonia, dywedodd wrthi'i hun. Pa ots nad oedd yr Albanes radlon yn gaeth i ffasiwn? Gallai weld ei bod hi'n fenyw hardd. Nid y math o harddwch sy'n hardd er ei fwyn ei hun yn unig. Harddwch llai hunanymwybodol oedd harddwch hon. Y math o harddwch a godai i'w hwyneb yn dawel a difeddwl am ei bod hi'n hapus yn ei chroen ei hun.

Yn ei chalon, gwyddai Peggy na allai hi byth gystadlu â hynny.

*

'A sut deimlad yw e i sylweddoli eich bod bellach yn byw mewn prifddinas, ar ôl treulio oes dan y dybiaeth taw dim ond rhyw ddinas fach ddigon cyffredin oedd hi?'

Taflodd y cwestiwn hi oddi ar ei hechel am eiliad. Saesnes ar y chwith iddi a'i gofynnodd a doedd dim amheuaeth nad ati hi a neb arall y cafodd ei anelu. Cythruddwyd hi fymryn gan y tinc nawddoglyd yn llais yr holwraig ac atebodd trwy wisgo'i hwyneb swil; ei phen ar ogwydd a'i cheg ynghau. Haws cuddio annifyrrwch gyda gwên na geiriau bob amser.

Gwnaeth y cwestiwn iddi sylweddoli i'r cwmni fod yn ei thrafod tra bu hi ac Iain yn dawnsio – fel arall, sut gwyddai hon un o ble oedd hi? Ers ymuno â'r criw, chafodd ei dinas enedigol mo'i chrybwyll unwaith. Ai ceisio cynhyrfu'r dyfroedd oedd y ledi bryfoclyd wrth ei hochr? Siarad diniwed, diddrwg didda oedd piau hi bob amser ar fwrdd llong. Gwers yr oedd hi wedi'i hen ddysgu. Un arall o'r rheolau anysgrifenedig hynny.

Y gwir amdani oedd fod y cwestiwn bach pigog wedi taro Peggy mewn man gwan. Daro'r ddynes! Daro'r ddinas! Daro'r ffaith mai yng Nghymru'r oedd hi! Hyd yn oed pe dymunai roi ateb slic a gonest, gwyddai na fyddai byth yn llwyddo. Doedd hi ddim yn bwriadu mynd i'r afael â'r cymhlethdod yn ei phen – ac yn sicr nid er mwyn difyrru hon. Nid heno o bob noson.

'Does dim byd wedi newid acw a dweud y gwir,' oedd y sylw cyntaf i ddod o'i genau. Annigonol, fe wyddai. Gallai glywed trosti'i hun mor wan ac ildiol y swniai.

'Ac yn ôl y *Sketch* mae gennych theatr o'r enw'r Capital yno'n barod,' aeth y wraig yn ei blaen yn goeglyd. 'Cyfleus, yntê?'

'Y Capitol yw hwnnw,' atebodd Peggy, gyda mwy o fin o lawer ar ei dweud. 'Hynny yw, "Capitol" … gydag "o". Ond dw i'n synnu dim o glywed nad yw llythrennedd yn fawr o flaenoriaeth i ddarllenwyr y *Sketch*.'

Chwarddodd pawb. Ymunodd hyd yn oed y wraig a oedd mor hoff o gynhyrfu'r dyfroedd yn yr hwyl. Naill ai'r oedd hi'n rhy dwp i ddeall mai jôc ar ei thraul hi ei hun oedd honno, neu ni faliai'r un iot. Amheuai Peggy mai'r ail o'r ddau ddewis oedd yn gywir. Roedd hon eto'n rhy hunanhyderus i falio. A chenfigennai wrthi.

*

Yn nyfnder ei bod, fe wyddai Peggy'n burion i ble y dylai berthyn. I ble ac i bwy. Y drasiedi oedd i bob llawenydd a allai fod wedi deillio o'r perthyn hwnnw gael ei lethu o dan y mygydau annelwig a orfodwyd dros wynebau pawb a phopeth a ddylai fod yn annwyl iddi. Teimlai fel petai hi wedi cael ei hamddifadu o'r cyfle i'w gweld yn iawn, heb sôn am eu cofleidio. *Boy* a'i blinai fwyaf. Yr un na chafodd hyd yn oed ei enwi. Dyna pam mai dim ond *Boy* a fyddai iddi byth. Craith na allai beidio â'i chrafu.

Bu'n synhwyro ers blynyddoedd fod ganddi hawl ar beth wmbreth o bobl a phethau na chafodd hi erioed eu cofleidio. Rhai a berthynai iddi ond na chafodd hi erioed eu hadnabod na'u trysori'n gyflawn; rhai y gwyddai eu bod nhw'n rhan ohoni, fel yr oedd hithau'n rhan ohonynt hwythau. Am ran helaetha'i hoes, buont fel ellyllon creulon yn cael modd i fyw trwy chwarae mig â'i meddyliau. Doedd ganddi neb i'w feio ond hi ei hun. Mwya'r ffŵl iddi! Ond fe wyddai'r ateb bellach. Daeth iddi fel datguddiad y diwrnod hwnnw pan fu'n rhaid iddi fynd i adnewyddu'i phasbort.

Yn ddaearyddol, Doverod fu milltir sgwâr ei magwrfa. Dyna'i chynefin, yn bendifaddau. Yr unig gynefin yr oedd ganddi hawl arno. Yr unig un a chanddo hawl arni hithau. Oni fu'r enw 'Doverod' yn rhan annatod o'i chyfeiriad ers ei geni? Onid oedd wedi ymddangos ar bob ffurflen a gohebiaeth swyddogol a dderbyniodd erioed? Nid yn unig yr oedd hi'n dal i fyw yn yr un ddinas a'r un faestref ac ar yr un stryd, roedd hi hyd yn oed yn dal i fyw yn yr un tŷ. Yr adeilad a alwai'n 'gartref' heddiw oedd yr un tŷ y'i cariwyd hi dros ei riniog gan ei rhieni pan gyrchasant hi o'r ysbyty. Y to uwch ei phen pan yn faban oedd yr un un yn union ag oedd uwch ei phen hyd y dydd heddiw. Hyd y gallai gofio, ni fu angen newid yr un llechen erioed. Dodrefn ei rhieni oedd ei dodrefn hithau. Eu moesau nhw oedd ei moesau hithau. Dyna fu'r ddamcaniaeth, o leiaf. Dyna fu'r baich. Byddai'n ben-blwydd arni ymhen pedwar mis, ac fel yr hoffai ei mam ei hatgoffa'n barhaus, roedd disgwyl iddi ddathlu bod yn ddeugain.

Os llwyddodd ei mam a'i thad i dwyllo'u hunain eu bod nhw wedi gwneud y peth iawn yn ôl yn 1934, gwyddai bellach mai dim ond cael ei chyflyru i gydymffurfio wnaeth hithau. Nid argyhoeddiad a'i gorfododd i gytuno. Amgylchiadau. Cafodd ei hun yn dilyn llwybr y canol oed, er nad oedd bryd hynny ond llances heb eto gyrraedd yr ugain oed. Doedd hi byth am faddau. Roedd hi'n rhy hwyr i hynny. Gallai fesur maint y tor calon yr oedd hi ar fin ei adael ar ei hôl, ond nid oedd am ddifaru ymlaen llaw dros ddim. Nid yr un chwantau a chwilfrydedd â'r rheini a orthrymwyd gan ei rhieni pan oedd hi'n ddeunaw oedd y rhai a lywiai ei meddyliau heddiw. Hormonau gwahanol oedd ar waith ac roedd hi'n amser gwahanol yn ei bywyd.

Yn blentyn, fe'i cyflyrwyd i feddwl nad oedd Doverod byth yn newid. Do, fe ehangodd maint yr ardal yn sylweddol yn y cyfnod wedi'r Rhyfel Mawr, ond doedd dim disgwyl iddi sylwi fawr ar beth felly. Pwten fach yn dod o hyd i'w thraed mewn byd cariadus, clyd oedd hi ar y pryd. I lawr ym mharthau deheuol Doverod y gwelwyd y twf mwyaf – yn nes at y gweithiau dur a dyfodd yno ... ac yn nes at y môr.

Ôl llewyrch parhaol siopau Tremorfa Road oedd yr hyn a arhosai yng nghof Peggy – holl ysbail yr Ymerodraeth yn losin lliwgar mewn jariau mawr ar silffoedd meddwl plentyn. Ac ni allai gofio i'w mam erioed gwyno am brinder bwyd o safon i'w ddodi o'u blaenau ar y bwrdd ychwaith. Cyfeiriai honno'n fynych at rinweddau Rhiwbeina a Chyncoed gan ensynio y byddai symud yn syniad da. Ond rhoi'r farwol i unrhyw ddyhead o'r fath wnâi ei thad bob tro. Yn Doverod y'i magwyd ac yno y mynnai i'w deulu fod.

Ni lwyddodd dirwasgiad y tridegau i fennu fawr ar flynyddoedd ei phrifiant ychwaith. Os bu i'r diweithdra a ddaeth yn ei sgil adael ei ôl, welodd hi mohono. Rhaid na threiddiodd cyni materol y cyfnod i'r strydoedd mwyaf crachlyd a gallai'r Peggy ifanc fod yn saff ei meddwl mai rhywbeth a ddigwyddai i eraill mewn papurau newydd oedd gwir dlodi. Yr unig atgof o anniddigrwydd a gofiai o'r cyfnod hwnnw oedd ei thad yn bytheirio weithiau nad oedd busnes cystal ag y dylai fod. Ar eu pennau eu hunain yn y car yr oedden nhw bob tro y digwyddai hyn. Roedd hi wastad yn fore, gyda'i thad wrth y llyw a hithau ar ei ffordd i Howell's am ddiwrnod arall o ddysg.

*

Erbyn 1939, roedd hi wedi 'tyfu lan', yn gweithio fel clerc yn adran gyfrifon David Morgan a'r helynt bach hwnnw a ddaethai i'w rhan bum mlynedd ynghynt yn ymddangos ymhell o'i hôl. Ar wahân i'r creithiau corfforol, na welai neb ond hi ei hun p'run bynnag, doedd y craciau ddim yn bod. Dyna'r lein swyddogol. Hithau wedi setlo'i lawr i'w gwaith gan lwyr dderbyn ei lle o fewn trefn y teulu a'i safle mewn cymdeithas.

Serch anghyfleustra dogni bwyd a diffyg neilons, hwylio yn ei blaen yn llon wnaeth llong llewyrch. Yn ymddangosiadol, fedrai hyd yn oed bomiau Herr Hitler ddim llesteirio ysbryd y gymuned na thynnu'r gwynt o hwyliau neb.

Erbyn hyn, aethai deng mlynedd heibio ers i'r rhyfel ddod i ben a pheidiodd ei delwedd ddigyfnewid o Doverod â bod yn gysur iddi. Rai misoedd ynghynt, llosgwyd y llyfrgell i'r llawr, gan greu gofod nad oedd yno cynt. (Drws nesaf i Peacocks, ar gornel deheuol y parc bach, y safai'r llyfrgell cyn mynd yn wenfflam.) Cafodd yr anfadwaith ei gondemnio'n groch ac yn gyhoeddus gan bawb a chydymffurfiodd Peggy hithau â hynny. Ond o dan wyneb ei dwrdio llechai rhyw orfoledd mud. Oedd, roedd hen adeilad urddasol wedi'i droi'n ulw dros nos, ond fore trannoeth, cafodd ryw gysur o weld y safle gwag. Gallai sefyll yno ar y palmant ar ochr draw'r stryd a gweld trwyddo am y tro cyntaf erioed. Gallai weld golau dydd yn y gofod a arferai gael ei lenwi gan yr adeilad cyfarwydd. Cynigiai'r gweddnewidiad gip o'r newydd ar o leiaf un cornel bach o'i chynefin llethol o gyfarwydd. Llwyddodd i lesteirio'i gwên rhag ofn i rywun weld ei llawenydd, ond doedd dim a allai ei hatal rhag cynhesu drwyddi wrth ffroeni'r mwg.

O fewn diwrnod neu ddau, cafodd y dynion ifanc fu'n gyfrifol am y dinistr eu dal. 'Hwliganiaid! Dim byd ond hwliganiaid,' chwedl ei thad. Llanciau yr oedd y wladwriaeth wedi gweld yn dda i'w haddysgu y tu hwnt i'w statws. Dyna fu ei ddadansoddiad ef o'r sefyllfa. 'A dyma sut maen nhw'n diolch i gymdeithas am y breintiau a waddolwyd ynddyn nhw!' At ei gilydd, digon diamynedd fyddai ei thad gyda neb a chanddynt ormod o amser ar eu dwylo neu a lusgai eu traed.

*

'A byddwn yn glanio ym Mhalermo dros nos,' cyfrannodd y Saesnes gegog at y sgwrs drachefn. Erbyn hyn, deallai Peggy mai Suzanna oedd ei henw. 'Dinas arall sy'n hoff o'i galw'i hun yn brifddinas er nad yw hi'n brifddinas ar fawr o ddim mewn gwirionedd.'

Gwenodd Peggy'n lletchwith, gan wybod yn iawn mai ergyd arall i'w chyfeiriad hi oedd honno. Trwy lwc, doedd dim disgwyl iddi ymateb, oherwydd fe gyfrannodd eraill o'i hamgylch yn ddigon clou.

'Dw i ddim yn meddwl y gallwn ni ddiystyru Sisili fel "fawr o ddim", cariad,' dywedodd Cecil, ei gŵr.

'A pheidiwch â gadael i'r Maffia eich clywed chi'n siarad mor ddilornus am ei gadarnle,' ychwanegodd rhywun arall. 'Fe alle pethe droi'n salw iawn i ni i gyd.'

'Ie'n wir. Dyma fan geni'r Maffia, yntê? Ac fe wyddom oll mor sensitif y gallwn ni fod am y man lle y gwelson ni olau dydd am y tro cyntaf ...'

'A pheidiwch anghofio Etna,' rhybuddiodd rhywun arall a oedd o fewn clyw i'r sgwrs. 'Mynydd o gynddaredd,' gwamalodd. 'Dw i ddim yn meddwl mai doeth fyddai inni dynnu hwnnw i'n pennau ychwaith ...'

'Os bu Eidalwr tanllyd erioed, Mynydd Etna yw hwnnw!'

Mwynheai pawb y tynnu coes, gan gynnwys y Saesnes a barhaodd yn ei helfen yng nghanol yr holl sylw hwyliog. Gyda rhyddhad y bachodd Peggy ar y cyfle i lyncu gweddill ei hail bort a lemwn ar ei dalcen cyn codi a dymuno Nos da i bawb. Byddai gofyn iddi godi'n gynnar fore trannoeth, eglurodd, gan iddi fwcio sedd ar wibdaith a âi â hi i weld tipyn ar yr ynys.

Pendronodd dros eironi mynd ar *excursion* o'r fath a hithau mor hwyr yn y dydd â hyn arni. Ond yfory oedd diwrnod olaf ei gwyliau ac onid oedd hi wedi cynllunio ei chanu'n iach yn ofalus? Byddai'n drueni colli'r cyfle i weld tipyn ar ynys fwyaf Môr y Canoldir. Amser i hamddena oedd gwyliau i fod, wedi'r cwbl. Gweld golygfeydd gwahanol. Ehangu gorwelion. A'r segura mawr diderfyn. Roedd hwnnw hefyd eto i ddod.

*

'Hamdden' oedd un o eiriau mawr y cyfnod, er nad oedd hi'n gwbl argyhoeddedig ei bod hi'n dehongli ei ystyr yn gywir. Gair a berthynai i'r cylchgronau sgleiniog y byddai'r merched eraill yn dod gyda nhw i'w gwaith i'w darllen amser coffi oedd e, neu i'r papur dydd Sul a ddeuai i'r tŷ bob wythnos, ac wrth gwrs, i'r teclyn newydd hwnnw, y teledu. Prynodd ei rhieni set dair blynedd ynghynt ar gyfer y Coroni. O holl ystrydebau eu cyfnod, prin fod yna'r un nad oedden nhw wedi cydymffurfio â hi.

Beth os oedd hen lyfrgell Doverod wedi llosgi i'r llawr? Ym mis Ionawr, dechreuwyd ar y gwaith o godi pwll nofio crand yng nghanol y ddinas. Un o faint rhyngwladol, medden nhw. Ei gael yn barod ar gyfer Gemau'r Gymanwlad ymhen dwy flynedd oedd y gamp. Disgwyliai pawb yn eiddgar am ei agor; gwisg nofio mewn un llaw a baner yn barod i'w chwifio yn y llall. Gartref, ar seidbord foliog y *dining room*, roedd gan ei mam lun ohoni hi ei hun pan yn ferch fach, adeg gorymdaith fawreddog y Brenin Edward y Seithfed drwy'r dref i ddynodi ei dyrchafu'n ddinas. 1905 oedd y flwyddyn a'i mam yn un ar ddeg ar y pryd. Rhaid ei bod hi'n falch iawn o'r llun i'w roi mewn lle mor flaenllaw. Byddai wastad yn taeru fod pawb a adwaenai allan yn dathlu'r diwrnod hwnnw; y strydoedd oll yn ferw o Jac yr Undeb a'r Ddraig Goch. Saif ei mam reit ar fin y ffordd, ym mlaen y dorf, mewn gwisg Gymreig draddodiadol a Draig Goch falch yn cyhwfan yn ei llaw.

Hyd yn oed pe na wyddai mai hi ydoedd, byddai wedi adnabod ei mam, am fod ei nodweddion heddiw i'w gweld yn eglur yn wyneb y plentyn yn y ffotograff. Ond delwedd ddieithr ohoni oedd hi, serch hynny. Unigryw yn wir. Ni allai Peggy gofio i'w mam erioed ddathlu unrhyw lun ar Gymreictod – nid ers iddi hi ei hun fod ar dir y byw. Y llynedd, ni chafwyd gorymdaith fawreddog i ddathlu dyrchafiad newydd y ddinas ac nid aeth hi na'i mam ar gyfyl yr un Ddraig Goch.

O gofio mai fel 'Welshies' y cyfeiriai ei mam at unrhyw un a siaradai Gymraeg (a hyd yn oed rai a chanddynt acen Gymreig), roedd cael tystiolaeth iddi arddangos rhyw deyrngarwch at y faner genedlaethol o leiaf unwaith yn ei bywyd yn gryn syndod a dweud y gwir. Roedd hi wedi rhyfeddu'n aml nad Jac yr Undeb oedd ganddi yn ei llaw'r diwrnod hwnnw yn ôl yn 1905. Ai hon oedd yr un fam â adnabu hi erioed? A dystiai'r ffoto hwnnw i ryw ferch wahanol a oedd nawr ynghudd o fewn y fenyw?

Ddeuai hi, ddim mwy na'r un plentyn arall, byth i wybod sut rai oedd ei rheini cyn iddi hi ddod i'r byd. Byddai pawb yn dweud fod cael plant yn newid pobl. Ond roedd honno'n ddamcaniaeth nad oedd hi ei hun wedi cael ei phrofi. Y cyfan a wyddai oedd i'w mam a'i thad gael eu bywydau eu hunain yn y gorffennol pell – plentyndod, magwrfa, addysg, gwaith, cariadon. Pwy a ŵyr faint oedd yna i'w ddatgelu amdanynt? Fedrai hi byth dystio i union anian y naill na'r llall ohonynt cyn iddi hi ei hun gyrraedd tir y byw. Fu neb erioed yn llygad-dyst i fywyd cynnar eu rhieni. Dirgelwch oedd hynny i bawb o reidrwydd. Roedd plentyndod pob rhiant yn saff rhag llygaid craff eu plant.

Cynllwyn oedd e. Dyna'r casgliad a orfodwyd arni mewn rhwystredigaeth. Rhesymeg amser oedd wedi gofalu er cyn cof taw felly'r oedd pethau am fod. A'r gwir hwnnw a safai hyd dragwyddoldeb. Gallai eraill dystio i blentyndod ein rhieni, wrth gwrs. Modrybedd. Ewythrod. Y rhai a gydfagwyd â nhw. Ond doedd gan Peggy yr un o'r rheini i droi atynt chwaith. Unig blentyn oedd hi. Epil dau a oedd hefyd yn unig blant i'w rhieni hwythau. Petai'r unig blentyn a aned iddi heb gael ei gymryd oddi arni, hi fyddai trydedd genhedlaeth y traddodiad o fod yn rhiant i un plentyn. Ei rhieni amddifadodd y traddodiad o'i barhad. Y nhw a'i hamddifadodd hi o gael bod yn fam.

Waeth pa mor agos neu mor bell oedd y cyswllt gwaed rhwng aelodau teulu, siawns nad oedd 'na dueddiad gan bawb i hel atgofion o bryd i'w gilydd. Syllu ar hen luniau (fel yr enigma hwnnw ar ben y seidbord). Dwyn i gof yr hyn a fu. Hiraethu. Dannod. Ail-fyw, boed hynny'n chwareus neu mewn chwerwder. Rhan o ddefod creu mytholeg llwyth oedd hynny, gydag afreswm y chwedloniaeth yn aml yn disodli cyffredinedd y ffeithiau moel.

Y patrwm arferol oedd i blentyn ddysgu byw gyda'r hyn y cafodd ei gyflyru i'w gymryd yn ganiataol ers y crud. Deallai Peggy'n burion ei bod hi'n achos clasurol o'r syndrom hwnnw. Dim ond yn raddol iawn yr oedd natur wedi caniatáu iddi ehangu ei gorwelion a chymhwyso'i hadnabyddiaeth, nes aeddfedu digon i allu asesu'n fwy gwrthrychol pwy mewn gwirionedd oedd y bobl hyn a'i carodd.

*

Cyrhaeddodd ei chaban, cyneuodd y golau ac eisteddodd o flaen y drych oedd yn rhan o'r bwrdd gwisgo bychan a oedd, yn ei dro, yn rhan o strwythur y wardrob a'r gwely twt a fwriadwyd i fod yn eiddo iddi am ddwy noson arall – heno a nos trannoeth. Tynnodd frwsh yn frysiog trwy'i gwallt a rhwbiodd ei gwefusau ynghyd fel petai hi'n unioni ei minlliw yn barod ar gyfer cwrdd â'r byd. Roedd hi hyd yn oed wedi craffu ar ei hysgwyddau i wneud yn siŵr nad oedd strapen ei phais yn dangos o dan strapen ei ffrog.

Rhy hwyr i hynny oll, meddyliodd. Fyddai neb yn ei gweld hi nawr tan y bore. Gwenodd yn gam arni ei hun wrth gydnabod mai cyndyn iawn oedd hi i ollwng gafael ar yr hen arferion hyn – rhai a ddriliodd ei mam ynddi mor drwyadl. Am ryw reswm ni theimlai'n chwerw ynghylch y ffaith heno a gadawodd i'r wên eironig bylu'n araf, heb amharu dim ar dlysni ei hwyneb. Er teimlo'n hŷn na'i hoedran, edrychai'n iau na'i hoed.

Welai hi byth mo Doverod eto. Ochneidiodd, heb deimlo gronyn o dristwch dros y golled. Doedd gweld ei hen gymdogaeth o'r newydd mewn goleuni gwahanol erioed wedi bod yn uchelgais ganddi; ddim hyd yn oed ers iddi ddechrau camu o'r tywyllwch. Fe'i trwythwyd yn y twyll yn rhy dda. Y twyll fod rhyw rinwedd gynhenid yn perthyn i lwydni di-syfl y lle. Dyma sut y cafodd hi ei magu. I dderbyn mai hwn oedd y dehongliad caredicaf. Y ddamcaniaeth swyddogol. Yr un nad oedd byth yn mynd i'w siomi. Fe'i dysgwyd i dderbyn mai felly'r oedd hi i fod, ac mai ysbryd rhyw arwriaeth gudd oedd i gyfrif am naws y byd o'i chwmpas. Yr awgrym oedd mai'r ysbryd hwnnw a gynhaliai'r lle – fel petai'r weithred o oroesi ynddi ei hun yn ddigon.

Doedd hi ddim. Gwyddai hynny o'r gorau erbyn hyn. Onid oedd hi wedi dod yn ymwybodol o anwiredd ei sefyllfa amser maith yn ôl? Dagrau pethau oedd nad oedd gwybod yn gyfystyr â derbyn. Hyn oedd ei hanes. A hithau wedi byw dan ymbarél doethineb ei rhieni cyhyd, aeth yn hwyr yn y dydd arni'n sylweddoli nad ei harbed rhag y glaw y buon nhw, ond rhag yr haul.

*

Chafodd hi erioed gyfarwyddyd ar sut i edrych ar y byd trwy lygaid gwahanol i rai Doverod. Petai hi wedi symud oddi yno a sefyll ar ei thraed ei hun efallai y byddai llwybrau bywyd wedi'i harwain i gyfeiriadau gwahanol … cyfeiriadau gydag enwau gwahanol ar y strydoedd … a rhif gwahanol ar y drws. Bu'n dyheu cyhyd am fysiau o liw gwahanol i wibio heibio a mynd â hi i diroedd anghyfarwydd, iachach, mwy mamol.

Chwiw a dyfodd ynddi'n araf oedd yr awydd angerddol i gael gweld o'r newydd. I gael gweld *Boy* drachefn. Dyna un wynepryd nad oedd gobaith caneri y gallai hi byth ei adnabod mewn unrhyw lun. Er iddi dreulio naw mis yn ei gwmni, byr iawn fu'r cyfnod pan gâi weld ei wyneb. Doedd dim llun. Digwyddodd, darfu ... a dyna ddiwedd ar y bennod honno yn ei hanes, medden nhw. Breuddwyd gwrach oedd pob dyhead am ei ddal yn ei breichiau drachefn, mi wyddai. Ehangodd ei gorwelion er mwyn dianc rhag yr hiraeth. Ni welai ei *Boy* byth eto. Roedd hwnnw'n orffenedig iddi. Ac eto ... O, mor anorffenedig oedd y crwt!

Chafodd e erioed weld Doverod. Ni dderbyniodd ddiwrnod o'i addysg gynnar yn Perllan Road Infants ac nid aeth lan i'r Juniors pan oedd e'n bump fel y gwnaethai ei fam. Yn ei dyddiau hi, ymgorfforwyd y ddau sefydliad yn yr un adeilad. Ond sefyll yno'n segur fu tynged hwnnw ers rhai blynyddoedd bellach. Fel drychiolaeth. Bob tro yr âi i nôl neges neu i'r Swyddfa'r Post ar ryw drywydd neu'i gilydd câi ei gorfodi i gerdded heibio'i hen ysgol, a byddai ei chalon yn suddo fymryn yn is bob tro. Deuai'r balchder roedd hi wedi ei deimlo unwaith tuag at yr hen le trosti drachefn yn ddi-ffael. Roedd yn fwy nag adeilad. Yn fwy nag atgof. Ac yn fwy nag ysgol. Yr hyn a barai'r loes fwyaf iddi oedd gweld cragen wag yn araf fynd a'i phen iddi – a honno'n un a gofnodai gyfnod yn ei hanes pan fu hi'n hapus. Cyn *Boy*. Cyn i'r clymau ddatod.

*

Pan oedd hi ar fin camu i'w gwely ymhen hir a hwyr, siglodd y llong fymryn yn fwy na'r cyffredin, fel petai rhyw ymchwydd annisgwyl wedi creu cyffro yn y môr. Estynnodd ei llaw yn reddfol at y pared i'w sadio'i hun a dyna pryd y sylweddolodd fod y menig rheini'n dal ar ei dwylo. Cafodd y ffrog ddrud a phob dilledyn arall fu amdani cyn newid i'w gŵn nos eu hongian eisoes, neu'u plygu'n ofalus o'r golwg. Tro'r menig oedd hi nawr a thynnodd nhw'n ddiamynedd cyn eu taflu ar y bwrdd gwisgo a diffodd y golau.

Yn y bore, darganfu eu bod nhw wedi llithro i'r llawr. Dwy faneg wen na fyddai ganddi ddefnydd iddynt mwyach.

*

'Fe ddylech chi ddweud eich dweud yn amlach, fy merch i,' dywedodd Sonia wrthi'n ddireidus. Teithiai'r ddwy mewn seddi nesaf at ei gilydd ar y wibdaith a gogwyddodd ei phen fymryn i gyfeiriad Peggy wrth siarad, fel petai hi'n sibrwd rhyw gyfrinach yn ei chlust.

'Ydych chi'n meddwl hynny?' holodd Peggy'n betrusgar. 'Wrth fynd i'r gwely neithiwr, rown i'n ofni efallai 'mod i wedi mynd dros ben llestri braidd.'

'Twt! Ddywedoch chi'r un gair o'i le. Roedd pawb wedi dotio at y ffraethineb bach 'na am y *Daily Sketch*. Mae gofyn rhoi'r *Sassenach* yn eu lle ambell dro. Meddyliwch am frolio mewn cwmni o'r fath mai rhyw racsyn fel 'na fyddwch chi'n ei ddarllen dros eich uwd bob bore.'

'Rwy'n amau ai uwd yw'r dewis fwyd boreol yng nghartref Cecil a Suzanna, fy nghariad i,' ymunodd Iain yn y sgwrs. Alltudiwyd ef i'r sedd yr ochr arall i'r eil. Gwisgai drowsus cotwm ysgafn. Dilledyn ar gyfer y min nos oedd y cilt. Daeth Peggy i ddeall cymaint â hynny yn gynharach yn y gwyliau. Dilledyn ar gyfer gwisgo lan. Ar gyfer dawnsio.

'Wnaeth hi ddim tarfu arna i o gwbl, mewn gwirionedd,' ceisiodd sicrhau'r ddau.

'Fe ddylem ni Geltiaid lynu'n glosach at ein gilydd, i fod yn gefn i'n gilydd,' haerodd Sonia. Gwridodd Peggy, gan fradychu ei lletchwithdod. Prin y gallai hi ddychmygu beth a olygai i fod yn Gelt. Fedrai hi ddim amgyffred sut deimlad fyddai hynny. Cysyniad amherthnasol iddi. Nid oedd yn elyniaethus iddo fel y cyfryw. Efallai'n wir fod iddo le mewn rhai amgylchiadau – mewn llefydd gwahanol ac ymhlith pobl wahanol. Ond o ran uniaethu ei hun â dim, ni allai fod yn siŵr.

'Ydych hi'n meddwl 'ny?' meddai. Er bod ffurf cwestiwn i'r geiriau ar bapur, nid oedd arlliw o hynny yn y ffordd yr ynganodd hi nhw. Yr hyn glywodd Sonia ac Iain oedd, 'Sgen i ddim i'w ddweud ar y pwnc'.

Balchder dinesig gynhesai fynwes Peggy, nid balchder cenedlaethol. Dyna lywiai ei hunaniaeth. Y tu hwnt i'w milltir sgwâr, annelwig iawn oedd ei pherthynas â'r tir ehangach o dan ei thraed. Oedd, roedd dyrchafu ei dinas i fod yn brifddinas wedi ennyn balchder. Ond 'prifddinas Cymru'? Simsanai braidd wrth ddod wyneb yn wyneb â'r ymadrodd hwnnw. Hoffai'r statws, ond petrusai rhag cofleidio'i oblygiadau. Dros ugain mlynedd yn ôl, pan agorwyd y Deml Heddwch ym Mharc Cathays, enynnwyd peth ymwybyddiaeth ynddi o'r cysyniad o Gymru. Dychlamodd o nunlle i fod yn rhan o'i balchder bryd hynny. *The Wales Temple of Peace* oedd enw swyddogol llawn y lle wedi'r cwbl. Ond hyd yn oed wedyn, dim ond elfen o'r balchder oedd ymwybyddiaeth o genedligrwydd – elfen wan a ddilynai'n wasaidd wrth gwt ei hedmygedd o geinder pensaernïol yr adeilad a'r balchder dinesig cynhenid hwnnw. A'r ddelfrydiaeth, wrth gwrs. Yr Heddwch.

Ond pharodd hwnnw ddim yn hir. O fewn llai na blwyddyn daeth rhyfel mawr arall i ddargyfeirio sylw'r byd. Dysgodd nad oedd codi teml i Heddwch yn golygu fod heddwch ar ddigwydd, ddim mwy nag yr oedd codi temlau i Dduw yn golygu bod Duw yn bod. Galwai gwireddu dyheadau o'r fath am ddychymyg – peth prin i gael gafael arno ar yr adeg honno yn ei hanes. Tynhai ei gafael ar y faner Jac yr Undeb ffigurol yn ei llaw wnaeth Peggy, gan gadw'i thrwyn ar y maen, er lles y wlad.

Wyddai hi ddim sut i ddweud wrth y MacGurneyiaid

nad oedd hi'n rhannu eu hangerdd ac na allai ymuno â'u cynghrair Geltaidd.

'Dw i ddim yn adnabod llawer o Gymry a dweud y gwir,' mentrodd. Crychu ei thalcen mewn anghrediniaeth wnaeth Sonia, gan wenu'r un pryd. Erbyn hyn, roedd y tri wedi disgyn o'r bws a'u cludodd o gwmpas yr ynys ac wedi bod yn crwydro tipyn ar y brifddinas. Eisteddent wrth fwrdd bach crwn yn heulwen y prynhawn, gyda diod yr un o'u blaenau. Pob un ohonynt wedi dewis yr hyn a fynnent ac Iain wedi mynnu talu. Gwnâi ei haelioni'n fach o'r ystrydeb gyfarwydd am gybydd-dod y Sgotiaid, barnodd Peggy. Ar draws y sgwâr iddynt safai Tŷ Opera Palermo, yn arddangos ysblander ei orffennol ac yn edrych fel petai angen tendans arno.

'Mae hynny'n ddweud go fawr,' dywedodd Sonia, wrth synhwyro nad tynnu coes yr oedd hi wedi'r cwbl.

'Yr hyn rwy'n ei olygu yw na fydda i'n dod ar eu traws nhw'n aml,' ymhelaethodd Peggy, a resynai iddi gael ei thynnu i'r fath sgwrs. 'Y Cymry go iawn, hynny yw. Y rhai sydd wedi symud i'r ddinas o weddill y wlad i lenwi swyddi a dod yn eu blaenau. Rhaid fod 'na gannoedd ohonyn nhw o 'nghwmpas i yno, ond 'dan ni ddim yn 'nabod neb ohonyn nhw. Does 'na'r un yn gweithio yn y swyddfa lle rydw i'n gweithio, a dyna ddiwedd arni.'

Athrawon oedden nhw gan fwyaf – y 'Cymry go iawn' hyn a dyrrai i'w dinas. Dyna a ddychmygai. O gofio'n ôl i ddyddiau Perllan Road Infants and Juniors, y 'Cymry' mytholegol hyn fu llawer o'i hoff athrawon yno. Gallai gofio gwisgo gwisg Gymreig bob Gŵyl Ddewi. Rhaid nad oedd hi wedi edrych yn rhy annhebyg i'w mam pan oedd hithau'n fach, tybiodd. Aeth ias nid rhy anghynnes trwyddi. Rhyfedd fel yr oedd meddyliau'n troi mewn cylchoedd a'r delweddau'n ailgylchu eu hunain yn y pen.

'Dyw pob Cymro ddim yn gweithio mewn pwll glo 'te,' gwamalodd Sonia'n garedig.

'Nac yn canu mewn côr meibion,' ychwanegodd Iain.

'Na. Nid pawb sy'n cydymffurfio â'i stereoteip,' cytunodd Peggy, gan obeithio mai hi gâi'r gair olaf am y tro.

*

Nid y noson honno oedd yr un pan fyddai Peggy farw, er iddi hi ei hun gredu hynny'n ddidwyll drwy'r dydd. Wrth gamu o goncrit y lanfa i bren y dramwyfa a'i tywysai'n ôl ar fwrdd y llong, tynnodd anadl ddofn, fel petai hi'n canu'n iach am byth i dir sych. Ffarweliodd â'r MacGurneyaid a gwnaeth ei ffordd yn ôl i'w chaban. Swperodd ar ei phen ei hun, oedd yn drist ar ryw olwg, o gofio ei bod hi'n ystyried mai hwnnw oedd ei swper olaf. Ond teimlai'n dawel iawn ei hysbryd. Yn dangnefeddus fodlon nad oedd dim arall iddi.

Petai hi wedi dod ar draws yr Albanwyr mwyn y treuliodd gymaint o amser yn eu cwmni eisoes yn ystod y dydd, byddai wedi rhannu bwrdd gyda nhw'n llawen iawn. Ond doedd dim trefniant o'r fath rhyngddynt ac arweiniwyd hi at fwrdd i wyth lle'r oedd un gadair wag ar ôl i'w llenwi. Cyfnewidiodd 'Noswaith dda' yn gwrtais gyda'r lleill, ond cafodd lonydd i swpera'n ddigyfeddach.

Dychwelodd i'w chaban drachefn wedi bwyta. Ystyriodd bacio. Yfory, byddai'r llong yn dechrau ar ei siwrnai'n ôl i Loegr. Ond pam ddiawl ddylai hi boeni am y fath beth? Petai'n mynd a gadael y caban heb ei glirio, byddai'n creu gwaith i rywrai, fe sylweddolai. Ond dim ond darn pitw bach o'r loes roedd hi ar fin ei gadael ar ei hôl oedd hynny.

Yn yr un modd, gwyddai ei bod hi'n mynd heb adael ewyllys ar ei hôl. *Intestate* oedd y term cyfreithiol. Gwnaeth ymchwil i'r mater, gan benderfynu peidio â thrafferthu gwneud dim ynghylch y sefyllfa yn y diwedd. Roedd ei rhieni wedi cymryd cymaint o benderfyniadau ar ei rhan gydol ei hoes, fyddai gorfod mynd i ofalu am hynny hefyd nac yma nac acw iddynt.

Hongianodd y ffrog grand a wisgodd i ginio yn ofalus ar y pren pwrpasol yn y wardrob. Fel y mân drugareddau eraill a'i hamgylchynai, mater i'r cwmni llongau bellach fyddai gofalu fod yr holl *chiffon*, satin a phlu yn y cwpwrdd dillad yn cyrraedd yn ôl i dŷ ei mam a'i thad yn ddiogel. Gartref yn Doverod, byddai ffrog heno yn ymuno â llu o greadigaethau tebyg. Nid oedd yr un ohonynt wedi cael ei gwisgo fwy na dwywaith neu dair ar y mwya. Wyddai hi ddim sut y byddai tystiolaeth o'r fath wariant yn cael ei dehongli yn y dyfodol. Amheuai mai mater o amser yn unig oedd hi cyn y caent eu gweld fel dim amgenach na chreiriau gwag – oferedd a adlewyrchai ddyheadau trist rhyw hen ferch druenus a drigasai yno unwaith. Eu tynged oedd troi'n ddim namyn coffadwriaeth abswrd i fywyd dirgel, diwerth eu meistres – er i hwnnw fod yn fywyd nad oedd o fewn ei chyrraedd ond unwaith yn y deuddeg mis.

Wrth gau drws y wardrob yn ofalus, llwyddodd i wenu'n dawel iddi ei hun. Dros yr oriau nesaf, byddai heno'n profi iddi fod bywyd yn rhy fyr i boeni am bethau o'r fath.

*

Osgôdd y Caribbean Lounge a'r holl atyniadau eraill oedd ar anterth eu poblogrwydd gyda'i chyd-deithwyr yr adeg honno o'r nos. Gwyddai pa risiau i'w cymryd i'w harbed rhag gorfod gwenu ar ormod o bobl. Roedd hi wedi hen roi heibio'r gŵn a'i gwnâi'n un â disgwyliadau min nos arferol y llong. Cyfnewidiodd *glamour* y wisg soffistigedig a fu amdani'n gynharach am sgert blaen, dynn a siwmper ysgafn. Glynodd at ei sgidiau sodlau uchel, serch hynny. Doedd dim galw arni i hepgor gosgeiddrwydd wrth gerdded tua'i thranc.

Anelodd am y drws a âi â hi at awyr hallt y môr, yn y man y tybiai fyddai dawelaf ar y dec uchaf. I gyfeiriad y starn oedd hynny. O brofiad, daethai i'r casgliad fod tuedd i'r rhan honno o'r llong ddenu mwy o naws y nos am ryw reswm. A gwir ei thybiaeth. Wrth gamu drwy'r drws, diolchai fod y siwmper amdani. Gallai'n bendant deimlo'r min. A dyma ni, meddyliodd wrth bwyso dros y canllaw. Daeth yr awr. Oddi tani, clywai ddyfnder y dŵr wrth iddo lyo godre'r llong, ei rythm yn galw – a hithau am ufuddhau.

Uwch ei phen, disgleiriai'r sêr. Y bydoedd pell ar ganfas du. Doedd wybod faint ohonynt oedd eisoes wedi marw. Dim byd ond golau gwag i ddangos lle y buont. Cofiai hynny o'i gwersi ysgol gynt. Cyfuniad o gyflymdra goleuni wrth deithio a phellter anfeidrol y planedau o'n daear ni. Dyna oedd i gyfrif am y ffenomenon od honno, os cofiai'n iawn. Y ddwy elfen gyda'i gilydd yn golygu nad oedd cyfran uchel o'r sêr a welem yn y nos yn bod bellach.

Clywodd ryw chwerthiniad yn fwyaf sydyn, wedi'i gario ar yr awel. Troes ei phen a gallai weld cwpwl ifanc wrthi'n lolian draw yn y pellter. Dau ar eu mis mêl, dyfalodd. Fedren nhw mo'i gweld hi hyd yn oed petai ganddynt lygaid i amgyffred bodolaeth neb ar wahân iddyn nhw eu hunain. Lle safai hi, doedd dim rhithyn o olau i ddangos ei bod hi yno. Roedd hi'n saff. Fyddai neb yn dod dan redeg o unman i'w hatal. Go brin y gwnâi'r ddau acw hyd yn oed sylwi ar sŵn y sblash wrth iddi daro'r dŵr, meddyliodd.

Yna, cododd gwynt sigarét i'w ffroenau. A phasiodd bripsyn o fwg o dan ei thrwyn. Roedd rhywun yno, yn llechu ergyd carreg oddi wrthi, mewn mwy o dywyllwch hyd yn oed na hi'i hun. Syndod a gydiodd ynddi'n bennaf, nid ofn. Dyn oedd yno. O edrych, gallai weld. Nid teithiwr yn ofera'i ddyddiau ar fymryn o wyliau fel hi oedd e, ond aelod o'r criw. Gwisgai siorts cwta a chrys T, ac roedd ôl gwaith ar ei ymarweddiad.

Ddylai e ddim bod yno, tybiodd. Ond fedrai hi mo'i feio. Fel hithau, rhaid ei fod yn gwybod am y llecyn tawel, anghysbell hwn ac wedi stelcian allan am ffag ac awyr iach. Hoe wedi lludded. Ei shift ar ben, mae'n rhaid.

Stwcyn bach o ddyn ydoedd, nododd Peggy. Coesau cryfion. Cyhyrau ei freichiau'n llenwi cotwm main y crys. Rhaid mai rhyw waith corfforol a'i cadwai'n brysur ym mherfeddion y llong, wrth hwylio'r holl siarabáng ar hyd ei llwybr disgwyliedig. Troes ei ben i'w chyfeiriad. Rhaid ei fod wedi synhwyro'i bod hi'n edrych arno a'i gloriannu. Cnôdd ei gwefus, fel petai hi'n difaru rhywbeth. Ond doedd hi ddim. Doedd dim i'w ddifaru.

Nid oedd mor ifanc ag yr edrychai ar yr olwg gyntaf. Tua'i hoedran hi, o bosib. Pedair, pum mlynedd yn hŷn, efallai. Nodiodd i'w gyfeiriad ac achubodd yntau ar ei gyfle heb betruso eiliad. Daeth draw a chynnig sigarét iddi.

'Dim diolch,' dywedodd Peggy wrtho. 'Dw i ddim yn smygu.' Y gwir oedd na fu sigarét ar gyfyl ei cheg ers gadael Ysgol Howell's. Gwyddai nad oedd ei mam yn cymeradwyo'r arfer ac ers helynt geni *Boy* rhoes heibio bob ymgais i dorri dros y tresi.

'Mae'n dda i leddfu tensiwn,' meddai'r dyn. 'Ond ar y llaw arall, hen arfer budr yw e hefyd.' Chwarddodd yn ysgafn, cyn ychwanegu, 'Ond wedyn, mae modd dweud hynny am lawer o bleserau bywyd, on'd oes?'

'Oes, mae'n debyg,' cytunodd Peggy, gan deimlo'r cynnwrf ym magu yn ei hymysgaroedd. Un digywilydd oedd hwn, yn meiddio chwarae gyda hi fel hyn ac yntau'n un o'r criw a phopeth.

'Ar wyliau ar eich pen eich hun ydych chi?'

'Ie,' atebodd Peggy. 'Nid yw bod ar fy mhen fy hun bach

wedi bod yn broblem imi erioed … Ond nid yw cael cwmni'n broblem imi ychwaith. Weithiau, mae'n rhywbeth rwy'n ei ddeisyf yn arw.'

Ceisio dyfalu â pha acen y siaradai'r oedd hi pan gusanodd ef hi am y tro cyntaf. Yna, cydiodd yn ei llaw a'i harwain at ddrws na sylwodd arno o'r blaen. Roedd y byd yn llawn o'r annisgwyl – pobl a phethau yn llechu mewn cysgodion, yn barod i'w rhyfeddu. Wrth fynd trwyddo, gwelodd y geiriau *Crew Only* mewn llythrennau bras ar y drws. Dilynodd yn ofalus i lawr rhes o risiau metel serth a phan holodd y dyn hi am rif ei chaban, fe'i hatebodd yn llawen. Bron na allai weld ei ymennydd yn gweithio ar ras wrth ddefnyddio'i adnabyddiaeth arbenigol o 'ddirgel ffyrdd' y llong i weithio'r llwybr hawsaf at ei chaban.

Doedd neb o gwmpas, oedd llawn cystal, gan nad oedd hwn yn credu mewn dilyn cwrteisi twyllodrus arferol y rheolau. Lediodd y ffordd gyda chamau mor fras ag yr oedd ei goesau byrion yn eu caniatáu. Clywai hithau ei chalon yn curo ynghynt ac ynghynt. Stopiodd am eiliad i gicio'i sgidiau oddi ar ei thraed. Plygodd yn frysiog i'w codi gerfydd eu sodlau main cyn rhuthro i'w ddilyn. Roedd hi ar drywydd trythyllwch. Hen air ac iddo hanes o droi'n drybini i amryw, fel y gwyddai hi o brofiad. Ond heno, pa ots? Roedd hi'n fyw.

Diolchodd i Dduw na chafodd wared ar yr allwedd. Bron heb iddi sylwi, bu honno'n dynn o fewn ei gafael drwy'r amser. Yn ei hisymwybod, oedd hi wedi bwriadu ei chymryd gyda hi i'r dyfroedd? Dychrynodd fymryn, gan gau ei dwrn yn dynnach byth amdani. Nawr, roedd arni ei hangen drachefn. Fe'i trodd yn drwsgl yn nhwll y clo, gyda sŵn y 'Clic!' cyfarwydd a'r 'Glou! Glou!' ddeuai o'i gyfeiriad ef yn atsain yn ei chlust yr un pryd. Caeodd y drws yn glep ar eu holau. Ni chyneuwyd y golau.

*

Evangelino oedd enw'r dyn – neu 'Evan' fel y daeth i gael ei adnabod gan Peggy a'i rhieni. Groegwr oedd e – peiriannydd ymhell o'i gynefin ar un o ynysoedd llwm ei famwlad. Broliai am harddwch y lle yn gyson wrth Peggy a chydag amser, dysgodd hithau ddygymod â diwylliant tra gwahanol y pentref bach lle trigai ei rhieni yng nghyfraith. Aent yno ar wyliau bob rhyw ddwy neu dair blynedd.

Y noson gyntaf honno, do, bu'r caban bach yn wenfflam o gnawd am awr neu ddwy. Doedd Peggy erioed wedi profi'r fath ollyngdod ac erbyn iddi ddod yn amser i'r cariad brwd sleifio'n ôl i'w ran briodol ef o'r llong, roeddynt wedi gwneud trefniadau i gwrdd drachefn yn Southampton pan ddeuai'r fordaith i ben ymhen llai na phedair awr ar hugain.

Toc wedi iddynt fwrw angor yno, ffoniodd ei rhieni gan greu rhyw esgus tila am drafferthion gyda'i thocyn trên. Cafodd fwrw noson gyfan gyda'i chariad egnïol mewn gwesty yn y porthladd. (Nid amrywiad ar 'odineb môr' oedd hyn bellach. Doedd yr un ohonynt yn briod ac roeddynt nawr yn caru ar dir sych.)

Stori wahanol oedd hi pan ddaeth Evangelino i ymweld â hi yn Ne Cymru (fel y dechreuodd Peggy fynnu cyfeirio at ei chartref, gan hepgor pob enw penodol). Yn y llofft sbâr y rhoddodd ei mam ef i gysgu a deallai pawb nad oedd dim i'w ennill o gael dyweddïad hir. Priodwyd hwy lai na blwyddyn wedi'r noson dyngedfennol honno. Gyda help ariannol ei thad, sefydlodd ei gŵr fusnes trwsio ceir iddo'i hun. Y gorau yn Y Dyfroedd. A symudodd y ddau i'w cartref bach eu hunain. Nid oedd nepell o'r fan lle y'i maged, mae'n wir, ond o leiaf fe gafodd gyfeiriad iddi ei hun o'r diwedd; cymdogion nad oeddynt yn gyfarwydd iddi; drws ffrynt o liw gwahanol i'r un y bu'n mynd a dyfod trwyddo ers deugain mlynedd a rhif gwahanol wedi ei hoelio arno'n sownd.

Yr anweledig *Boy* fyddai ei hunig blentyn, mae'n

ymddangos, gan iddi ddod yn amlwg ymhen blwyddyn neu ddwy na ddeuai mwy i'r fei o'i huniad gogoneddus hi ac Evan. Achosai hynny rai pangfeydd iddi yn y dyddiau cynnar, ond buan iawn y dysgodd gyfrif ei bendithion. Doedd dim rhosynnau'n tyfu o gwmpas y drws ychwaith, ymresymodd. Ond bobol bach, roedd hi'n wyn ei byd … ac am amser maith wedyn, breuddwydiai ei bod hi am fyw'n hapus byth bythoedd mwy.

*

Diweddglo pur annhebygol i stori Peggy, ddywedwn i. Anghredadwy hyd yn oed – ac mae 'na reswm da am hynny. Nid yw'r ddwy neu dair tudalen ddiwethaf ichi'u darllen yn ddim namyn celwydd noeth. Sori, Rwth!

Wrth nesu at y terfyn, fe'm trawodd mai digon trychinebus oedd hanes Sgathan, Thomas a Martha Elin hwythau. Faswn i ddim am ichi ddod i'r casgliad fod pob hanes sydd gen i i'w adrodd yn gorffen yn drist. Ofnais hefyd eich bod chi, efallai, y math o fenyw sy'n chwennych diweddglo hapus i bopeth. Ond mae gennyf fwy o feddwl ohonoch na hynny. Fe ddylwn fod yn gwybod yn well, mae'n debyg. All dyn byth â bod yn siŵr gant y cant gyda merched, dyna'r drafferth. Maddeuwch imi am simsanu.

Os yw'n well gennych, digon hawdd fyddai troi'n ôl at anian gynhenid yr hanesyn a dilyn ffawd Peggy at y diweddglo yr oeddech mwy na thebyg wedi ei ddisgwyl. Mae glynu at yr hyn sy'n amlwg yn ddewis tragwyddol i bawb. Felly, os taw dyna sydd orau gennych, gallaf ddatgelu ichi nawr i Peggy ymlwybro mor llechwraidd ag y gallai i gornel tywylla'r dec uchaf, mor bell ag y gallai o olwg y lleuad a llygaid crwydrol y cariadon, a'i thaflu ei hun i'r eigion heb adael fawr ar ei hôl ond dyfroedd tawel.

Neu, wrth gwrs, mae yna drydydd dewis. Mae yna bob amser drydydd dewis wrth ddilyn trywydd plant Y Dyfroedd. A dyna'r gwir.

Mi synhwyraf wrth ysgrifennu mai cael clywed hwnnw fyddai orau gennych wedi'r cwbl – cael gwybod beth ddaeth ohoni go iawn. Felly, Rwth annwyl, dyma gronicl ichi o'r hyn a ddigwyddodd mewn gwirionedd. Efallai nad yw mor gyffrous â'r anwiredd rhamantus a rois i ichi'n wreiddiol nac mor dorcalonnus o anorfod â'r ail. Ond gydag amser, rwy'n rhyw gredu y dewch chi'n ddigon pragmataidd i werthfawrogi ei rinweddau. Peth diflas iawn yw'r gwirionedd yn aml, mor ddi-ddim â baw. Ond waeth faint o ddylyfu gên yr esgor arno, mae'n bwysig iawn ei werthfawrogi am yr hyn ydyw bob amser. Heb hynny, mae ein gwerthoedd oll ar chwâl.

*

Yn awr, cofnodaf ichi fel y bu pethau mewn gwirionedd. Dyma weddill hanes Peggy fel y dylwn i fod wedi ei gofnodi ichi yn y lle cyntaf:

Llwfrdra sydd i gyfri' am y ffaith nad honno oedd noson ei marwolaeth. Llwfrdra ac ofn a dogn go dda o ddiffyg dyhead ar ei rhan yn y diwedd. Ni chamodd yr un carwr annisgwyl o'r cysgodion i'w hachub rhagddi ei hun. Ni neidiodd yr un arwr dewr i'r dŵr.

Aeth i'r union fan a grybwyllwyd eisoes, ar y dec uchaf. Bu yno'n dwysyfyrio am beth amser, ei phen wedi'i droi tua'r nen un funud, gan rythu ar y ffurfafen, ac yna'n plymio i ddüwch y môr islaw'r funud nesaf. Gwnaeth ati i ddringo dros y canllaw pren, ond roedd ei sgert yn rhy dynn iddi allu codi'i choes yn iawn. Ofnai ei bod hi'n gwneud ffŵl ohoni ei hun yng ngŵydd pa bynnag rymoedd anweledig oedd allan yno'n edrych arni'n straffaglu. Fel gyda chymaint o'r atgofion a oedd wedi ei chorddi a'i harwain i'r cornel hwn yn y lle cyntaf, ofnai ei bod ar drugaredd yr hyn na allai ei ddirnad.

Ni wylodd, er y byddai wedi hoffi gallu gwneud. Ble'r oedd Julie London pan oed ei hangen, gofynnodd ar y slei.

Troes ei chefn ar y nos ac aeth trwy ddrws â'r geiriau *Crew Only* arno a fu'n llechu yno'n dawel drwy'r amser. Arweiniodd hwnnw hi at risiau metel, serth a chafodd ei hun mewn rhan o'r llong ac iddi naws wahanol iawn i'r un a gysylltai hi â'i mordaith flynyddol. Trwy lwc, doedd neb o gwmpas i weld ei dryswch. Ar waelod y grisiau – a fu'n uffern i'w dringo i lawr oherwydd y sgidiau sodlau uchel – aeth trwy ddau ddrws arall, y naill ar ôl y llall. Dilyn ei thrwyn yr oedd hi ond roedd ffawd o'i phlaid. Wedi iddi ddod trwy'r ail ddrws, a nodi fod *Crew Only* mewn llythrennau bras ar hwnnw hefyd, darganfu fod carped dan ei thraed drachefn, ynghyd â chanllaw o bren cnau Ffrengig wrth ei phenelin iddi allu gafael ynddi. Roedd hi'n ôl yn nhiriogaeth gwtshlyd y teithwyr. Tynnodd anadl ddofn. Petai hi'n dod ar draws unrhyw un wrth wneud ei ffordd yn ôl i'w chaban, doedd dim am ei hymarweddiad i fradychu mor seithug fu ei siwrne heno.

Cerddodd i lawr y coridor hir gan nodi'r rhifau ar ddrysau'r myrdd cabanau yr âi hi heibio iddynt. Gweithiodd ei ffordd at y grisiau agosaf a'i harweiniai i lawr i'r dec cywir a thuag at ei noddfa. Roedd hi'n ddiogel, yn ddiddos ac yn fyw.

*

Bu Peggy farw bum mlynedd yn ddiweddarach, o gancr anghyffredin ac ofnadwy. Pump a deugain oed oedd hi. Derbyniodd ddyrchafiad bychan yn y gwaith yn ystod y cyfnod hwnnw a bu ar dair mordaith arall. Allai neb honni i'w bywyd fod yn un nodedig mewn unrhyw ffordd a bu'n iawn wrth gredu na adawai fawr ddim o bwys ar ei hôl yn unman.

Bu fyw'n ddigon hir i siglo'i thin i rythmau Bill Halley and His Comets, ond pan ddaethant i'r Capitol yn 1958 gwrthododd gynnig i fynd i'w gweld yn canu'n fyw. Rhy hen i'r fath rialtwch, meddai hi. Ni chafodd fyw i glywed yr un gân gan y Beatles na Bob Dylan, na hyd yn oed i ddotio ar Tom Jones. Byddai wedi clywed sôn am y Farchnad Gyffredin, does bosib, ond rhywbeth ymhell bell i ffwrdd fyddai hi iddi, heb fod yn berthnasol i'w bywyd o gwbl. Mae'n wir i'r teledu, fel cyfrwng, ehangu'n ddirfawr ar ei hadnabyddiaeth o'r byd, ond ni chafodd fyw'n ddigon hir i flasu'r byd hwnnw mewn lliw. Ar wahân i'r gwyliau hynny a gafodd yn hwylio'r moroedd yn ei degawd olaf, teg dweud mai mewn du a gwyn y bu hi fyw gan fwyaf.

Cododd ei hangladd o'r un tŷ ag y cafodd ei chenhedlu ynddo. Y cyfan wedi'i drefnu trosti gan ei rhieni – pwy arall? Yn anorfod, y nhw ddioddefodd waethaf wedi iddi fynd. Gwawriodd arnynt gydag arswyd na fyddai hi yno wedi'r cwbl i ofalu amdanynt yn eu henaint. Edrychent tua'r gorwel gyda neb ond nhw ill dau yn gynhaliaeth i'w gilydd. Ond o leiaf, ymhen hir a hwyr, cafodd ei mam fyw'n ddigon hir i wireddu'r dymuniad hwnnw a goleddodd ar hyd y blynyddoedd o gael symud i Riwbeina. Yno y treuliodd flynyddoedd ola'i hoes, mewn cartref i'r ynfyd o oedrannus.

Yn wahanol i Sgathan, Thomas a Martha Elin o'i blaen, mae union leoliad bedd Peggy Jones yn wybyddus imi o ganlyniad i fy ymholiadau. Does dim disgwyl i neb arall roi unrhyw bwys ar hynny, gallaf ddeall yn iawn. Ond mae'n achos peth balchder i mi.

Ni fûm mor ffodus yn fy ymchwil parthed *Boy*. Er gwaetha'r dychmygu cyson a wnâi Peggy wrth geisio dyfalu tybed sut un ydoedd yn ŵr ifanc, y gwirionedd creulon yw iddo farw yn 1939. Hitler yn goresgyn Gwlad Pwyl a'r mab dienw a gymerwyd oddi arni yn ei fedd o fewn dyddiau i'w gilydd. Ni cheir cofnod o epidemig o diphtheria yn Y Dyfroedd yr adeg honno, ond fe gafwyd un yn Deptford.

*

Petai mam-gu a thad-cu'r crwt heb fynnu mai yno yr oedd i'w eni a'i adael ar drugaredd elusen mewn cartref plant, mae'n annhebygol iawn y byddai wedi marw fel y gwnaeth. Mwy na thebyg, fe fyddai wedi bod yn dal ar dir y byw ymhell wedi dyddiau ei fam, ac ar gael i fod o gysur i Mr a Mrs Jones yn eu henaint. Nid Mam-gu a Tad-cu fydden nhw iddo. Ond Gran a Grampa, efallai? Neu Nana a Grandad? Pwy a ŵyr?

Onid yw bywyd yn un 'petai' a 'phetasai' tragwyddol, Rwth? Ond mae'n rhy hwyr yn y dydd arnaf i ddechrau pendroni dros hynny nawr.

Mae gennyf ymwelydd heno. Wnes i sôn? Wn i ddim faint o'r gloch mae'n bwriadu galw heibio. Gwrthododd ddweud. Chwi gofiwch ichi gwrdd â'r gŵr ifanc digartref y bydd pawb yn ei alw Y Gwenwr? Wel, hwnnw! Fe ddaeth ataf eto neithiwr wedi iddo swpera gydag Angylion y Nos, gan fynnu fod ganddo rywbeth ar fy nghyfer. Alla i ddim dychmygu beth. Ond efallai y dof i wybod ystyr ei wên o'r diwedd. Does ond gobeithio y rhoith wên ar fy wyneb innau.

Fe fyddwch chithau yn fy hen ysgol heno. Noson bwysig yn eich hanes, mi wn. Rwy'n taer obeithio yr eith popeth yn dda ichi, Rwth fach. Byddaf yn gwneud fy ngorau i beidio â meddwl amdanoch.

Pan gewch chi gyfle, gadewch imi wybod beth yw'ch ymateb i'r hanesyn diweddaraf hwn. Gwn y gwnewch. Rwy wastad yn gwerthfawrogi.

Gyda chofion cymysg,

O. M.

O.N. Fydda i byth yn arfer taro fy enw ar ddiwedd fy negeseuon e-bost atoch, fydda i? Na rhoi'r priflythrennau ychwaith. A dyma fi, newydd wneud. Od, yntê? Fe wnes hynny'n reddfol, mae'n rhaid. Roedd e'n gwbl ddifeddwl, mae hynny'n siŵr ichi. Mater bach fyddai dileu'r ddwy lythyren drachefn, mi wn, ond mae rhywbeth ynof yn dweud wrthyf am eu gadael. Oswyn Morris – rebel cyn ei amser. Ha-ha!

O.O.N. Derbyniwch fy ymddiheuriadau drachefn am y diweddglo hapus rois i'n wreiddiol i'r hanesyn hwn. Wn i ddim beth ddaeth trost 'y mhen i.

*

Cyrraedd Adref

Llywiodd Rwth drwyn y car mor agos ag y meiddai at ddrws ei garej, oedd yn sownd wrth y blwch brics bychan lle y trigai … ar ei stad ddigymeriad … yn ei maestref lwyd. Ar un o'r biniau wrth ymyl y drws, wedi'i beintio mewn melyn fflwroleuol, roedd rhif ei thŷ. Cafodd ei roi yno fel y gallai'r dynion a gasglai sbwriel ei weld yn hawdd am chwech o'r gloch y bore, wrth i'w lori gropian ar hyd y strydoedd gefn gaeaf, pan oedd hi'n dal yn dywyll.

Doedd hi ddim eto'n hanner awr wedi naw y nos, ond yn ôl yr arfer, roedd hi'n amhosibl osgoi'r rhifolyn. Gloywai arni'n amrwd wrth iddi gamu rhwng drws ei char a drws ei thŷ. Fyddai hi byth yn siŵr oedd hynny'n gysur ai peidio. Cael hen horwth mawr plastig ar gyfer dal eich gwastraff yno i'ch atgoffa mai dyma lle'r oeddech chi'n byw. Doedd e ddim yn groesawus iawn. Weithiau yn yr haf, byddai'n drewi. Ond nid heno.

Y peth cyntaf a wnaeth wrth gau'r drws ar ei hôl oedd camu o'i sgidiau platfform a'u cicio'n ysgafn i'r naill ochr. Gallai weld fod golau'r lolfa a'r gegin ill dau'n ynghynn, ond penderfynodd mai doethach fyddai anwybyddu hynny.

'Elin,' galwodd i fyny'r staer, 'pob dim yn iawn yma?'

'Ydy, Mam,' cafodd ateb ynghynt o lawer na'r disgwyl. (Y drefn arferol oedd gorfod gofyn yr un peth o leiaf ddwywaith cyn cael ei chydnabod hyd yn oed, heb sôn am gael ateb call.)

'Shwt a'th e?'

Saethodd ton o anghrediniaeth trwy Rwth pan sylweddolodd fod ei merch wedi camu o'i hystafell wely i ben y landin er mwyn torri gair â hi. Gwenodd y ddwy ar ei gilydd braidd yn lletchwith. Roedd rhyw dro ar fyd go arwyddocaol ar droed, a chroesawodd Rwth e'n frwd.

'Gwych, dw i'n meddwl, bach,' atebodd. 'Llwyth o bobl. Roedd y neuadd dan'i sang rhwng pawb. Ac fe aeth yr hen blantos trwy'u petha siort ora, wrth gwrs, chwara teg.'

'O, grêt. Falch fod popeth wedi mynd yn ocê iti.' A chyda hynny, fe ddiflannodd Elin drachefn i ddirgelion ei theyrnas fach ei hun yr ochr arall i ddrws ei hystafell. Heno oedd y tro cyntaf i'w mam fentro'i gadael ar ei phen ei hun heb oruchwyliaeth oedolyn – yn groes i ofynion deddf gwlad, fe warantai. Ond siawns nad oedd hi'n adnabod ei merch ei hun yn well na'r gyfraith. Weithiau mewn bywyd, rhaid oedd ichi ddilyn eich greddf eich hun.

Roedd Rwth wedi dweud y gwir wrth ei merch wrth grynhoi'i meddyliau am y noson. Teimlai ei bod hi'n addas mai digwyddiad cartrefol yn neuadd fawr yr ysgol a gafwyd i lansio'r wefan a'r llyfryn ac i nodi cychwyn dathliadau hanner canmlwyddiant bodolaeth Ysgol Y Dyfroedd. Cynhaliwyd cyngerdd gan ddisgyblion presennol yr ysgol a rhoddodd Edryd gyflwyniad byr ar y diwedd, pan ddangoswyd rhai o'r tudalennau wedi'u chwyddo'n fawr ar sgrin. Trefnwyd y cyfan heb unrhyw ymgynghoriad gyda hi. Ni fu galw arni i ddweud dim, er i fwy nag un ddiolch iddi'n gynnes ar goedd am ei gwaith.

Gwyddai fod digwyddiadau eraill i ddilyn dros yr wythnosau i ddod – rhai ohonynt i'w cynnal mewn lleoliadau ysblennydd. Ond roedd hi'n briodol mai yno, yn yr ysgol ei hun, yn Y Dyfroedd, y gwthiwyd y cwch i'r dŵr. Yn gymysg â phlant, rhieni a llywodraethwyr, roedd nifer o gyn-athrawon yr ysgol wedi dod ynghyd hefyd, gan gynnwys tri chyn-brifathro. Nid oedd Oswyn Morris yn eu plith ac nid oedd hithau wedi disgwyl ei weld yno.

Ddeuddydd ynghynt, aethai draw i Ben-craith i geisio dwyn perswád arno i groesi'r ddinas a mynychu'r noson, ond pan ddeffrôdd hi heddiw'r bore, a'r dydd ei hun newydd wawrio, teimlai'n falch mai ei grebwyll ef a orfu. Ei ddadl fu nad oedd iddo unrhyw le yno – a siawns nad y fe oedd yn iawn yn y diwedd. Cyflwyno copi o'r llyfryn iddo fu prif fyrdwn ei hymweliad a chyn gadael, gofalodd fod cyfeiriad y wefan ganddo'n eglur fel y gallai fynd i bori yno trosto'i hun. Wrth yrru adre'n ôl, cododd y syniad rhyfedd yn ei phen nad oedd hi'n debyg o wneud yr union siwrnai honno byth eto – nid o ddrws i ddrws. Wyddai hi ddim pam, ond felly'r oedd hi.

Efallai na ddôi hi byth i wybod beth oedd ei ymateb go iawn i'r hyn a ymddangosodd amdano yn y fersiwn gorffenedig. Digon dywedwst fuodd e ar y pryd. Tynnodd ei sbectol oddi ar ei drwyn a rhoddodd y llyfryn bach ar y bwrdd gwiail gerllaw, gan ddweud, 'Diddorol iawn. Fe gaf i gyfle i edrych arno'n iawn yn nes ymlaen,' neu ryw eiriau digon tebyg.

Wedi deufis o ddyfalu a thwrio, o ffwdanu a ffwndro, yn y diwedd, hwn oedd unig baragraff y prosiect i grybwyll Mr Oswyn Morris wrth ei enw:

Brodor o Sir Benfro, Mr Oswyn Morris, oedd prifathro cyntaf Ysgol Y Dyfroedd. Ef gafodd y dasg o osod y sylfeini ac er nad oedd at ddant pawb yn ei ddydd, mae'r ysgol yn dal yn ddyledus iddo am ei ymroddiad yn y dyddiau cynnar hynny. Cafodd ei ddenu'n fuan iawn gan gyfleoedd eraill o fewn byd addysg ym mhellafoedd Surrey, ond braf cael adrodd mai 'nôl i'n plith y dewisodd

ddod i ymddeol a'i fod wedi ymgartrefu ar ochr Pen-
craith o'r ddinas ers rhai blynyddoedd, lle mae'n dal i
wneud gwaith dyngarol gwerth chweil yn y gymuned.

Fyddai e'n siomedig taw dyna hyd a lled yr hyn a oedd
ganddi i'w ddweud amdano yn y diwedd? Oedd hi'i hun
yn rhannu'r siom? I ble'r aeth y dyheadau newyddiadurol
aruchel i ddatgelu pennod gywilyddus arall yn hanes addysg
yng Nghymru? Beth ddaeth o'r *name and shame*?

Wedi sawl drafft a chynnig amryfal ddamcaniaethau,
gan docio'r testun ambell dro a'i ymestyn drachefn dro arall,
penderfynu cadw at yr hyn a ddysgodd Mr Morris ei hun
iddi am hanes wnaeth hi yn y diwedd. Glynodd at yr hyn
a wyddai yn unig. Nid ffeithiau o reidrwydd, ond yr hyn a
wyddai.

*   *   *

Ar yr un adeg yn union, eisteddai Mr Morris yn syber yn ei
hoff gadair, ei freichiau'n gorwedd yn ei arffed a'i fysedd wedi
eu gwau ymhlyg. Doedd dim at ei ddant ar y teledu. Wyddai
e ddim pryd i ddisgwyl ei ymwelydd. Pwy allai ragweld gyda
dyn mor anwadal?

Fe ddylai fod wedi gwrando ar y sibrydion, mae'n debyg.
Y gwir oedd i'r rheini ddechrau bron cyn gynted ag y
cyrhaeddodd Y Dyfroedd. Ei ddyddiau yno bron ar ben cyn
iddynt ddechrau. Ambell 'siw' fan hyn gan hwn ac ambell 'fiw'
fan draw gan arall. Ond ar ddamwain yr oedd wedi'u clywed
– neu o leiaf, dyna'r dehongliad y dewisodd ei gredu. Mor naïf
y bu! Bryd hynny, meddai ar y ddawn od o ymddangos yn
fostfawr o hunandybus ac yn wylaidd ymroddedig ar yr un
pryd. Nid o ddewis nac o'i wirfodd yr oedd e wedi taflu llwch
i lygaid pobl. Rhyw fantell fraith oedd hi. Y ddawn ddihafal

honno. Un a wisgai heb fod yn ymwybodol ohoni. O edrych yn ôl, ofnai mai ysgol profiad a'i dododd dros ei ysgwyddau. Gwisgai hi gyda'r fath ysblander, allai'r byd ddim dirnad un mor ddiniwed oedd y dyn a guddiai oddi tani.

A nawr, ni allai gredu mor dwp yr oedd e wedi bod. Wrth i frwdfrydedd twymgalon y croeso a dderbyniodd ar y dechrau droi'n erlid didrugaredd i'w hel ymaith drachefn, roedd wedi cyfrannu at y gwenwyn o'i gwmpas ar brydiau … er yn ddiarwybod iddo, mae'n wir. Bu mor ffôl ag ymuno yng nghleber gwag bob dydd y rhai a ystyriai'n gyfeillion newydd, gan gredu mai felly yr oedd disgwyl iddo ymddwyn. Dychmygai fod mân siarad gwag o'r fath yn rhan anochel o'r hinsawdd ddinesig newydd y byddai'n rhaid iddo ddygymod â hi. Penderfynodd ei chofleidio, gan dybio mai dyna ystyr perthyn.

Roedd 'cymuned' wedi bod yn gysyniad y clywsai lawer o sôn amdano cyn dod i'r Dyfroedd – ac nid sôn amdano'n unig. Clywodd gryn ganmol iddo hefyd.

'O, Oswyn bach! Dwyt ti byth yn gweld ymhellach na dy drwyn, wyt ti, 'machgen glân i?' Nawr, clywai eiriau ei fam yn torri ar y tawelwch. Fe'u clywodd nhw gyntaf pan oedd yn ddim o beth. Hyd yn oed yn ŵr ifanc, ni welai fod ynddynt fwy na cherydd mam oedd bron â chyrraedd pen ei thennyn. Ymhen amser, wrth gwrs, daeth i sylweddoli nad gwneud yn fach ohono oedd ei bwriad. Wedi ceisio'i rybuddio yr oedd hi. Ond allai hyd yn oed cariad mam ddim achub dyn rhagddo ef ei hun.

Mor hawdd oedd cofio nawr. Mor hir yr aros.

*   *   *

Gwin, meddyliodd Rwth. Cofiodd yn sydyn fod rhywbeth gwyn o'r Almaen yn yr oergell. Byddai'r botel wedi hen oeri'n braf erbyn hyn. Yno'n gorwedd ar ei hochr ac yn disgwyl amdani. Ond na! Gwell ymwrthod, darbwyllodd ei hun, er i flas y ddwy baned o de a yfodd gynnau yn troelli'n ddiflas yn ei cheg. Ie, dyna'r unig 'luniaeth' y gwelodd y pwyllgor yn dda i'w ddarparu – dewis o de, coffi neu sudd oren a'r bara brith a'r cacennau cri syrffedus arferol. Siawns nad oedd hi'n haeddu un gwydryn bach, simsanodd.

Ond llwyddodd i dagu'r syniad cyn iddo gael cyfle i dyfu ymhellach. Roedd hi'n benderfynol o droi dalen newydd. Nawr ei bod hi'n swyddogol wedi rhoi heibio ei haelodaeth o'r pwyllgor rhieni – ei halogaeth ohono, fel y mynnai rhai, synnai hi fawr – byddai ganddi fwy byth o amser ar ei dwylo. Roedd hi eisoes wedi gadael i ambell glust briodol wybod ei bod hi ar gael ar gyfer gwaith cyflenwi, petai'r cyfleoedd yn codi. Efallai na lwyddai i ailgynnau ei huchelgais yrfaol yn llwyr, ond teimlai'n ffyddiog fod modd iddi ennill ei thamed eto, gan o leiaf roi'r argraff i'r byd ei bod hi'n sefyll ar ei thraed ei hun o'r diwedd.

Os oedd prinder dybryd o athrawon, fel y clywai'n gyson ym mhob man, pam ddiawl nad oedd y ffôn yn sgrechian canu eisoes? Wedi'r cwbl, roedd ganddi gymwysterau da a thair blynedd o brofiad i'w henw … hyd yn oed os oedd hyn oll amser maith yn ôl, cyn dyfodiad Elin. Amynedd piau hi, dywedodd wrthi'i hun, wrth fynd trwodd i'r gegin. Gobeithio nad Surrey oedd yn ei haros, dyna i gyd!

Funud neu ddwy yn ddiweddarach, pan ddychwelodd gyda gwydryn o ddŵr, ddiffoddodd y golau yr oedd Elin wedi bod mor esgeulus â'i adael ynghynn trwy'r min nos.

'O, Mam!' daeth llais honno o'r llofft yn annisgwyl. 'Wnes i anghofio deud wrthot ti … Fe ffoniodd Russ yn gynharach. Gofyn os oedd e'n iawn iddo fe ddod draw heno. Fe wnes i geso 'i fod e? O'dd hwnna'n ocê?'

'*Champion*, Elin. Ddaru ti neud yn iawn,' gwaeddodd Rwth yn ôl ati.

'Tua un ar ddeg dw i'n meddwl ddeudodd e. Fi ddim yn cofio'n iawn.'

'Paid â phoeni. Peth da dy fod ti wedi cofio iddo ffonio o gwbl. Diolch, pwt.'

A chyda hynny, clywodd ddrws ystafell wely'r ferch yn cael ei gau drachefn a disgynnodd hithau i glydwch un o glustogau'r soffa. Nid yn ofer y bu'r botel win yn oeri wedi'r cwbl, meddyliodd. Drachtiodd lymaid o gynnwys y gwydryn gan gymryd cysur o'r ffaith mai dim ond diferyn diniwed i aros pryd oedd y dŵr wedi'r cwbl.

*   *   *

Doedd dim rhif ar ddrws ei fflat, nac ar bostyn y gât ar waelod y llwybr. Efallai nad oedd Y Gwenwr wedi llwyddo i gofio'i ffordd. Un chwit-chwat oedd e. Neu roedd hi'n bosibl ei fod wedi mynd at y drws talcen a'i fod wedi talu ymweliad â'r rhai a drigai uwch ei ben trwy gamgymeriad. Efallai ei fod yno'r munud 'ma, yn sipian te a gwenu – y ddau beth a wnâi mor dda.

O gofio mai aderyn y nos oedd e, fel yntau, fe allai fod yn dal ar ei ffordd yn rhywle. Roedd hynny'n bosibilrwydd arall. Ond dantodd ar eistedd yno yn y tywyllwch yn damcaniaethu ac aeth trwodd i'r gegin i whilmentan ymhellach ymysg ei nodiadau. Daeth iddo'r syniad y byddai datblygu un hanesyn bach olaf ar gyfer ei anfon at Rwth yn syniad da. Hoffai feddwl iddo gael eitha' hwyl arni hyd yn hyn, ond wyddai e ddim ble i droi nesaf. Rhywbeth doniol fyddai'n braf, dychmygodd. Edrychai Rwth fel menyw oedd yn 'lico laff', ys dywedai pobl. Ond chwalfa nad oedd neb yn gweld ei dyfod dros y gorwel oedd bywyd i bawb. Dyna wers a ddysgodd yn gynnar. Waeth pa mor llawen a bodlon eu byd yr edrychai'r wynebau o'ch cwmpas, roedd hi'n anorfod fod gwaddol sawl trychineb yn llechu oddi tanynt yn rhywle.

Ar y bore heulog hwnnw o Fedi, hanner canrif yn ôl, wrth ganu'r gloch i alw ei ddisgyblion ynghyd am y tro cyntaf, rhyfedd meddwl nad oedd modd yn y byd y byddai wedi gallu amgyffred y fath wirionedd. Hyd yn oed petai wedi cael hedfan fry fel aderyn a gweld â'i lygaid ei hun y cymylau cawraidd oedd yn araf wneud eu ffordd tuag ato o gyfeiriad y môr, ni fyddai wedi meddwl dim amgenach na bod yr haf ar ddarfod.

*   *   *

Cofiai Rwth y llyfrgell. Nid yr un a losgwyd i lawr yn y stori, ond yr un a godwyd yn ddiweddarach yn ei lle. Onid oedd hi wedi bod ynddi a'i defnyddio ambell dro? Safai'r adeilad ar ei draed o hyd. Yn segur bellach. Nid tân roes y farwol i'r sefydliad am yr eildro, ond cynghorwyr y ddinas. 'Hwliganiaid democrataidd,' fel y buasai tad Peggy wedi'u galw, gwamalodd iddi ei hun.

Adeilad gwag arall, difrifolodd wedyn. A thruan arall o'r ardal yr oedd Mr Morris yn disgwyl iddi gydymdeimlo â hi. Nid nad oedd hi'n teimlo i'r byw trosti ar ei llong, yn hel dynion a meddyliau. Ei mab wedi'i gymryd oddi arni fel 'na a phob dim. Ei *Boy*, na chafodd hi roi enw iddo hyd yn oed. Fel roedd yr oes wedi newid! Nid drwy'r cnawd yr oedd hi wedi gallu uniaethu â Peggy go iawn, ond drwy'r sêr. Gwelai hi yno ar y dec yn ôl yn un naw pryd bynnag oedd hi yn rhannu'r un rhyferthwy ag a'i swynai hithau. Hudoliaeth Mr Morris oedd ar waith yn y ddwy ohonynt. Dyna'r drafferth. Ond tybed nad oedd rhyw rithyn o'r un anian yn perthyn i'r ddwy ohonynt wedi'r cwbl? Ill dwy wedi deall yn burion fod llewyrch rhai a hen ddarfu yn dal i ddisgleirio arnynt yn y nos. Ochneidiodd heb wybod ai peidio a oedd hynny'n golygu mai'r un sêr dienw a frithai eu breuddwydion.

Roedd hi'n drannoeth bellach. Russ wedi gadael. Ac Elin yn yr ysgol. Hithau newydd ddarllen yr hanesyn diweddaraf i'w chyrraedd o Ben-craith ac yn dechrau amau'n gryf mai dim ond chwarae â hi y buodd e drwy'r amser. Pa mor dda oedd e'n ei hadnabod mewn gwirionedd? Doedd e ddim yn hollwybodus. A doedd dim gobaith y gallai byth enwi holl blant Y Dyfroedd. Roedd y dasg y tu hwnt i bob amgyffred. Cafodd fodd i fyw yn pendroni dros holl barablu cyfrin Mr Morris yn ystod y mis neu ddau ers iddi ei gyfarfod. Ond deuai diwedd ar bopeth.

Ac yna, cana'r ffôn. Llais dieithr yn gofyn iddi ydy hi'n adnabod rhywun o'r enw Mr Oswyn Morris, neu ydy hi hyd yn oed yn perthyn iddo, efallai? Ymddengys mai'r e-bost a'r atodiad o'i eiddo mae hi newydd eu darllen fyddai'r olaf iddo byth eu danfon at neb.

Teimla'n drist o glywed hynny. Teimla'n freintiedig.

O fewn yr hanner awr nesaf, mae hi'n mynd at wefan 'Dathliadau Hanner Canmlwyddiant Ysgol Y Dyfroedd' ac yn diweddaru'r copi, er mwyn ei gael yn gywir.

Wrth godi o'i chadair, gwêl fod potel win wag neithiwr yn dal ar y bwrdd bach. Cydia ynddi gerfydd ei gwddw a'i chario allan i'r bin pwrpasol wrth ddrws y ffrynt, i'w hailgychu.

Diweddglo

Bu 'amgylchiadau amheus' yn ymadrodd perthnasol i sawl trobwynt yn hanes yr ymadawedig – a doedd mynd i'w fedd ddim am fod yn eithriad, mae'n ymddangos. Wrth ryddhau'r corff i'w gladdu, cyhoeddodd yr awdurdodau y byddai eu hymholiadau'n parhau. Ond doedd neb ar ôl i falio. Doedd dim perthnasau. Dim ewyllys.

Y frawdoliaeth a gamodd i'r adwy i gymryd cyfrifoldeb dros bopeth, gan gynnwys gwacau'r fflat. Yn unol â'u polisi, cafodd popeth nad oedd modd ei werthu ei ddinistrio. Dilëwyd pob dim oddi ar y cyfrifiadur. Diddymwyd y cof.

Yr unig eitemau a ddaliodd eu sylw o dan y sinc oedd tri bar o sebon a phecyn o bowdwr golchi heb eu hagor.

Ymhen amser, trosglwyddodd Rwth yr hanesion a dderbyniodd i frigyn cof a geidw yn nrôr y ddesg fechan sy'n dal ei chyfrifiadur. Ar wahân i hynny, nid ydynt bellach yn bod.

*

Wrth chwarae o gwmpas gyda'r peiriant wedi'r angladd, daeth ar draws rhan fechan o sgwrs yr oedd hi wedi llwyr anghofio amdani. Oedodd ennyd i wrando eilwaith.

Hyhi: 'Gwialen Colomen?'

Y fe: 'Ie, yn gwmws. Gwialen Colomen! Glywsoch chi shwt beth twp yn ych dydd? Yr enghraifft wiriona o gamgyfieithu ddes i ar 'i thraws erioed. A'r un fwya'

doniol, synnwn i ddim. Mewn rhyw gyhoeddiad i
hybu'r brifddinas 'nôl sha 1950 y gweles i'r howlyr
bach 'na.'

Hyhi: 'Gan bwy 'lly?'

Y fe: ' Wel, cyngor y ddinas, yntê fe? Rhyw fath o *brochure*
gyhoeddon nhw, mae'n rhaid.'

Hyhi: 'Ia, 'dach chi'n llygad eich lle. Cyngor y ddinas fasa
fo bryd hynny. Os mai 1950 oedd hi …'

Y fe: 'Rywbryd yn ystod y pumdegau, Rwth! Gawn ni'i
roi e fel 'na. Sdim ots pa flwyddyn oedd hi'n gwmws.
'Y mhwynt i yw 'mod i wedi synnu gweld shwt *faux
pas* yn ymddangos mewn print mor hwyr yn y dydd
â 'ny.'

Hyhi: 'O! Dyw diffyg parch at y Gymraeg wrth gyfieithu
yn ddim byd newydd, Mr Morris bach. Diolch i'r
nefoedd na ddoth hwnnw'n enw swyddogol ar y lle,
yntê?'

(Sŵn chwerthin y ddau yn amharu ar eglurdeb unrhyw
lefaru a fu rhyngddynt am ennyd.)

Y fe: 'Mi alle hi wedi bod yn drychineb ieithyddol o'r
mwya, yn ddiame. Er, cofiwch, mi wnes i drial
dychmygu amal dro shwt brofiad fydde fe wedi bod
i gael sefyll ar 'y nhra'd mewn rhyw gyfarfod pwysig
neu'i gilydd a chyhoeddi o flaen pawb taw fi oedd
prifathro cyntaf Ysgol Gynradd Gwialen Colomen
… Nawr, mi fydde honno wedi bod yn anrhydedd
gwerth 'i cha'l, yn bydde hi?'

Roedd y ddau ohonynt wedi cydchwerthin yn harti ar y
pryd. Cofiai Rwth hynny'n glir, a gallai glywed yr hwyl a
ranasant yn eglur. Ond prin y codai gwên i'w hwyneb nawr,

wrth wrando eilwaith ar y jôc. Estynnodd fys bwriadus at y botwm priodol, gan ei wasgu'n ddefodol i roi taw ar y tâp.

Ychydig lathenni oddi wrthi, rhedai llygoden fawr yn ôl a blaen yn lloerig ar ben y wal derfyn rhwng ei thŷ hi a'r un y tu cefn iddi. Eiliadau'n ddiweddarach, pan welodd Rwth yr olygfa trwy ffenestr y gegin, cafodd bwl bendigedig o benysgafnder. Deallodd nad oedd gwenwyn bob amser yn gweithio gant y cant a gwirionodd o feddwl ei bod hi wedi dod o hyd i rywbeth i chwerthin amdano o'r diwedd.

Gwers arall iddi ei chofio i'r dyfodol, dywedodd wrthi ei hun. Gwyddai mai y fe oedd yno, wedi dychwelyd ati drachefn am ennyd, i ddawnsio ar ei fedd ei hun, yno yn Y Dyfroedd.

Hen bryd rhoi taw ar y fath wamalrwydd, sobrodd. Llyncodd wydryn o ddŵr ar ei dalcen, cyn mynd i'r llofft i newid.

Diwedd

Hefyd gan Aled Islwyn: